novum ﹏ pro

Peter Empt

Hull Storys
Robert Finnly

novum ⬦ pro

Dieses Buch ist auch als
e-book
erhältlich.

www.novumverlag.com

Bibliografische Information
der Deutschen Nationalbibliothek:

Die Deutsche Nationalbibliothek
verzeichnet diese Publikation in
der Deutschen Nationalbibliografie.
Detaillierte bibliografische Daten
sind im Internet über
http://www.d-nb.de abrufbar.

© 2021 novum Verlag

ISBN 978-3-99131-019-8
Lektorat: Mag. Angelika Mählich
Umschlagfotos: Smilla,
Aktywnyplan | Dreamstime.com
Umschlaggestaltung, Layout & Satz:
novum Verlag

Gedruckt in der Europäischen Union
auf umweltfreundlichem, chlor- und
säurefrei gebleichtem Papier.

www.novumverlag.com

Hull Storys

Zum Gebrauch des Buches:

Die Personen, die Handlung, die Handlungsorte, Namen und Dialoge der „Hull Storys" sind frei erfunden. Ähnlichkeiten mit realen Personen, Namen, Orten und Begebenheiten wären zufällig und sind nicht beabsichtigt.

Eine Beschreibung der Orte finden Sie in „Hull Storys" ab Seite 319.

Eine Auflistung der beteiligten Personen in „Hull Storys" finden Sie ab Seite 323. Die Personenauflistung, gegliedert nach Familienzugehörigkeit, oder nach Ortszugehörigkeit oder nach Branchenzugehörigkeit kann helfen, die vielseitigen Personenbeziehungen der Geschichte schneller zu verstehen.

Die Erklärungen einiger im Buch verwendeter Begriffe, insbesondere der Anglizismen, finden Sie in „Hull Storys" ab Seite 327.
   Die Verwendung der Anglizismen ist der Annahme geschuldet, dass in der fiktiven Landschaft der Geschichte die deutsche Sprache nicht existent sein kann.

1.

Er betrat das in der Sonne glitzernde Direktionsgebäude der „Bellman-Cargo-Shipping" (BCS), nahm den Fahrstuhl in das achte Obergeschoß. Lisa Bonelli, Assistentin der Direktion, lächelte, als er den Vorraum betrat. Er schaute sie entspannt an, nahm seine Kapitänsmütze vom Kopf, klemmte sie unter den linken Ellenbogen und meldete sich als Robert Finnly, Kapitän zur See. „Was kann ich für Sie tun?", fragte Bonelli.

„Herr Direktor Bellmann hat mich um 15.00 Uhr zu einem Gespräch in sein Arbeitszimmer gebeten!"

Bonelli schaute demonstrativ auf eine Uhr, es war Punkt 15 Uhr. Sie zog skeptisch die Augenbrauen hoch, nahm den Telefonhörer und fragte: „Darf Mr. Finnly eintreten?"

Zu Robert gewandt sagte sie: „Bitte sehr, die Doppeltüre links!" Dabei bewegte sie lässig ihre rechte Hand in Richtung der Doppeltüre.

Robert dachte: „Hübsches Mädchen, aber für diesen Job zu jung, zu unerfahren." Er öffnete ohne anzuklopfen die Türe des Direktorzimmers und trat gemessenen Schrittes ein.

Leonhard Bellmann, 72 Jahre, hinter einem gewaltigen Mahagonischreibtisch sitzend, nahm eine kapitale Zigarre aus dem Mund, legte sie in eine Aschenschale und schaute den für seine Reederei arbeitenden Kapitän an. Nach einer gedehnten Schweigepause sagte er: „Bitte nehmen Sie Platz, Kapitän!"

An der rechten Seite des Schreibtisches saß Sean Blocker, Arbeitsdirektor der BCS.

Bellman eröffnete das Gespräch: „Sie wollen uns verlassen – darf ich fragen, welche Bewegründe Sie dazu veranlassen?"

„Eigentlich nein, Mr. Bellman, aber wir arbeiten seit einigen Jahren erfolgreich zusammen und ich will Ihnen meine Gründe nicht vorenthalten. Fünfzehn Jahre Kapitän auf einem Trampfrachter sind für mich genug. Die Arbeit ist gleichförmig geworden und ich will mein Leben verändern!"

„Donnerwetter, Finnly, Sie sind unser erfolgreichster „Tramper"! Was wollen Sie: Wollen Sie eine andere Aufgabe in unserer Reederei? Sind Sie mit unserer Reederei nicht zufrieden?"

„Ich bin 45, in vielen Stunden alleine auf der Brücke ist mir klar geworden, dass ich nur ein Leben habe. Ich beende die große Seefahrt, um etwas Neues zu beginnen! Meine Heimat ist Hull und hier versuche ich ein abwechslungsreicheres Leben für mich zu gestalten!"

„Haha, hört, hört, der junge Herr macht auf Privatier? Also, ist das Ihr letztes Wort?"

„Absolut, Mr. Bellman!"

Bellman spürte, dass der Entschluss seines Kapitäns nicht umkehrbar war. Er wusste auch, dass Finnly viel Geld verdient hatte und sich diesen Ausbruch aus der jetzigen Berufssituation wahrscheinlich leisten konnte.

„Haben Sie einen Vorschlag, wie wir mit Ihrem Schiff weiter verfahren können, Mr. Finnly?"

„Ja, natürlich habe ich mir Gedanken gemacht, Mr. Bellman!"

Sean Blocker meldete sich: „Meine Herren, es geht um die personelle Neubesetzung der „BCS-Beluga 3". Als Vertreter der Belegschaft habe ich Vorschläge zu machen!"

„Sachte, sachte, Mr. Blocker. Wir wollen uns Finnlys Gedanken anhören", warf Bellman ein.

Robert argumentierte: „George Bennon, unser Erster Offizier auf der Beluga 3, fährt bereits fünf Jahre unter meinem Kommando. Jeder in diesem Raum kennt seine Qualitäten und deshalb ist er erster Anwärter auf den Kapitänsposten!"

Blocker schaute Robert hasserfüllt an. In seinem Gefolge als Gewerkschaftsboss befanden sich Kapitäne, die von der Linie auf den Tramp wechseln wollten. Die musste er positionieren, wenn er nicht an Achtung verlieren wollte. Blocker suchte nach Totschlagargumenten: „Bennon ist zweifellos ein Top-Seemann – aber als Frachtmanager?"

Bellman schaute Robert fragend an.

„Das Frachtmanagement hat Bennon in den letzten zwei Jahren unter meiner Betreuung weitgehend selbstständig gemacht.

Schauen Sie sich die Frachtraten und die Margen dieser Zeit an und Sie müssen anerkennen, dass Sie in Bennon einen Mann haben, dem kein anderer das Wasser reichen kann!", argumentierte Robert.

Bedächtig zündete Bellman erneut seine Zigarre an. „Wir machen es so Mr. Blocker, Bennan wird Kapitän und aus Ihrer Riege rückt jemand auf einen Offiziersposten. Vielen Dank meine Herren!"

Robert erhob sich: „Eine Frage: Heute ist der 29. April, morgen will ich mit Beginn der dritten Tageswache das Kommando an Bennon übergeben, ist das o. k.?"

Bellman nickte: „O. k!"

Robert verließ das Direktorbüro. Auf der gegenüberliegenden Seite des Vorraumes schaute er durch eine riesige Glaswand nach Westen auf die Stadt Hull. Das Hafengelände, der East-Channel, St. Andrew Cathedral, der Rundbau des Story-Ville, die weiße Abbruchkante des „Hull Karstplateau": Alles erstrahlte im von Südwesten einfallenden Sonnenlicht. Robert empfand ein heftiges Glücksgefühl: „Meine Stadt!" An Bonelli gewandt fragte er nach der Personalabteilung. Bonelli beobachtete ihn aufmerksam. Sie wollte aus seinen Gesichtszügen lesen, wie das Gespräch im Direktionszimmer verlaufen sein mochte. Robert hatte jedoch sein Pokerface aufgesetzt: ruhiger Blick, alle Gesichtsmuskeln entspannt. Enttäuscht flötete Bonelli: „drittes Obergeschoß."

Bei BCS wussten alle, dass Finnly geschmissen hatte. Niemand konnte das verstehen, da Finnly in allen Jahren der Top-Tramper gewesen war. Außerdem, war er mit 45 Jahren nicht zu jung, eine solche Karriere einfach zu beenden?

Im dritten Obergeschoß traf er nach einigem Herumfragen die Personalchefin Liz Looberg und bat sie, die Auflösung seines Dienstleistungsvertrages mit BCS und die Tantiemenabrechnung an die Adresse:

„Hull-Island, Westchapel, Boganson-Cottage"

zu senden.

9

Looberg nickte bestätigend, lächelte und wünschte ihm Glück und Gesundheit. Dankbar nahm Robert zur Kenntnis, dass die Wünsche der erfahrenen Kollegin ehrlich gemeint wirkten. Die Beluga 3 lag an Pier 6, ca. fünfhundert Meter von der Bellman-Reederei entfernt. Robert entschloss sich, durch die Hafenanlagen zu Fuß zu seinem Schiff zurückzugehen. Gegen 16.30 Uhr traf er George Bennon in der Schiffsmesse. Er bat George in seine Kapitänsunterkunft und berichtete vom Verlauf des Gesprächs mit Bellman und Blocker. George wirkte erleichtert und bedankte sich knapp, aber herzlich, bei seinem Kapitän.

Robert ließ die anwesende Mannschaft in die Messe beordern. Er teilte die neueste Entwicklung mit, bedankte sich bei allen und kündigte an, dass morgen, am 30. April, mit Beginn der dritten Tagwache, das Kommando an den neuen Kapitän, George Bennon, übergeben werde, und er dann das Schiff verlasse.

Der Maat (Vorarbeiter der Mannschaft) bedankte sich im Namen der Mannschaft. Er fand einige kernige Worte der Anerkennung für Kapitän Finnly und stellte unter fröhlichem Gejohle der Kameraden die Frage: „Kapitän Finnly, ist eine Abschiedsparty vorgesehen?"

Robert antwortete: „Männer, feiert nicht den Abschied von mir, sondern den Neuanfang mit Käpten Bennon. Ich übertrage euch hiermit das Kommando über die Gestaltung der Feierlichkeiten des Kommandowechsels und sponsere das mit 600 Dollar!" Anerkennendes Gegröle! Jetzt war es 18.00 Uhr. Es entstand heftige Betriebsamkeit und zwei Stunden später glänzte die Beluga 3 festlich erleuchtet und geschmückt. Die Entwicklung dieser Festlichkeit machte schnell die Runde und nahm noch nie in Hull gesehene Dimensionen an. Die Seeleute der umliegenden Schiffe strömten in Richtung Liegeplatz der Beluga 3, brachten Getränke und Speisen mit, ein riesiger Grill wurde auf der Pier angefeuert, auf dem wie aus dem Nichts zwei Lämmer bräunten. In Windeseile sprach sich das Ereignis auch in der Stadt herum und gegen 22.00 Uhr erschienen etliche Liebesdienerinnen aus der Stadt auf dem Festgelände. Bereits um 19.00 Uhr telefonierte Robert mit der Polizei in Hull und kündigte ein Spektakel an, das nicht mehr abzuwenden sei. Er bat die Verantwortlichen, das Ereignis wohlwollend zu beobachten und zu beschützen.

Gegen 23.00 Uhr brüllte der Beluga-Maat durch ein Mikro, dass jetzt die Bordband der Beluga-Musik zum Tanz spiele, da inzwischen die schönsten Frauen der Stadt anwesend seien. Die B3 lag mit der Steuerbordseite an der Pier. Hinter dem niedrigen Schanzkleid, etwa in der Mitte des Schiffes, hatten die B3-Männer Musikverstärker aufgebaut und Instrumente platziert. Der Maat drängte Robert, seine Bassgitarre einzustöpseln und mitzuspielen.

Darauf hin bat Robert George Bennon, das Ganze im Auge zu behalten, und nahm in der zusammengestoppelten Musikformation Platz mit seiner Bassgitarre. Mit Drums, Bass, Gitarre, Banjo, Akkordeon präsentierten die Männer das, was sie in etlichen Freiwachen auf See einstudiert hatten. Die Stimmung stieg, die Getränke gingen zur Neige. George Bennon sprach den Polizeisergeant an und bat um Hilfe. Die Polizei solle bitte Getränke in der Stadt holen und cash bezahlen. Er drückte dem Sergeant 200 Dollar und eine Bestellliste in die Hand.

Der Sergeant wusste nicht, wie ihm geschah: „Wieso wir, die Polizei?"

Bennon argumentierte: „Meine Leute haben keine Fahrzeuge und dürften auch nicht mehr fahren. Ihr wisst, wo man Getränke kaufen kann. Euch überlassen die Händler gegen Cash auch um diese Zeit noch Getränke, weil ihr es als ‚notwendig' erklärt!" Der Sergeant nickte, ergriff Dollars und Warenzettel, gab Befehle und fünfunddreißig Minuten später war der Nachschub unter riesigem Beifall an der B3.

Robert fand die Idee genial, bei seinen Hobbymusikern mitzuspielen, er wurde nicht weiter zum Alkoholgenuss genötigt und es bestand für ihn die Aussicht, seinen ersten Tag in „Freiheit" mit einem klaren Kopf zu beginnen. Gegen 4.00 Uhr kroch er weitgehend nüchtern in seine Koje.

2.

Um 9.00 Uhr am folgenden Tag, dem 30.04, tätigte Robert mit seinem Smartphone einige Telefonate:
Mit Barnie O'Brian, dem Hafenmeister in Westchapel-Harbour, klärte er seine Abholung per Boot gegen 13.00 Uhr.

Conchita Hernandez erreichte er nach etlichen Versuchen zu Hause bei ihrer Tochter Mercedes in Westchapel. Die alte Dame war lange Jahre Haushälterin im Boganson Cottage und seine Ersatzmutter gewesen und jetzt fragte Robert, ob sie das Haus heute noch provisorisch bewohnbar machen könne? Sie fiel aus allen Wolken angesichts dieser Entwicklung, freute sich gleichzeitig über das Wunder der „Rückkehr eines verlorenen Sohnes"!
Ja, sie werde das gemeinsam mit ihrer Tochter hinbekommen!

Seiner Cousine Susan van Daelen, Geschäftsführerin der „DF Shipyard, Hull" (van Daelen&Finnly Werft, Hull), verkündete er die Rückkehr und das Ende seiner großen Seefahrt. Susan war so überrascht, dass sie zunächst nichts sagen konnte. Die Stimmung zwischen den beiden Finnlys war nie die beste gewesen.
Schließlich sagte Susan in anklagendem Ton: „Du weißt, dass Grandpa und Grandma nicht mehr da sind!"
Ja, Robert wusste es. An den Beerdigungstagen war er mit der B3 auf hoher See gewesen und hatte nicht anwesend sein können, hatte das seinen Verwandten aber nicht mitgeteilt.
Susan weiter: „Am 10. Mai findet in unserem Kontor die Testamentseröffnung statt. Da du in Hull bist, wirst du eine schriftliche Einladung erhalten. Wo wirst du wohnen?"
„Im Boganson-Cottage!", erklärte Robert.
Susan merkte an: „es wäre sinnvoll, wenn wir uns vorher sehen und uns abstimmen könnten!"
„Ja, das sollten wir machen. Ich werde mich in den nächsten Tagen melden!", versprach Robert.

13.20 Uhr erschien Big Boulder, Fischer aus Westchapel mit einem Hafen-Dinghy. Während Big Roberts persönliche Sachen, die schon auf der Pier standen, in das Dinghy lud, verabschiedete Robert sich von jedem Crewmitglied per Handschlag. Er schaute in müde, traurige Augen, es wurde nichts mehr gesprochen. Dann fuhr Big das Dinghy aus dem Hafen hinein in den St. Andrew Golf, bog ab nach Westen, Richtung Westchapel.

Die Fahrt dauerte eine gute Stunde. Big, knapp zwei Meter groß und 110 Kilogramm schwer, war ein Freund aus Roberts Jugendzeit.

Er schaute Robert an, grinste wie ein Honigkuchenpferd, fragte: „Hast du Scheiße gebaut?"

„Nein, ich habe keinen Bock mehr auf dicke Hochseeschiffe und das langweilige Herumfahren zwischen immer denselben Häfen!", erklärte Robert.

„Aha, und was machst du jetzt?"

„Weiß noch nicht."

„Bleibst du in Chapel?"

„Vorerst ja."

Sie bogen nach Süden in die Bucht von Westchapel und passierten die Hafeneinfahrt. Robert genoss das Bild seiner Heimat aus Kindertagen:

Die fast halbrunde Pier, belegt mit Fischerkuttern und einigen Dinghys.

Voraus, die „Chapel" stand etwas erhöht, mit fünf aufwärts gehenden Treppenstufen.

Rechts davon, das historische Rathaus von Westchapel.

Links davon, das „Chapel-Inn", der einzige Pub in Westchapel.

Auf der rechten, westlichen Seite der Hafenbucht der Fähranleger, dahinter der Store von Raffaela Conte, weiter rechts die kleine Reparaturwerft, ein Genossenschaftsbetrieb der Fischer, oben auf dem Inselkopf, 185 Meter über dem Meeresspiegel, der Leuchtturm „Hull West Fire".

Auf der linken, östlichen Seite der Hafenbucht: das erste Haus, direkt am St. Andrew Golf, das „Boganson-Cottage".

Weiter im Halbrund Richtung Pub, Cottages mit Bootsliegeplätzen vor den Häusern.

Zwischen dem Bogen der Pier und den Häuserlinien ein geräumiger Platz, gepflastert mit Natursteinen, darauf zwei Reihen mit mächtigen Platanen.

Das Dinghy schwenkte nach links zum Anleger vor Boganson-Cottage. Der Bootsschuppen rechts neben dem Haus stand offen. Robert nahm dort den Schiebekarren heraus und darauf luden sie sein Gepäck. Robert verabschiedete Big, bedankte sich und schob den Karren zum Haus.

Conchita kam Robert entgegen, als er zum Hauseingang ging. Sie umarmte, umklammerte ihn unterhalb seiner Arme, legte ihr Gesicht an seine Schulter und weinte. Robert bekam weiche Knie. Seit er sich erinnern konnte war Conchita seine Ersatzmutter gewesen, bis zu seinem zwölften Lebensjahr.

Seine Mutter, Liv Boganson, und sein Vater, Harald Finnly, bereisten mit einer einfachen Segeljacht die Welt, waren selten und dann nur für kurze Zeit zu Hause und als ihr Sohn Robert fünf Jahre alt war, kehrten sie nicht mehr zurück, galten seitdem als vermisst.

Seine Grandma, Hella Boganson, starb früh an Krebs, bevor Robert geboren war.

Sein Grandpa, Knuth Boganson, arbeitete selbstständig als Warentransporteur für Anlieferungen zu den Empfängerdressen in Hull-City und Hull-County mit Boot und auch mit Lieferwagen. Er war wenig zu Hause. Conchita Hernandez, eine Nachbarin mit drei eigenen Kindern, führte als Boganson-Haushälterin und Ersatzmutter für Robert den Haushalt.

Mercedes, Conchitas verheiratete Tochter, trat im Hausflur den beiden entgegen und bedeutete Robert mit Gesten, er möge Nachsicht mit ihrer Mutter haben. Die beiden lächelten, verstanden sich. Robert und Mercedes führten Conchita zurück ins Haus und beruhigten sie.

Mercedes erklärte: „Wir haben in den Räumen die Staubschutztücher entfernt, dein Bett ist frisch bezogen. Die Badezimmer unten und oben sind vorbereitet, Wasser, Strom und Gas sind eingeschaltet. Den Kühlschrank in der Küche haben wir nach deinem Anruf eingeschaltet und bestückt. Jetzt lassen wir dich alleine, damit du in Ruhe ankommen kannst. Wenn du etwas benötigst, gib uns Bescheid!"

„Und noch etwas, morgen, am Feiertag, laden wir dich zu uns zum Mittagessen ein, so gegen 13.00 Uhr. Ist das o. k.?"

Robert bedankte sich herzlich, küsste beide Frauen auf die Wangen: „Ja, ich werde gerne zu euch kommen!"

Inzwischen war es früher Abend. Robert empfand eine schwere Müdigkeit. Er besichtigte alle Räume des Boganson-Hauses. Ein Gefühl tiefer Dankbarkeit empfand er beim Anblick des gepflegten Zustandes. In den langen Jahren seiner Abwesenheit hatte die Familie Hernandez ohne seinen konkreten Auftrag das Anwesen betreut. Es beschlich ihn ein Schamgefühl.

Auf der Beluga 3 hatte Robert morgens im Kreise seiner Offiziere gefrühstückt und seit dem nichts gegessen. Dennoch empfand er keinen Hunger und beschloss zu schlafen.

Durch die Lamellen der geschlossenen Fensterläden im Obergeschoß, in seinem Schlafzimmer, drang diffuses Tageslicht. Auf dem Bett lag ein frischer, gefalteter Schlafanzug. Robert legte seine Kleider sorgfältig ab und betrat das Badezimmer. Er ließ kaltes Wasser aus dem Hahn in das Becken laufen und trank ein paar Schlucke davon aus der Hand. Dann legte er sich in sein Bett und schlief augenblicklich ein.

3.

Ein Geräusch weckte ihn im Zustand der Orientierungslosigkeit. Als er sich dessen bewusst war, dass er nicht auf einem Schiff schlief, schaute er auf die Uhr. Es war 0.15 Uhr am Morgen des 1. Mai.

Er öffnete einen Fensterladen und hielt Ausschau in die mondhelle Nacht. Aus dem Pub, dem Chapel-Inn, erklang Musik ..., ja, es war die Feiernacht zum 1. Mai mit Musik und Tanz in den Pubs.

Robert vernahm moderne Popmusik! Traditionell spielte man in Hull-County zu solchen Festen folkloristische Musik mit Gitarre, Fiddel, Flöten und Bodhrán (Armtrommel). Robert schloss den Fensterladen und setzte seinen Schlaf fort.

Erfrischt erwachte er im frühen Morgen, pflegte sich und schaute in den Kühlschrank. Es gab einen gemischten Calamarisalat, Brot, Oliven, Ziegenkäse, Butter und einige Flaschen Bier, nämlich das „Luna" aus der City-Brauerei. Der Calamarisalat mochte wohl für den Abend gedacht sein, aber Robert aß ihn genüsslich mit Brot und schwarzem Tee zum Frühstück.

In den frühen Morgenstunden hatte Nieselregen eingesetzt. Der 1. Mai begann trübe, mit Temperaturen um 20 °C. Robert checkte E-Mails, es gab nichts Neues.

Er freute sich auf den Besuch der Familie Hernandez. Sicher gab es aktuelle Informationen zu Westchapel und zum Hull-County. Aus dem Bootsschuppen, in dem er zu seiner Überraschung den alten Citroën HY Lieferwagen (*das berühmte Wellblechauto aus den 60er- und 70er-Jahren*) seines Grandpa fand, holte er seine von der Beluga mitgebrachte Ausrüstung, brachte sie ins Haus und ordnete alles sorgfältig ein. Als Kleidung für den heutigen Tag wählte er einen dunkelgrauen Leinenanzug, ein hellblaues Hemd und leichte, braune Lederhalbschuhe. Äußerlich wollte Robert nicht weiterhin eine Kapitänsfigur abgeben.

Um die Mittagszeit ging er hinüber zum Cottage der Familie Hernandez. Wahrscheinlich erwarteten sie ihn schon in gespannter Neugier. Kaum hatte Robert den Türklopfer betätigt, öffnete sich spontan die Haustüre. Ein etwa zehn Jahre alter Junge lächelte ihn an und sagte: „Hi, ich bin Jaime! Bist du der Kapitän Finnly?"

Robert nickte und sagte: „Hi Jaime, ja, ich bin Robert Finnly. Du bist wohl ein Sohn von Mercedes?"

„Ja, und von meinem Vater Jorge! Wir heißen „Martinez"!"

Mercedes trat in die Diele, begrüßte Robert und bat ihn in den Wohnraum. Die gesamte Familie war versammelt: Grandma Conchita, Jorge Martinez, Vater von Jaime und Maria, der jüngeren Schwester von Jaime und Mutter Mercedes. Robert setzte sich zu ihnen an den Tisch und nahm den angebotenen Kaffee.

Zu Robert gewandt fragte Jaime: „Hier sagen sie, dass du ein Trampkapitän bist. Was ist ein Trampkapitän?"

„Das will ich dir gerne erklären, Jaime, aber seit heute bin ich nicht mehr Kapitän, und ich bitte euch, mich Robert zu nennen!"

„Also Jaime, es gibt etwas vereinfacht gesagt, zwei Typen von Frachtschiffen, z. B. solche, die immer dieselbe Route fahren, die fast immer spezialisiert sind für den Transport einer Ware, z. B. nur Container oder nur Autos oder nur Erdöl oder nur Getreide … Diese Schiffe haben keine eigenen Ladevorrichtungen. Sie werden von der Pier aus be- und entladen. Diesen Schiffstyp, zu dem auch Fähren gehören, nennt man Linienschiffe.

Dann gibt es Schiffe, die von Hafen zu Hafen fahren und dort Ladung verschiedenster Art aufnehmen und auch abladen. Sie haben eigene Ladevorrichtungen an Bord, meist Turmdrehkräne auf der Backbordseite. Die Schiffe werden als Trampschiffe bezeichnet. Eine Besonderheit ist es, wenn der Kapitän gemeinsam mit seinem Lademeister von See aus klärt, wo welche Ladung für welchen Hafen aufgenommen werden soll oder kann. Der Kapitän klärt das direkt mit den Hafenspeditionen. Durch diese Methode kann eine bestmögliche Laderaumauslastung erreicht werden. Auch gibt es bessere Preise für das Transportieren kleiner Frachtgutmengen. Solche Kapitäne sind richtige Trampkapitäne.

Sie heißen offiziell nicht so, aber die Bezeichnung Trampkapitän hat sich eingebürgert!"

Jaime rief: „Oh Dad, so ein Kapitän möchte ich auch werden!"

Jorge erwiderte grinsend: „Mein lieber Sohn, dann musst du in der Schule mehr Gas geben!"

In der Zwischenzeit wurde das Essen aufgetragen. Es gab gedünstetes Lammfleisch in einer Knoblauchsauce, grüne Bohnen und Süßkartoffeln, ein Festessen, das anlässlich des Feiertages mittags eingenommen wurde. Als Dessert gab es hauchdünne Tortillas, darin eingewickelt selbst gemachtes Vanilleeis, mit einem Klecks süßer Schlagsahne. Jaime berichtete stolz, dass seine Grandma diese Süßspeise mache.

Draußen nieselte es aus dichtem Nebel, drinnen bei Martinez war es richtig gemütlich. Der Kaminofen, mit Holz befeuert, gab eine wohlige Strahlungswärme ab. Zum Abschluss gab es Espresso und für die Erwachsenen dazu einen Tequila.

Robert erkundigte sich nach den beruflichen Tätigkeiten der Martinez-Eltern.

Jorge arbeitete im Hafen von Hull-City auf einem Portalkran. Um dort hinzugelangen, fuhr er täglich mit der Fähre „Hull-West" von Westchapel nach Westcorner und von dort mit einem Wasserbus in den Hafen zu seinem Arbeitsplatz. So machten es einige Frauen und Männer aus Westchapel.

Mercedes arbeitete als Verkaufsleiterin im Store als rechte Hand der Eigentümerin Raffaela Conte.

In Westchapel gab es zwar eine Kindertagesstätte, aber keine Schule. Die Kinder benutzten deshalb, wie früher auch Robert, die Fähre auf dem Weg zu den Schulen in Hull-City.

Robert berichtete von seinem Leben als Schiffskonstrukteur in der „van Daelen & Finnly Schiffswerft" und als Kapitän. Dabei vermied er es, die Umstände dieser Entwicklungen zu berichten. Die Frage nach seinen Zukunftsplänen konnte er nicht schlüssig beantworten und darüber wunderte sich die Hernandez/Martinez-Familie. Er versprach, die Familie über seinen weiteren Werdegang zu informieren.

Conchita fragte er: „Bist du bereit, und auch in der körperlichen Verfassung, mir den Haushalt zu führen? Das betrifft die Reinigung der von mir benutzten Räume und meine Wäsche, jedoch keinen Einkauf und keine Zubereitung von Essen."

Conchita blitzte ihn erfreut an: „Ja, Robert, das mache ich gerne. Ich freue mich!"

Zu Jorge gewandt sagte Robert: „Ich will eurer Mutter 400 Dollar im Monat zahlen. Ist das o. k.?"

Jorge wusste, dass seine Schwiegermutter dies ablehnen würde. Er war aber der Meinung, dass Roberts Vorschlag richtig war.

Ohne Zögern sagte er: „Ja, Robert, das ist o. k.!"

Robert bedankte sich für den schönen Tag bei der Familie und verabschiedete sich.

4.

Durch den Nieselregen ging Robert schnell zurück in sein Cottage. Er musste sich mit seiner Zukunft beschäftigen, er benötigte ein Konzept. Zu kommenden Ereignissen musste er Positionen beziehen und Entscheidungen treffen können. Robert setzte sich an den Wohnraumtisch. Zunächst hielt er fest, was er in Zukunft vermeiden wollte:

- keine Tätigkeit als fest angestellter Mitarbeiter
- keine Dauertätigkeiten in geschlossenen Räumen
- keine große Seefahrt
- keine Bindung an eine Frau durch Heirat

Dann notierte er Optionen für seine Zukunft:

- auf Honorarbasis als Bassist in Pubs und Varietés arbeiten
- als Hafenkapitän in Hull-City und Hull-County in Gelegenheits- oder Teilzeitform arbeiten
- Die Beziehung zu einer bürgerlichen Frau suchen

Robert war sich darüber im Klaren, dass die Erbfrage in der Finnly-Familie einen Einfluss auf ihn haben würde. Seinen verstorbenen Grandpa Jonathan Finnly schätzte er so ein, dass der in seinem Testament Roberts Erbe an dem beträchtlichen Familienvermögen mit Auflagen verband. Zum Beispiel: „Mitarbeit in der DF-Werft". Das würde wahrscheinlich bedeuten:

- Feste Mitarbeit in der DF-Werft
- Tätigkeit in Büros und Konstruktionsräumen
- Repräsentationstätigkeit in der Firmenleitung

Dagegen sprach, dass er 18 Jahre nicht mehr konstruiert hatte und sich aufwändig einarbeiten müsste. Seine Cousine Susan und deren Mann Dick würden nicht begeistert sein, denn die Positionen, die Robert einnehmen könnte, z. B. in der Konstruktion, waren mit Sicherheit hochwertig besetzt. Nein, er wollte ein einfaches, bescheidenes Leben führen. An einer Vermögensanhäufung war er nicht interessiert. In den Jahren als Trampkapitän hatte er viel Geld gemacht und wenig Gelegenheit gehabt, Geld auszugeben. Eine knappe Million Dollar waren angelegt in Schiffs- und Hafenbeteiligungen. Die Rendite, so der Stand gegenwärtig, reichte für einen einfachen Lebensstil. Das Boganson-Cottage gehörte ihm und war nicht belastet. Es lag allerdings auf einer Insel, isoliert von städtischem Leben. Gut, wenn er ein eigenes Dinghy besäße, ließe sich damit das Problem der Isolierung mindern. Boganson-Cottage mit seiner traumhaft schönen Lage konnte ein liebenswerter Platz zum Leben sein. Zu den mit ihm etwa gleichaltrigen Menschen in Westchapel bestanden noch Kontakte, die sich vielleicht wieder beleben ließen. Robert zog in Erwägung, das Finnly-Erbe einfach abzulehnen. Das würde allerdings bedeuten, dass er niemals den Inhalt des Testamentes seines Grandpa erfahren würde. War das von Bedeutung?

5.

Der folgende Tag begann mit strahlend sonnigem Wetter. Von Südosten fiel das Sonnenlicht flach auf den St. Andrew Sund und Lichtreflexe blitzten auf den Wasseroberflächen.

Von der Terrasse an der westlichen Giebelseite des Boganson-Cottage sah man links den 500-Seelen-Ort Westchapel, darüber auf dem Inselkopf den Leuchtturm. Über dem Ort, weiter links. wurde die Sicht nach Süden durch einen sanft geschwungenen Hügelrücken, mit der Bezeichnung „Windegde" (Windkante), begrenzt. Im Westen leuchtete im Morgenlicht durch den sich auflösenden Dunst das weiße Juragestein der etwa acht Kilometer entfernten Westhighlands, davor die Westbay. Rechter Hand nördlich lag der Sund, hier an seiner engsten Stelle mit einer Breite von etwa 1000 m, an der die Fähre zwischen Westchapel und Westcorner in Hull-City verkehrte. Die Stadt am gegenüberliegenden Sundufer bildete im Dunst schemenhaft eine Linie.

Heute beabsichtigte Robert einige Einrichtungen und ihm noch bekannte Personen zu besuchen. Als Erstes den Store, in dem sich auch ein Büro der „Hull-City & Hull-County-Bank" (HCB) und ein Postoffice befanden. Auf dem Weg zum Store erreichte Robert das Bürogebäude des Hafenmeisters, Barny O'Brian, das auch den Land-Stützpunkt der Fähre beherbergte.

Robert wollte Barny danken für seine Abholung am Pier 6 in Hull-Harbour. Im Büro traf er Barny und den Kapitän der Fähre, Donald McCancie. Die beiden saßen gemütlich bei einem Plausch.

Robert begrüßte sie: „Hi Barny, hi Don!"

Grinsend stellte er die Frage in den Raum: „Du hier, Don? Geht die Fähre alleine, ohne Kapitän?"

Barny und Don grinsten: „Seit vorigem Jahr haben wir einen zweiten Kapitän. Es ist Lena Malinowski, die kennst du nicht. Vor etwa acht Jahren ist sie hier bei uns „angeschwemmt" worden!", sagte Don lachend.

„Hm, gratuliere, dann hast du es jetzt ja ganz gut mit einer Vertretung, Don. Und was gibt es sonst Neues?"

„Unsere Fähre hat eine neue Maschine und eine Ruderanlage mit Stick-Steuerung bekommen!", berichtete Don stolz.

„Wow, woher habt ihr denn die Kohle, um das zu finanzieren?"

Barny holte genüsslich aus: „Das ist eine Superstory, Rob! Hull-City wollte die Fähre nicht weiterfinanzieren. Hull-County ist, wie du vielleicht weißt, ewig klamm. Raffaela Conte, die Store-Chefin, sitzt seit vier Jahren im County Council. Da hat sie einen cleveren Deal eingefädelt. Es wurde ein Fährverein gegründet, der beide Fähren, Hull-West und Hull-East, für je einen Dollar kaufte. Das Fährpersonal ging über in den Fährverein und wird vom Verein bezahlt. Dann drückte Raff in beiden Councils durch, die Fähren zur zollfreien Zone zu erklären, und jetzt konnten während der Fahrt steuerfrei Tabak und Spirituosen verkauft werden. Seitdem ist der Fährverein ein gesundes Unternehmen. Mit dem steuerfreien Verkauf auf den Fähren begann auch ein leichter Tourismus nach Hull-Island."

Robert staunte: „Raffaela scheint eine Kanone zu sein! Ich gehe jetzt rüber zu ihr, um sie persönlich kennen zu lernen."

Die beiden nickten.

Robert betrat den Store. Die Verkaufsleiterin, Mercedes Martinez, begrüßte ihn freundlich so, als sei er ein Familienmitglied.

„Ist die Chefin im Hause und kann ich sie sprechen?", fragte Robert.

„Ja, sie ist oben im Büro. Ich melde dich bei ihr an!"

Robert war Raffaela Conte ab und zu begegnet in der Zeit, als er in der Werft seines Grandpa Jonathan arbeitete und seinen Grandpa Knuth Boganson in Westchapel besuchte. Jetzt. Nach so langer Zeit, hatte er kein Bild mehr von ihr.

Er betrat ihr Büro im Obergeschoß. Raffaela Conte, etwa Mitte fünfzig, ging ihm entgegen und reichte ihm lächelnd die Hand. Sie wirkte enorm präsent: kastanienbraunes, halblanges, dichtes Haar, große tiefbraune, weit auseinanderstehende Augen, energische Mundpartie, natürlicher dunkler Teint. Sie trug ein figurbetontes Jackenkostüm aus Tweed in sanften Erdtonfarben.

Raffaela begrüßte Robert mit angenehm klingender Altstimme. Er war von ihr beeindruckt.

Er stellte sich ihr vor als Robert Finnly, Enkelsohn des Knuth Boganson.

„Nach langer Abwesenheit bin ich zurück in Westchapel. Ich möchte mich Ihnen vorstellen zum gegenseitigen Kennenlernen!", sagte Robert.

Raffaela lächelte erfreut und bat ihn, an einer kleinen Sitzgruppe Platz zu nehmen.

Sie setzte sich dazu: „Kaffee oder Tee?", fragte sie und erwähnte, dass sie schon einiges über ihn erfahren habe.

„Erzählen Sie etwas über sich!", bat sie. „Was haben Sie vor in Zukunft, können wir Sie in irgendeiner Form unterstützen?"

Robert lehnte dankend Getränke ab und sagte: „Mein Grandpa Jonathan Finnly ist vor einigen Monaten verstorben. In Kürze findet die Testamentseröffnung statt, bei der die Erbfolge des Finnly-Vermögens geregelt wird. Ich muss schauen, welche Konsequenzen das für mich hat!"

Raffaela Conte nickte verstehend.

Robert fuhr fort: „Ich besuche Sie auch, Madam, um etwas über die wirtschaftliche und kulturelle Entwicklung im County zu erfahren. Von Barny und Don hörte ich soeben einige spannende Neuigkeiten."

Raffaela Conte lächelte: „Ja, in den letzten Jahren hat sich einiges getan. Wie Sie vielleicht schon gehört haben, arbeite ich im County Council als Abgeordnete und hier in Westchapel gibt es einen soliden Schulterschluss mit Joshua O'Bready, dem Bürgermeister und Reverend!"

„Wissen Sie, das gleichzeitig Angenehme, aber auch Problematische an der hiesigen Situation ist die isolierte Lage von City und County. Der Fischfang und die Fischverarbeitung sind hier aufgrund der globalisierten Wirtschaftsentwicklung nicht mehr bedeutend. Es liegt aber auch daran, dass City und County das südliche Küstengebiet von Hull-Island mit der Breite von zwölf Seemeilen zu einem Naturschutzgebiet erklärt haben, in dem das Fischen streng verboten ist. Ein reduzierter regionaler Fischfang ist aber für unsere eigene Fischversorgung nach wie vor unverzichtbar. Die noch aktiven Fischer in City und County konnten wir in einer Fischereigenossenschaft zusammenfassen mit dem erklärten Ziel der regionalen Fischversorgung!"

„Das trockene, warme Klima und der geringe Teil an landwirtschaftlich nutzbarer Fläche machen uns von Nahrungsmittelimporten abhängig. Das ist für uns gefährlich, wenn die Weltwirtschaft einmal ins Stottern gerät!"

„Das Positive an unserer geografischen Lage sind das milde Klima und die fantastische Inselwelt in einer weitgehend ursprünglichen Natur. Das bietet die Entwicklungsmöglichkeit eines sanften Tourismus. Die Menschen hier stehen dem allerdings noch mit Skepsis gegenüber!"

„Bei uns auf Hull-Island, so mein Eindruck, sind die Menschen weder arm noch reich, aber überwiegend zufrieden!" „Seit Jahren versuche ich den Anteil an regional produzierten Nahrungsmitteln zu erhöhen. Das Ziel ist eine autarke Versorgung. Hull-Island hat das im County beste Klima zur Nahrungsmittelproduktion und es sind noch bedeutende Flächen frei zur landwirtschaftlichen Nutzung. Wir haben schon beachtliche Fortschritte gemacht. Es gibt hier einige Agrarbetriebe, die wir in einer Agrargenossenschaft vereinen konnten. Die in der Genossenschaft erzeugten Nahrungsmittel vertreiben wir in angeschlossenen Stores in City und County. Einen Lieferservice, der abgelegene Siedlungen und ältere Menschen versorgt, konnten wir mit ehrenamtlich tätigen Mitarbeitern ins Leben rufen!"

„Diese Art des Wirtschaftens bietet den Menschen Sicherheit, beschert ihnen jedoch keine Reichtümer. Trotzdem scheint das System hier im County eine gute Akzeptanz zu haben!"

Beeindruckt meinte Robert: „Diese Entwicklungen vermitteln mir ein gutes Gefühl, Mrs. Conte, ich danke Ihnen für die Informationen!"

Sie verabschiedeten sich.

Robert ging in das Büro der HCB und meldete offiziell seine Anwesenheit in Westchapel an. Seine Frage nach offenen Verbindlichkeiten gegenüber der Bank beantwortete der Bankangestellte:

„Nach dem Tod Ihres Großvaters, Mister Boganson, haben Sie unsere Bank ermächtigt, alle die Boganson-Liegenschaft betreffenden Kosten von Ihrem Konto zu begleichen!"

Ah, Robert erinnerte sich nicht mehr an diese Vorgänge, bedankte sich, verließ das Bankoffice und betrat das in Nachbarschaft liegende Postoffice. Auch hier gab er seine offizielle Postadresse bekannt und bat darum, seine Post nicht weiterhin an die Postadresse der Finnly-Familie zu senden.

Es war Lunchzeit und Robert überlegte, im Chapel-Inn, bei Dora und Frank Conelly, etwas zu essen. Im Pub wurde er mit großem Hallo begrüßt. Robert schien es, als habe man auf ihn gewartet. Er wurde eingeladen, am Familientisch der Conellys Platz zu nehmen. Dora servierte ihm ein Fischgericht. Dora, das spürte Robert, platzte vor Neugier, etwas von ihm zu erfahren. In verkürzter Form berichtete er seine Geschichte vom Anfang und dem Ende seiner Laufbahn als Trampkapitän und Dora fragte: „Bist du verheiratet, hast du Familie?"

Lächelnd winkte er ab: „Nein, ich hatte keine Gelegenheit, eine Familie zu gründen, und auch jetzt kann ich mir nicht vorstellen, mich durch Heirat an eine Frau zu binden!"

Mit Schalk in den Augen meinte Dora: „Dann bist du ja Freiwild! Du must wissen, dass Männer wie du zu einer gefährdeten Art gehören!"

Alle brachen in Gelächter aus und Robert fragte zurück: „Gibt es denn hier in Chapel Frauen, vor denen ich mich in Acht nehmen sollte?"

„Soweit ich das überschaue, gibt es zurzeit hier keine Gefahr!", antwortete Dora amüsiert.

Robert erinnerte sich daran, dass er in der Nacht zum 1. Mai im Chapel-Inn ungewöhnlich moderne Musik gehört hatte. Er sprach das Thema an.

Frank zog die Stirn kraus: „Inzwischen ist es kaum noch möglich, traditionelle Musiker zu finden. Unsere Jugend ist infiziert von dem allgegenwärtigen Weltpop!"

Dora wusste: „Ja, die Tochter von Raffaela, Claudia Conte, ist befreundet mit der Farmerstochter Jennifer O'Toole aus

Eastchurch. Jenny ist Drummerin mit ziemlich viel Power, sie ist, so scheint es, der Chef einiger Jungs und Mädels, die mit ihr Musik machen!"

Robert fragte nach: „Und die Gruppe habe ich in der Mainacht gehört?"

Frank: „Ja, die haben gespielt und sind überraschend gut bei den Chapelern angekommen."

Robert fragte weiter: „Wie sind sie denn besetzt? Ich würde sie gerne einmal live hören und sehen!"

„Wie gesagt, mit einer Drummerin, zwei E-Gitarren von Jungs gespielt. Ein schwarzes Mädel spielt Blasinstrumente und singt. Ein Keyboarder ist dabei, der etwas älter ist!", erklärte Frank.

Dora merkte an: „Soweit ich weiß, spielen sie morgen am Samstag bei Beccy Balmore am Westcorner!"

Robert dachte: „Oh, das ist günstig! Ich kann mit der Fähre hin- und zurückfahren und ich treffe Beccy, mit der ich auf der Highschool war."

Big Boulder und der Philosoph, Phil genannt, betraten den Pub. Phil mit einer Körpergröße von etwa eineinhalb Meter und einem Körpergewicht unter fünfzig Kilogramm wirkte auf groteske Art gnomenhaft neben dem Riesen.

Big dröhnte: „Wir haben unsere Schicht fertig und müssen auftanken, hahaha!"

Bei Frank bestellte er ein Pint Luna (etwas mehr als ein halber Liter) für sich und ein Halfpint für Phil. Big setzte das Pint an, trank es in einem Zug leer, rülpste und schielte auf Phils halbes Pint. Wie ein Vögelchen hatte Phil drei kleine Schlucke genommen und reichte sein halbes Pint an Big weiter. Der nahm es grinsend und goss es auch in einem Zug hinunter.

Jetzt, so fand Dora, war es Zeit, die beiden ein wenig anzuheizen!

„Phil", sagte sie, „du hängst seit Monaten mit Big herum! Was machst du da eigentlich?"

Phil: „Ich lerne!"

Dora: „Wow, was lernst du denn?"

Phil mit ernstem Gesichtsausdruck: „Wie man falsch lebt!"
Big überrascht: „Hä?"
Phil: „Big, zum Beispiel, hat von allem zu viel. Das ist ein Problem für ihn!"
Big: „Zum Beispiel?"
Phil: „Big, du hast mindestens zwanzig Kilogramm Übergewicht. Das schleppst du die ganze Zeit mit dir rum. Das musst du ständig warmhalten und pflegen!"
Big: „Du redest Scheiße. Wenn ich mal eine ganze Zeit nichts zwischen die Kiemen kriege, habe ich Reserven, hahaha! Dabei knallte er beide Handflächen auf seinen gewölbten Bauch. Wenn du mal einen Tag, nur einen Tag, nichts zu futtern kriegst, Phil, geht dein Lichtlein aus wie eine vom Wind ausgeblasene Kerze!"
Phil hielt dagegen: „Ich bekomme jeden Tag etwas zu essen. Ich brauche keine Reserven. Mir reicht zum Beispiel ein Stück Fisch in Daumengröße zum Leben!"
Big: „Und, wie stellst du das an, jeden Tag, du Däumling, hahaha?"
Phil: „Ein Stückchen Fisch erhalte ich an jeder Haustüre!"
Big: „Und, wie lange soll das funktionieren?"
Phil: „Das funktioniert immer, denn ich gebe den Menschen etwas zurück!"
Big: „Das wäre?"
Phil: „Das Gefühl, dass ich ihnen dankbar bin, dass ich ehrlich bin, dass ich sie achte. Ich bin ein reicher Mensch im „Sein". Im „Haben" bin ich dafür ein armer Mensch!"
Big dröhnte: „Zum Donnerwetter, jetzt höre sich einer dieses Gefasel an. Das ist typisch der Philosoph, den versteht kein Schwein!"
Phil: „Eben!"
Diese letzte feine Spitze hatte Big nicht verstanden.
Big: „Was soll der ganze Scheiß? Komm, Phil, wir hauen uns ein Stündchen hin!"
Beide verabschiedeten sich.
Robert schaute Frank fragend an. Dora bog sich vor Lachen.

Frank informierte: „Big ist hier der einzige Fischer, der nicht der Genossenschaft beigetreten ist. Er wollte frei bleiben, wie er sagte. Phil fand das gut und schloss sich als zweiter Mann auf dem Kutter an!"

Robert meinte: „Aber Phil kann doch kaum mehr als zwanzig Kilogramm in jeder Hand heben?"

Frank: „Ja, das stimmt, aber Phil ist ein Fuchs im Aufspüren von Edelfischen, die die beiden übrigens an Langleinen fangen!"

Robert: „Und was machen die mit ihrem Fang?"

„Sie verkaufen den Fang täglich hier im Ort vom Kutter aus, immer so gegen elf Uhr!"

„Was sagt der Bürgermeister dazu?", fragte Robert.

„Josh und Raff schauen freundlich weg!", meinte Frank.

Robert bedankte sich bei Dora und Frank und ging nach Hause in sein Boganson-Cottage.

6.

Später, gegen Abend, rief er wie versprochen seine Cousine Susan an.

Susan, kurz angebunden: „Die Testamentseröffnung findet nächste Woche, am 10. Mai, in unserem Kontor statt! Ich rate dir dringend vorab zu einem Abstimmungsgespräch!"

„Ja, Susan, ich sagte dir doch bereits, dass ich ein Vorabgespräch richtig finde. Bitte mach einen Terminvorschlag!"

Susan: „Am kommenden Montag, den 5. Mai, 15.00 Uhr, bei uns!"

Robert: „O. k., ich werde da sein!"

Der Tag endete mit angenehmer Temperatur. Rötlich leuchtendes Abendlicht erzeugte eine feierliche Atmosphäre auf dem Sund.

Robert dachte: „Ich möchte einmal im Sund schwimmen, wie in meiner Kindheit. Das würde sich wie ein wenig „Nach-Hause-Kommen" anfühlen!"

In Badeshorts und mit Badetuch ging er in den verwilderten Garten an der Ostseite des Hauses zu der Badestelle, an der sein Grandpa Knuth ihm das Schwimmen beibrachte. Er war vier oder fünf Jahre alt gewesen. Es befand sich dort noch ein Fleckchen Gras. Er legte das Badetuch aus, setzte sich und schaute. Gegenüber sah er die Sund-Promenade von Hull-City. Einzelheiten konnte er wegen der Entfernung von etwa tausend Metern ohne Fernglas nicht ausmachen. Die Abbruchkante des Karstplateaus über der Stadt leuchtete in rosa Farbtönen. Küstenschiffe fuhren in der stadtnahen Fahrrinne von West nach Ost und umgekehrt. Bei schwachem Südwestwind vernahm Robert das leise Wummern der Schiffsmotoren. Möwen gab es zur Abendstunde keine am Sund. Die Fischer hatten ihr Tagewerk beendet.

Vorsichtig ließ er sich in das Wasser gleiten. Es roch frisch, schmeckte salzig und war wärmer als vermutet. Er schwamm etwas in den Sund hinaus, eine Strömung war kaum spürbar. Ein Glücksgefühl ließ Robert genüsslich erschauern.

Am folgenden Tag, Samstag, erschien gegen 10.00 Uhr Conchita und begann mit der Hausarbeit im Boganson-Cottage. Robert fühlte, dass er hier jetzt nicht richtig am Platz war und ging hinüber zum Bürgermeisterhaus.

Josh O'Bready telefonierte in seinem Büro. Mit freundlicher Miene winkte er Robert einzutreten.

Josh, Mitte sechzig, war ein alter Bekannter. Er war von stämmiger Statur, trug dichtes schwarzes, etwas grausträhniges Haar. Er war verheiratet, hatte mit seiner Frau drei jetzt erwachsene Kinder, wahrscheinlich auch Enkelkinder.

Mit sonorer Stimme begrüßte er Robert: „Hi, du alter Tramper! Haben wir dich endlich wieder zu Hause?"

Robert grinste: „Vorläufig ja!"

„Wieso vorläufig?"

„Nächste Woche ist bei Finnlys Testamentseröffnung, ich muss sehen, was sich ergibt!"

„Hast du noch keinen Plan?"

„Weißt du, Josh, meine Wurzeln habe ich hier in Chapel. Ich gehöre hier hin, ich will hierhin zurückkommen! Mein Gefühl sagt: „Wenn ich das Finnly-Erbe annehme, werde ich wahrscheinlich wieder in die unternehmerische Mühle der Finnlys geraten. Die Finnly-Werft ist ein Segen für unser County, zweifellos! Aber ich muss etwas anderes machen. Zurzeit weiß ich nicht, was, also lasse ich die Dinge auf mich zukommen! Ich überlege ernsthaft, das Erbe nicht anzunehmen. Am kommenden Montag spreche ich mit meiner Cousine vorab darüber!"

Josh nickte verstehend: „Wir kennen uns schon lange Robert. Ja, ich glaube, dass es für dich so richtig ist!"

Robert nickte mit dankbarer Geste.

Er fragte: „Warum hast du die Doppelfunktion Reverend und Bürgermeister, Josh?"

„Du weißt, ich bin gelernter Geistlicher. Aber hier in unserer kleinen Kommune konnten sie weder einen Reverend noch einen Bürgermeister bezahlen. Raffaela, die vor, ich glaube, 17 oder 18 Jahren zu uns kam, machte auf einer öffentlichen Gemeindeversammlung den Vorschlag, beide Ämter in die Hand einer Person

31

zu geben. Den Vorschlag, die Ämter mir zu geben, brauchte sie nicht zu machen, der kam spontan aus der Versammlung!"

Robert meinte: „Raffaela Conte scheint eine dominante Person zu sein. Weißt du, woher sie kam und warum?"

„Sie kam mit zwei Kindern, ohne Mann. Offenbar verfügte sie über ein gut gefülltes Konto! Ich würde sie nicht dominant, sondern engagiert beschreiben. Jedenfalls genießt sie das volle Vertrauen der Bevölkerung. Den Store und das Wohnhaus hat sie von den alten Bloombergs auf Rentenbasis gekauft und den Warenwert des Stores bar bezahlt. Sie scheint keine Ambitionen zu haben, sich an einen Mann zu binden. Ihr Sohn Emilio studiert Nautik in Hull und ihre Tochter Claudia besucht die Highschool!"

Robert erinnerte sich: „Dora erwähnte, dass Claudia mit einer Farmerstochter aus Eastchurch befreundet ist, die Drums spielt."

„Ja, die beiden Mädels kennen sich von der Highschool!"

Robert verabschiedete sich von Josh und ging nach Hause. Conchita hatte ihre Arbeiten erledigt und ging zufrieden zurück zu ihrer Familie.

Robert überlegte, was er zum Pub-Abend im Westcorner anziehen sollte. Er wählte eine Jeans, Turnschuhe, ein helles T-Shirt und eine schwarze Lederweste, dazu eine helle Hull-Cap.

Nachdem er etwas Brot und Käse gegessen hatte, ging er gegen 19 Uhr hinüber zum Fähranleger. Donald McCancie grüßte ihn aus dem Steuerhaus, er hatte Fährdienst bis Mitternacht. Dann würde Lena Malinowski übernehmen bis 4 Uhr am Sonntag. Die Fähre war gut besetzt mit Chapel-Einwohnern, die wahrscheinlich auch die Musikveranstaltung im Westcorner-Inn besuchen wollten und Touristen, die von Ausflügen auf Hull-Island in die Stadt zurückkehrten. Am Verkaufspunkt der Fähre herrschte Gedränge von Kunden für Tabak, Spirituosen und Süßigkeiten, alles steuerfrei. Die Überfahrt dauerte mit Ab- und Anlegemanöver vierzig Minuten.

Gegen 20 Uhr betrat Robert das Westcorner-Inn. Das Publikum des jetzt schon gefüllten Pubs bestand überwiegend aus jungen Menschen. Robert registrierte mit Genugtuung die bunte Mischung von fröhlichen Menschen verschiedenster Ethnien.

An der linken Raumseite verlief ein langer Tresen in die Tiefe des Raumes. Der Kassenplatz am Tresen war im Augenblick seines Eintretens nicht besetzt. Robert hatte gehofft, Beccy Balmore, die Chefin, anzutreffen. In der hinteren rechten Raumecke war ein Podium als Bühne aufgebaut. Robert eroberte einen Stehplatz am Tresen in der Nähe des Podiums.

Die Band mit dem Namen „Hull-City-Rollers" brachte Verstärker und Boxen in Position und begann die Instrumente einzustöpseln und zu stimmen. Auf einer höheren zweiten Stufe des Podiums stand ein sehr komplettes Drumset. Auf der Ebene darunter befanden sich links ein Keyboard, rechts daneben ein E-Gitarren-Set, mittig ein Mikrofon-Set und rechts ein weiteres Gitarren-Set.

Das enthusiastische Gemurmel im Publikum verstummte augenblicklich, als eine junge rotblonde Frau das Podium betrat und sich an das Drumset setzte.

Das muss Jennifer O'Toole sein, dachte Robert. Sie sah überirdisch gut aus.

Sie rückte das Mikro in Position, nahm Schlagstöcke und begann einen schnellen, dezent geschlagenen Rhythmus. Sofort begannen die Pubgäste sich rhythmisch im Takt zu bewegen. Nach etwa 10 Sekunden sprach sie in ihren Schlagrhythmus: „Hi Leute, schön dass Ihr hier seid. Wollt Ihr heute mit uns die Sau rauslassen?"

Die Menge brüllte: „Wir wollen!" Dann erschien ein Gitarrist, den die Drummerin als Cliff Hutchinson vorstellte. Es folgte der zweite Gitarrist, Ossy Carpenter, und weiter die schwarze Kim Harvester. Ein großer, schlaksiger Keyboarder wurde als Frank Colomba vorgestellt. Die Menge tobte. Jennifer ließ die Drums sehr laut werden, Frank ließ aus dem Keyboard ein Bass-Riff einfließen. Die E-Gitarren mischten sich dazu und Kim Harvester begann einen Song, den „Hull Dream Song". Im Publikum schienen sie den Song zu kennen, denn sofort sangen alle mit. Der Vocal Part wechselte zu Cliff Hutchinson, damit Kim mit einem fetzigen Saxofon-Solo einsetzen konnte. Die Euphorie der Menschen im Saal schien sich zu überschlagen, so empfand es Robert. Es war klar, die Band hatte bereits ein Standing in Hull.

Sie elektrisierten das Publikum mit einer unglaublichen Power. Kleine Unsauberkeiten in der Musik nahm das Publikum nicht wahr. Von der ersten Minute an wurde gefeiert. Junge männliche und weibliche Bediener flitzten artistisch durch die Menge und baggerten Getränke heran. An der Kasse vorne am Tresenkopf entdeckte Robert Beccy Balmore.

Die Band spielte eine Reihe Songs aus eigener Entwicklung und auch gecoverte Songs, etwa eineinhalb Stunden. Dann legten sie eine Pause ein.

Robert arbeitete sich nach vorne durch zu Beccy Balmore und begrüßte sie: „Hi Beccy, ich bin wieder im Lande!"

Sie sah ihn überrascht an, benötigte eine Sekunde des Erkennens: „Hi Robert, du hier? Du siehst so freizeitmäßig aus! Was ist los mit dir?"

Robert lächelte: „Ist eine lange Geschichte, Beccy! Ich erzähle sie dir später, wenn du etwas Zeit hast!"

Beccy nickte mit erfreutem Lächeln. Der Geräuschpegel ließ eine weitere Unterhaltung nicht zu.

Robert arbeitete sich wieder zum Podium durch. Er sprach den Keyboarder an: „Hi Frank, ich bin begeistert von eurer Power. Warum habt ihr keinen Bass in eurer Gruppe?"

„Wir konnten noch keinen Bassisten finden, der unseren Soundvorstellungen entspricht!", erklärte Frank.

„Könnt ihr euch vorstellen, einen älteren Mann wie mich am Bass zu haben?"

„Bist du ein Bass-Mann?"

„Ja, ich könnte direkt bei euch einsteigen, nachdem ich einiges gehört habe!"

„Ich rede mit meinen Freunden darüber!"

Die Band beendete ihre Pause und besetzte wieder die Sets.

Jennifer O'Toole suchte Blickkontakt mit Robert und winkte ihm, auf das Podium zu kommen.

Cliff und Jennifer sprachen ihn an: „Wie lange willst du heute hierbleiben? Die letzte Nummer spielen wir um 0.45, dann noch ein paar Zugaben. Wenn du bleibst, können wir danach noch eine kurze Probejam spielen, eine Bassgitarre ist hier!"

„Klar, ich bleibe gerne hier, vielen Dank!"

Gegen ein Uhr, so schien es, waren alle Fans noch im Pub. Jennifer verständigte sich mit Beccy, dass die Polizeistunde eine viertel Stunde überzogen wurde.

Robert hatte keinen Alkohol getrunken. Im Anschluss an die letzte Nummer kündigte Jennifer einen Gastbassisten an: Robert Finnly. Die gestöpselte Bassgitarre stimmte Robert mit dem Keyboarder, dann ging es los.

Die Band begann mit einem gecoverten Stück, das Robert kannte. Es fiel ihm leicht, den Bass einzusetzen. Dann drummte Jennifer den Hull-Dream-Song an und Robert ließ das Bass-Riff einfließen. Die Fans tobten. Beccy erhob sich erstaunt von ihrem Sitz, als sie Robert am Bass sah. Die Fans forderten ohne Ende Wiederholungsschleifen, damit sie den Refrain mitsingen konnten. Robert hatte inzwischen den Text des Hull-Dream-Song verstanden:

Hallo, St. Andrew Cathedral
du bist die größte in Hull
du bewachst uns Tag und Nacht
du bist der Anker unserer Stadt

nach Westen schaust du auf das alte Hull
nach Osten auf das junge Hull
du siehst den Sund im Süden
weiße Steine und Schafe im Norden

Tag für Tag rufen deine Glocken
Hi, aufwachen, der Tag beginnt
Hi, Pause machen mit Kollegen
Hi, chillen im Pub, wo deine Freunde sind

(Refrain)
Hallo, St. Andrew Cathedral
du bist die größte in Hull
du bewachst uns Tag und Nacht
du bist der Anker unserer Stadt

Durchgefeiert die halbe Nacht,
angedröhnt am Central-Place;
hi, St. Andrew, bist du auch noch wach?
Wir grinsen dich an und heben das leere Glas

Langsam schleichen wir nach Hause,
Mutter wartet mit Sorge im Gesicht
Mutter, mach dir keine Sorge,
St. Andrew beschützt uns, das ist gewiss

Hallo, St. Andrew Cathedral
du bist die größte in Hull
du bewachst uns Tag und Nacht
du bist der Anker unserer Stadt

Vor deinem Altar geben wir uns das Jawort.
Christen, Juden, Muslime und Buddhisten
stehen vereint mit uns an diesem geheiligten Ort
sie alle jubeln uns zu; es staunen die Chronisten

Ja, vor St. Andrew sind wir alle gleich
alle Ethnien, alle Geschlechter, alle Klassen
gemeinsam machen wir unser Leben reich
Ja, auf St. Andrew wollen wir uns verlassen.

Beccy zog schließlich der Band den Stecker, nahm ihr Kassen-
mikro, und rief: „Hi Leute, wir haben die Polizeistunde über-
schritten, wir müssen Schluss machen. Das Westcorner-Inn und
die Rollers, wir bedanken uns bei euch. Ihr wart ein super Publikum! Gute Nacht und gute Heimfahrt! Bis zum nächsten Mal!"
Es gab mehrere Minuten Ovations.

Die Rollers schauten Robert überrascht und interessiert an.
Frank sagte: „Hi Robert, du bist doch Profi, oder?"
„Nein, aber ich freue mich, dass ihr mich so einschätzt!"
„Hast du kein Engagement?"

„Nein!"

„Willst du bei uns einsteigen?", fragte Cliff.

„Bin ich nicht zu alt für euch?"

Jennifer meinte: „Bei uns steht Qualität vor allem anderen!"

„Wie oft spielt ihr und wo?"

„Einige von uns sind Schüler. Deshalb spielen wir öffentlich nur an Wochenenden, zurzeit etwa jede zweite Woche!", erklärte Cliff.

„O. k., da könnte ich mich einklinken!"

„Wir üben jeden Mittwoch von 14 bis 20 Uhr im Übungssaal der Musikfakultät an der UNI in Middle-East-Channel!", bot Frank an.

„Ja, da kann ich mitmachen!"

Jennifer erfreut: „Fein Robert, dann am Mittwoch nächste Woche, am 8. Mai an der UNI!"

Robert verabschiedete sich von den Rollers und von Beccy, die ihm zuraunte: „Mann, Finnly, du bist vielleicht ein verrückter Kerl!"

Sie lächelten einander zu, dann ging Robert hinüber zum Fähranleger. Lina Malinowski stand im Ruderhaus.

Die Fähre war besetzt mit Rollers-Fans die nach Westchapel zurückfuhren. Es wurden Spirituosen gekauft, reichlich Spirituosen! Lina gab über die Bordlautsprecher bekannt, dass der Genuss von Alkohol an Bord verboten sei. Entrüstetes Gemurmel der Fährgäste, offensichtlich wollten sie die im Westcorner-Inn angeheizte Musikdröhnung etwas nachbrennen lassen.

7.

Der Fähranleger in Chapel lag in hellem Mondlicht. Die Wasseroberfläche im Hafen beruhigte sich schnell, nachdem die Fähre wieder abgelegt hatte, leer. Denn zu dieser Nachtzeit schien niemand mehr in die City fahren zu wollen. Robert schlenderte an der gebogenen Pier entlang Richtung Boganson-Cottage. Der Pub, rechter Hand, lag in tiefem Nachtschlaf. Auch der Wind war eingeschlafen, in den Platanen raschelte kein Blatt. Robert betrat sein Cottage, das er nie verschloss, pflegte sich und ging zu Bett. Durch die Fensterläden fielen Streifen Tageslicht, als er aufwachte. Es war Sonntag, gegen 11 Uhr.

Robert duschte, kleidete sich mit Jacket und Hose, darunter ein Hemd, das nicht in den Hosenbund gesteckt wurde. Dazu wählte er einen passenden Hut.

In bester Laune ging er zum Pub, er wollte zum Lunch etwas essen. Das Chapel-Inn war gut besetzt. Er schaute nach einem freien Tischplatz. In der rechten Raumseite in einer großen Nische nahe der Eingangstüre stand ein runder Tisch mit acht Sitzplätzen. Mehrere Personen besetzten den Tisch. Eine junge Frau winkte ihm zu, es war Jennifer O'Toole. Neben Jennifer saß eine weitere junge Frau. Sie hatte Ähnlichkeit mit Raffaela Conte, die ebenfalls am Tisch saß. Die junge Frau wurde Robert als Claudia Conte vorgestellt. Eine Frau in Roberts Alter stellte sich als Rose O'Toole vor, Jennifers Mutter. Rose gehörte zu der Art Frauen, bei deren Anblick sich Roberts Herzschlag für einen Augenblick beschleunigte. Sie trug intensiv rotes, schulterlanges gelocktes Haar. Huskyaugen, weiche ebenmäßige Gesichtszüge mit einigen Sommersprossen, vollschlanker Körper waren ihre äußeren Merkmale.

Eine weitere Frau im gleichen Alter stellte sich als Betty Coleman vor. Jennifer erklärte, dass Rose und Betty beide ihre Mütter seien. Das verwirrte Robert einen Augenblick, bis er begriff, dass die beiden Frauen ein gleichgeschlechtliches Paar waren.

Betty Coleman trug weißblondes glattes Haar und ihre blauen Augen in einem scharf geschnittenen Gesicht hatten etwas raubtierhaftes. Sie war etwa 1,70 Meter groß, extrem schlank, trotzdem wirkte sie kräftig, muskulös. Robert registrierte, dass Betty der Typ Frau war, „um die Mann dreimal vorsichtig herumging, bevor Mann sie ansprach".

Jennifer berichtete munter, dass sie und ihre Rollers Robert am Vorabend im Westcorner-Inn kennengelernt hatten. Sie bezeichnete Robert als Bassisten, mit dem sie zusammenarbeiten wollten, wenn die nächste Probesession positiv verlaufen werde.

Am Tisch herrschte darauf hin Stille, die durch Raffaela Conte aufgelöst wurde: „Meine Tochter Claudia und Jennifer sind Freundinnen. Sie besuchen gemeinsam die Highschool. Jennifer und ihre Eltern haben bei uns übernachtet, damit sie nicht in der Nacht zurück nach Eastchurch fahren mussten!"

Sie bat Robert am Tisch Platz zu nehmen. Robert nahm dankend an und bestellte bei Dora das Tagesmenü. Raffaela ermunterte Robert, etwas von sich zu erzählen. In schnellen Zügen berichtete er seinen Lebenslauf bis zur Gegenwart. Die beiden jungen Frauen schauten beeindruckt.

Raffaela erwähnte, dass die O'Toole-Farm Obst und Gemüse für die Agrargenossenschaft produziere. Inzwischen wurde der Lunch serviert. Das Gespräch floss in Richtung Agrartechnik.

Claudia und Jennifer verabschiedeten sich nach dem Essen aus der Runde. Jennifer erinnerte Robert noch einmal an den Termin am Mittwoch der folgenden Woche.

Nachdem Claudia und Jennifer den Pub verlassen hatten, sprach Betty Coleman ein Thema an, das sie offensichtlich bedrückte: „Wir wünschen uns Jennifer als unsere Nachfolgerin auf der O'Toole-Farm. Wir haben versucht, sie durch Erziehung in die Richtung zu lenken. Nun sieht es seit einiger Zeit so aus, als würde Jennifer in die Musikszene gleiten und unser gemeinsames Ziel aus den Augen verlieren!"

Schweigen am Tisch!

Robert berichtete: „Heute Nacht habe ich ihre Tochter am Schlagzeug erlebt. Ich bin kein professioneller Musiker, aber ich war beeindruckt von ihrer Schlagtechnik an den Drums und dem Energiestrom, mit dem sie die Menschen im Pub in ihren Bann zog. Sie mir als Farmerin vorzustellen, fällt mir schwer!" Betty Coleman schoss vernichtende Blicke auf Robert. Genau das wollte sie über Jennifer nicht hören.

Rose O'Toole mischte sich ein: „Jenny ist achtzehn Jahre alt, bald macht sie Abitur. Sie wird einen Weg gehen, den wir nicht mehr beeinflussen können, vor allem nicht mit Druck. Wir warten die weitere Entwicklung ab!"

Schweigen am Tisch!

Raffaela gab der Bedienung ein Zeichen, bestellte eine Runde Kaffee mit Whisky. Die Spannung löste sich und das Gespräch verallgemeinerte. Robert schaute Rose O'Toole mehrmals für Bruchteile von Sekunden an. Er spürte das Verlangen, eine Beziehung mit einer bürgerlichen Frau zu haben. In seinen Jahren als Kapitän pflegte er in Häfen auf verschiedenen Kontinenten wiederkehrende Beziehungen zu großartigen Frauen, aber ihm war bewusst, dass diese Frauen als Prostituierte berufsmäßig großartig waren.

Im Falle der Rose O'Toole gab es Klarheit. Sie war mit Betty Coleman fest verbunden. Die beiden Frauen führten ein hartes Arbeitsleben auf der Farm und waren sehr abhängig voneinander.

Als Rose einmal seinen Blick wahrnahm, fühlte Robert Schamröte in seinem Gesicht aufsteigen.

In dem Augenblick löste sich die Tischrunde auf, man verabschiedete sich. Robert war erleichtert.

Er machte Dora das Bezahlzeichen. Sie signalisierte, dass Robert in ein monatliches Zahlungssystem aufgenommen war, bei dem die Verzehrkosten gesammelt und im Folgemonat abgerechnet werden.

Robert verließ das Chapel-Inn und ging hinüber zum Rathaus. Er wollte Reverend O'Bready sprechen und die paradoxe Frage diskutieren, wie man eine dauerhafte, familiäre Beziehung zu einer Frau gestaltet, ohne mit ihr zusammenzuleben. Es war Sonntag, Josh O'Bready arbeitete im Bürgermeisterbüro. Robert fragte, ob Josh etwas Zeit für ein privates Gespräch habe?

Josh bedauernd: „Leider nein, Robert. Ich arbeite augenblicklich unter Zeitdruck!"

Josh nahm einen Terminplan und bot einen Termin in der kommenden Woche Donnerstag von 11 bis 12 Uhr an. Robert bedankte sich und verließ das Rathaus.

Zu Hause auf der Küchenanrichte hatte Conchita den „Hull-Sunday", eine regionale Wochenendzeitung, für ihn abgelegt. Er rief Conchita an, bedankte sich für die Zeitung und beschrieb ihr seinen Zeitplan für die kommende Woche.

Montag:	Termin in der DF-Werft, ganztags
Dienstag:	Besuch der Hull-Weststadt, ganztags
Mittwoch:	Termin in der Musikfakultät der UNI, mittags bis abends
Donnerstag:	Termin mit Reverend O'Bready von 11 bis 12 Uhr
Freitag:	Testamentseröffnung in der DF-Werft, ganztags
Samstag:	offen
Sonntag:	offen

Conchita lud Robert für Sonntag zum Essen ein. Robert bedankte sich und sagte zu. Ihm war bewusst, dass Conchitas Familie an Neuigkeiten interessiert war. Das verstand er gut und er hatte ja versprochen, die Familie auf dem Laufenden zu halten.

Der Hull-Sunday bestand geschätzt zu achtzig Prozent aus Anzeigenwerbung. Im Veranstaltungskalender fand Robert die „Hull-City-Rollers" mit einem Auftritt im Story-Ville, Mittwoch, 29. Mai angezeigt. Er staunte, wer im Story-Ville auftrat, erhielt damit den Ritterschlag als etablierte Größe in der Hull-Öffentlichkeit.

Robert verstand jetzt, dass die Rollers dringend einen Bassisten benötigten. Bei dem Gedanken, mit den Rollers im Story-Ville auftreten zu können, lief ihm ein angenehm kalter Schauer über den Rücken.

Während seiner Seefahrtzeit hatte er an die tausend Samplings in den verschiedensten Musikrichtungen gesammelt und diese mit seinen Bassinstrumenten immer wieder bespielt. Ein gutes Gehör für Musik und eine ausgefeilte Basstechnik waren das Ergebnis. Auch spielte er bei mehrtägigen Hafenaufenthalten in Jazzformationen als Bassist. Er würde am Mittwoch zur Übungssession seine eigene E-Bassgitarre mitnehmen, eine Rickenbacher 4003 FG.

Die Hull-Sunday enthielt auch eine Werbeanzeige der DF-Werft. Es wurden Dinghys von zehn bis dreißig Fuß Länge angeboten (ein Fuß entspricht etwa dreißig Zentimetern).

Im Hull Country wurden Dinghys gleichbedeutend mit Autos benutzt, denn das Kanal- und Wasserverkehrsnetz war gut ausgebaut, sowohl für den fließenden als auch für den ruhenden Bootsverkehr. DF-Dinghys waren hochwertig, das wusste Robert, aber auch hochpreisig. Er musste möglichst bald ein Dinghy anschaffen, um seine Mobilität zu verbessern.

Spät am Abend legte Robert die Hull-Sunday beiseite und ging schlafen.

8.

Robert erwachte gegen sieben Uhr am Montag, dem 5. Mai. Das Geräusch von Schiffs- und Bootsmotoren im Chapel-Harbour klang wie vertraute Musik in seinen Ohren. Eine neue Arbeitswoche lag vor den Menschen im Hull-Country. Am Himmel zeigten sich Schönwetterwolken, die im Zusammenspiel mit der Sonne fantasievolle Licht- und Schatteneffekte auf der Sundoberfläche erzeugten.

Robert empfand Anspannung in Erwartung des heutigen Gespräches mit seiner Cousine Susan.

Er pflegte sich, wählte eine konservative zivile Kleidung mit Anzug, Hemd und Krawatte, ging ohne Frühstück zum Fähranleger. Frühstücken wollte er in der Stadt, nachdem er sich erkundigt hatte, wie sein Termin in der DF-Werft mit öffentlichen Bootsverkehren sicher einzuhalten war.

Am Steuer der Fähre stand Don. Sie begrüßten sich durch Handzeichen, während das Ablegemanöver die volle Aufmerksamkeit des Kapitäns erforderte. Auf halber Strecke zum Westcorner blickte Robert zurück, in die südliche Westbay. Im Frühdunst sah er den Teil des Inselkopfes, der von Boganson-Cottage aus nicht sichtbar war. Grau-schwarz stiegen Klippen fast senkrecht aus der Westbay auf zum Leuchtturm. Zahlreiche Seevögel kreisten vor der Steilwand.

Am Westcorner Pier verließ Robert die Fähre kurz vor 9 Uhr und schaute zum Westcorner-Inn. Der Pub war nicht geöffnet. Es war zu früh! Dann fiel ihm ein, dass der Pub montags geschlossen war. Er ging zu den Wassertaxi-Liegeplätzen und erkundigte sich nach Fahrmöglichkeiten und Fahrzeiten. Es gab eine Wasserbuslinie, die in Westhull einen Rundkurs in Endlosschleife fuhr.

Damit konnte Robert zum Central Place gelangen und von dort einen Wasserbus nehmen, der den Eastchannel bis in die East-Bay befuhr. Die DF-Werft lag am südlichen East Boulevard.

Robert stieg in den Westhull-Wasserbus zum Central Place. Er freute sich darauf, die Stadt in aller Ruhe vom Boot aus betrachten zu können. Es ging am Sund-Pier vorbei an der Stadtlinie, die er von Boganson-Cottage aus morgens im Frühdunst als flache Linie erkannte.

Der Sund Boulevard war dicht besetzt mit Schiffsbedarfsgeschäften, kleineren Supermärkten, Pubs und Bordellhäusern (das Anschaffen auf Straßen und Plätzen im Hull-Country ist untersagt). Die Pier war fast vollständig mit Arbeitsschiffen und Yachten aller Klassen und jeden Alters belegt.

Die Einfahrt vom Sund in den Central-Channel überspannte eine weite Bogenbrücke mit einer Durchfahrthöhe von acht Meter. Sie verband die Weststadt mit der östlichen Stadt. Auf der rechten, östlichen Seite des Central-Channel reihten sich Bankhäuser, Handelszentralen, Reedereien aneinander. Auf der linken westlichen Kanalseite zweigten etwa alle 200 Meter Stichkanäle in die westliche Stadt ab. In diesem Stadtgebiet gab es extravagante Villen mit Gärten und vornehme Stadthäuser.

Der Central-Place, ein weitläufiger Platz mit einer ellipsenförmigen Grundfläche, beherbergte als dominantes Gebäude die St. Andrew Cathedral gegenüber der Einmündung des Central-Channels, das Rathaus, das Opernhaus, das Story-Ville, Museen und Hotels.

Ein kreisrundes Hafenbecken, der „Circle", in Platzmitte bildete den Kanalknotenpunkt der Stadt.

Das Story-Ville, ein Rundbau im klassizistischen Baustil, befand sich auf dem Eckpunkt Central-Channel und West Channel. Auf der gegenüberliegenden Seite, am Eingang zum West Channel, lag das Hotel-Restaurant „Amiral".

Robert erreichte den Central-Place gegen 11.30 Uhr. Der Wasserbus zur Eastbay fuhr alle dreißig Minuten und benötigte eineinhalb Stunden. Grob gerechnet blieben bis zu seinem Termin, 15.00 Uhr, etwa zwei Stunden. Zeit genug, hier am Central-Place in Ruhe ein Frühstück einzunehmen. Das Amiral bot eine schöne Außengastronomie am Central-Place mit Blick auf den Circle. Robert wählte einen schattigen Platz, von dem aus er das geschäftige Treiben um sich herum beobachten konnte. Das Frühstück wählte er mit Toast, Ham and Eggs und warmen Bohnen in Tomatensauce, dazu Tee.

Gegen 13 Uhr erschien an seinem Tisch ein elegant gekleideter Herr, Alter etwa sechzig Jahre, mit lichtem, schwarzem Haupthaar. Er lächelte und stellte sich vor: „Antonio Romani, ich bin der Eigentümer des Amiral. Bitte verzeihen Sie, neuen Gästen unseres Hauses stelle ich mich persönlich vor. Darf ich fragen, ob Sie sich wohlfühlen bei uns?"

Robert reagierte etwas überrascht: „Ja, sehr angenehm, Mr. Romani! Aber woher wissen Sie, dass ich ein neuer Gast bin?"

„Mein Personal hat Anweisung, mir jeden Gast sofort zu zeigen, der erstmalig gesehen wird. Und glauben Sie mir, wir haben uns noch nie geirrt!"

Robert lächelte anerkennend. Antonio Romani wirkte natürlich freundlich, Robert war er sofort sympathisch.

Er stand von seinem Platz auf, reichte Romani die Hand und stellte sich vor: „Robert Finnly, Bürger im Hull-Country seit Anfang Mai. Bitte nehmen Sie doch einen Augenblick Platz, Mr. Romani!"

Antonio Romani, angenehm berührt, setzte sich zu ihm.

Er sagte: „Wissen Sie, Mr. Finnly, ich bin zum Inventar dieser Stadt geworden, jeder kennt mich. Von meinen Gästen werde ich Antonio genannt. Es würde mich freuen, wenn auch Sie bald zum Kreis der vertrauten Personen gehören."

„Sehr gerne, Mr. Romani!" Robert berichtete von sich und seiner zurzeit ungewissen Zukunft. Es machte ihm nichts aus, diesem doch eigentlich fremden Menschen seine Situation zu schildern. Romani berichtete von sich, seiner Familie und dem Gastronomiebetrieb, er war, wie Robert auch, völlig offen.

Robert schaute auf die gewaltige Turmuhr von St. Andrew und erschrak. Es war fast 14 Uhr, zu spät für eine Fahrt mit dem Wasserbus. Romani bemerkte sein Schreckmoment und fragte nach. Robert erklärte ihm das Problem. Romani winkte einen Angestellten heran und gab Anweisungen in italienischer Sprache. Dann sagte er lächelnd: „Mr. Finnly, das Problem lösen wir gemeinsam. Warten Sie bitte ein paar Minuten!" Romani bat ihn, ihm zu folgen. Sie gingen zur Pier und einige Minuten später legte ein schickes Dinghy mit Amiral-Werbung an.

Romani mit freundlicher Geste: „Steigen Sie ein, Mr. Finnly, mein Sohn Angelo fährt Sie zum East Boulevard." Während sie ablegten, fiel Robert ein, dass die finanzielle Seite zu regeln sei. Das Frühstück war auch nicht bezahlt.

Romani rief lachend: „Später, Mr. Finnly, später!"

Das Dinghy fuhr in den Eastchannel, vorbei am Universitätscampus in Midle-East-Channel, in die Eastbay, und legte um 14.50 Uhr an der Pier der DF-Werft an. Robert bedankte sich bei Angelo und wollte ihm zwanzig Dollar geben.

Angelo wehrte ab: „Entschuldigen Sie bitte, Sir, ich bin der Sohn des Chefs, ich darf das Geld nicht annehmen!"

Kurz vor 15 Uhr betrat Robert die Lobby des DF-Geschäftshauses und meldete sich an. Eine Dame holte ihn ab und führte ihn in den Raum, der als „Kontor" bezeichnet wurde.

Anwesend waren ein Notar, Susan van Daelen und ihr Mann Dick van Daelen.

Susan begrüße Robert sitzend, reserviert, kühl. Dick van Daelen erhob sich und begrüßte Robert freundlich mit Händedruck. Der Notar, im Alter von etwa siebzig Jahren, zeigte keinerlei Regung, während er ständig in seine Unterlagen schaute.

Susan eröffnete das Gespräch mit der Frage: „Bist du informiert über den finanziellen Status unserer Firma?"

„Nein!"

„Unsere Firma hat sich konsolidiert, nachdem mein Vater die Geschäftsleitung im Jahr 2000 übernahm. Ohne Kenntnis des testamentarischen Inhalts erhebt meine Familie den unteilbaren Anspruch auf die Vermögenszugewinne der Firma seit diesem Datum. Unsere Familie erachtet es als gerecht, wenn die bis zu dem Zeitpunkt vorhandenen Vermögenswerte der Finnly-Werft zwischen dir und uns aufgeteilt werden!"

Robert nickte bedächtig und sagte: „Das, Susan, ist für mich selbstverständlich!"

Susan fragte: „Denkst du daran, wieder in die Firma einzutreten, z. B. in der technischen Führungsebene?"

„Das werde ich nicht tun. Die Gründe, denke ich, müssen wir hier jetzt nicht erörtern!", erwiderte Robert.

„Was ist dann deine Vorstellung zum Erbe, Robert?", fragte sie.

„Ich will die Erbschaft formell ablehnen, wenn wir uns über einige Punkte vorab einigen!"

„Und die sind?"

„Die Wohnung meiner Eltern im Finnly-Stadthaus möchte ich mit einem lebenslangen Wohnrecht nutzen. Weiterhin bitte ich die DF-Werft, mir ein DF-Dinghy aus dem Bestand gebrauchter Boote kostenlos zu überlassen!"

Schweigen!!!

Susan: „Und weiter?"

Robert: „Das ist alles!"

Susan: „Entschuldige Robert, bist du gesund?"

„Ja, Susan, ich befinde mich im Vollbesitz meiner geistigen und körperlichen Kräfte!"

Susan schaute ihn skeptisch an: „Dürfen wir deine Forderungen vertraglich festlegen?"

„Ja, ich bitte darum!"

„Herr Notar, ist es Ihnen möglich, das hier Besprochene vor dem 10. Mai vertragsreif zu gestalten?", fragte Susan zu dem Notar gewandt.

„Sehr wohl, Madam, Mittwoch in dieser Woche kann ich den Parteien die entsprechenden Vertragsunterlagen vorlegen!"

Robert fragte: „Geht das bis Mittwoch, 12 Uhr?"

Der Notar bestätigte den Terminwunsch.

„Habt Ihr ein Dinghy für mich, schon heute?", fragte Robert.

Dick van Daelen schaute Robert nachdenklich an: „Ja Robert, ich kann dir einige Dinghys zeigen lassen. Die Daten des von dir gewählten Dinghys gebe ich dem Herrn Notar zur Einarbeitung in den Vertrag!"

„Aber ich habe eine Frage an dich. Wir haben Probleme, qualifizierte Kapitäne für die Übergabe und Einweisung der bei uns gekauften Schiffe an unsere Käufer zu finden. Du bist, davon bin ich überzeugt, prädestiniert für diese Aufgabe. Können wir in diesem Bereich ins Geschäft kommen?"

Robert überlegte: „Vielleicht, wenn Ihr mich nicht einstellen wollt. Auf Honorarbasis kann ich mir den Job vorstellen. Wo ist denn der Übergabepunkt für die Schiffe?"

Dick erklärte: „Die Schiffe liegen zur Übergabe an der DF-Pier in der Westbay, direkt vor dem Finnly-Stadthaus."

Robert fragte nach: „Ist das ein Fulltime-Job?"

„Muss nicht sein. Wenn du das auf Honorarbasis machst, sind alle Varianten denkbar!

„Klingt gut! Ich überlege das und habe vielleicht noch Fragen dazu. Können wir Mittwoch darüber sprechen?", fragte Robert.

„Gut, ich schlage vor, das Gespräch über den Kapitäneinsatz gemeinsam mit dem Geschäftsführer unseres Tochterunternehmens, der „Hull-Travel-Shipping", Bal Johnson, bei dem Termin mit dem Notar im Finnly-Stadthaus zu führen!", meinte Dick.

Die anwesenden Personen stimmten dem zu.

Susan bedankte sich bei dem Notar und bat ihren Mann, Robert gebrauchte Dinghys zu zeigen.

Dick telefonierte mit dem Hafenmeister der DF-Werft. Sie verließen das Kontor und ließen sich in den Werfthafen fahren. Im Liegebereich der Gebrauchtboote trafen sie auf den Hafenmeister, der über das Anliegen Roberts bereits informiert war.

Der Hafenmeister führte sie zu einem Dinghy und erklärte: „Das ist das Dinghy ihres Großvaters, Mr. Boganson!"

Dick ergänzte: „Dein Großvater hatte es selbst konzipiert und die Werft mit dem Bau beauftragt. Nachdem er verstarb, ging das Dinghy in den Besitz der Werft zurück, da es noch nicht vollständig bezahlt war!"

Das Dinghy war ein flaches Doppelrumpfboot, zwanzig Fuß lang und neun Fuß breit. Das Vorderschiff hatte einen festen Aufbau mit Steuerstand. Im überwiegend offenen Bootsteil ließ sich eine Überdachung mit Plane und Spriegel entfalten. Im Heck des Bootes befand sich ein Schacht mit zwei Außenbordmotoren, Johnson-Motoren, mit je 40 PS. Der Bootsrumpf glänzte in der blauen Finnly-Farbe.

Robert staunte! Das Dinghy erfüllte die klassischen Anforderungen eines Auslieferungsbootes für kleinere Stückgutfrachten im Kanalnetz.

Robert taxierte das Dinghy: „Rein optisch sieht es gut aus. Ist es technisch in Ordnung?"

„Es ist vollkommen in Ordnung. Wir müssen nur eine neue Starterbatterie einbauen!", sagte der Hafenmeister.

Dick erwähnte: „Es gab einige Interessenten an dem Dinghy. Allerdings mussten wir diese Sonderanfertigung, obschon gebraucht, mit 30.000 Dollar bewerten. Du kannst es im Rahmen unserer soeben getroffenen Vereinbarung haben, Robert!"

Robert war beeindruckt – das Dinghy seines Grandpa? Ja, das war ein Glücksgriff.

Er stimmte dem Deal zu und Dick gab dem Hafenmeister die Order, das Dinghy sofort betriebsbereit an die Finnly-Pier vor dem Geschäftshaus zu legen.

Dick und Robert fuhren zurück in die Geschäftsleitung. Robert fragte Dick: „Wie ist die Firmenleitung zurzeit organisiert?"

„Susan ist Vorstand Finanzen und Vertrieb und ich bin Vorstand Technik!"

„Und, kommt Ihr miteinander zurecht?", fragte Robert nach.

Dick meinte: „Ja, wir haben uns arrangiert! Und, Robert, entschuldige bitte das Verhalten von Susan. Die Geschehnisse mit deinen Eltern und dann auch mit dir haben die Finnlys traumatisiert!"

Robert nickte: „Klar Dick, das verstehe ich und mein Verzicht auf ein Erbe soll auch ein Stück Wiedergutmachung sein, obschon das nicht das Hauptmotiv meines Verzichts ist! Wenn es so läuft, wie heute vereinbart, seid ihr endgültig von meinem Finnly-Familienzweig befreit!"

Dick nickte sinnend: „Danke Robert, ich finde das sehr ordentlich von dir!"

Die beiden lächelten sich zu und es schien der Beginn einer Freundschaft zwischen den beiden Männern zu sein.

Dick telefonierte mit seiner Frau. Der Notar war abgereist. Sie einigten sich darauf, mit Robert ein schnell organisiertes

Essen im Kontor einzunehmen. Ein Lieferservice brachte asiatische Speisen. Es herrschte eine steife Stimmung, als sie mit dem Essen begannen. Robert erwähnte, dass sein Grandpa Knuth bemerkenswerte Ideen zu seinem Dinghy gehabt hatte. Dick bestätigte das und brachte seine Freude darüber zum Ausdruck, dass dieses Dinghy jetzt wieder in der Hand der Familie sei.

9.

Susan hatte nachdenklich geschwiegen: „Robert", sagte sie, „ich bin beunruhigt über das Ergebnis unserer Absprachen! Bitte erkläre uns deinen Erbverzicht!"

„Das Thema wollte ich nicht mehr zur Sprache bringen, weil es euch und mich schmerzt. Ist es nicht besser, einen Schlussstrich zu ziehen?"

„Noch nie haben wir über die Ereignisse zwischen der Finnly-Familie und dir von deiner Seite, aus deiner Sicht etwas erfahren. Für uns ist es vergleichbar mit einem Puzzle, in dem noch ein wichtiger Baustein fehlt!", erwiderte Susan.

„Dann Susan, müssen wir in der Rückschau weit ausholen. Ich bin in der Boganson-Familie aufgewachsen, praktisch ohne Vater und Mutter. Den Verlust meiner Eltern konnte ich im Alter von fünf Jahren weder emotional noch verstandesmäßig wahrnehmen, denn ich habe sie nicht gekannt. Stattdessen lebte ich mit meinem Großvater Knuth, einem liebevollen Menschen, und meiner Ersatzmutter, Conchita Hernandez, eine einfache ebenfalls liebevolle Frau auf Hull-Island in einem Dorf. Ich erlebte eine schöne Kindheit, meiner Meinung nach mit allem, was ein Kind benötigt. Meinen Großvater Jonathan Finnly sah ich bis zum zwölften Lebensjahr nur wenige Male hier im Finnly-Stammhaus. Die Finnlys lebten in einer fremden Welt, die mich ängstigte. Jedenfalls war ich immer froh, wenn ich nach Westchapel zurückkehrte. Als ich mit zwölf Jahren die Elementary-School beendete, müssen die beiden Großväter eine Einigung darüber erzielt haben, dass ich von nun an mein Leben in der Finnly-Familie fortsetzen sollte.

Ich zitiere aus dem Gedächtnis Grandpa John: „Jetzt, mein Junge wechselst du in die Highschool. Es ist besser für dich, wenn du bei uns lebst. Hier kannst du dich besser entwickeln!"

Als zwölfjähriger Junge verstand ich diese Worte als Anordnung, der man nicht widerspricht.

„Hier war ich gut untergebracht, es fehlte mir an nichts, außer Nähe und Wärme zu Menschen in meinem neuen Umfeld. Doch ich hatte auch Glück! Grandma Emy gab mir zweifellos Liebe und Wärme.

Grandpa John empfand ich als harten, aber wirklich interessanten Menschen. Er baute Boote von A bis Z, komplette Boote! Das faszinierte mich! Ich fand schnell heraus, wie ich die Gunst meines Grandpa John erwerben konnte. Ich verbrachte meine Freizeit ausschließlich in der Werft bei Grandpa. Mutter Natur hatte mich begünstigt mit guter Lernfähigkeit. In der Highschool gab es fast nur beste Noten für mich und bei Grandpa in der Werft begriff ich schnell und war handwerklich geschickt. Ich wurde, glaube ich, der Lieblingsenkel von Grandpa John. Aber da ich mich aus Zeitmangel an keiner Freizeitaktion meiner Mitschüler beteiligte, geriet ich in den Ruf, ein Sonderling zu sein. Mobbingversuche wehrte ich mit ziemlich brutalen Methoden ab. Als Folge ließen sie mich in Ruhe und ich entwickelte mich zum Außenseiter. Westchapel besuchte ich sporadisch. Meine Beziehungen zu den Menschen dort verkümmerten allmählich. Conchita hatte ein kostbares Pflänzchen in mir entwickelt: die Liebe zu Musik! Im Finnly-Haus wurde dieses Pflänzchen unterdrückt, so glaube ich heute. Mein echtes Interesse am Schiffbau lebte ich als Schüler aus, indem ich mit etwa 16 Jahren bereits produktiv in der Werft mitarbeitete. Grandpa John bezahlte meine Arbeit, obschon ich gar nicht darum gebeten hatte. Ich, der seltsame Finnly, trug in der Schule moderne Klamotten, besaß ein kleines Motor-Dinghy. In der Sportgruppe „Leistungssegeln" gewann ich jede Regatta. Das war eine Zeit, in der ich mich im Erfolg sonnte. Dass ich vereinsamte, fiel mir nicht auf. Kein Mädchen interessierte sich für mich. Das führte ich darauf zurück, dass ich selbst meinte, mich nicht für Mädchen zu interessieren!"

Für Grandpa John und mich war es selbstverständlich, dass ich Schiffbau studierte. Ich glaube, er sah mich zu der Zeit schon als technischen Leiter einer aufstrebenden Finnly-Werft!

Während des Schiffbaustudiums kam mir der Gedanke, dass es auch reizvoll sein müsste, Schiffe zu steuern und dabei die

Länder der Kontinente kennenzulernen. Unbedarft trug ich solche Ideen Grandpa John vor. Gebetsmühlenartig vertrat er die Meinung, dass Schiffebauen der kreative Teil der Seefahrt und Schiffesteuern im Vergleich etwas Minderwertiges sei. Inzwischen hatte ich mir im Alter von etwa 21 Jahren eine eigene Denkweise zugelegt. Die Ansichten von Grandpa John zweifelte ich an. Heimlich begann ich parallel zum Schiffbaustudium ein Nautikstudium. Als ich das Schiffbaudiplom in der Hand hatte, ging Grandpa John davon aus, dass ich sofort Vollzeit in der Werft arbeite. Jetzt musste ich ihm eröffnen, dass ich noch ein Nautikstudium machte. Zum ersten Mal sah ich ihn zornig. Er war außer sich vor Zorn. Wir sprachen mehrere Tage nicht miteinander. Dann machte Grandpa einen Vorschlag. Ich sollte in der Finnly-Werft mit vollem Gehalt eingestellt werden und das Nautikstudium zu Ende bringen. Darauf ging ich ein. Es begann eine intensive, kreative Zusammenarbeit mit meinem Onkel Henric. Die Werft schien in Quantensprüngen vorwärtszukommen. Wir arbeiteten wie besessen und staunten, dass die Finnly-Werft international ins Gespräch kam. Das Nautikstudium hatte ich erfolgreich beendet. Mit etwa 25 Jahren spürte ich, dass etwas nicht mit mir stimmte. Ich steuerte auf ein Burnout zu. Die Ursache konnte ich mir nicht erklären. Grandpa ließ mich psychotherapeutisch behandeln. Mir wurde empfohlen, weniger zu arbeiten. Das war aus meiner Sicht undenkbar (außer meiner Arbeit hatte ich nichts). Immer öfter musste ich die Büros, in denen ich arbeitete, für kurze Zeit verlassen. Öffentliche Auftritte bei Schiffbausymposien, in denen ich über unsere Schiffstechnik referieren sollte, verursachten mir Zittern und Schweißausbrüche.

Ich bekam das Gefühl, dass ich mir selbst helfen musste. Bei der Bellman-Reederei bewarb ich mich um einen Offiziersposten auf einem der Schiffe. Als ich eine Zusage erhielt, eröffnete ich Grandpa, dass ich nicht wie bisher weitermachen konnte. Ich glaube, es war die größte Enttäuschung seines Lebens. Es entstand nachhaltige Missstimmng zwischen uns. Mit 27 Jahren trat ich die Stelle eines Dritten Offiziers an. Inzwischen hattest du, Susan, dein BWL-Studium beendet. Du warst mit Dick verheiratet. Ihr wart beide in der Firma. Dick, das hatte ich gesehen, war als Ingenieur voll in das Geschäft integriert und kam mit seinem Schwiegervater gut zurecht.

Ich fühlte keine moralische Verpflichtung, in der Finnly-Werft zu verbleiben.

Mit dreißig Jahren übernahm ich als Kapitän mein erstes Schiff, einen Trampfrachter von Bellman.

Nun sind wir hier angekommen in der Geschichte. Warum ich jetzt der großen Seefahrt Ade sage, ist schwer zu erklären. Ich trage die Gene meines Vaters und meiner Mutter in mir. Diese Genkonstellation scheint ein nachhaltiges Arbeiten an einer Linie nicht vorzusehen.

Deshalb ist es für euch und für mich das Beste, wenn wir voneinander lassen.

Susan schwieg lange. Sie sagte: „Das ist deine Version der Geschichte, Robert. Sie klingt glaubwürdig! Wir haben unterschiedlichste Versionen gehört und nie gewusst, was wirklich vorgefallen ist. Dein Vorschlag ist der einzig vernünftige, das sehe ich ein!"

10.

Es wurde gemeldet, dass das Dinghy fertig an der Pier liegt. Robert konnte mit dem letzten Tageslicht das Dinghy nach Westchapel steuern. Sie verabschiedeten sich. Robert ließ die Motoren an, steuerte am East Boulevard entlang in den East-Channel und fuhr zum Central Place. Hier bog er ab in den Central-Channel und von dort steuerte er über den St. Andrew Sund Richtung Westchapel. Er spürte ein Glücksgefühl, das dem eines Kindes gleicht, das unverhofft ein wertvolles Geschenk erhält: das Dinghy eines Grandpa Knuth!

Inzwischen hatte die Dunkelheit eingesetzt. Robert machte das Dinghy am Boganson-Liegeplatz fest.

Am folgenden Morgen frühstückte Robert nicht zu Hause, denn er beabsichtigte heute bei Antonio im Amiral vorbeizuschauen, seine ausstehenden Schulden vom Vortag zu begleichen und auch hier wieder das Frühstück einzunehmen. Etwa um 10 Uhr ging er sorgfältig gekleidet zum Dinghy und nahm es bei Tageslicht noch einmal in Augenschein. Es zeigte geringe Gebrauchsspuren, technisch und optisch war es in einem guten Zustand. Die Überdachung des Vorderbootes hatte verhindert, dass der Steuerstand vom Morgentau so nass war wie der offene Teil des hinteren Bootes.

Er stieg ein, drückte den Starter beider Motoren, legte ab und fuhr langsam Richtung Hafenausfahrt. Die Motoren waren kaum zu hören, sodass Robert auf leisen Sohlen den Hafen verließ. Barny O'Brian bemerkte natürlich seine Ausreise, winkte ihm zu, hob anerkennend den Daumen. Barny registrierte, dass Robert das Auslieferungsdinghy seines Grandpa Knuth steuerte.

Im Sund sorgte ein frischer Westwind für eine unruhige Wasseroberfläche. Das flache Dinghy lief ziemlich nass bei höherer Geschwindigkeit. Robert drosselte das Tempo etwas und schon beruhigte sich das Boot. Er steuerte direkt den Central-Channel an. Im Channel deckte die Stadtbebauung den Wind ab und die Fahrt konnte im ruhigen Wasser fortgesetzt werden.

Gegen 11 Uhr erreichte er den Central-Place. Im Circle gab es Bootliegeplätze des Amiral. An einem freien Mooringplatz legte er mit dem Heck an. Robert ging durch die verwaiste Außengastronomie in den Innenraum des Amiral. Der weitläufige Raum war in verschiedene Ebenen aufgeteilt, die vom Eingang (Ebene 0) in den Innenraum in kleinen Stufen anstiegen. Auf den Ebenen gab es Sitznischen mit zwei, vier, sechs oder acht Sitzplätzen. Die raumhohen Fenster zum Central-Place und zum West Channel ermöglichten aus allen Sitzebenen einen Blick nach draußen. Das Interieur bestand aus hellen und dunklen Hölzern, waagerechten Linien aus hellem, senkrechte Linien aus dunklem Holz. Verschiedenfarbige Sitzflächen korrespondierten farblich mit Teppichböden und Lampenschirmmaterialien.

Robert nahm einen Platz auf der unteren Ebene, direkt an einem Fenster, bestellte ein Frühstück mit Tee, das von Antonio höchstpersönlich mit freundlichem Lächeln serviert wurde. Robert erhob sich, sie begrüßten sich mit Händedruck.

Antonio bemerkte: „Sie sehen entspannt aus Robert! Ich nehme an, dass der gestrige Tag für Sie gut verlaufen ist!"

Robert meinte erleichtert: „Alles gut, wirklich zu meiner Zufriedenheit. Und natürlich herzlichen Dank an Sie und Ihren Sohn für die spontane Hilfe. Ihren Sohn wollte ich mit etwas Geld belohnen, er hat es aber nicht angenommen!"

Antonio nickte stolz: „Ja, so haben wir unsere Kinder erzogen!"

„In der gestrigen Aufregung habe ich das Frühstück nicht bezahlt!"

Antonio winkte ab: „Werden Sie uns des Öfteren als Gast besuchen?"

„Ich wohne in Westchapel, aber wenn ich in der Stadt zu tun habe, will ich bei jeder Gelegenheit Ihr freundliches Restaurant aufsuchen!", erklärte Robert.

Antonio strahlte: „Dann schlage ich vor, dass wir ein Kundenkonto für Sie einrichten. Ihre Verzehrkosten fakturieren wir monatlich und per Bankeinzugsverfahren rufen wir die Beträge von Ihrem Konto ab. Per E-Mail erhalten Sie eine detaillierte Auflistung Ihrer Verzehre."

„Sehr gut, Antonio, damit können wir sofort beginnen!"

„Ich bereite das vor und inzwischen wünsche ich guten Appetit zum Frühstück!", sagte Antonio und entschwand.

Robert genoss das Frühstück und beobachtete die Bewegungen von Menschen und Booten auf der Pier und auf dem Wasser. Er überlegte, wie er den Tag weiter gestalten wollte.

Als Erstes lag ihm daran, das Finnly-Stadthaus zu sehen und die Finnly-Yachtpier davor in der Westbay. Dann wollte er in der Westbay weiter südlich zum Westcorner fahren und schauen, ob Beccy Balmore im Westcorner-Inn Zeit für einen Plausch hätte.

Antonio steuerte in Begleitung einer vornehm wirkenden Dame in Antonios Alter seinen Tisch an.

„Darf ich vorstellen? Meine Frau Elena!"

Robert erhob sich, lächelte die Dame an und wagte einen Handkuss: „Sehr angenehm, Mrs. Romani!"

Die Romanis strahlten anerkennend. Robert unterzeichnete eine Bankeinzugsermächtigung und ergänzte das Papier mit seinen persönlichen Daten.

Nach einem freundlichen Wortwechsel verabschiedete Robert sich von den Romanis und ging zu seinem Dinghy. In mäßigem Tempo fuhr er unter der Überbrückung des West Channel durch.

Links lag der imposante Rundbau des Story-Ville. Hier hatte er als Jugendlicher einen Schultanzkursus absolviert und seine erste und einzige Freundin, Beccy Balmore, nach Hause begleiten dürfen. Rechts und links des Channel folgten gepflegte Stadthäuser mit Geschäften und Wohnungen. Auf der Nordseite des Kanals hob eine modern gestaltete Pharmazie, die „Westpharmazie", optisch ab.

Etwa in der Mitte des achthundert Meter langen West Channel befand sich eine Fußgängerbrücke mit der in Hull standardisierten Durchfahrtshöhe von drei Metern bei Tidenhochwasser in allen Nebenchannels.

Robert rechnete: Das Dinghy hatte unbeladen eine Höhe von 2,8 Metern. Beladen würde es tiefer im Wasser liegen. Sein Grandpa Knuth hatte alle Faktoren der Gestaltung eines schnellen, wendigen Auslieferungsbootes berücksichtigt. So z. B. wendete das Dinghy auf dem Punkt, wenn ein Zwillingsmotor im Vorwärtsgang und der andere im Rückwärtsgang gleichzeitig arbeitete. Robert näherte sich der Mündung des West Channel in die Westbay. Ein Flut- und Sturmtor schützte die Stadt, wenn ein Sturmtief über die Westbay fegte.

An dem Eckpunkt West Channel und Westbay stand das Finnly-Stadthaus. Es war ein historisches Haus im Jugendstil. Grandpa John hatte es in den 70er-Jahren gekauft und aufwendig saniert. Es hatte zwei Vollgeschoße und ein Dachgeschoß. Soweit Robert wusste, bewohnten seine Eltern das Dachgeschoß, wenn sie in Hull weilten. Die beiden Vollgeschoße beherbergten offensichtlich Geschäftsräume der „Hull-Travel-Shipping". Robert lenkte das Dinghy in die Westbay und schwenkte nach Süden. In die Bay waren Piers gebaut, an denen einige als DF-Schiffe erkennbare Yachten lagen. Hier also fanden Übergabeeinweisungen der Kunden von DF-Yachten statt. Die Anlage machte einen gepflegten, seriösen Eindruck.

Robert setzte seine Fahrt an den Piers des West Boulevard Richtung Westcorner fort.

Am Boulevard reihte sich Hotel an Hotel. Die Piers vor den Hotels waren belegt mit den edelsten Yachten aller Größen aus den verschiedensten Ländern der Erdteile.

Anerkennend stellte Robert fest, dass die DF-Werft hier in der Westbay einen strategisch günstigen Standort mit maritimem Flair zur Präsentation ihrer Schiffe gewählt hatte.

Am Westcorner belegte Robert einen freien Mooringplatz des Westcorner-Inn. Über den weitläufigen Platz mit Platanen und Akazien ging er hinüber zum Pub. An der Kasse fragte er eine Angestellte nach der Chefin. Er nannte seinen Namen. Die Mitarbeiterin telefonierte und bestätigte, dass Beccy Balmore ihn im Obergeschoß empfangen werde. Eine Bedienung führte Robert nach oben.

Beccy empfing ihn mit einem Lächeln, das ihn an ihre Jugendzeit erinnerte: ein selbstbewusstes, etwas überlegenes Lächeln. Sie nahmen Platz an einem Fenster mit weiter Aussicht auf die Westbay und den Sundeingang. Westchapel konnte Robert auf der Sundseite gegenüber im Dunst schemenhaft erkennen. Beccy ließ durch eine Angestellte Kaffee servieren.

Robert sagte: „Schön Beccy, dass du Zeit hast! Ich bin mit dem Dinghy meines Grandpa in der Westcity unterwegs und schaue mich um! Über fünfzehn Jahre war ich nicht mehr hier!"

Beccy meinte lächelnd: „Fein, dass du vorbeikommst. Du kannst dir denken, dass ich darauf brenne, deine Geschichte zu hören!"

Robert nickte: „Wie sieht es denn bei dir aus? Leben deine Eltern noch und bist du verheiratet und hast Kinder?"

Beccy zog ihre Augenbrauen hoch: „Meine Eltern haben mir vor zehn Jahren die Führung des Pubs übertragen. Sie sind inzwischen verstorben. Ich habe nicht geheiratet und habe keine Kinder. Weißt du, ich habe unter dem ständigen Druck meiner Eltern gelitten und danach wollte ich nicht unter den vielleicht machohaften Einfluss eines Mannes geraten. Ich bin selbstständig und unabhängig, ich fühle mich gut so.

„Und was ist mit der Liebe?", fragte Robert.

„Ich pflege, so nenne ich das,,ambulante Beziehungen' zu Männern, das ist eine Möglichkeit, ab und zu Schmetterlinge im Bauch zu spüren, jedoch ohne Nachwirkungen!"

„Und du?", fragte sie.

Robert erklärte: „Als Seemann bist du ständig unterwegs und hast keine andere Möglichkeit, als in ambulanten Beziehungen zu leben. Aber eine feste Beziehung zu einer Frau wünsche ich mir schon!"

„Und, hast du?", fragte Beccy.

„Nein, noch nicht. Ich kann mir allerdings ein häusliches Zusammenleben mit einer Frau nicht vorstellen!"

„Siehst du, Robert, mir geht das so ähnlich!"

Beide lachten.

„Du warst meine erste Freundin, Beccy! Wir waren siebzehn Jahre alt. Ich fühlte mich dir ständig unterlegen!", erinnerte Robert.

„Ja, Robert, alle Jungs fühlten sich mir unterlegen damals in den Highschool-Oberstufen. Meinen ersten Sex hatte ich nicht mit einem von euch, sondern mit einem verheirateten Mann meiner Wahl!"

„Weißt du", fuhr Robert fort. „Ich war nie ein dominanter Typ, gegenüber Mädchen eher schüchtern. Wenn ich dir in der Schule begegnete, nahm ich bewusst erst im letzten Augenblick „wie zufällig" Notiz von dir, weil ich glaubte, das sei cool!"

Beccy lachte amüsiert.

„Nein, mit dir war ich ein paar Monate zusammen, weil du in der Tanzschule ein Toptänzer warst. Ich genoss es, wenn die Mädels und Jungs vor Neid erblassten, während wir beide auf der Tanzfläche glänzten. Du warst anders als die meisten Typen, nicht so ein Angeber. Allerdings bist du nur durch das Tanzen in mein Bewusstsein gekommen. Davor und danach fielst du mir nichts auf. Es war, als wärst du gar nicht anwesend. Woher hast du dieses Talent zum Tanzen?"

„Seit meiner Geburt hatte ich eine Ersatz-Mom, eine in Puerto Rico geborene und aufgewachsene Frau mit indigenen Wurzeln. Sie hieß Conchita. Als Kind konnte ich das nicht aussprechen und nannte sie „Chita".

Den ganzen Tag, wenn sie unseren Haushalt machte, lief im Radio Latinomusik, Rumba, Tango, Lambada, Reggea usw. Ständig bewegte Chita ihren Körper zur Musik. Ich bewunderte sie, wenn sie, wie es schien, zwanzigmal in einer Sekunde mit ihrem Po wackelte. Das wollte ich, etwa vier Jahre alt, auch können. Sie nahm mich an meinen Händen und brachte mir das absolut lockere Körperschütteln bei. Dabei hatten wir beide einen Riesenspaß. Als ich älter wurde, haben wir immer weitergemacht und es kultiviert bis zum richtigen Tanzen!"

„Das finde ich einfach super, du Glücklicher!", rief Beccy.

Robert erinnerte sich weiter: „Mein schönster Moment mit dir war, als ich dich nach der Tanzstunde zum ersten Mal vom Story-Ville nach Hause begleitete. Bevor du in euer Haus gingst, drückten wir uns in eine Haustürnische und umarmten uns. Ich habe den Duft von deinem Haar aufgenommen, deinen Körper an mir gespürt und wir haben uns geküsst. Nie mehr habe ich ein solches Glücksgefühl mit einer Frau gehabt. Das hatte in dem Augenblick nichts mit Sex zu tun!"

Beccy schaute ihn gerührt an: „Ich kann mich ehrlich gesagt daran nicht erinnern, Robert. Aber ich kann dein Gefühl von damals nachvollziehen. Aber bitte, erzähle etwas von deinem Leben als Erwachsener!"

Robert berichtete von seiner Mitarbeit in der Finnly-Werft während der Highschool Zeit, von seinen Studienabschlüssen und seiner Zeit als Kapitän.

„Und wie kommst du zur Musik?", fragte Beccy.

„Ich habe mich immer für Musik interessiert, aber erst als Kapitän bekam ich in den vielen Freiwachen Gelegenheit, Musik zu studieren. Der Bass-Part ist meine Leidenschaft. Gemeinsam mit den Drums ist er die Soundmaschine jeder Art von Popmusik und Jazz. Immer, wenn ich mich mit Musik beschäftige, verliere ich jedes Zeitgefühl, nehme um mich herum nichts wahr, bin ich ganz bei mir!"

„Ja, als ich dich in der Nacht von Samstag auf Sonntag am Bass sah, dachte ich, jetzt schau dir diesen damals doch so unscheinbaren Finnly an! Wer weiß, für welche Überraschungen der noch gut ist? Was hast du vor in Zukunft, Robert?"

„Ich habe noch keinen festen Plan, mal schauen, was in nächster Zeit auf mich zukommt. Aber ich werde wahrscheinlich schon morgen ganz konkret damit anfangen, meinen Zukunftsplan zu gestalten!", erwiderte Robert.

„Du bist wirklich ein verrückter, aber sympathischer Typ, Robert!" Ich würde mich freuen, wenn du mich ein wenig auf dem Laufenden hältst!"

„Ja, ja, das mache ich!"

Sie lachten beide.

Robert verabschiedete sich.

„Sehen wir dich ab und zu im Pub, Robert?"

„Ja gerne, immer wenn ich Gelegenheit habe, schaue ich bei euch rein!"

Sie umarmten sich und Beccy drückte Robert einen schnellen Kuss auf den Mund.

Robert machte das Dinghy los und fuhr über den Sund Richtung Westchapel. Er dachte über Beccy nach. Sie ist eine attraktive Frau, ziemlich kurvig an den Hüften und am Busen, aber vor allem ist es die sie umgebende Aura von Lässigkeit und Genussfähigkeit, die anziehend auf Männer wirkt. Dazu ist sie erfolgreiche Besitzerin eines angesagten Pubs und finanziell unabhängig. Sollte er, Robert, sich in die Reihe der um Beccy buhlenden Männer stellen?

Nein, dachte er. Die Affären um Beccy gehen wahrscheinlich einher mit Missgunst und Eifersucht! Allerdings musste er sich eingestehen, dass er wünschte, Sex mit ihr zu haben. Welche Signale hatte sie ihm gegeben? Er beschloss, Kontakt mit ihr zu halten und dabei ihr Umfeld zu beobachten.

11.

Zu Hause im Boganson-Cottage schaltete Robert das Smartphone wieder ein. Während seines Aufenthalts bei Beccy war es abgeschaltet. Bei geplanten Gesprächen mit anderen Personen schaltete er immer das Smartphone ab, vergaß aber häufig, es danach wieder zu aktivieren.

Es gab eine Textnachricht von Dick: „Hi Robert, der Notartermin morgen beginnt um 9 Uhr im Finnly-Stadthaus. Im Anschluss sprechen wir über den Job bei „Hull-Travel-Shipping"! Dein Dinghy parkst du bitte am nördlichen Ende des Connectionchannel, direkt an der Rückseite des Finnly-Hauses!"

Robert schrieb zurück: „O. k., Dick!"

Es war Abend, Robert ging in das Chapel-Inn, er wollte etwas essen.

Dora begrüßte ihn lachend: „Hi Robert, bist du noch solo oder wurdest du schon von einer Frau gekapert?"

Robert lächelte, hob abwehrend beide Hände: „Ich bin noch in Freiheit!"

Er bestellte ein Dinner, ein Pint Luna und mischte sich unter die Gäste.

Am folgenden Mittwochmorgen frühstückte Robert zu Hause. Conchita hatte um 6.30 Uhr das Cottage betreten, um ihre Hausarbeit zu erledigen. Als Robert gegen sieben Uhr geduscht den Wohnraum betrat, stand schon ein Frühstück mit Tee für ihn auf dem Tisch. Robert begrüßte Conchita mit Küssen auf die Wangen und dankte ihr für die ihm geschenkte Fürsorglichkeit. Sie seufzte genüsslich und sagte: „Wie in alten Zeiten, Robert, es ist zu schön!" Dabei kullerten wieder einige Tränen über ihre Wangen.

Robert bekleidete sich mit Anzug, Hemd und Krawatte. In eine Sporttasche steckte er Jeans, langärmeliges Karohemd mit bereits sorgfältig aufgekrempelten Ärmeln, hellgraue Weste, Hull-Cap und Turnschuhe für die Session mit den Rollers.

Mit Tasche und Gitarrenkasten verließ er das Haus, nachdem er Conchita noch einmal über seinen zeitlichen Tagesablauf informiert hatte. Gegen acht Uhr steuerte er das Dinghy über den Sund Richtung Central-Channel. Heute lag der Sund spiegelglatt im Frühdunst und das Dinghy machte flotte Fahrt. Nachdem die Brücke am Channeleingang unterfahren war, begann Robert die links abzweigenden Nebenkanäle zu zählen: Channel 4, Channel 3, Channel 2, Channel 1!

Er bog nach links in Channel 1 ein, fuhr an der Rückseite des Story-Ville vorbei und weiter bis zum Ende des C1, wo er in den Sammelkanal der C1 Bis C4, den „Connectionchannel", einbog und noch ein kurzes Stück weiter zum Finnly-Haus fuhr. Dezente Schilder wiesen Finnly-Mooringplätze aus.

Robert machte das Dinghy fest und betrat das Finnly-Haus um 8.50 Uhr durch den Haupteingang von der Westbay-Boulevardseite.

Eine junge Dame im gut sitzendem finnlyblauen Jackenkostüm empfing ihn freundlich mit: „Guten Morgen, Mr. Finnly!" Robert registrierte positiv, dass diese Empfangsdame ihn professionell begrüßte. Über eine breite Teakholztreppe gingen sie hinauf in das Obergeschoß, in einen kleinen Besprechungsraum. Susan, Dick und der Notar begrüßten ihn etwas aufmerksamer als noch am Montag. Beim ersten Termin hatte der Notar nicht einmal Notiz von ihm genommen. Robert amüsierte das stocksteife Gehabe des Notars.

Auf dem Tisch lagen vier schwarze Mappen, auch standen Tee und Snacks bereit.

Susan eröffnete, indem sie nochmals den Zweck des Gespräches nannte. Der Notar bat um gemeinsame Sichtung der vier gleichen Unterlagen. In präziser Juristensprache las er die in Schriftform gebrachten Vereinbarungen von Montag. Robert war diese Juristensprache fremd. Er schaute fragend Dick an. Dick nickte zustimmend und Robert vertraute ihm. Der Notar bat um Unterschriften und die unterzeichneten Dokumente erhielten das Notarsiegel.

Robert fragte: „Muss ich an dem Testamentseröffnungstermin am Freitag noch teilnehmen?"

Der Notar verneinte, bedankte sich und verließ den Raum und das Haus.

Das folgende Schweigen überbrückte Dick, indem er in aller Ruhe drei Tassen Tee einschenkte.

Er fragte: „Ist es o. k., wenn ich jetzt Bal Johnson, den Geschäftsführer der „Hull-Travel-Shipping", dazurufe?

Susan nickte zustimmend, sagte: „Ihr entschuldigt mich bitte, ich habe Anschlusstermie!" Sie entfernte sich.

Dick erklärte: „Wir besichtigen das Haus und die Wohnung gemeinsam mit Bal. Der hat hier die Funktion des Hausherrn!"

Bal Johnson betrat den Raum, Alter etwa vierzig Jahre, große, athletische Figur, im Ganzen sehr gepflegt. Robert fand ihn sympathisch.

Dick stellte Robert vor: „Kapitän mit langer Seeerfahrung, ehemals Schiffskonstrukteur bei der DF-Werft, geboren und aufgewachsen in Hull-Country, beste Revierkenntnisse!"

Beeindruckt schaute Bal Robert an. Er stellte sich selbst vor: „Bal Johnson, verheiratet, zwei Kinder, Nautikstudium und Wirtschaftsstudium, zwei Jahre praktische Seeerfahrung als Dritter Offizier auf einer Großfähre. Sechs Jahre Leitung des Kundenmanagements bei einer Fährrederei. Seit drei Jahren Geschäftsführer der DF Tochterfirma „Hull-Travel-Shipping"!

Dick erklärte die Firmenphilosophie: „Unsere Motor- und Segelyachten sind technisch High-End-Produkte in Luxusausführungen. Unsere Qualitätsstrategie begleitet den Schiffbau von A bis Z, d. h. bis zur hier stattfindenden Übergabe fertiger Schiffe an den Kunden, und das bedeutet:

1. Das sorgfältige Einarbeiten des Kunden in die Schiffstechnik.
2. Das komplette Handling der Schiffe im Fahr- und Liegebetrieb.
3. Den Kunden die Luxusqualität des Produktes praktisch erfahrbar machen.

Bal Johnson fuhr fort: „Jedes der drei Übergabekriterien lassen wir durch ein darauf spezialisiertes Team ausführen. Für die Schiffstechnik ist es ein mit dem Produkt vertrauter Ingenieur mit seinem Team. Für das Handling benötigen wir einen Kapitän, der das Produkt kennt und Probefahrten mit den Kunden hier im Revier durchführt. Die Vermittlung der Luxusqualität ist bei uns Aufgabe einer damit vertrauten Mitarbeiterin!"

Robert fragte: „Sollte ich also zum Einsatz kommen, so beträfe das Kriterium zwei?"

Ja, bestätigten Dick und Bal: „Für Kriterium zwei ist eine Rundfahrt um Hull-Island für zwei Tage vorgesehen, in der ein Ankermanöver, z. B. in einer Bucht ohne Pier, mit einer Übernachtung auf dem Schiff enthalten ist!"

„Und wie häufig findet das statt?", fragte Robert.

„Etwa zweimal in der Woche, die Käufer bestimmen, an welchen Wochentagen die Fahrteinweisung stattfindet. Allerdings sind davon ausgeschlossen Samstag, Sonntag und Feiertage", erklärte Bal. „Das Honorar für den Kapitän beträgt 400 Dollar je Einsatztag!"

„Mit wie viel Kapitänen arbeitet ihr zurzeit?"

„Derzeit mit zwei Kapitänen. Es gibt Zeiten, in denen wir vier Kapitäne einsetzen müssten!"

„Wie würde meine Einarbeitung ablaufen?"

„Sie nehmen an den drei Kriterien einer Schiffübergabe als Zuhörer teil, dann erarbeiten Sie nach ihrer eigenen Vorstellung ein Konzept zu Kriterium zwei. Das besprechen wir und bringen es in eine Gebrauchsform. Als Nächstes erproben Sie ihren Plan mit einem Yachtkäufer in der Praxis, wobei unsere Kollegin für Kriterium drei Sie begleitet und Sie berät!"

„Das hört sich wirklich gut an. Ich würde es gerne versuchen!", bestätigte Robert.

„O. k.", sagte Bal. „Wann können Sie anfangen?"

Robert: „Sofort!"

Sie tauschten Rufnummern und vereinbarten, dass Bal sich meldet, wenn ein Durchlauf gestartet werden kann.

Dick schlug vor, jetzt das Haus und die Wohnung zu besichtigen. Zur Besichtigung der Wohnung verließen sie das Haus durch den Haupteingang am Westbay Boulevard und gingen zur Rückseite des Hauses, dort, wo Roberts Dinghy am Pier lag. An der Rückseite des historischen Hauses befand sich ein vollkommen verglaster Anbau, der eine Haustüre, einen Flur, einen Treppenaufgang und einen Fahrstuhl enthielt. Mit dem Fahrstuhl fuhren sie in das Dachgeschoß. Alle Gläser des Anbaus waren verspiegelt, sodass man von außen nicht hereinsehen, aber von innen hinaussehen konnte.

Im Dachgeschoß führte eine Wohnungstüre in eine geräumige Diele, die durch ein Oberlicht mit Tageslicht durchflutet war. Es gab zwei Schlafzimmer, ein Badezimmer, eine Einzeltoilette, einen Küchenraum und einen Wohnraum mit Balkon.

Robert staunte! Die Wohnung war komplett eingerichtet mit Möbeln und Accessoires im Jugendstil. Im Vergleich zu den Wohnverhältnissen in Boganson-Cottage handelte es sich hier um eine luxuriös ausgestattete Wohnung.

Verwundert fragte Robert: „Gehört die Einrichtung zur Wohnung?"

Dick bestätigte: „Ja, soviel ich weiß, wurde die Wohnung von deinen Eltern eingerichtet. Dein Grandpa hat, als deine Eltern nicht zurückkehrten, angeordnet, die Wohnung unberührt zu verschließen!"

Robert dachte: „Wie war es möglich, dass seine doch mittellosen Eltern eine solch luxuriöse Wohnungseinrichtung finanzieren konnten?" Aber das wollte er in Gegenwart der beiden Männer nicht erörtern.

Dick händigte Robert die Wohnungsschlüssel aus. Sie verabschiedeten sich.

12.

Robert fuhr mit seinem Dinghy zum nächsten Termin bei den „Hull-City-Rollers".

Er steuerte das Dinghy zurück in den C1, von dort kurz in den Central-Channel und dann in den Circle. Es war etwa 13 Uhr, nicht genügend Zeit, um noch einmal bei Antonio im Amiral vorbeizuschauen.

Er fuhr weiter in den East-Channel bis Middle-East. An der Nordseite des Kanals breitete sich der UNI-Campus aus. Er sah keinen freien Liegeplatz für sein Dinghy. An der Südseite des Kanals gab es freie Liegeplätze. Dort legte er an, wechselte seine Kleidung aus der mitgebrachten Sporttasche, nahm den Gitarrenkasten und ging zu Fuß über die Channelbrücke zur Nordseite. Die freie Durchfahrthöhe an allen Brücken des East-Channel betrug acht Meter. Oben auf der Brücke hatte er eine gute Übersicht auf die Ausdehnung des UNI-Campus nach Norden zur Abbruchkante.

Im Zentralgebäude der UNI erkundigte er sich nach der Musikfakultät. Dort angekommen, ließ er sich den Weg zum Musikübungsraum erklären. Auf einem der Flure traf er auf Kim Harvester. Sie erkannte ihn sofort, als er sie ansprach. Sie begrüßte ihn freudig: „Schön, dass du da bist. Die anderen sind auch schon eingetroffen, sodass wir gleich loslegen können!"

Im Übungsraum begrüßten ihn die Rollers mit Faustdrücken. Ein Junge, den Robert nicht in der Rollers-Formation am vergangenen Samstag gesehen hatte, wurde ihm vorgestellt: „Pete Hamilton, 17 Jahre, Schüler!" Die Rollers arbeiteten daran, Pete zum Bassisten auszubilden. Das nahm Robert erleichtert zur Kenntnis, denn mit ihm, der Vater einiger Bandmitglieder hätte sein können, würde die Jugendband ein Imageproblem bekommen.

Robert nahm seine Bassgitarre aus dem Kasten. Die beiden Bandgitarristen staunten, als sie das kostbare Instrument sahen. Sie selbst arbeiteten mit viel einfacheren Instrumenten.

Die Instrumente wurden gestimmt und auf die räumliche Akustik angepasst.

Cliff Hutchinson hielt eine Ansprache: „Leute, Ihr wisst, dass der Termin am 30. Mai im Story-Ville der wichtigste für die Zukunft der Rollers ist. Wir werden die besten sein!"

Aggressives Gebrüll von den Rollers!

„Ab jetzt konzentrieren wir uns nur auf diesen Gig. Lautstärke und Dauer der Ovations werden uns zu Siegern machen!" Aggressives Gebrüll von den Rollers!

„Unser stärkstes Pfund ist der Hull-Dream-Song, weil den schon fast alle kennen und weil er unser eigener Song ist!" Wir dürfen zwei Nummern spielen. Welche zweite Nummer legen wir heute fest?"

Jenny meinte: „Der Hull-Dream-Song ist eine Rocknummer. Wir müssen an die Jury denken, die mitbewertet. Mein Gefühl rät uns, eine weichere Nummer als zweite zu nehmen, wobei wir die weiche Nummer als erste und dann den Hull-Hammer bringen!"

Zustimmendes Gemurmel.

Frank Colomba bestätigte: „Ja, Freunde, Jenny hat recht. Wir beweisen, dass wir die beste Coverqualität auflegen können, und ich schlage ‚Pink Floyd' mit der Nummer ‚Hey You' aus ‚The Wall' vor. Die Nummer habe ich mal umgeschrieben auf unsere Besetzung. Ich wette, dass keine andere Band sich an Pink Floyd ranwagt!

Cliff rieb sich begeistert die Augen. Er dachte an das Gitarrensolo von David Gilmore im Original dieser Nummer.

Tiefes Durchatmen der anderen, das war eine schwierige Nummer!

Frank drängte: „Die Zeit ist knapp, Freunde. Deshalb habe ich schon einmal ein Arrangement für uns mitgebracht. Wenn Ihr wollt, können wir heute schon anfangen!"

Alle Rollers wussten: Wenn Frank ein Arrangement schrieb, war jeder gefordert und konnte sich mit seinem Part profilieren.

„Frank, zeig mal!", forderte Jenny.

„Frank, hast du auch schon eine instrumentale Bassspur in der Partitur?", fragte Robert.

„Ja, Robert, alles da!"

Kim sagte: „Freunde, den Hull-Song haben wir drauf, den müssen wir nur verfeinern, präzisieren. Ich denke, wir haben genug Zeit, uns mit der Floyd-Nummer zu beschäftigen!"

Cliff rief: „Freunde, wer dafür ist, Hand heben!"

Alle hoben zustimmend ihre Hand.

Die Noten wurden verteilt und Frank bat, die Soundspur durch Drums und Bass einmal anzuspielen, damit die anderen ihre Parts auf dem Papier verfolgen konnten.

Jenny und Robert legten los. Alle arbeiteten konzentriert mehrere Stunden, einige schwitzend mit hochroten Köpfen. Irgendwann wurde die Türe zum Übungsraum aufgerissen. Der Hausmeister brüllte: „Schluss jetzt! Es ist bereits 23 Uhr!"

Ossy Carpenter rief: „Freunde, was machen wir jetzt? Wie kommen wir von unserem Powerlevel runter?"

„Wir gehen in den Pub und hauen uns ein paar Luna in den Kopf!", meinte Cliff.

„Scheiße, Cliff, es ist schon Polizeistunde!", bedauerte Jenny.

„Freunde, wir haben noch 23 Tage bis zum Story-Ville. Ich habe euch ein Sampling auf dem Keyboard eingespielt und mitgebracht, alles in der Hoffnung, dass ihr mitzieht. Versucht zu Hause das Sampling mit eurem Part zu bespielen. Außerdem ist das Original von Floyd auf der CD. Das ist besonders wichtig für die Vocals. Wir alle haben Vocal Parts, wobei Kim die Leadstimme singt und wir background!", erklärte Frank.

Jenny rief: „Wir müssen uns öfter treffen. Geht das?"

„Ich versuche, den Übungsraum so oft wie möglich von 18 bis 20 Uhr zu bekommen und gebe die Termine per App durch. Wenn nicht alle können, bringt es uns trotzdem voran, wenn auch nur einige hier sind zum Arbeiten!", erklärte Frank.

Robert gab Frank seine Kontaktdaten. Dann verabschiedeten sie sich.

Mit eingeschaltetem Bordscheinwerfer tastete Robert sich in der Dunkelheit nach Hause zum Boganson-Cottage.

13.

Am Donnerstagmorgen frühstückte Robert zu Hause. Er überlegte, ein im Obergeschoß nicht benutztes Schlafzimmer als Musikübungsraum umzubauen. Der Raum war minimal mit Möbeln bestückt, sodass nur Platz für Recorder, Verstärker, Notenständer und ein Stellplatz für seine verschiedenen Bassinstrumente geschaffen werden musste. Er besichtigte den Raum und stellte befriedigt fest, dass ein Bett mit einer Breite von 1,4 Metern nur etwas zu verschieben war.

Nachdem er die Einrichtung als Übungszimmer komplettiert hatte, studierte er die Partitur von Frank, insbesondere die Bassspur, auf welche Art sie mit der Drumspur korrespondierte. Auch hörte er mehrfach das Original der Floyd-Nummer „Hey You". Das Stück fand er in den Vocal Parts und im Gitarrenpart sehr anspruchsvoll. Er war gespannt, ob die jungen Rollers das in der erforderlichen Qualität stemmen würden. Allerdings kannte er nicht die Anforderungskriterien des Musikwettbewerbes, um den es hier ging.

Gegen 11.45 Uhr ging Robert hinüber in das Rathaus zu dem Termin mit Joshua O'Bready.

Wie fast immer telefonierte Josh, anscheinend jetzt in seiner Funktion als Reverend, denn er winke Robert durch Zeichen, draußen zu warten. Nach etwa zehn Minuten rief Josh ihn herein.

„Hi Robert, wie geht's bei der Suche nach deiner Zukunft?", fragte er lächelnd.

„Ja, die Erbangelegenheit habe ich geregelt, wie ich andeutete. Auch steht ein Job als eine Art Hafenkapitän oder Regionalkapitän in Aussicht und ich habe die Rollers von Jennifer O'Toole getroffen, denen ich voraussichtlich als Bassist aus einer Klemme helfen kann!"

„Wow, das hört sich gut an, ist aber ziemlich viel für den Anfang! Was hast du auf dem Herzen oder wie kann ich dir helfen, Robert?"

„Josh, mit 27 Jahren bin ich zur See gegangen. Bis zu dem Alter habe ich es verpasst, über eine Frau und über Familie nachzudenken. Danach gab es keine Gelegenheit und es machte auch keinen Sinn, eine dauerhaft feste Verbindung einzugehen. Jetzt bin ich 45 Jahre und habe ehrlich gesagt keine Ahnung, wie ich als demnächst sesshafter Mann mit einer Frau zusammenleben könnte. Ich möchte aber eine bürgerliche Frau als Partnerin haben. Um es genau zu sagen, ich habe Angst vor dem Schritt in die Richtung. Deshalb lebe ich im Augenblick mit der Vorstellung: Beziehung ja, aber in einem Haushalt zusammenleben, nein!"

Josh schaute Robert nachdenklich an: „Je älter Mann oder Frau werden, umso schwieriger ist es, eine nachhaltige Beziehung zu gestalten. Die zahlreichen Hemmnisse will ich jetzt nicht aufzählen, die kennst du zum großen Teil ja selbst. Deshalb deine Ängste! Du musst für dich überlegen und entscheiden, was du erwartest von einer Beziehung und was du ausklammerst. Wenn du glaubst, diese Positionen zu kennen, hast du wenigstens schon einmal einen Festpunkt, wie einen Poller am Pier. Von der Warte aus kannst du dann die Frauen betrachten und beurteilen, die in dein Gesichtsfeld kommen. So vermeidest du sinnlose Versuchsschleifen oder romantische Ansätze, die von vornherein zum Scheitern verurteilt sind. Wir beide wissen, dass schon vom elektrisierenden Aussehen einer Partnerin oder eines Partners spontan turbulente Ströme des Verliebtseins entfacht werden. Wir reden aber von nachhaltigen Beziehungen. Nach einer Phase des Verliebtseins mit Schmetterlingen im Bauch tritt immer, oft schleichend eine Ernüchterung ein. Der Sex ist weniger aufregend und wird zur Gewohnheit. Jeder Partner lebt gezwungenermaßen seinen individuellen Alltag. Es entstehen Reibungen auch dadurch, dass die Partner die Charaktereigenschaften des anderen scheibenweise kennenlernen und ggf. Enttäuschungen anwachsen. Partnerschaften sind nur dann dauerhaft, wenn die Beteiligten den Problemen nicht ausweichen, sondern gewillt sind, die Probleme gemeinsam zu lösen und in der Beziehung ständig nachzusteuern!" Das Robert, mag sich ziemlich klar anhören, ist es aber nicht, weil die Abläufe in einer Partnerschaft in einem Sumpf von Enthusiasmus, Enttäuschungen, Missverständnissen, Fehldeutungen, Eifersucht, Misstrauen, Egoismus, Abhängigkeit stattfinden, mehr oder weniger!"

„O. k., Josh, das Szenario, das du da aufbaust, steht wie ein unüberwindbares Hindernis vor mir!"

„Eben Robert, deshalb empfehle ich dir genau zu überlegen, was du von einer Partnerschaft erwartest, damit du für die Zeit vor und nach dem Verliebtsein einen Kompass hast!"

„Mir wird klar, weshalb ich eine Beziehung mit einer Frau möchte, aber nicht in einer häuslichen Gemeinschaft mit ihr. Ich will mir eine Hintertür offenlassen, um sozusagen das Schiff verlassen zu können, wenn ich meine, dass es sinkt!", sinnierte Robert.

„Ja, Robert, das ist sehr realistisch gesehen, aber in der richtigen Seefahrt wäre das unehrenhaft! Jedoch lohnt es sich darüber nachzudenken, ob es Frauen gibt, seriöse Frauen, die ähnlich über Partnerschaft denken, die sich der Vor- und Nachteile deines Partnerschaftsmodells bewusst sind und daraus etwas Tragfähiges mitgestalten wollen!"

Robert dachte an Beccy Balmore. Sie lebte ein ähnliches Partnerschaftsmodell, aber nur ein ähnliches. Aus Roberts Sicht war es nicht das, was er sich vorstellte.

„Josh, ich habe von dir Stoff zum Nachdenken bekommen. Du kannst dir kaum vorstellen, wie wertvoll das für mich ist. Ich danke dir und bitte dich, mir ab und zu dein Ohr in der Angelegenheit zu leihen!"

Josh lächelte und sagte: „Mach das Robert, ich würde mich freuen!"

Sie verabschiedeten sich. Robert ging nachdenklich nach Hause.

Er schaltete sein Smartphone an. Es waren Textnachrichten von Frank: „Hi Rollers, wir haben den Übungsraum von 18 bis 20 Uhr, mittwochs, freitags, samstags und sonntags. Ich konnte eine Kollegin, sie ist Gesangstrainerin in unserer Fakultät, dafür gewinnen, mit uns die Vokalparts zu üben, und zwar mittwochs, freitags und samstags bis zum 30. Mai. Wer einen Termin nicht kann, bitte vorher SMS an mich!" Erster Termin, morgen am 10. Mai!"

Robert rief Pete Hamilton an: „Hi Pete, wäre schön, wenn du die Termine auch kannst. Ich will dir auf dem Bass alles zeigen!"
„Ja, Robert, ich habe alle Termine freigemacht und danke für dein Angebot!", sagte Pete.
Robert ging in sein „Musikzimmer" und begann zu arbeiten.

Freitag. Robert frühstückte zu Hause. Mit Erleichterung fiel ihm ein, dass er heute zur Testamentseröffnung bei den Finnlys nicht anwesend sein musste. Die Wohnung im Finnly-Stadthaus beschäftigte ihn. Er beschloss, heute die Wohnung aufzusuchen, und sich genauer umzusehen. Von dort aus wollte er zu den Rollers in die UNI fahren. 10.30 Uhr startete er das Dinghy und fuhr zum Westcorner, von dort in die Westbay, weiter zur Finnly-Pier. Auf zwei der etwa fünf festgemachten DF-Yachten herrschte rege Betriebsamkeit. Es sah danach aus, dass die Yachtcrews die Decks reinigten und laufendes Gut verstauten. Bal Johnson hatte erwähnt, dass an Wochenendtagen keine Schiffsübergaben stattfänden. Das passte Robert gut ins Bild, wenn er an die Rollers-Aktivitäten dachte. Er fuhr von der Westbay in den West Channel und fand in der Nähe des Finnly-Hauses einen freien Liegeplatz.

Mit seinem Gitarrenkasten und der Sporttasche fuhr er an der Rückseite des Finnly-Hauses mit dem Fahrstuhl in die Wohnung. Später, nach der Mittagspause, wollte er bei Bal Johnson vorbeischauen.

Robert begann mit einer Bestandsaufnahme:
Die Küche war mit allen erforderlichen Geräten komplett ausgestattet. Der Kühlschrank war ausgeschaltet und leer. Es gab keine Lebensmittelvorräte, z. B. Konserven oder andere haltbare Lebensmittel.

Im Wohnraum befanden sich in der Anrichte Essgeschirr und Essbestecke sowie Tischaccessoires.

Im Badezimmer gab es in geschlossenen Schrankfächern Handtücher, Badetücher, Reinigungsmittel.

Ein Test bestätigte, dass warmes und kaltes Wasser lief. In den Schlafräumen gab es Betten mit Matratzen, mit Staubschutztüchern abgedeckt. In den Schränken befanden sich Bettbezüge und wärmende Decken. Etwas enttäuscht registrierte Robert, dass keine Kleidungsstücke seiner Eltern vorhanden waren. In allen Räumen funktionierte die Beleuchtung.

An türlosen Wandabschnitten der großen Diele gab es Wandschränke. Robert machte sich daran, die Schränke nach Akten, seine Eltern oder die Wohnung betreffend, zu durchsuchen. Er wurde fündig! Es gab zahlreiche Akten, die eindeutig persönliche Unterlagen seiner Eltern enthielten. Ein unbestimmtes Gefühl ermahnte ihn, sobald wie möglich die Akten einzusehen.

Robert verließ die Wohnung und suchte Bal Jonson im Geschäftsbereich des Hauses auf. Mit Bal klärte er seinen freien Zugang zur Wohnung. Eine Anmeldung war nicht mehr erforderlich.

Aufgrund der Entwicklung bei den Rollers musste er Bal erklären, dass ein Einarbeitungstermin mit der Dauer von zwei Tagen für ihn im Mai nur montags und dienstags möglich war. Bal registrierte das mit ruhiger Miene und sagte: „O. k., Mr. Finnly, ich schaue, was sich machen lässt! Aber vielen Dank, dass Sie mich früh informieren!" Robert verabschiedete sich und ging zurück in seine Wohnung. Online schaute er nach, ob es in der Nähe der Wohnung Einkaufsmöglichkeiten gab. Etwa in der Mitte des West Channel gab es auf der Nordseite des Kanals einen Store. Robert überlegte, wie er die Termine bei den Rollers organisieren konnte. Vom UNI-Campus nach Boganson-Cottage benötigte er mit dem Dinghy etwa eineinhalb Stunden. Vom Campus zum Finnly-Haus benötigte er dreißig bis vierzig Minuten auf nachts beleuchteten Kanälen. Wahrscheinlich war es sinnvoll, nach den Meetings mit den Rollers im Finnly-Haus zu übernachten.

Robert nahm das Dinghy und fuhr im West Channel 400 Meter Richtung Central-Place. Nach geraumer Wartezeit wurde am Store ein Bootsplatz frei. Er kaufte nach einer Liste ein und fuhr über den C1 zum Finnly-Haus, zu seinem Liegeplatz, zurück. Das Dinghy bestückte er mit einem Sixpack Mineralwasser, mit Zahnpflegeset und elektrischem Rasierer sowie mit zwei

Hand- und Frottiertüchern. Das Erste-Hilfe-Set beinhaltete neben einer Bordapotheke zwei Wärmedecken und eine aufblasbare Liegefläche. So ausgerüstet konnte man ggf. auf dem Dinghy übernachten.

Den restlichen Einkauf brachte Robert in die Wohnung. Den Kühlschrank reinigte er mit Essigreiniger und bestückte ihn mit Butter, Käse, pasteurisierter Milch, Dauerwurstsorten und Luna in Halbliterflaschen. Er hatte auch einen Pad-Kaffeeautomaten gekauft. Mit dem Automaten bereitete er einen ersten Kaffee, nahm Platz an einem runden Tischchen am Westfenster und genoss das Gefühl, hier in der Stadt eine zweite Basis zu haben.

Etwas nach 17 Uhr startete Robert in Jeans, Shirt, schwarzer Weste und Cap mit seiner Bassgitarre Richtung UNI. Gegen Abend gab es an der UNI-Pier freie Bootsplätze. Im Übungsraum waren die Rollers alle versammelt. Frank erklärte, dass sie um diese Tageszeit auch andere kleine Räume benutzen durften. Er schlug vor, Kim und die Gesangstrainerin in einem Nebenraum die Vocals bearbeiten zu lassen. Im Übungsraum sollten Bass und Drums als Basisbesetzung zur Verfügung stehen für die Übungssequenzen der anderen Instrumente. Frank fragte Jenny und Robert, ob sie mit ihren Parts zurechtkommen? Beide bestätigten das. Robert bat darum, einen zweiten Bass einzusetzen, damit Pete mittrainieren konnte. Alle Instrumente waren gleichzeitig eingesetzt, wobei die Konzentration nacheinander auf jeweils einen der Instrumentalparts gerichtet war. Frank erklärte die Tempi, die Betonungen, die Soundziele. Robert hatte den Eindruck, dass alle gearbeitet hatten. Natürlich war das Ergebnis noch weit vom Ziel entfernt. Um 20 Uhr schaltete Frank den Strom von den Anlagen ab und erklärte, dass der Schlusstermin strikt einzuhalten sei, um nicht die großzügige Raumzusage zu gefährden. Mit vor Konzentration roten Köpfen beendeten die Rollers maulend die Übungssession. Sie hätten weitergearbeitet, wahrscheinlich bis in die Morgenstunden.

„Hauen wir uns noch ein, zwei Luna rein?", fragte Cliff.

Ossy rief: „Klar, drüben im E4, im ‚Backstreet'!"

Frank ermahnte: „Freunde, ich darf daran erinnern, dass wir morgen und übermorgen auch hier sind und Fortschritte erkennbar sein müssen!"

Jenny unterstützte die Argumentation: „O. k., sehe ich ein. Heute mache ich Schluss. Schlage vor, dass wir am Sonntagabend zusammen abhängen!"

Damit waren alle einverstanden. Robert fragte Frank, welche Rolle er bei den Rollers habe?

Frank erklärte: „Eigentlich nur die des Keyboarders. Aber ich bin hier in der Fakultät für Jazz und populäre Musik wissenschaftlicher Assistent. Cliff und Kim sind Studenten und ich bin praktisch ihr Trainer im Studium. Mein Vater, Eduard Colomba, ist Professor und besetzt den Lehrstuhl.

Ich habe klassische Musik am Klavier studiert und bin nach dem Studienabschluss in unsere Fachschaft gewechselt." Robert staunte, aber es war klar, dass Frank ehrenamtlich als musikalischer Leiter der Rollers fungierte.

Robert fragte: „Was hältst du von Pete, Frank?"

„Pete ist ein talentierter Junge, ehrgeizig und geduldig. Ich glaube, dass wir ihn so weit bringen, dass er bei den Rollers bald mitarbeiten kann!"

„Das würde mich sehr freuen für den Jungen! Aber wie kommt es, dass du dich bei den Rollers engagierst?"

„Die Mädels und Jungen sind die talentiertesten, die mein Vater und ich in Hull zurzeit sehen. Unsere Fakultät benötigt dringend einen in der Öffentlichkeit gut sichtbaren Ausbildungserfolg bei der Jugend und den sehen wir bei den Rollers."

„O. k., verstehe! Ich habe noch eine Bitte an dich, Frank. Schreibe für Pete einfache Bassspuren, und zwar für die beiden Story-Ville-Titel. Ich möchte, dass Pete den Basspart am 30. Mai spielt. Es geht um einen Talentwettbewerb für junge Nachwuchsmusiker. Wenn Ihr mich an den Bass stellt, ist das unglaubwürdig. Der Erfolg der Rollers könnte daran scheitern!"

„An dieses Problem habe ich auch schon gedacht. Mit Pete geht das meiner Meinung nach nur, wenn sich jemand mit viel Zeit intensiv um ihn kümmert!", sagte Frank.

„Bis zum 30. Mai könnte ich einiges an Zeit investieren. Siehst du mich denn geeignet für diese Aufgabe?", fragte Robert.

„Ich habe bemerkt, dass du deine Bassspur ständig variierst. Das klingt immer richtig und ansprechend, wird aber von unseren Rollers nicht bewusst wahrgenommen. Also ich würde dir Pete gerne anvertrauen!" Morgen bringe ich vereinfachte Bassspuren mit!"

Robert dankte Frank und sie verabschiedeten sich.

Pete räumte mit den anderen den Übungsraum auf.

Robert sprach ihn an: „Na, Pete, kommst du mit, hier bei unserem speziellen Training?"

„Ich mache mit, so gut ich kann, aber keiner ist da, der mich kontrolliert und korrigiert. Ich weiß also gar nicht, ob ich alles richtig mache!"

Robert erklärte: „Ich habe mit Frank gesprochen und wir machen dir einen Vorschlag! Frank schreibt für dich neue Bassspuren, die du mit meiner Hilfe einspielst. Frank und ich wissen, dass du die Bassparts bis zum 30. Mai draufhast!"

„Ehrlich? Wissen das auch die anderen?"

„Nein, wir sagen es den anderen, wenn du den Bass perfekt vorführst. Bis dahin spiele und übe ich den Basspart weiterhin mit. Also, nicht drüber reden, immer alles mitmachen! O. k.?"

Die beiden klatschten ab und Pete ging mit leuchtenden Augen nach Hause.

14.

20.30 Uhr. Robert entschloss sich, mit dem Rest Tageslicht nach Westchapel zu fahren und im Boganson-Cottage zu übernachten. Am Samstagmorgen würde er Conchita sehen und ihr etwas Positives erzählen können. Als er um 22 Uhr zu Hause anlegte, war es schon zu spät, im Pub noch eine Luna zu trinken. An Wochentagen ging die Time-Bell um 23 Uhr und das wurde im County ernsthaft eingehalten.

Samstagmorgen. Robert wachte auf mit einem hässlichen Geräusch im Ohr, dem Staubsauger im Untergeschoß. Ja, Conchita war schon bei der Hausarbeit. Er duschte, rasierte sich und ging im leichten Hausanzug nach unten. Wie zu erwarten, stand ein opulentes Frühstück auf dem Wohnraumtisch. Conchita und er strahlten sich an. Robert bat Conchita, mitzufrühstücken, sie wehrte ab: „Danke, Robert, ich habe schon lange gefrühstückt, aber ich leiste dir gerne ein paar Minuten Gesellschaft!"

Robert berichtete von den Ereignissen der vergangenen Woche. Er war glücklich und Conchita spürte das.

Zur Lunchzeit verspürte Robert noch keinen Appetit. In Westchapel wollte er nichts essen, sondern im frühen Nachmittag in Hull-City. Er überlegte: „Sollte er das Musikequipment hier im Boganson-Cottage lassen oder es in das Finnly-Haus verlegen?" Seine zukünftigen Musikaktivitäten würden in Hull-City stattfinden, so sah es derzeit aus!

Die Wohnung im Finnly-Haus war hervorragend geeignet, von dort aus seine Musikaktivitäten zu gestalten. Auch der Job bei Bal Johnson, wenn der sich realisierte, ließe sich natürlich bestens von der Wohnung aus organisieren.

Er fasste den Entschluss, heute die komplette Musikausrüstung in das Finnly-Haus zu verlagern.

Gegen 13 Uhr fuhr er mit dem beladenen Dinghy zum Finnly-Haus. Um etwa 15.30 Uhr war sein Musikequipment in die

Wohnung verbracht, aber nicht neu installiert. Als Robert ein Hungergefühl verspürte, fiel ihm Antonio Romani und das Amiral ein. In Jeans, T-Shirt, Turnschuhen, Cap, die Weste tauschte er gegen ein Jacket, mit etwas aufgekrempelten Ärmeln und mit seinem Gitarrenkasten verließ er seine Wohnung und fuhr in den Circle und fand einen Amiral-Liegeplatz. Wie üblich in dieser Jahreszeit leuchtete die Sonne durch lockere Bewölkung bei Temperaturen zwischen 23 und 27 Grad Celsius. Folglich gab es in der Außengastronomie des Amiral am Samstagnachmittag keinen freien Sitzplatz. Robert ging in den Innenraum und suchte Antonio, der ihn begrüßte mit südländischem Temperament.

Robert entschuldigte sich für seine Aufmachung und erklärte Antonio den Grund. Der meinte lachend: „Ja, ja„Kleider machen Leute', so sagt das Sprichwort. Aber hier im Amiral zählt die Persönlichkeit. Und glauben Sie mir, wir haben ein Auge dafür, welche Persönlichkeit unter dem Gewand steckt." Robert bat Antonio, ihm einen Platz zum späten Lunch oder frühen Dinner anzuweisen. Antonio gab ihm einen Platz in einer Zweiernische mit Blick auf den Central-Place.

Robert aß frittierte Meeresfrüchte, dazu einen frischen Salat à la Amiral mit geröstetem Brot, dazu trank er einen Mischfruchtsaft. Antonio setzte sich ein wenig zu ihm und Robert berichtete in schnellen Zügen den Verlauf der Woche.

Antonio staunte über Roberts Musikengagement mit einer „Boygroup", wie er die Rollers bezeichnete. Robert erwähnte, dass es eine gemischte Gruppe mit Boys und Girls sei und den Namen „Hull-City-Rollers" trage. Auch berichtete er Antonio von dem Rollers-Auftritt am 30. Mai im Story-Ville.

Antonio lachte und überlegte: „Wenn die Rollers den Wettbewerb gewinnen, spendiere ich eine Siegesfeier hier im Amiral, natürlich mit allen Freunden und Verwandten der Rollers. Und natürlich mit den Medien!"

„Das ist großartig, Antonio!", freute sich Robert. „Das kommt allen Beteiligten entgegen, insbesondere der Öffentlichkeitsarbeit unserer Musikfakultät an der UNI!"

17.30 Uhr. Robert startete das Dinghy und fuhr bis Middle-East.

Es waren Liegeplätze frei und Robert erreichte um 18 Uhr die komplett anwesenden Rollers im Übungsraum. Die Gesangstrainerin bat die gesamte Gruppe um ein Anspielen der ersten Vocaltakte von „Hey You". Sie wollte das Klangbild der Instrumente mit der Vocalstimme von Kim checken. Der Ansatz musste dreimal wiederholt werden. Das lag an der Nervosität der einzelnen Rollers. Aber dann kam ein Klangbild, das Robert positiv überraschte. Er schaute zu Pete, der spielte mit. Allerdings hatte Robert ihn nicht im Ohrhörer. Danach zogen sich Kim und die Trainerin wieder zurück von der Gruppe. Die Trainerin sprach der Gruppe ein Lob aus für den guten Anfang. Frank gab Robert neue Bassspuren für Pete. Robert und Pete gingen in einen anderen Raum und beschäftigten sich mit den veränderten Bassläufen. Robert bemerkte mit Genugtuung, dass Pete sofort verstand, worum es ging. Natürlich musste er das Spiel üben und üben. Nach etwa einer Stunde gingen die beiden zurück in den Übungsraum und klinkten sich wieder in die Arbeit der Gruppe ein.

Robert fragte Pete, was er am morgigen Sonntag vorhabe?

„Üben", sagte Pete!

„Wo wohnst du, Pete?"

„Ich habe mit anderen eine Study-Bude hier im Campus. Meine Eltern leben auf einer Insel im Schärengarten mit einer Schafzucht!"

„Wie kannst du denn in einer WG üben?", fragte Robert.

„Ich übe trocken, ohne Ton!"

„Das ist nichts! Kannst du morgen zu mir nach Westhull in meine Wohnung kommen? Da können wir gut zusammenarbeiten!"

Pete bekam große Augen: „Was sagt denn deine Frau dazu?"

Robert lachte: „Es gibt keine Frau, Pete!"

Robert erklärte Pete die genaue Lage der Wohnung. Pete konnte mit Wasserbussen zur Westbay fahren. Sie wollten sich um 15 Uhr in Roberts Wohnung treffen und später gemeinsam, zum Üben mit der Gruppe, zur UNI fahren.

Robert fiel wieder ein, dass Conchita ihn für Sonntag zum Essen eingeladen hatte. Deshalb lenkte er das Dinghy nach Westchapel und übernachtete im Boganson-Cottage.

15.

Sonntagmorgen. Robert erwachte im Boganson-Cottage, wieder orientierungslos aus tiefem Schlaf. Ein fantastischer Maitag begann mit Sonne, leichter Bewölkung, schwachem Wind, einer Temperatur von 25 °C um 9 Uhr. Gut ausgeruht und ohne Alkohol am Vortag machte Robert sich fertig zum Schwimmen im Sund. Fast ohne Strömung lud der Sund ein zu einem ausgedehnten Schwimmausflug Richtung Osten. Dicht am unzugänglichen Steilufer hatte der Mensch noch nicht in die Natur eingegriffen. Mit Booten wurde dort nicht gefischt, weil der Uferbereich mit Gesteinsbrocken stark verblockt war, und für Angler war der Küstenabschnitt nicht zugänglich. Robert verweilte im Wasser, bewegungslos schwebend. Dann vernahm er ein schwaches Pusten und vor ihm, etwa 10 Meter entfernt, schaute ihn ein Augenpaar neugierig an. Es war ein Seehund. Robert verhielt sich weiterhin vollkommen still. Dann schauten gleich mehrere Seehunde um ihn herum zu ihm und verhielten sich ihrerseits auch ruhig. Robert wendete sich sehr langsam nach Westen und schwamm mit ganz ruhigen Zügen zum Cottage zurück. Ab und zu blickte er zurück. Die Seehunde verfolgten aufmerksam seinen Rückzug. Ein tiefes Gefühl der Freude erfasste Robert über die Begegnung mit den Tieren.

11.30 Uhr. Robert ging zum Hernandez/Martinez-Cottage. Jaime öffnete ihm die Haustüre. Gemeinsam betraten sie den leeren Wohnraum. Jaime bat Robert mit ihm zu kommen und sie gelangten durch eine verglaste doppelflügelige Türe in den Garten.

Die gesamte Familie begrüßte ihn herzlich. Jorge stand am Holzkohlegrill, heizte an und genoss eine Luna. Robert empfand eine anheimelnde Stimmung, die Momentaufnahme einer glücklichen Familie. Mercedes bot einen leichten Weißwein aus Vineyard an. Ohne Umschweife berichtete Robert die aktuellen Entwicklungen.

„Du hast doch erzählt, dass du Kapitän warst! Und jetzt bist du Musiker?", fragte Jaime.

„Ja, Kapitän ist mein erlernter Beruf. Die Musik habe ich mir selbst beigebracht! Jetzt kann ich, wenn ich will, beides machen!"

„Und, willst du?"

„Ja, wenn sich die Möglichkeit ergibt, mache ich beides! Allerdings gehe ich nicht mehr als Kapitän zur See, sondern fahre Boote oder Schiffe hier im Hull-Country, so ähnlich wie die Kapitäne auf der Fähre!"

„Wenn ich Kapitän wäre, würde ich lieber über die Ozeane in alle Länder der Welt fahren!"

Alle lächelten und Jorge konnte es sich nicht verkneifen, Jaime noch einmal auf die erforderlichen Schulleistungen hinzuweisen.

Es gab verschiedene Sorten gegrillten Fisch. Frische Gemüsesorten waren auf dem Grill „al dente" gegart. Dazu gab es einen Roséwein, ebenfalls aus Vineyard. Robert vergaß beinahe, dass er den Termin mit Pete in Westhull hatte. Er berichtete etwas ausführlicher über den Jugendtalentwettbewerb in populärer Musik im Story-Ville Ende Mai. Da die Teilnahme der Besucher an dem Wettbewerb kostenfrei war, fragte er die Familie, ob sie teilnehmen wollte, um die Rollers mit kräftigem Beifall zu unterstützen. Jaime und Maria jubelten. Ja, sie wollten dabei sein. Conchita sagte: „Das Story-Ville habe ich nie besuchen können, es würde mich aber interessieren, auch wegen der Musik!" Zur Freude der Kinder meinte Mercedes, dass sie versuchen würden, die Veranstaltung zu besuchen.

Robert verabschiedete sich um 13.30 Uhr von der Familie und steuerte sein Dinghy zum Finnly-Haus in Westhull.

Pete Hamilton erreichte gegen 14,40 Uhr das Finnly-Haus am West Boulevard, schaute es sich von allen Seiten an, bewunderte ehrfürchtig die vornehme Ausstrahlung des Gebäudes im Jugendstil. Zu Hause auf der Insel seiner Eltern bewohnten sie ein Cottage ohne Strom und fließendes Wasser aus dem Versorgungsnetz. Sie erzeugten Strom aus einer Windkraftanlage und Fotovoltaikpannels. Wasser entnahmen sie einem eigenen Inselbrunnen, das, wenn genügend Strom verfügbar, in einen Vorratsbehälter gepumpt wurde. Der Wassertank stand auf Stelzen hinter ihrem Cottage, etwa fünf Meter über der Wohnebene, auf der Wasser entnommen wurde. Diese Anordnung ermöglichte fließendes Wasser an den Zapfstellen mit einem Druck von etwa fünf Bar.

Das Wasser hatte allerdings, wenn es einige Zeit im Tank stand, Außentemperatur. In der Regenzeit kühl, in der Trockenzeit bis zu 30 °C und mehr.

Pete drückte am Hintereingang des Finnly-Hauses die Türglocke. Robert fuhr mit dem Aufzug abwärts und empfing ihn. Den Gitarrenkasten trug Pete mit zwei Schultergurten auf dem Rücken. Robert lächelte Pete freundlich an, sie fuhren nach oben.

„Möchtest du etwas trinken oder essen, Pete?", fragte Robert.

„Nein, im Augenblick nicht. Im Campus gibt es auch sonntags etwas zu essen in der Mensa!"

Im Wohnraum hatte Robert die Musikanlage noch nicht fertig installiert. Das erledigten sie jetzt gemeinsam. Robert bemerkte, dass Pete sich etwas unwohl fühlte zwischen den filigranen Jugendstilmöbeln. Deshalb sorgte er dafür, dass sie möglichst schnell zum Arbeiten kamen.

Robert startete das Sampling von Frank und beide spielten den vereinfachten Basslauf ein, wobei Robert den Ton von Pete im Ohr hatte. Pete spielte durchgehend das richtige Tempo, traf die Einsätze genau und spielte Noten fehlerfrei. Das fand Robert erst einmal beruhigend. Er lobte Pete und der fühlte sich schon etwas wohler. Robert erklärte, dass im nächsten Schritt der Bassgroove erarbeitet werden müsse. Das sei die schwierigere Aufgabe. Dabei spielen der Tonanschlag, die Zeitaufteilung der Takte und die Tonverzüge nach oben oder unten eine Rolle. „Diese Feinheiten gibt das Notenblatt nicht her!", erklärte Robert und spielte Pete einige Beispiele vor. Mit Genugtuung stellte Robert fest, dass Pete wusste, worum es ging, denn er machte sich Handnotizen in seinem Notenblatt. Wenn Pete bis zum Wettbewerb hierzu die notwendige Intuition entwickeln konnte, war die Sache gut gelaufen.

Robert fragte Pete, wie seine musikalische Ausbildung bisher abgelaufen sei.

„In der Highschool haben sie mich als talentiert eingestuft und deshalb erhielt ich von da an Musikunterricht im Konservatorium!"

„Und wie bist du auf den Bass als Instrument gekommen?"

„Ich kann das nicht richtig sagen, aber es war ein starkes Gefühl, dass ich den Bass unbedingt spielen will!"

Robert lächelte: „Ich bin sicher, dass du damit richtig liegst! Bei mir war das genauso! Was sagen deine Eltern zu deiner Musikwahl?"

Pete bekam einen flackernden Blick: „Sie wissen nicht, dass ich Musik als Hauptfach habe. Bisher traute ich mich nicht, ihnen das zu sagen. Wenn ich den Wettbewerb mitspiele und das wird in der Zeitung veröffentlicht, bin ich im Arsch!"

„Warum?"

„Meine Eltern wollen, dass ich Agrarwirtschaft studiere und dann später die Schaffarm übernehme!" „Ein ähnlicher Fall, wie bei den O'Tools", dachte Robert.

„Hast du keine Geschwister?", fragte er Pete.

„Ja, einen älteren Bruder und zwei jüngere Schwestern. Mein Bruder hat sich abgesetzt. Er ist auf das Karstplateau gegangen und hat eine eigene Schafzucht angefangen. Sie reden nicht mehr miteinander. Meine Schwestern? Ich weiß nicht!"

„Wann machst du Abitur?", fragte Robert.

„In etwas weniger als zwei Jahren!"

„Willst du danach Musik studieren?"

„Wäre schön!"

„Bleib bei den Rollers dran, die werden erfolgreich sein und Kohle verdienen. Damit wirst du auch finanziell unabhängig von deinen Eltern. Wenn du 18 bist, kannst du selbst entscheiden, was du machst!"

Pete nickte nachdenklich: „Ja, aber eigentlich habe ich meine Eltern gern und bin dankbar, dass ich die Highschool besuchen darf!"

„Dann rede offen mit deinen Eltern vor dem 30. Mai über alles. Es hilft nur die Flucht nach vorne! Lass dich aber auf keinen Fall davon abhalten, den Wettbewerb mitzuspielen!"

„Ja, so werde ich es wohl machen!", antwortete Pete mit unsicherer Stimme.

Um 17.15 Uhr gingen beide mit ihren Instrumenten zum Dinghy und fuhren zur UNI. Pete betrachtete ehrfürchtig alle

Details des Dinghys. Robert dachte, dass Pete ihn wohl in die Upperclass einordnet und dass sein eigenes Leben in "einfachen Verhältnissen" eine Frage der Perspektive ist.

Alle Rollers hatten sich im Übungssaal eingefunden.

Die Instrumente arbeiteten im Übungssaal weiter an ihren Parts und an der Gesamtheit. Robert hatte jetzt Pete immer im Ohr und sensibilisierte ihn auf besondere Grooveelemente durch Kopfnicken. Das funktionierte sehr zur Zufriedenheit von Frank, sodass der sich auf die Gitarrenparts der beiden Jungen konzentrieren konnte. Robert bewunderte Jenny. Sie hielt sich zurück, mischte sich nicht in die Arbeit der Lehrer ein. Sequenzen hundertmal zu wiederholen schien ihr nichts auszumachen. Sie selbst hatte keine Probleme.

Um 20 Uhr schaltete Frank wie an den Vortagen den Strom ab. Es war klar, dass nur so die Arbeitswut der Rollers zu stoppen war.

„Und, Freunde? Nehmen wir noch einen Absacker?", forderte Ossy.

„O. k., im Backstreet!"

Gegenüber der Middle-East-Brücke ging der E4-Channel nach Süden Richtung Sund. Etwa hundert Meter in den E4 hinein gab es den Pub „Backstreet" auf der linken Kanalseite. Er war offensichtlich der Stammpub der Rollers. Sie gingen geschlossen dorthin und wurden mit einem großen Hallo von den anwesenden Gästen begrüßt. Der Pub wirkte sehr verbraucht in der Einrichtung, war aber gepflegt. Ohne Bestellung oder Absprache standen sofort volle Pints Luna vor den Rollers auf dem Tisch. Der Chef rief ein Hoch auf die Rollers aus, mit einem vollen Pint in der Hand. Das war das Zeichen, dass der Chef die Runde spendierte. Gleichzeitig fragte er, wann die Rollers einmal in seinem Pub spielen könnten?

„Vor dem 30. Mai geht nichts Bill! Danach schauen wir mal!", sagte Jenny.

„O. k. Ich darf euch daran erinnern?"

Alle nickten.

Robert fragte: „Wer von euch muss noch fahren?"

„Niemand!" Alle wohnten entweder im Campus oder in UNI-Nähe.

Robert leerte sein Pint und verabschiedete sich. Er wollte keine Runde ausgeben wie ein betuchter Onkel.

An diesem Abend fuhr er nicht mehr nach Westchapel, sondern übernachtete zum ersten Mal im Finnly-Haus. Mit einer frisch aufgebrühten Tasse Tee nahm er Platz im Wohnraum an dem großen Westfenster. Die Raumbeleuchtung war ausgeschaltet, da vom West Boulevard die Straßenbeleuchtung den Wohnraum beleuchtete. Die Lichter der Straßenlaternen warfen lange, glitzernde Lichtfinger auf die Wasserfläche der Westbay. Auf dem Boulevard war es sehr ruhig. Wahrscheinlich, weil es Sonntagabend war. Robert empfand ein behagliches, geborgenes Gefühl. Mit dem bisherigen Verlauf seiner Rückkehr nach Hull war er sehr zufrieden. Er dachte über seine Eltern nach. Die Wohnung im Finnly-Haus hatten sie aufwendig eingerichtet. Zu ihren Seereisen benutzten sie eine alte, bescheidene Segelyacht mit einer Rumpflänge von vierzig Fuß! Wie passte das zusammen? Robert fiel ein, dass er die Akten seiner Eltern sichten musste, um ggf. Hinweise zu bekommen. Vielleicht war es auch sinnvoll, die Akten seines Grandpa Knuth Boganson einmal einzusehen.

16.

Gegen Mitternacht bereitete Robert das Schlafzimmer vor und schlief.

Montagmorgen. Robert benötigte etwas Zeit, bis ihm bewusst war, dass er im Finnly-Haus am West Boulevard 98 aufwachte.

Eine gedämpfte Geräuschkulisse entsprang dem geschäftigen Treiben auf dem West Channel, der Westbay und den Boulevards. Im Vergleich dazu war es an Werktagen im Boganson-Cottage in Westchapel sehr ruhig.

Robert pflegte sich und bereitete ein Frühstück mit Tee, Brot, Butter, Käsesorten und nahm Platz am Westfenster. Die Westbay vor ihm und in der Ferne die Westhighlands leuchteten im von Osten einfallenden Sonnenlicht. Er öffnete die Balkontüre und ließ frische, nach Meer duftende Morgenluft ein.

Auf dem Buffet bemerkte Robert das Blinken der Telefonanlage. Er schaute nach. Es war eine Nachricht auf dem Anrufbeantworter. Bal Johnson bat um Rückruf, was Robert sogleich tat.

„Hi, Mr. Finnly, danke für den Rückruf. Sie sind im Haus! Können wir uns sprechen hier in meinem Büro?"

„Hi, Mr. Johnson, ja, ich kann sofort zu Ihnen kommen!"

Robert kleidete sich fertig an, verließ das Haus an der Rückseite und betrat es durch den Haupteingang am West Boulevard. Die Empfangsdame, im finnlyblauen Dress, empfing ihn freundlich und führte ihn in Johnsons Büro. Sie begrüßten sich. Bal bat Robert an einem Besprechungstisch Platz zu nehmen: „Kaffee oder Tee?"

„Danke, nein, ich komme gerade vom Frühstück!"

„Wir sind so weit, Ihnen eine passende Einarbeitung anbieten zu können, Mr. Finnly! Der Käufer einer Motoryacht, Typ DF-60F-2X400PS, ist mit seiner Familie hier zur Übernahme der Yacht. Heute, 10 Uhr, beginnt die technische Einführung. Die Einweisung in den Schiffsbetrieb erfolgt Dienstag mit einer Außenübernachtung von Dienstag auf Mittwoch. Donnerstag reist die Familie mit der Yacht ab!"

„Ja, Mr. Johnson, ich kann an der Einweisung teilnehmen, habe allerdings Mittwoch einen Termin in der UNI in Middle-East um 18 Uhr!"

„Die Rückkehr der Yacht ist Mittwoch,15 Uhr, vorgesehen!", erklärte Johnson.

„O. k., das geht, ich bin dabei!"

„Sie erhalten von uns eine Finnly-Kapitänuniform, und bitte, kommen Sie um 10 Uhr in der Uniform in den Mediensaal hier im Obergeschoß. Sie benötigen keine Vorbereitung. Sie erhalten die Kundenunterlagen und Kundeninformationen wie ein Kunde. Es ist wichtig, dass Sie stiller Zuhörer sind und nicht aktiv eingreifen!"

„O. k., Mr. Johnson, vielen Dank, ich werde mich Ihren Anweisungen entsprechend verhalten!"

Auf dem Schreibtisch lag ein Paket, das Bal Johnsen ihm überreichte mit der Bitte, den richtigen Sitz der Uniform zu überprüfen. Robert nahm das Paket entgegen, ging damit in seine Wohnung und legte die Kapitänuniform an. Erstaunlich, die Uniform saß perfekt.

9.50 Uhr ging er in den Mediensaal im Obergeschoß.

Eine Personengruppe stand um ein Getränkebuffet, plauderte bei Kaffee und Tee. Bal Johnson stellte die Personen einander vor.

Die Käuferfamilie, das Elternpaar etwa Mitte fünfzig, der Sohn Ende zwanzig und die Tochter Mitte zwanzig, wirkten etwas aufgeregt, denn schließlich übernahmen sie ihre Traumyacht (*im Wert von etwa 1,2 Millionen Dollar*)!

Die Technik der Yacht war Thema des ersten Einweisungstages. Einige fantastische Drohnenbilder zeigten die Yacht aus der Vogelperspektive und ihren, von den Eignern gewählten Namen „Seagull"(*Möwe*). Den Käufern wurde eindrucksvoll vor Augen geführt, welch edles Produkt sie erworben hatten.

Dann begannen die Informationen zu den fachlichen Themen: Antriebstechnik, Steuerungstechnik und Navigation.

Die Systemkomponenten, fotografiert, waren mit 3D-Systemzeichnungen derselben Komponenten auf der Medienwand nebeneinandergestellt. Das Ganze aus Roberts Sicht sehr übersichtlich und verständlich dargestellt, schien auch dem Familienvater geläufig, denn er stellte passende Fragen. Nachdem alle Funktionen im Prinzip besprochen waren, begab sich die Gruppe auf die Yacht und spielte wichtige Funktionen am Original durch. Die Ganztagsveranstaltung war durch eine Mittagspause von zwei Stunden geteilt. Während die Familie zum Lunch in ihr Hotel ging, das „Albatros-Ocean", gab es für die Mitarbeiter der DF-Travel-Shipping eine Mittagspause zur freien Gestaltung. Nicht für Robert, ihm wurde Kapitän Roger Bentheim, Chef der morgigen Yachtausfahrt, vorgestellt. Bentheim erklärte Robert, wie die Yachtausfahrt geplant war, welche Route, welcher Ankerplatz, sonstige Einzelheiten.

17 Uhr. Die Technikeinführung endete mit einer Tea Time in der Messe der neuen Yacht. Die Reiseleiterin, Dr. Kim Huin Minh, eine exotisch schöne Koreanerin, hatte das Kommando übernommen. Mit ihrer freundlichen, herzlichen Art stimmte sie die Käuferfamilie auf die Genussseiten ihres Yachterwerbs ein. Robert fand sie sehr professionell.

Gegen 18 Uhr endete die Einführungsveranstaltung.

Kapitän Bentheim sprach Robert an: „Mr. Finnly, ich nehme heute das Dinner im Hotel Albatros-Ocean. Möchten Sie mich begleiten? Wir treffen voraussichtlich nach dem Dinner die Eignerfamilie an der Bar und haben Gelegenheit zu einem gegenseitigen Kennenlernen. Das stimmt alle Beteiligten auf einer persönlichen Ebene ein in die Aktionen der folgenden beiden Tage!"

„Ja, sehr gerne, Mr. Bentheim. Das ist eine gute Idee!"

„Wir treffen uns um 19.30 in der Hotel Lobby?"

„O. k.!"

Robert verließ die Finnly-Pier und ging in seine Wohnung. Er legte die Kapitänuniform der Finnly-Werft ab und kleidete sich zivil mit einem grauen Anzug mit orange gemusterter Krawatte auf hellblauem Hemd, dazu feine blaue Lederhalbschuhe. So traf er Kapitän Bentheim, ebenfalls zivil in feinem Zwirn, in der Hotellobby. Das Hotel, ein altes Gebäude im viktorianischen Stil erbaut und eingerichtet, wirkte gepflegt und gediegen. An der Rezeption ließ Kapitän Bentheim sich einen Platz für zwei Personen im

Restaurant zuweisen. Das Hotelrestaurant befand sich im Erdgeschoß an der Gebäuderückseite, der dem Connectionchannel zugewandten Seite. Dem Restaurantraum mit einer Fensterreihe, die sich über die ganze Raumlänge erstreckte, schloss sich ein gepflegter Garten mit einer Außengastronomie an. Sie erhielten Platz an einem Fenstertisch mit vier bereits eingedeckten Essplätzen. Robert erblickte durch den Garten hindurch den Connectionchannel mit einigen Bootsliegeplätzen, die wohl dem Hotel gehörten. Robert und Bentheim bestellten à la carte. Bentheim erklärte, dass dieses Essen und das mögliche Treffen mit der Eignerfamilie nicht zum offiziellen Einführungsprogramm gehören und deshalb durch sie beide selbst zu bezahlen seien. Robert berichtete Bentheim die Gründe seiner Mitarbeit bei Hull-Travel-Shipping, ohne auf die Familienproblematik einzugehen.

Bentheim berichtete von sich: „Ich bin verheiratet und lebe mit meiner Frau und drei Kindern in Hull-City. Seit meiner Familiengründung fahre ich als Kapitän auf einer Frachtlinie. Der Dienstrhythmus ist gegliedert in vier Wochen auf See und zwei Wochen Freizeit. Diesen Arbeitsrhythmus habe ich gewählt, um regelmäßig bei meiner Familie zu sein. In jeder freien Woche bin ich an zwei Tagen an einer der Einweisungsveranstaltungen beteiligt. Das ist dann die Hobbyseite meines Kapitänberufes!"

Die beiden Männer verstanden einander, lächelten.

Die Barräume des Hotels befanden ich im ersten Obergeschoß. Bentheim wusste: „Wir gehen an die Bar, nehmen einen Drink. Wenn die Eignerfamilie die Bar besucht, gehen sie an uns vorbei. Wir sehen und begrüßen uns und wenn es seinen gewohnten Gang nimmt, laden sie uns zu einem Drink ein. Dann wechseln wir gemeinsam in eine gemütliche Sitzecke und plaudern miteinander. Die Eigner sind wissbegierig auf die „Kür" des festgelegten Programmes der folgenden Tage und auf uns! Die besten Erfahrungen habe ich mit Eignerfamilien gemacht. Sie neigen nicht zu exzessiven Selbstdarstellungen, trinken moderat Alkohol und gehen zeitig zu Bett!"

Bentheim hatte Recht. Am folgenden Tag auf der Finnly-Pier begrüßten die Familie und die beiden Kapitäne sich bereits wie gute Bekannte.

Das Programm begann um acht Uhr.

Bentheim ließ die beiden Motoren im Stand-by-Betrieb laufen, um Elektrik und Hydraulik betriebsbereit zu haben. Alle Personen, auch Dr. Kim Huin Minh, befanden sich auf der Brücke. Bentheim erklärte nochmals alle bedeutenden Fahr- und Navigationsfunktionen. Dann bat er die Familie, einen verantwortlichen Schiffsführer zu benennen (es war der Familienvater), und übergab das Kommando an ihn. Bentheim entfaltete auf dem Kartentisch eine regionale Seekarte und zeichnete radierfähig die vorgesehene Fahrtroute ein, gab Erklärungen zu Seestraßenbetonnungen.

Sohn und Tochter wurden gebeten, an den Pollern die Leinen zu lösen. Robert ging an die Einholwinden der Festmacher im Vorder- und dann im Achterschiff. Bentheim und der Eigner leiteten das Ablegemanöver ein, mit Heckschrauben und Bugstrahler. Nachdem die beiden Eignerkinder und die Gangway an Bord waren, begann die Fahrt. Der Familienvater war sichtlich nervös, obschon sofort deutlich wurde, dass Erfahrung bei ihm vorhanden war.

Sie nahmen Kurs nach Süden, Richtung Ausgang Westbay. Westcorner wurde passiert und der westliche Inselkopf von Hull-Island mit seinem Leuchtturm. Weiter südlich wurde der um die Westhighlands strömende und dort beschleunigte Westwind spürbar, der Seegang nahm zu.

Etwa acht Seemeilen südlich von Hull-Island, jetzt in offener See, schwenkte der Kurs nach Osten entlang der südlichen Küstenlinie von Hull-Island. Es war ein Genuss, die Yacht bei achterlichem Wind mit etwa Windstärke 6 mit leichten Surfbewegungen in den mitlaufenden Wellen zu erleben. In gemäßigtem Tempo, bei 9 Knoten Fahrtgeschwindigkeit, ging die Fahrt nach Osten.

Bentheim empfahl dem Eigner, die Yacht etwas näher an die Küstenlinie von Hull-Island zu steuern, damit Einzelheiten der Inseltopografie und die abwechselnd felsige und sandige Küstenlinie erkennbar waren. Sie erreichten Vineyard querab liegend mit seinen sanften, weinbestandenen Hügelketten, dahinter lichte Wälder, in denen sich die Gehöfte der Weinerzeuger versteckten.

Die Eignerfamilie war, nachdem sie die Yacht im Inneren erkundet hatte, wieder auf der Brücke versammelt, bewunderte diese liebliche Landschaft und fotografierte im Sekundentakt. Der Eigner, wieder nervös aufgrund der Nähe zur Küste, wurde durch Bentheim in aller Ruhe angeleitet, seine Aufmerksamkeit auch auf die Navigationsinstrumente zu lenken. Das Echolot, das die Wassertiefen im Winkel von 45 Grad und zweihundert Meter vor der Yacht berechnete und grafisch anzeigte, und das Radarbild, das die Verhältnisse über Wasser rundum anzeigte.

Bentheim schaute lächelnd in die Runde und sagte: „Meine Damen und Herren, ich vermute, dass Ihr Kapitän eine Stärkung mit Tee und Sandwiches benötigt!"

Sofort verließen die Damen die Brücke in Richtung Kombüse. Gegen 10 Uhr gab es auf der Brücke ein Stehfrühstück mit frischem Tee und leckeren Sandwiches. Die fast euphorische Stimmung der Familienmitglieder wirkte entspannend auf den Familienvater. Etwa um 12 Uhr tauchte voraus eine Hügelkette auf. Der Punkt, an dem die Landmasse von Hull-Island eine scharfe Richtungsänderung von Osten nach Süden macht. Bentheim erklärte dem Eigner auf der Karte den Koordinatenpunkt, an dem eine Richtungsänderung nach Süden erforderlich ist. Die Hügelkette der Insel wechselte von der Nordseite der Insel zur Süd- und dann zur Westseite. Die Hügel erreichten hier Höhen von bis zu tausend Meter und die Westflanken fielen steil ins Meer ab.

Die fast immerwährende Meeresströmung aus Westen lief gegen diese Westflanken. Bentheim wusste, dass es hier eine hohe Planktonkonzentration gab mit einem Reichtum an Seegetier und Fischarten. Alles war versammelt, die Gejagten und die Jäger. Es dauerte nicht lange, bis im Kielwasser der Yacht eine Schule Delphine spielte. Bentheim empfahl, die Fahrt der Yacht so weit zu reduzieren, dass sie noch auf das Ruder ansprach und manövrierfähig blieb. Es vergingen Minuten. Dann, Steuerbord voraus: mehrere Blasfontänen von Orcas (Schwertwalen)! Diese räuberischen Meeressäuger nahmen von der Yacht keine Notiz. Offensichtlich waren sie mit der Organisation einer gemeinsamen Jagd beschäftigt.

Die Eignerfamilienmitglieder standen einen Augenblick starr vor Überraschung, dann jubelten sie, fotografierten und filmten. Um 16 Uhr umrundete die Yacht die südöstliche Spitze von Hull-Island und nahm im Abstand von 6 Seemeilen zur Küste Kurs nach Norden. Hier neigten sich die Berghänge der Hügelkette sanft dem Meer zu. Die See beruhigte sich zusehends, da die Hügel den Westwind abschirmten. Die Wälder in Strandnähe waren mit Palmen durchsetzt. Es gab keine Anzeichen von Zivilisation. Kim Huin Minh erklärte, dass der Bergkettensprung von Norden nach Süden die zivilisatorische Erschließung dieses Küstenstreifens bisher verhindert hat. Das Wasser schimmerte unter offenem Himmel azurblau. Die Yacht wurde jetzt von Südwesten von der Sonne beschienen und der Schiffsrumpf der Yacht warf seinen eigenen Schatten im glasklaren Wasser gut sichtbar auf den Meeresgrund in etwa zwanzig Metern Tiefe. Die Mitglieder der Eignerfamilie konnten es nicht fassen, das alles in wenigen Stunden erleben zu dürfen. Die Yacht setzte ihre Fahrt nach Nordosten, Richtung Schärengarten fort. Dabei kreuzte sie das betonnte Fahrwasser der Hochseeschiffe, die Hull-Harbour anlaufen. Der Schärengarten im Osten der Eastbay bestand aus Hunderten größeren und vielen kleineren unbewohnten Inseln, die mit Wald und Grasland bedeckt waren. Die Yacht schob sich vorsichtig hinein in die Inselwelt mithilfe von Echolot und Radar. Bentheim hatte das Ruder übernommen. 19 Uhr. Sie erreichten eine unbewohnte Insel mit einer nach Osten offenen Sandbucht. Bentheim erklärte, dass hier der Ankerplatz für die Übernachtung sei.

Im fünf Meter tiefen Wasser wurde die Yacht mit Bug- und Heckanker festgelegt, damit sie sich nicht durch Schwojen auf Sand setzte. Über Tag hatten die Frauen die Schlafplätze für sieben Personen vorbereitet und Huin Minh bereitete mit den Frauen ein Abendessen, bestehend aus gegrilltem Fisch (der auf Eis liegend bereits vor der Fahrt an Bord eingelagert war), Backkartoffeln und frischem Salat mit verschiedenen Saucen, dazu einen Rotwein und einen trockenen Weißwein aus Vineyard. Auf dem Freideck wurde eine Tafel aufgebaut und eingedeckt. Die Sonne war vom Ankerplatz aus nicht mehr zu sehen, veranstaltete aber ein grandioses Farbenspektakel am Himmel.

Bei angenehmen Temperaturen wurde in guter Stimmung gegessen. Der Familienvater legte seine Anspannung ab und bedankte sich überschwänglich bei dem DF-Team. Bentheim nahm für das Team den Dank gerne an und sagte: „Wir sind mit einer außerordentlich günstigen Wetterlage unterwegs. Für eine Schiffseinführung ist eine raue Wetterlage gut geeignet, die Yacht auch unter schwierigen Verhältnissen kennenzulernen! Aber natürlich freue ich mich, dass ihnen die Fahrt gefällt!" Die Familienmitglieder spendeten Beifall.

Bentheim schlug vor, die Rettungseinrichtungen der Yacht probeweise einzusetzen. Die Familienmitglieder kleideten ihr Badezeug an. Das Rettungsdinghy wurde zu Wasser gelassen, Robert übernahm die Führung des Dinghys. Rettungsringe an Leinen wurden ausgeworfen. Tochter und Sohn sprangen jubelnd von der Badeplattform in das Wasser. Bentheim bot dem Eignerehepaar an, das Schiffskommando zu übernehmen, damit sie ebenfalls baden konnten. Robert ließ das Geschwisterpaar das Rettungsdinghy probeweise einige Male um die Yacht steuern und dabei vorwärts, seitlich und rückwärts an der Badeplattform anlegen. Rettungsringe und Dinghy wurden vor Einbruch völliger Dunkelheit zurück an Bord geholt und fachmännisch verstaut.

Inzwischen senkte sich die Nacht über die ruhige Sandbucht. Die Deckbeleuchtung war eingeschaltet und man versammelte sich zum gemütlichen Ausklang des Tages wieder an Deck. Es war Mai und die Insektenplage ließ noch auf sich warten. Die erwachsenen Eignerkinder duzten inzwischen das DF-Team. Huin Minh freute sich über die Vertraulichkeit und duzte ebenfalls. Bentheim ließ sich mit Käpt'n und Du anreden, blieb aber gelassen beim Sie, mit Mrs. und Sir. Die Familie verstand dieses Zeichen und sprach Bentheim und Finnly weiter in der Höflichkeitsform an. Es wurde über die Highlights des Tages geschwärmt und die Frage nach dem Reiseverlauf des folgenden Tages gestellt.

Bentheim erklärte, dass am nächsten Morgen um acht Uhr die Anker gelichtet und die Fahrt in westlicher Richtung aus dem Schärengarten hinaus in die südliche Eastbay, dann in den St. Andrew Sund mit einem kurzen Besuch des Naturhafens in Eastchurch auf Hull-Island fortgesetzt werde. Von dort sollte die Fahrt durch den St. Andrew Sund nach Westen in die Westbay und an der DF-Pier gegen 15 Uhr enden.

Die Tochter der Familie stellte die Frage, wie die Stadt zu ihrem Namen „Hull" komme. Huin Minh, promovierte Wirtschaftsgeografin, erklärte: „Die erste Siedlung auf der Hauptinsel wurde im 18. Jahrhundert auf dem Karstplateau gegründet, da man in der trockenen Landschaft in einer tief liegenden Mulde erstaunlich ergiebige Wassermengen entdeckte. Das ermöglichte eine lohnende Schafzucht. Die ovale Wasserquelle hatte in etwa die Form einer Nussschale und erhielt die Bezeichnung „Hull". Sie entleert sich nach Süden und mündet in die Eastbay. Der Fluss erhielt den Namen Hull-River und der Canyon, durch den er abfloss, die Bezeichnung Hull-Canyon. Das Gelände vor der Abbruchkante war zu der Zeit ein unwegsames Geröllfeld. Das wurde durch viele Generationen hindurch geräumt und an der Stelle die Stadt Hull gegründet. Die heutige Stadt ist eingerahmt im Westen von den Westhighlands, im Süden von Hull-Island, im Norden durch die Karst-Abbruchkante. Nach Osten ist sie offen in Richtung Schärengarten. Die Gründer sahen in der Stadtlage eine geografische Analogie zu der Hullquelle und nannten die Stadt deshalb ebenfalls Hull!"

Inzwischen war es kühler geworden und die Yachtbesatzung begab sich zur Nachtruhe.

Am Morgen strahlte die Morgensonne mit voller Kraft in die nach Osten offene Sandbucht. Die Geschwister stürzten sich bereits gegen sieben Uhr mit Lustgeschrei in das Meerwasser. Huin Minh bereitete gemeinsam mit der Familiendame das Frühstück, das auf dem Freideck in guter Stimmung eingenommen wurde. Robert hatte früh einen Rundgang durch die Schiffsdecks gemacht und festgestellt, dass nach seiner Meinung ein „Raum für Erste Hilfe", oder zumindest eine professionelle „Erste-Hilfe-Ausrüstung" fehlte. In der Nähe des Maschinenraums gab es lediglich einen Arzneischrank mit einer Sanitätsausrüstung, wie sie in Straßenfahrzeugen üblich und vorgeschrieben war. Das Thema wollte er nach der Einführungsfahrt mit Bal Johnson diskutieren. Bentheim instruierte die Eignerfamilie über die Reihenfolge der Arbeitsschritte beim Ankerholen. Punkt acht Uhr legte die Yacht ab und verließ die Bucht in östlicher Richtung, umfuhr die Insel südlich, nahm dann Kurs nach Westen, gelangte in ein betonntes Fahrwasser durch das Insellabyrinth auf dem Weg in die Eastbay. Mit der Frühsonne im Rücken öffnete sich bei Erreichen der Eastbay ein grandioser Anblick auf das Halbrund der kilometerlangen East-Promenade. Die Stadt im Hintergrund lag noch im leichten Frühdunst, aber die Karst-Abbruchkante stand grellweiß darüber, eine surreale Lichtstimmung. Die vollzählig auf der Brücke versammelte Yachtcrew betrachtete schweigsam dieses Lichtfest. Huin Minh hatte das Mikro in der Hand und erklärte über die Brückensprechanlage die herausragenden Panoramapunkte.

Die Yacht nahm Kurs auf die südöstliche Landspitze von Hull-City, fuhr ein in die Fahrstraße der Hochseeschiffe, nahm dann Kurs auf die Einfahrt des Naturhafens von Eastchurch. Huin Minh ließ einfließen, dass die allererste Ansiedlung des Hull-Country hier stattgefunden hatte, da der Naturhafen der am leichtesten anzufahrende Ort für Schiffe gewesen war. Der Naturhafen bildete die ungefähre geometrische Form einer Handfläche mit fünf Fingern. Die Yacht fuhr das Hafenbecken mit dem Fähranleger der „Eastchurch-Easthull"-Fähre an. Bentheim bereitete die Crew auf das Anlegemanöver vor und übernahm das Ruder. Um 10.30 Uhr lag die Yacht fest. Eastchurch bot einen pittoresken Anblick mit seinen engen Straßen und alten Häusern. Huin Minh startete mit der Eignerfamilie einen Rundgang, dem Robert sich anschloss. Sie besuchten am Ende des Rundganges am Molenkopf einen historischen Pub, das „Bulwark-Inn". Huin Minh und die Gruppe wurden von Rosi Hendrix, der Pub-Besitzerin, herzlich begrüßt. Sie aßen Scones mit süßer Sahne und tranken dazu starken Kaffee. In der schattigen Außengastronomie sitzend genoss die Gruppe den Anblick des Schiffsverkehrs im Hafen. Huin Minh erzählte die Historie des Bulwark-Inn.

Eine spannende Geschichte, so fand Robert. Er bewunderte die sympathische Professionalität seiner Kollegin.

12 Uhr. Die Yacht legte ab, verließ den Hafen von Eastchurch, fuhr in den St. Andrew Sund und wandte sich nach Westen, vorbei an den Hafenanlagen von Hull-Harbour, entlang des Sundboulervards, Richtung Westcorner. Huin Minh erklärte die Stadtansichten und erzählte Anekdoten, so z.B. die Prostitutionsregeln im Hull-Country, die Geschichte der Fischereigenossenschaft, die Säkularisierung der Kathedrale St. Andrew und anderer Kirchengebäude der Stadt. Sie passierten die Einfahrt des Central-Channels, umrundeten Westcorner und erreichten gegen 15.00 Uhr die Finnly-Piers in der Westbay. Bentheim gab Instruktionen zur Reinigung der Yacht und deren Vorbereitung auf die für morgen vorgesehene Abreise. Um 16.00 Uhr verabschiedete sich Robert von der Eignerfamilie und der DF-Crew mit der Information, dass er um 18 Uhr einen Termin in der Hull-UNI habe. Die Einladung der Eignerfamilie zur Verabschiedung bei einem gemeinsamen Abendessen im Hotel lehnte Robert höflich ab.

17.

Von der Finnly-Pier ging er in seine Wohnung, zog sich um, und nahm das Dinghy Richtung Middle-East-Channel zur UNI. Mittwoch, 18 Uhr. Alle Rollers standen im Übungsraum bereit zur nächsten Trainingssession.

Die Gesangstrainerin ließ beide Wettbewerbstitel komplett instrumental und mit Lead- und Backgroundgesang aufführen. Sie beobachtete das Gesamtklangbild, machte Notizen. Motivierend erklärte sie den Rollers, dass das Klangbild gegenüber Samstag wieder verbessert sei, ermunterte aber zu noch größeren Anstrengungen. Dann zog sie sich mit den einzelnen Stimmenvertretern wieder zurück. Frank übte einzelne Instrumentalpassagen mit der Gruppe. Robert hatte die Bassgitarre eingestöpselt, aber nicht eingeschaltet. Den Bass von Pete hatte er im Ohr.

Mit der Tonfolge und dem Tempo hatte Pete keine Probleme. Am Bassgroove hatte er gearbeitet. Robert registrierte zufrieden, dass Pete verstanden hatte. worum es genau ging, und das war das Entscheidende. Er war sicher, dass Pete bis zum 30. Mai die erforderliche Bassqualität schaffen würde.

Es war 20 Uhr. Frank hatte den Strom von den Geräten genommen, Ende der heutigen Session.

Frank berichtete den Rollers, dass am Donnerstag, den 23. Mai, im Story-Ville für alle teilnehmenden Bands ein Generalprobentermin angesetzt war. Das hatte er heute erfahren. Sofort wurde nachgefragt, mit welcher Ausrüstung die Generalprobe durchgeführt wird.

Frank informierte: „Endverstärker und Boxen sind vor Ort und müssen von allen Gruppen benutzt werden, auch am 30. Mai!"

Jenny fragte: „Und wie bekommen wir die Instrumente dorthin, z.B. das Drumset?"

Robert bot an: „Wenn das Wetter es zulässt, transportieren wir die Ausrüstung an beiden Terminen mit meinem Dinghy!"

Zustimmendes Gemurmel.

Von einem Absacker war heute keine Rede. Die Rollers trennten sich und jeder ging seiner Wege.

Robert sprach Pete an und machte den Vorschlag, am Freitag, 15 Uhr, wieder ein Meeting im Finnly-Haus zu haben. Pete argumentierte: „Mir wäre Sonntag lieber, dann hätte ich mehr Zeit zum Üben. Am Sonntag könnte ich dann vielleicht eine bessere Leistung zeigen und von dir bewerten lassen!"

Robert überlegte, er war sicher, dass Pete einen ernst gemeinten Vorschlag machte, und Sonntag gab es noch kein konkretes Programm für ihn. Er sagte zu!

Robert steuerte sein Dinghy nach Westchapel. Er hatte Lust, im Boganson Cottage zu übernachten.

Donnerstag. Geschlossene Wolkendecke bei Frühtemperaturen um 25 °C. Mit ergiebigen bis starken Regenfällen war zu rechnen. Robert meldete sich telefonisch zum Lunch im Chapel-Inn an. Es war Zeit, dass er den Papiernachlass seines Grandpa Knuth genauer in Augenschein nahm. Im ehemaligen Salon seiner Großeltern gab es mehrere Schränke mit Akten. Robert graute vor der Arbeit einer Durchsicht. Ihn interessierten Geburtsurkunden, Sterbebescheinigungen und Nachlasspapiere. Drei Stunden intensive und systematische Durchsicht brachten folgende zu hinterfragende Ergebnisse:

Geburtsurkunde seiner Mutter Liv Boganson: Geburt 1944
     Liv Boganson, offiziell als vermisst erklärt: 1979
Geburtsurkunde Sohn Robert: Geburt 1974
     Sein Name im Familienstammbuch der Bogansons: Robert Knuth Boganson?
     Testament Knuth Boganson von 1986, Tochter Liv Boganson gilt als vermisst. Einziger Erbe: Robert Knuth Finnly?
     Robert fand kein Familienstammbuch seiner Eltern.
     Im Familienstammbuch seiner Großeltern ist er mit dem Namen „Robert Knuth Boganson" eingetragen.
     Im Testament seines Grandpa trägt er den Namen „Robert Knuth Finnly".

Sind das Eintragungsirrtümer oder stecken andere mysteriöse Gründe dahinter?
Eine Einsicht in das Bürgerverzeichnis der Kommune Westchapel könnte aufschlussreich sein. In der Wohnung am West Boulevard könnte das Familienstammbuch seiner Eltern zu finden sein. Er wollte der Sache auf den Grund gehen.

Um 13 Uhr zog Robert einen Regenmantel über und ging im Starkregen in den Pub. Es war kein Tischplatz frei, Robert staunte. Am Tresen ließ er sich von Frank Conelly ein halbes Pint Luna zapfen, das er stehend antrank. Es war dunstig von nassen Kleidern der Gäste, von Tabakrauch, von den vielen Menschen. Es gab keinen Luftaustausch, da es draußen, windstill, bei 29 °C regnete. Robert wartete zehn Minuten, leerte sein Pint und gab Frank ein Zeichen, dass er nicht länger warten wolle. Der hob bedauernd seine Schultern.

Robert verließ das Chapel-Inn und ging hinüber in das Rathaus. Er traf die Mitarbeiterin von Joshua O'Bready an. Robert fragte, ob er das Bürgerverzeichnis der Jahre 1944 bis 1979 einsehen könne. Die Mitarbeiterin legte die der Zeitspanne entsprechenden Bürgerverzeichnisse vor. Die Einträge waren mit Tinte in Handschrift verzeichnet:

Liv Boganson, geb. 1944
Heirat mit Harald Finnly? Kein Eintrag zu finden.
Sohn der Liv Boganson: Robert Knuth Boganson, geb. 20.04.1974
Namensänderung am 25.04.1974: Robert Knuth Boganson wird geändert in „Robert Knuth Finnly"
Gezeichnet von Jonathan Finnly und Knuth Boganson. Das war dubios!

Liv Boganson, vermisst 1979
Der Vater Harald Finnly vermisst? Kein Eintrag!

Robert fragte die Angestellte, ob Bürgermeister O'Bready zu sprechen sei. Sie telefonierte und sagte, dass Mr. O'Bready ihn in seiner Wohnung empfange.

Die Wohnung der O'Breadys ist an die Rückseite der Chapel angebaut. Robert wurde freundlich von Mrs. O'Bready empfangen und in ein Arbeitszimmer geführt, in dem Josh gemütlich eine Zigarre in seiner Pause qualmte.

„Na Robert, wo brennts?", fragte Josh.

„Entschuldige Josh, ich bin ziemlich von der Rolle. In den Papieren meines Grandpa habe ich seltsame Dinge entdeckt!"

Josh nickte und sagte: „Robert, ich kann mir denken, worum es geht, das musste irgendwann nach oben spülen. Du hast zwei Namen!"

„Ja, ich habe gerade Einsicht in das Bürgerverzeichnis genommen und zwei Dinge festgestellt: Erstens, ich habe zwei Namen, zweitens, ich kann keine Heiratsurkunde meiner Mutter finden!"

Josh erklärte: „Es ist so, deine Mutter und dein Vater haben nie geheiratet und deshalb gibt es hier in Westchapel keine Heiratsurkunde, es gibt nirgendwo eine. Das haben die beiden gegenüber den Bogansons und den Finnlys verschwiegen, stattdessen immer behauptet, verheiratet zu sein. Das wurde nie geprüft, aber ich habe es gewusst. Die beiden legten mir strengste Schweigepflicht auf.

Als du geboren wurdest, ließ deine Mutter, unverheiratet, dich folgerichtig mit dem Familiennamen Boganson eintragen. Später war Jonathan Finnly natürlich der Meinung, dass hier ein Fehler vorliege, der zu korrigieren sei. Er konnte deinen Grandpa Knuth davon überzeugen, dass es für dich von Vorteil sein würde, wenn du den Familiennamen Finnly erhältst. Wie ich sehe, wurdest du nie darüber informiert!"

„So ist es, Josh! Wenn ich sehe, wie es dann weiter mit mir abgelaufen ist, gewinne ich den Eindruck, dass Jonathan Finnly mich gekapert und versklavt hat!"

Josh fragte: „Wie ist denn derzeit der Stand? Hast du deine Vorstellungen durchsetzen können?"

„Ja, Josh, ich bin sehr zufrieden mit der Entwicklung!"

Robert berichtete etwas detaillierter den Ablauf der Gespräche mit der Familie Finnly.

„Du siehst Robert, es war richtig, zwischen euren Familien einen Schnitt zu machen. Irgendwann wäre das ans Tageslicht gekommen, was du heute, Gott sei Dank, selbstständig herausgefunden hast. Das hätte erneut zu furchtbaren Irritationen in eurer Familie geführt!"

„Ja, das kann man wohl annehmen!", meinte Robert.

„Na ja, Josh, ich danke dir für deine Offenheit mir gegenüber. Sie ist berechtigt, da die Verursacher der Unordnung nicht mehr unter uns sind!"

Robert verabschiedete sich und schaute noch einmal im Pub vorbei. Es hatte sich dort gelichtet, sodass er jetzt einen Tischplatz einnehmen konnte. Auch gab es noch den Lunch, den Dora servierte.

Er fragte Dora: „Waren Big und Phil heute schon hier?"

Dora grinste: „Ja, sie schütten jeden Donnerstag zwei oder mehr Pints in sich hinein. Sie sind schon weg!"

Die Raumluft hatte sich einigermaßen geklärt und es war ruhiger im Gastraum. Robert genoss das Essen. Dann nahm er einen Whisky und zündete sich eine Zigarre an. Gedankenversunken dachte er nach über die vertrackte Finnly/Boganson-Familiensituation.

Dora setzte sich zu ihm: „Ich hörte, dass du dich um die Rollers kümmerst?"

„Ja, sie bereiten sich auf einen Musikwettbewerb am 30. Mai im Story-Ville vor. Ich unterstütze sie, so gut ich kann!"

Dora: „Ich weiß, die Contes und wir werden am 30. Mai im Story-Ville sein und für die Rollers einen Höllenbeifall spenden!"

Robert erfreut: „Das trifft sich gut. Ich habe die Martinez angestoßen, auch am 30. ins Story-Ville zu kommen. Sie werden Conchita mitbringen, die noch nie das Story-Ville von innen gesehen hat!"

„Gut zu wissen, wir werden die Martinez mitbringen!", sagte Dora lächelnd.

Der Regen hatte aufgehört. Robert verabschiedete sich und ging nach Hause.

Er beschloss, noch am selben Tag zum West Boulevard zu fahren und dort zu übernachten.

18.

Gegen 16 Uhr legte er das Dinghy am Finnly-Liegeplatz fest und ging in die Wohnung. Systematisch prüfte er die Unterlagen seiner Eltern mit folgendem Ergebnis:

1. Ein Familienstammbuch seiner Eltern konnte er nicht finden. Es gab keines!

2. Sein Grandpa Jonathan hatte gegen seine Eltern das Sorgerecht für seinen Enkelsohn eingeklagt und laut Gerichtsbeschluss vom 03.11.1974 zugesprochen bekommen.

Begründung: „Die Eltern ihres Sohnes Robert Knuth Finnly sind nicht in der Lage, die Betreuung und Erziehung des Kindes zu gewährleisten.

Ein Vertragsdokument von 1972 wies aus, dass Harald und Liv Finnly ein lebenslanges Wohnrecht im Gebäude West Boulevard 98 gewährt wird und sie im Gegenzug von einer Alimentierung durch die Familie Finnly und von einem Erbe ausgeschlossen sind.

Es gab zahlreiche Rechnungsbelege über die Käufe der Wohnungseinrichtung im Finnly-Haus, bezahlt durch Harald Finnly.

Es gab ein Testament seiner Eltern, das ihn, Robert, als alleinigen Erben benannte.

Robert überlegte erneut, von welchem Geld sein Vater die Wohnungseinrichtung und seinen Lebensunterhalt finanziert hatte. Es musste eine ihm nicht bekannte Finanzierungsquelle geben.

In den Bankunterlagen seiner Eltern fand er schließlich mehrere Bareinzahlungen auf ein Konto in beträchtlicher Höhe, die durch laufende Abhebungen allerdings aufgezehrt waren.

Gerne hätte Robert gewusst, inwieweit sein Grandpa John und die Finnly-Familie davon Kenntnis hatten. Er beschloss, die Finnlys nicht danach zu befragen.

21 Uhr. Robert wollte sich ablenken von Gedanken an diese undurchsichtigen Familienverwirrungen und ging zu Fuß in das 850 Meter entfernte Amiral. Von der Südseite des West Channels wechselte er über die Fußgängerbrücke auf die Nordseite und erreichte das gut mit Gästen besetzte Amiral. Die Empfangsdame wies ihm einen Platz an einem freien Zweierset etwa in der Raummitte zu. Er bestellte Tapas und ein Glas trockenen Weißwein. Der hell erleuchtete Central-Place war aus dem gedämpften Licht des Restaurants heraus gut zu beobachten. Eine angenehme, beruhigende Stimmung.

Antonio bemerkte seine Anwesenheit und begrüßte ihn. Robert bat ihn, falls es seine Zeit erlaube, an seinem Tisch Platz zu nehmen. Antonio lächelte und setzte sich. Robert berichtete, dass die Rollers am 23. Mai, 16 Uhr, eine Generalprobe im Story-Ville spielten. Die Veranstaltung würde voraussichtlich um 17.30 Uhr beendet sein und anschließend wollte Robert die Rollers zu einem Bier in das Amiral einladen.

Antonio nickte: „Gute Idee! Wie viele Personen werden das sein?"

„Acht bis zehn Personen, die etwa um 18 Uhr eintreffen!"

Antonio bestätigte: „Gut, dann merken wir für den Termin ein Tischset für acht bis zehn Personen vor!"

„Am Sonntag, 19.05, abends rufe ich an und reserviere!", sagte Robert.

Antonio entschuldigte sich: „Es gibt viel zu tun Robert, ich muss alles im Auge behalten!"

Robert schaute sich diskret um, die anwesenden Gäste waren ihm nicht bekannt. Einige Tische von ihm entfernt saßen zwei Damen, Alter etwa vierzig, sehr gut aussehend und elegant gekleidet.

Sie aßen Salate, tranken Rotwein. Sie schienen in ein konzentriert geführtes Gespräch vertieft zu sein. Die mit dem Rücken zu ihm sitzende Dame trug hellblondes, schulterlanges Haar. Sie bewegte lebhaft ihre Hände und kommunizierte mit dem gesamten Körper. Die ihr gegenübersitzende Dame trug schwarzes, schulterlanges, leicht gewelltes Haar. Sie hatte den eher zuhörenden

Gesprächspart und lächelte häufig. Intuitiv schaute Robert immer wieder für kurze Augenblicke zu dem Damenduo hin. Gegen 23 Uhr verließ er das Amiral und ging nach Hause in das Finnly-Haus.

19.

Freitagmorgen. Robert rief Bal Johnson an und bat um ein Gespräch. Um 10 Uhr trafen sie sich in Bals Büro.

Bal fragte: „Welchen Eindruck haben Sie von der Kundeneinführung gewonnen, Mr. Finnly?"

„Perfekt, Mr. Johnson! Das Konzept ist in allen Punkten stimmig. Die begeisterten Kunden werden mit Sicherheit neue Kaufinteressenten generieren!"

„Freut mich, Mr. Finnly, dass Sie einen so positiven Eindruck haben! Und, sind Sie an einer Mitarbeit interessiert?"

„Ja! Ich würde mich freuen, bald damit beginnen zu können!"

Johnson lächelte erleichtert: „Wollen Sie denn ihr eigenes Konzept entwerfen?"

„Ja, ich kann es Ihnen kommenden Montag vorlegen! Allerdings sehe ich ein Sicherheitsproblem auf dem Yachttyp, den wir diese Woche gefahren sind. Es befindet sich keine ausreichende Sanitätsausrüstung an Bord. Ist das auf allen ausgelieferten Yachten der Fall?"

„Eine komplette Sanitätsausrüstung gehört nicht zum Lieferumfang, da unsere Kunden häufig sehr unterschiedliche Vorstellungen davon haben. Natürlich haben Sie recht. Falls es auf der Einführungsfahrt zu ernsthafteren Notfällen mit Beteiligten kommt, haben wir ein Problem!

Robert ergänzte: „Der Kunde ist bei der Fahrt zwar Eigentümer der Yacht, die DF-Werft hat jedoch in der Situation eine Fürsorgepflicht. Das könnte u. U. zu einem juristischen Problem führen!"

„Das scheint richtig zu sein, Mr. Finnly! Ich werde sofort mit Mr. Van Daelen darüber sprechen!"

Sie verabredeten sich für Montag, 11 Uhr.

Um 18 Uhr in der UNI. Die Gesangstrainerin eröffnete die Übungssession, wie gewohnt mit voller Besetzung, Instrumentals und Vocals. Robert hörte den Fortschritt gegenüber Mittwoch, auch die Trainerin und Frank äußerten sich lobend. Die Rollers „brannten" mit Energie und Enthusiasmus.

Pete schaute etwas selbstsicherer, er spürte die Verbesserung seines Bassparts und das gab ihm Selbstvertrauen. Erstmals stöpselte Robert seinen Bass nicht ein, sodass die Rollers wahrnahmen, dass der Bass von Pete gespielt wurde. Am Ende der Session berichtete Frank unter vier Augen: „Jenny hatte sehr früh bemerkt, dass Pete auf seine Beteiligung am Wettbewerb vorbereitet wird." Frank rechnete es Jenny hoch an, dass sie darüber Schweigen bewahrte. Sie hatte selbst die Erkenntnis gewonnen, dass man Robert nicht im Jugendwettbewerb einsetzen konnte.

Frank kündigte an, dass morgen, am Samstag, sein Vater die Gruppe besuchen werde, um sich ein Bild vom Entwicklungsstand der Rollers zu machen. Er bat Robert, eine der Übungssequenzen mit dem Bass zu spielen, damit sein Vater ihn einmal hören könne.

Robert äußerte Bedenken: „Die Rollers hatten Petes Bassqualität im Ohr und sollten nicht durch alternative Bassspuren verunsichert werden!" Frank nickte bestätigend und fragte: „Würdest du denn in einem Nebenraum für meinen Vater ein Sampling bespielen?"

„Ja, Frank, das würde ich gerne machen, dann bekäme ich das Feedback von einer Musikautorität!"

Robert kehrte an diesem Abend in die Wohnung am West Boulevard zurück. Er wollte am nächsten Tag mit der Erarbeitung seines Konzeptes für die Hull-Travel-Shipping beginnen.

Samstag. Robert bereitete zu Hause ein Frühstück für sich und begann an dem Konzept zu arbeiten.

1. Die Fahrtroute von Bentheim wollte er übernehmen, unabhängig von der Wetterlage.
2. Im Windschatten der Ostflanke des Gebirgszuges auf Hull-Island sollte ein „Mann über Bord"-Manöver geübt werden. Dabei kam es darauf an, die technischen Hilfsmittel der DF-Yacht einzusetzen und kennenzulernen.

3. Das Ankermanöver sollte wie gehabt in der Sandbucht der Schäreninsel erfolgen.
4. Wenn der Zeitrahmen es zuließ, sollte die Ausfahrt aus dem Schärengarten nicht in der betonnten Fahrrinne, sondern mit Navigationsinstrumenten durch den Schärengarten erfolgen. Die Ausfahrt aus dem Schärengarten würde dann statt in die südliche, in die nördliche Eastbay erfolgen.
5. Alle weiteren Programmpunkte sollten nach dem Bentheim-Schema durchgeführt werden.

Robert zog auch in Erwägung, konkrete Vorstellungen der Käufer zum Routenverlauf zu erfüllen!

Mittagszeit. Robert ging zu Fuß zum Central-Place, dort war samstags Wochenmarkt. Im Vorbeigehen warf er einen Blick ins Amiral. Das Restaurant war außen und innen voll besetzt. Er schlenderte an den Marktständen vorbei, fand in einer Straße neben dem Rathaus auf einem kleinen Platz die Markthalle der Stadt. Die Marktstände in der Halle boten hochwertige Feinkostlebensmittel zu hohen Preisen. Robert genehmigte sich einige Köstlichkeiten und an einem Weinstand mit internationalem Weinangebot auf einem Barhocker sitzend ein Glas Weißwein.

Eine fröhliche Frauenstimme rief: „Hi Robert! Wenn du mir auch ein Glas Wein spendierst, bekommst du von mir ein wenig Gesellschaft!"

Robert wandte den Blick und erkannte Beccy Balmore. Erfreut begrüßte er sie mit Küsschen-Küsschen, zog einen Barhocker heran, und fragte, welche Geschmacksrichtung sie beim Wein bevorzuge?

„Rotwein aus der Region!", antwortete sie.

„Bist du alleine hier?", fragte er.

„Ja, samstags bin ich auf dem Markt und ordere Gemüse, Obst, Fisch und Fleisch für die kommende Woche. Die Waren werden mir entsprechend unserem Speiseplan in der Küche täglich frisch geliefert!"

„Verstehe, dann erledigst du die Versorgung deines Pubs an einem Tag in der Woche und brauchst dich nicht weiter darum zu kümmern! Kannst du dich denn auf die Lieferanten verlassen?"

„Absolut Robert, wir sind eine eingespielte und zuverlässige Gemeinschaft. Außerdem ist der Samstag bis zum Nachmittag mein Genusstag, an dem ich unter andere Menschen komme und die Stadt genieße. Ich habe dich seit unserem letzten Treffen vermisst. Was treibst du denn zurzeit?"

Robert berichtete von seinem Engagement für die Rollers und von seinem in Aussicht stehenden Job als regional arbeitender Kapitän. Beccy schaute ihn fragend an: Du bist doch ein Mitglied der Finnly-Familie? Ich hätte vermutet, dass du in die Geschäftsleitung der Werft einsteigst!"

„Nein, Beccy, ich möchte nicht das Leben eines ständig gehetzten Managers führen. Lieber kümmere ich mich z. B. um die Rollers Kids und flirte mit meiner Jugendfreundin!"

Beide lachten amüsiert.

„Wir im Westcorner-Inn sind Rollers-Fans. Wir werden am 30.05. auch im Story-Ville sein und die Rollers unterstützen!", erwähnte Beccy.

Robert berichtete, dass Antonio Romani am 30.05. eine Siegesparty geben will, wenn die Rollers den Wettbewerb gewinnen. Beccy staunte: „Auf die Idee hätte ich auch kommen können, aber leider wohl zu spät!"

Robert sagte: „Mir fehlt die Dame an meiner Seite, wenn die Party läuft! Würdest du mich begleiten?"

Beccy lachte: „Hast du denn immer noch keine Herzensdame?"

„Nein, Beccy, so schnell geht das bei mir nicht, aber das kann ja noch werden!"

Beccy lächelte verschmitzt und sagte: „Ich schau mal in meine Termine und rufe dich an!"

20.

Sie verabschiedeten sich. Robert ging nach Hause, kleidete sich für die Rollers-Session und steuerte sein Dinghy nach Middle-East-Channel zur UNI.

Ein Herr im Anzug, groß, schlank, schütteres Haar, etwa Ende fünfzig, begrüßte Robert und stellte sich vor. Professor Edward Colomba, Vater von Frank: „Ich möchte mir die „Hull-City-Rollers" einmal ansehen und hören, welchen Stand sie in der Vorbereitung auf den Wettbewerb haben!"

„Ja, freut mich, Sie kennenzulernen, Mr. Colomba! Ihr Sohn ist sozusagen das musikalische Mutterschiff der Gruppe. Ich bin beeindruckt von der Art seiner fachlichen und mentalen Führung!"

Stolz blitzte in Colombas Augen: „Ja, wir geben unser Herzblut in die Entwicklung der Musikgruppe mit diesen guten Talenten! Auf welche Art sind Sie zu der Gruppe gestoßen?"

Robert berichtete, dass er in der Mainacht auf sie aufmerksam wurde, sie gesucht und angesprochen hatte. Colomba fragte ihn, auf welche Weise er zum Bass gekommen sei? Robert erzählte kurz seine Geschichte. Inzwischen arbeiteten die Rollers unter Anleitung der Gesangstrainerin das bekannte Einleitungsprogramm. Robert und Colomba hörten zu.

Colomba nickend: „Das wird etwas. Ich bin guter Hoffnung. Hat mein Sohn Ihnen gesagt, dass wir gerne eine Hörprobe von Ihnen möchten?"

„Ja, wir können das jetzt machen!", sagte Robert.

Sie gingen in einen Nebenraum, in dem alles für die Probe bereitstand. Robert stöpselte seine Bassgitarre ein und stimmte sie. Colomba startete das Sampling. Robert hörte mehrere Takte, dann brachte er ohne Notenblatt den Bass ein. Die Grundmelodie variierte mehrfach. Robert ließ zu jeder Variation auch eine Bassvariation einfließen. Colomba nickte staunend: „Das klingt sehr reif!", sagte er. „Und Sie haben das autodidaktisch erarbeitet?"

„Ja, ich habe Hunderte Samplings bespielt und hatte die Partituren vor Augen. Als Seemann bekam ich häufig Gelegenheit, bei verschiedensten Bandformationen in Hafenkneipen den Bass zu spielen. Der Jazz ist mein bevorzugtes Genre!"

„Mein Sohn hat berichtet, dass Sie den jungen Pete sehr effizient unterstützen. Können Sie sich vorstellen, in unserer Fachschaft als praktischer Basstrainer junger Nachwuchskräfte tätig zu werden?"

Robert blieb einen Augenblick die Luft weg: „War das möglich?"

Colomba bemerkte, dass Robert im Augenblick sprachlos war, und schob nach: „Sie können sich nicht vorstellen, wie schwer es ist, Basstrainer zu finden, die den Job aus vollem Herzen machen. Der Bass ist nicht gerade das Lieblingsinstrument aufstrebender, ehrgeiziger Musiker. Häufig sind es introvertierte Menschen, die eine natürliche Affinität zum Bass entwickeln!"

Robert nickte bestätigend: „Ja, das ist auch meine Erfahrung, Mr. Colomba! Zurzeit bin ich in einer Phase der beruflichen Neuorientierung. Ich will gerne über Ihren Vorschlag nachdenken und mit Ihnen in Kontakt bleiben. Vielen Dank!"

Im Übungsraum fetzten die Rollers, auch Pete, ihre Parts mit vollem Einsatz. Robert war sicher, dass Petes Mitarbeit im Wettbewerb gar nicht mehr thematisiert würde.

Mit Pete sprach Robert noch einmal über die Session am folgenden Tag. Pete sagte, dass er inzwischen verschiedene Samplings der Wettbewerbsstücke bespiele, deren Bassparts er Robert vorspielen wolle. Das fand Robert o. k., sie verabschiedeten sich.

Das Dinghy lenkte Robert an diesem Abend wieder zum West Boulevard 98.

21.

Sonntag, 19.05. Frühstück zu Hause im Finnly-Haus. Bei strahlend schönem, windarmem Wetter genoss Robert das Frühstück auf dem Balkon seiner Wohnung. Der Balkon lag noch im Schatten der von Osten einfallenden Sonne, die Westbay und die in der Ferne liegenden Westhighlands glänzten im schräg einfallenden Sonnenlicht. Etwas nördlich hörte Robert den Startschuss einer Jollenregatta. Als Highschoolstudent hatte er voll konzentriert auf den Startschuss gewartet, um sich dann mit seinem Boot in das Regattagewühle zu werfen. Die Schulen der Weststadt unterhielten an der nördlichen Westbay ein Wassersportzentrum. Segeln, Wellensurfen, Windsurfen, Kitesurfen, Rudern, Schwimmen, Turmspringen, Tauchen, wurden unterrichtet in den Basics und auch im Leistungssportbereich.

Robert spürte, dass er etwas für seine Fitness tun musste. In seiner Zeit auf See hatte er, ohne es zu bemerken, seine körperliche Konstitution Stück für Stück eingebüßt. Wenn er die in Aussicht stehenden Jobs ausüben sollte, liefe das auf eine dauernde Anwesenheit am West Boulevard 98 hinaus. Er musste darauf achten, dass ihm Zeit blieb, hier an seiner Fitness regelmäßig zu arbeiten.

Um 15 Uhr traf Pete ein. Der brannte darauf, Robert seine Fortschritte am Bass zu demonstrieren. Robert hörte zu, lobte Pete, sah die Möglichkeit, mit Pete an feineren Soundstrukturen am Bass zu arbeiten, ohne ihn zu überfordern. Robert dachte daran, dass Pete ohne den Anstoß der Teilnahme am Wettbewerb noch lange auf seinem Schülerniveau herumgedümpelt wäre. Er fragte: „Wie hast du üben können in den letzten beiden Wochen?"

„Frank hat mir einen Übungsraum in der Fachschaft freischaufeln können und hat immer mal nach mir geschaut!"

„Was konntest du in der Zeit denn für die Schule tun?"

„Fast gar nichts. Nach dem Wettbewerb gebe ich in der Schule wieder Vollgas!"

„Und, hast du mit deinen Eltern gesprochen?"

Pete mit flackerndem Blick: „Es ist zu früh, ich habe mich noch nicht getraut. Kurz vor dem Wettbewerb will ich es ihnen sagen!"

Kommst du denn vorher noch einmal nach Hause? Du solltest es ihnen nicht am Telefon sagen!"

„Ich weiß nicht!"

„Ich fahre dich hin, Pete!"

Pete schaute ihn ängstlich an und schwieg.

17 Uhr. Sie nahmen das Dinghy und fuhren in den East-Channel zur UNI.

Frank ließ beide Wettbewerbsnummern, von Pink Floyd aus „The Wall" den Titel „Hey You" und ihren eigenen Titel „Song of Hull Dreams" mehrere Male komplett durchspielen. Frank machte Tonaufzeichnungen. Passagen mit Korrekturbedarf spielte er vor. Sie sprachen darüber und wiederholten so oft, bis alle o. k. nickten. Damit verbrachten sie zwei Stunden bis zum Ende der Session. Im Anschluss thematisierten die Rollers den Gerätetransport am Donnerstag, dem 23. Mai, in das Story-Ville. Robert erklärte, dass die Geräte mit seinem Dinghy bei jeder Wetterlage innerhalb der Kanäle transportiert werden können. Er werde auf jeden Fall das Dinghy mit der Fahrpersenning schließen. Sie einigten sich auf zwei Transportfahrten. Die erste Fahrt, 12 Uhr, die zweite Fahrt, 14 Uhr, Start jeweils an der UNI-Pier. Frank sagte zu, an dem Tag an der UNI-Pier einen Bootsliegeplatz zu reservieren. Die Rollers sollten in der Kleidung und mit den Instrumenten um 16.30 Uhr zur Generalprobe antreten, die auch zum Wettbewerb benutzt würden. Cliff fragte, ob sie die anderen Bands des Wettbewerbs bei der Generalprobe beobachten dürften.

„Das ist nicht erlaubt. Jede Band erhält im Story-Ville einen abgeschlossenen Geräteraum, in den sie sofort nach Ende der Generalprobe ihre Geräte einschließt. Dann muss das Story-Ville verlassen werden. Die Geräte können bis zum Wettbewerbstermin dort verbleiben oder müssen an einem der folgenden Tage mit Terminabsprache abgeholt werden!", erklärte Frank.

Er schlug vor, keine weitere Session anzusetzen, die Geräte im Story-Ville zu lassen, (sie sind versichert durch das Story-Ville) und das Warmspielen zu Hause mit Zweitinstrumenten zu machen. Die Rollers stimmten den Vorschlägen zu. Robert lud alle zu einem Umtrunk direkt nach der Generalprobe ins Amiral ein. Freudiges Gejohle.

Robert fragte Frank, ob die Gesangstrainerin dabei sei. Frank verneinte, sie habe keine weiteren Termine frei.

Robert nahm Pete noch einmal zur Seite und verabredete einen Besuchstermin bei Petes Eltern. Sie einigten sich auf den Sonntag, 26. Mai, Start 9 Uhr an der UNI-Pier.

Robert fuhr das Dinghy in den West Boulevard 98, kleidete sich um und ging zu Fuß ins Amiral.

„Um 22 Uhr war der Gastraum noch gut besetzt. An Wochenendtagen schloss die Gastronomie im Country um 1 Uhr. Robert wurde ein Tischplatz an der West Channel Seite zugewiesen. Von dem Platz aus schaute er auf das hell beleuchtete Story-Ville auf der gegenüberliegenden Kanalseite. Er nahm sich vor, auf die Homepage des Story-Ville zu schauen, um die Programmstruktur kennenzulernen. Die Bedienung fragte nach seinen Wünschen. Er bestellte einen sättigenden Salat und Weißwein. Er schaute sich ein wenig um. Etwas schräg über ihm fiel eine mit fünf Personen besetzte Nische in seinen Blick. Hatte er einige der Personen schon einmal gesehen? Noch einmal kurz hinblickend erinnerte er sich an die beiden eleganten Damen, die ihm am vergangenen Donnerstag im Amiral aufgefallen waren. Die beiden Damen waren jetzt in Begleitung zweier junger Damen und eines jungen Herrn. Vom Tisch der fünf Personen strömte gute Stimmung in den Raum. „Vielleicht eine Familienzusammenkunft?", dachte Robert.

Nach dem Essen genoss er eine Zigarre, als Antonio auf seinen Tisch zusteuerte. Antonio, richtig guter Laune, meinte, dass zu der Zigarre ein Whisky gehöre, und orderte zwei Whisky und für sich auch eine Zigarre. Sie pafften beide gemütlich und tauschten

Tagesereignisse aus. Robert sprach über den Musikwettbewerb der jugendlichen Band und erwähnte in dem Zusammenhang, dass die Rollers am kommenden Donnerstag mit acht Personen einkehren würden, voraussichtlich gegen 18 Uhr. Antonio bestätigte erfreut und fragte, ob Speisen gewünscht seien. Robert meinte: „Es sind junge Menschen, die gerade eine Generalprobe gespielt haben und mit noch heißen Köpfen hier erscheinen." Antonio lachte und meinte: „Die würden mit Pizza zufrieden sein! Aber das ist nicht Stil unseres Hauses. Ich empfehle Tapas, die wir so lange frisch nachfahren, bis die Köpfe abgekühlt und die nervösen Mägen beruhigt sind!"

Robert lachte amüsiert: „O. k. Antonio, so machen wir es!"

Robert überlegte, ob er Antonio nach der Familiengruppe fragen könne, z. B. wer sie sind. Dann würde Antonio allerdings nachfragen, warum ihn die Personen interessierten. Das wusste er selbst nicht und deshalb fragte er nicht.

22.

Montag, 11 Uhr. Robert traf Bal Johnson in dessen Büro. Johnson legte er das Konzept der Einweisungsfahrten vor, das sie in allen Details besprachen. Das Konzept fand Zustimmung. Johnson berichtete über sein Gespräch mit Dick van Daelen über die unvollständigen Sanitätsausstattungen der verkauften Yachten. Auch van Daelen sah darin einen kritischen Sicherheitsaspekt.

Er hatte Johnson beauftragt, Robert als sehr erfahrenen Kapitän dafür zu gewinnen, gegen Honorar diesen Punkt mit geeigneten Fachpartnern zu untersuchen und ein Konzept vorzulegen. Robert sagte zu, denn das bedeutete freies, kreatives Arbeiten. Er liebte das!

Er bat Johnson, ihn erst nach dem 30. Mai als Kapitän einzusetzen, nach dem Musikwettbewerb. Johnson erklärte er, worum es dabei ging. Der staunte: „Sie sind ein multibegabter Mensch, Mr. Finnly!"

„Ich benötige wieder Farbe in meinem Leben, Mr. Johnson. Sie wissen selbst, was es bedeutet, 15 Jahre in einem Stück zur See zu fahren!"

„Allerdings! Deshalb habe ich meine Familie gegründet und familienfreundliche Jobs gesucht!"

Johnson sagte zu, mit der Zuweisung eines Kundentrails wie vereinbart zu warten, bat Robert aber mit der Erarbeitung eines Sanitätskonzeptes möglichst sofort zu beginnen. Robert fragte, auf welcher Basis ein Honorar für diese Tätigkeit berechnet würde?

„Schreiben sie ein Stundentagebuch für diese Arbeit. Wir honorieren eine Stunde mit 45 Dollar!"

Robert bedankte sich und dachte: „Das ist ein gutes Angebot!"

Er ging in seine Wohnung und begann:

Die Sanitätsausrüstung auf einer Yacht bestand aus Standards, gleich, welcher spezialisierten Anwendung sie diente.

Der Umfang einer Sanitätsausrüstung hing von der Größe der Yacht bezüglich einer Raumbereitstellung für den Sanitätsbereich ab und von der Zahl der Personen, die sich auf der Yacht befanden. Die konnte man an der Zahl der Kojen auf der Yacht festmachen.

Dann gab es Spezialisierungen der Verwendung der Yachten, z. B.:

- Hochseeangeln
- Befahren der Arktis oder Antarktis
- Fahren in tropischen Gewässern
- Tiefseetauchen
- Yachten als Basisschiffe für Surfen, Windsurfen, Kitesurfen, Heißballonfahren etc.
- Partyyachten
- Tourenyachten
- Charteryachten

Solchen Verwendungsspezialisierungen mussten verwendungstypische Gefahrensituationen für die Menschen an Bord zugeordnet werden.

Aus all diesen Daten und den gesetzlichen Bestimmungen ließen sich Basisausrüstungen für den Sanitätsbereich auf Yachten ableiten.

Aus Sicht der DF-Werft galt es jetzt, das gesetzlich erforderliche Minimum für jeden Yachttyp herauszuarbeiten und die Yachten damit auszurüsten, also eine „Nettoausrüstung"!

Das Verkaufsargument würde lauten: „Die Grundausrüstung muss nach gesetzlichen Vorgaben auf der Yacht vorhanden sein. Wenn die Ausrüstung von der Werft geplant und eingebaut wird, ist das die wirtschaftlich günstigste und juristisch sicherste Vorgehensweise für den Kunden!"

Robert schrieb das auf, legte es Johnson noch am selben Tag vor, und erklärte, dass er sofort daran arbeiten kann, wenn die Marschrichtung gefällt. Für den Fall benötigte er eine Auflistung von Yachttypen, die bei der DF-Werft geordert werden.

Johnson meinte, dass man das durchspielen sollte an einem Yacht-typ, der häufig geordert wird. Er wollte das wiederum mit Dick van Daelen klären.

Robert überlegte, heute nach Westchapel zu fahren und dort zu übernachten. Boganson-Cottage erreichte er gegen 18 Uhr. Die mitgebrachte gebrauchte Wäsche brachte er in das Haus und deponierte sie zum Waschen in die dafür vorgesehene Wäsche-truhe. Zum Besuch des Westchapel-Inn war er passend geklei-det. Er ging hinüber zu Frank und Dora, ließ sich einen Platz zum Dinner anweisen, und bestellte vorab ein Pint Luna. Din-ner gab es ab 19 Uhr. Dora setzte sich zu Robert, nickte aner-kennend, sagte: „Alle hier finden das toll, wie du dich für die Rollers einsetzt!"

„Woher habt ihr die Informationen?"

„Von Claudia Conte. Sie ist ja die Freundin von Jenny!"

„Weißt du, Dora, es macht richtig Spaß, die jungen Leute zu beobachten, wie sie für ein Ziel brennen. Das reißt mich ordent-lich mit! Was mich auch begeistert, ist der Zusammenhalt in der Gruppe. Sie sind in der Lage, unterschiedliche Meinungen zu diskutieren und zu einer Einigung zu kommen. Das macht Mut für die Zukunft!"

„Das liegt an ihrer noch sorgenfreien Jugend!", meinte Dora.

„Ja, kann sein! Ich habe das in meiner Jugend nicht so erlebt. In der Highschool z.B. wurden die Jungs gehasst und gemobbt, die mit Beccy Balmore nur mal ein Lächeln tauschten. Das war irgendwie krank!"

„Ja, Robert, das war es auch. Es lag aber hauptsächlich an Bec-cy, die in ihrer Frühreife ihr Umfeld mit Lust mobbte!"

„Na ja, bei den Rollers gehen die Mädels und Jungen völlig locker mit einander um!"

„Ja, Robert, die sind eine Generation weiter als wir!"

„Ja, und das macht eben Hoffnung!", erwiderte Robert.

Das Dinner bestand aus Lammragout in Rotweinsauce, dazu Pasta und Salat aus blanchierten grünen Bohnen mit frischen Tomaten.

Köstlich, fand Robert. Seit Jahren hatte er die einfache Zubereitung von Speisen mit frischen Zutaten, wie sie hier im Hull-County üblich war, nicht genossen.

Gegen 20 Uhr erschienen Big und Phil im Pub. Robert winkte ihnen zu und bat sie, an seinem Tisch Platz zu nehmen. Erfreut begrüßten sie sich.

Robert sagte: „Endlich Big, kann ich dir mal einen ausgeben für das Abholen von der Beluga. Natürlich dir auch Phil, als guter Schattengeist von Big!"

Phil grinste: „Das hast du gut formuliert, Robert! Der Schatten hat es immer leichter als der Schattenspender!"

Big schnaubte: „Halts Maul. Phil! Am Ende vergisst Rob noch einen auszugeben bei deinem Scheißgefasel!"

Die drei schüttelten sich vor Lachen.

„Also Rob, ein Pint und einen doppelten Klaren für Big!" Er knallte die Handflächen auf seine gewaltige Brust.

„Und du, Phil?", fragte Robert.

„Na ja, Robert, für mich ein Glas Milch!", sagte Phil und grinste blinzelnd zu Big hinüber. Big schaute Phil mit übertrieben aufgerissenen Kulleraugen an, hob schweigend die rechte Hand mit gestrecktem Mittelfinger in Richtung Phil.

Alle Menschen im Pub beobachteten die Szene. Das Lokal erbebte im Gelächter. Man wusste im Pub: „Wenn die beiden auftauchten, gab es etwas zu lachen!"

Big fragte Robert, was er denn die ganze Zeit gemacht habe. Er habe schon gedacht, Robert habe sich still wieder verdrückt.

„Nein, Big, ich war die ganze Zeit auf Arbeitssuche!"

„Warum hast du nicht mal schnell eine reiche Witwe aufgerissen?"

„Weiß nicht Big, wahrscheinlich aus dem gleichen Grund, weshalb du es auch nicht tust!"

„Bei mir funktioniert das nicht, weil ich zu fett bin und dauernd nach Fisch stinke. Aber du, Rob, du bist noch ein edler Jüngling, auf den die Weiber stehen. Hahaha!"

Wieder Gelächter im Pub.

Big saß vor geleerten Gläsern. Schnell gab jemand eine Runde aus für sich und die drei am Tisch. Das flachsige Gespräch nahm seinen Fortgang. Die Stimmung stieg untypisch für einen Montagabend. Dora freute das! Big schlug vor, bis zur Timebell mal was zu singen. Robert ließ sich von Dora ein Banjo geben und bei sentimentalem Folk lief im Alkoholdunst die eine oder andere Träne.

23.

Der folgende Tag begann mit morgendlichen Dunstschleiern, die von der Sonne brutal aufgelöst wurden. Man wusste: „Das wird ein heißer Tag!" Robert mühte sich leicht verkatert in die Gänge zu kommen. Ein Blick in den Kühlschrank ließ ihn frohlocken, für ein ergiebiges Frühstück war alles vorhanden. Mit starkem Kaffee, Ham and Eggs sowie Toastbrot machte er es sich gemütlich auf der noch im Schatten liegenden Westterrasse. Gegen 11Uhr lief ein gammelig aussehender kleiner Fischkutter in Chapel-Harbour ein. Das müssen Big und Phil sein, dachte Robert. Die beiden legten den Kutter nahe des Fähranlegers an die Pier. Dort stand ein wartendes Grüppchen von Menschen, wahrscheinlich die Käufer des frischen Tagesfischfanges. Aus der Ferne konnte Robert erkennen, dass Big auf der Pier stand. Wenn eine Person einen Beutel von Bord entgegennahm, streckte Big die Hand aus und nahm von der Person Geld, das er in seine Hosentasche steckte. Folglich war Phil derjenige, der den Fang erklärte, Wünsche entgegennahm, abwog, verpackte und Big den Preis ansagte. Die Prozedur währte etwa dreißig Minuten, dann löste sich die Menschengruppe auf. Damit war wohl das Tagesgeschäft der beiden Männer erledigt, vermutete Robert. Big hatte am Abend im Pub ziemlich Schlagseite gehabt. Trotzdem mussten die Männer in der Nacht zum Fischfang ausgelaufen sein. Phil war am Abend allerdings nüchtern geblieben. Die Szene gab Aufschluss darüber, wie abhängig die beiden Männer voneinander waren.

Das brachte Robert auf den Gedanken an die beiden Farmerfrauen in Eastchurch, die Eltern von Jenny. Würden sie an dem Wettbewerbsabend im Story-Ville sein, um ihre Tochter an den Drums zu erleben? Obschon Robert die anderen Jugendbands im Wettbewerb nicht kannte und nicht gehört hatte, glaubte er fest an den Erfolg der Rollers. Wenn das so wäre, musste es doch etwas bei den Eltern bewirken! Mussten sie nicht stolz auf ihre Tochter sein? Das brachte ihn auf die Idee, auch die Eltern von

Pete davon zu überzeugen, ihren Sohn im Erfolg zu erleben. Ja, er würde den Hamiltons anbieten, sie am Mittwoch vor dem Wettbewerbstag zu Hause abzuholen und sie in seiner Wohnung, West Boulevard 98, übernachten zu lassen.

Nach dem Frühstück legte Robert sich noch eine Stunde auf die Kaminbank im Wohnraum. Wieder ziemlich munter, wachte er gegen 13 Uhr auf. Das Thermometer erreichte an diesem Dienstag im Mai 32 °C. Robert nahm sein Badezeug, ging an den Sund und hielt Ausschau nach den Seehunden, die er zu seinen Freunden erklärte. Vorsichtig ließ er sich in das Wasser gleiten, das in Relation zur Lufttemperatur angenehm kühl wirkte. Der Golf strömte leicht nach Osten. Genüsslich ließ er sich in den Bereich treiben, wo er vor Tagen den Seehunden begegnet war. Aber sie ließen sich nicht blicken. Wahrscheinlich waren sie in kältere Gewässer abgewandert. Der Bergrücken von Hull-Island bot noch Schatten in der südlich stehenden Sonne. Robert setzte sich auf eine Kiesbank und betrachtete die gegenüber im Sonnenlicht liegende Stadtlinie. Ein Gefühl der Zufriedenheit durchströmte ihn. Bisher, so dachte er, habe ich alles richtig gemacht.

Robert übernachtete noch einmal in Boganson-Cottage, damit er Mittwochmorgen Conchita traf. Wieder weckte ihn das unangenehme Geräusch des Staubsaugers. Im Bad machte er sich ein wenig frisch, ging im Morgenmantel nach unten in den Wohnraum. Conchita sah ihn, stellte den Staubsauger ab und zeigte Robert das strahlende Lächeln, das ihn weich werden ließ und ihn an seine schöne Kindheit erinnerte. Wieder stand ein sorgfältig zusammengestelltes Frühstück auf dem Tisch.

Conchita sagte: „Heute Robert, habe ich gewartet, damit ich mit dir frühstücken kann!"

Robert nahm sie in seine Arme, drückte und küsste sie. Sie saßen mehr als eine Stunde zusammen und Robert erzählte detailliert die Geschehnisse der vergangenen Tage. Besorgt fragte Conchita: „Wirst du denn nach Hull-City in die Wohnung deiner Eltern ziehen?"

„Ich werde sowohl hier als auch in Hull wohnen. In Hull, weil ich dort arbeite und hier, weil Chapel meine Heimat ist!" Ihr Blick verriet, dass sie sich da nicht so sicher war, äußerte sich aber nicht weiter dazu. Robert prüfte gedanklich, ob er das selbst ganz sicher ernst meinte. Wenn ja, musste ein Lebensrhythmus her, der diesen Vorsatz gewährleistete. Wenn er in Chapel eine Lebenspartnerin fände, wäre die Wahrscheinlichkeit hoch, dass er sich hier regelmäßig aufhielte.

Zur Lunchzeit steuerte Robert sein Dinghy Richtung Westcorner. Im Westcorner-Inn ließ er sich einen Platz in einer Sitznische in der Nähe zum Tresen zuweisen. Die Sitznischen bestanden aus einem Tisch mit zwei gegenüber angeordneten Sitzbänken auf einem niedrigen Podium. Das Mittwochsmenü zum Lunch bestand aus frittierten Sardinen, Kartoffelchips und einem gemischten Salat. Dazu gab es ein Getränk nach Wahl. Robert nahm ein Glas Weißwein. Er schaute sich im Pub um. An den Tischen rechts des Eingangs saßen Damen verschiedenen Alters. Auch Paare und einzelne Herren verteilten sich über den Gastraum. Der Eingang mit einem in den Raum gebauten Windfang und die Fensterfronten rechts und links waren vom Boden bis zur Decke verglast im Jugendstil. Die südwestliche Ausrichtung des Lokals bewirkte einen intensiven Lichteinfall. Es gab auch eine Außengastronomie, die aber aufgrund eines fast ständigen Südwestwindes kaum genutzt wurde. Kurz nach Roberts Eintreffen betrat Beccy den Gastraum und wollte den Kassenplatz einnehmen. Sie bemerkte die Anwesenheit Roberts, freute sich, und nahm ihm gegenüber Platz.

„Es wurde Zeit, dass ich euch besuche und eure Küche probiere!", sagte Robert lächelnd.

Beccy lächelte zurück: „Fein, Robert. Ich hoffe, dass es dir hier gefällt und dass es dir schmeckt!"

Robert bemerkte: „Der Pub ist gut besetzt. Mir fällt auf, dass Ihr zahlreichen Damenbesuch habt!"

„Ja, Robert, wir sind ein Szene-Pub. Die Damen drüben sind Prostituierte, die aus den Bordellen entlang des Sund Boulevard kommen, und bei uns den Lunch nehmen!"

„Interessant, Beccy. Aber man sieht den Damen ihr Gewerbe gar nicht an!"

„Ja, die Prostitutionsregeln im Country verbieten den Frauen, in der Öffentlichkeit werbewirksam aufzutreten. Wenn sie ihr Bordell verlassen, müssen sie sich zivil kleiden. Auch ich achte darauf, dass die Regel hier im Corner-Inn genau eingehalten wird. Dabei habe ich ein freundschaftliches Verhältnis zu ihnen. Unsere Lage hier auf der Ecke „West Boulevard-Sundboulevard" hat den Effekt, dass links von uns Prostituierte arbeiten und rechts von uns aus den Hotels zahlreiche Freier nach den Frauen ausschauen. Das Anbahnen der Geschäfte in der Öffentlichkeit ist verboten. Aber Insider wissen, dass prostituierte Frauen hier im Corner-Inn drüben an den Tischen sitzen. Freier und Frauen sind Gäste. Sie sehen sich, taxieren sich, sprechen nicht miteinander, denn das Geschäft verhandeln und vollziehen sie in den Bordellen!"

„Ein sehr effektives und sauberes Geschäft für dich!", sagte Robert. „Hast du denn keine Probleme mit Zuhältern?"

„Zuhälter habe ich konsequent und effektiv vergrault. Die hier verkehrenden Frauen befreiten sich selbst von Zuhältern. Das bedeutet, Kunden und Anbieterinnen passen niveaumäßig einigermaßen zusammen!"

„Ich bewundere deine Kompetenz und deine Stärke!", sagte Robert bewundernd.

Beccy nahm dieses Kompliment kühl lächelnd entgegen.

„Wie steht es mit den Rollers, Robert?", fragte sie.

„Morgen haben sie im Story-Ville eine nichtöffentliche Generalprobe. Ich bin davon überzeugt, dass sie den Wettbewerb gewinnen!"

„Ja, Robert, ich habe übrigens den Donnerstagabend nächster Woche für dich reserviert! Ich freue mich darauf, die Rollers gewinnen zu sehen und dich bei der Siegesfeier zu begleiten. Was machen wir, wenn sie nicht gewinnen?"

„Wir feiern trotzdem, Beccy, denn fast alle Eltern und Freunde der Rollers werden dabei sein!"

„O. k., Robert, dann drücke ich allen die Daumen!"

Der Lunch wurde serviert. Beccy wünschte guten Appetit, erhob sich und besetzte den Kassenplatz.

Beccy hatte die prostituierten Frauen realistisch beschrieben, denn Robert, als Mann ohne Begleitung, bemerkte nicht das geringste Zeichen von Animation, z. B. durch Blicke oder Gesten.

Nachmittags saßen Robert und Bal Johnson zusammen. Dick van Dealen hatte grünes Licht für das Experiment mit einer Tourenyacht, zehn Kojen, ohne ausgewiesenen Sanitätsraum an Bord gegeben. Der Zeitplan sah vor, dass die Einführung der Käufer der Yacht vom 10. bis 12. Juni stattfinden sollte und Robert den Einführungstrail als Kapitän machte. Das bedeutete, dass umgehend das Sanitätskonzept für die Yacht erarbeitet und realisiert werden musste. Da die Yacht räumlich bereits aufgeteilt war, musste ein Platz für die Sanitätsausrüstung im Nachhinein gesucht werden. Das ging erst, wenn der Umfang der Ausrüstung feststand. Beeilung war also angesagt!

Robert nahm den Auftrag entgegen und stellte erste Überlegungen an. In Hull-City musste ein fachkundiger Partner für die pharmazeutische Beratung, die Beschaffung und Lieferung der Ausrüstung gefunden werden. Ihm fiel ein, dass er am West Channel an der nördlichen Kanalseite in der Nähe des Amiral eine Pharmazie gesehen hatte, die zumindest äußerlich beeindruckend war: modernes Gebäude, Fensterfront ca. fünfzehn Meter, gute Beleuchtung, dezente Produktreklamen. Dort wollte er als Erstes anklopfen und sein Anliegen präsentieren. Von Vorteil konnte es sein, dass die Firma fußläufig zu erreichen war. Robert suchte die Homepage der „Westpharmazie". Eigentümer war Dr. Gina Lombardi, Pharmazeutin. Er rief wegen eines Termines an, erhielt die Auskunft, dass die Firma donnerstags geschlossen ist. Auf der Homepage konnte man Termine anfragen mit Angabe des Termingrundes. Robert bat um einen „Beratungstermin" am Samstag und hinterließ E-Mail und Telefonnummer.

24.

Donnerstag, 23. Mai. Robert steuerte das Dinghy bei trockener Witterung zur UNI. Die Rollers erwarteten ihn mit der Ausrüstung an der UNI-Pier. Das Dinghy fasste die komplette Ausrüstung, nicht jedoch weitere fünf Personen. Frank und Jenny fuhren mit. Sie wollten sich selbst um ihre Instrumente kümmern, Frank um sein Keyboard und Jenny um das Drumset. Die anderen Rollers sollten um 14 Uhr geholt werden. Die Fahrpersenning entfaltete sich über den offenen Teil des Dinghys, dann fuhren sie ab zum Story-Ville. Im Circle lenkte Robert das Dinghy in den Central-Channel und den Channel 1. Das Story-Ville erreichten sie an der Rückseite. An der Anlieferungspier machten sie fest. Während Robert in das Gebäude zur Anmeldung ging, begannen die beiden mit dem Ausladen der Ausrüstung. Die Bühne des Story-Ville lag auf der Südseite, von der aus Robert das Story-Ville jetzt betrat. Hinter der Bühne verlief, auch ebenerdig, ein breiter Gang rund um das kreisförmige Gebäude. Von dort gab es zahlreiche Backstageeingänge in fensterlose Räume verschiedenster Funktion. Der Bühnenmeister sprach Robert an mit der Frage, welche Band er vertrete.

„Wir sind die „Hull-City-Rollers". Wir sind mit der Ausrüstung da!"

Der Bühnenmeister nickte, bat Robert, ihm zu folgen. Sie gingen den Gang nach rechts. Auf einer Türe hing ein Zettel: „Hull-City-Rollers". Robert erhielt einen Raumschlüssel mit einem Anhänger, auf dem der Name des Bühnenmeisters und seine Rufnummer standen. Sie gingen zurück. Neben der Bühne befand sich ein offener Raum mit Transporthilfsmitteln, z.B. Rollwagen, Hubwagen. Gabelstapler etc. Hier sollte die Band sich bedienen zum Transport ihrer Ausrüstungen in das Story-Ville. Robert bedankte sich bei dem Bühnenmeister, nahm einen Transportwagen mit Deichsel und ging damit zur Pier. Den Wagen beluden sie zweimal. Es herrschte ein ziemliches Gewusel im Umlaufgang. Alle Bands waren dabei, ihre Ausrüstung einzulagern. Jenny wollte einen Blick auf die Bühne werfen, wurde aber von einem Ordner abgewiesen. „Die Bühne darf nur von den Bandleuten betreten werden, die mit ihrer Generalprobe dran sind!", sagte er. Frank wusste, dass die Rollers als dritte von vier Bands ihren Termin um 16.30 hatten. Ab dann sollten sie auf der Bühne ihre Instrumente einrichten. Robert fragte Frank, ob er die anderen drei Bands kenne.

„Ja, ich habe sie alle schon gesehen und gehört. Einige der jungen Leute sind auch unsere Schüler und Studenten!"

„Und, wie schätzt du die Erfolgsaussichten der Rollers ein?"

Frank grinste: „Gut!"

Frank und Jenny blieben im Story-Ville. Robert steuerte das Dinghy zurück zur UNI. Gegen 14 Uhr nahm er Cliff, Ossy, Kim, Pete und Professor Colomba an Bord. Mit wieder geöffnetem Verdeck fuhren sie zum Story-Ville. Colomba ging sofort hinein, begrüßte etliche Personen und verschwand. Gemeinsam besichtigten die Rollers ihren Geräteraum. Anschließend machte Frank den Vorschlag, ein wenig um den Straßenblock herumzugehen. Von der Rückseite des Story-Ville gingen sie westwärts entlang des C1 zum Connectionchannel. Robert zeigte ihnen das Finnly-Haus und erwähnte, dass er in diesem eine Wohnung habe. Auf dem West Boulevard überquerten sie den West Channel über die Brücke und gelangten auf die Nordseite des Kanals. In Richtung Central-Place gehend erreichten sie den Store. Hier gab es fertige Sandwiches, die einige Rollers kauften und auf dem Boulevard stehend verzehrten. Sie schlenderten weiter zum Amiral. Robert erinnerte daran, dass sie nach der Generalprobe hier einkehren wollten. Auf dem Central-Place fragte Cliff: „Haben wir Zeit, St. Andrew zu besuchen? Wir bitten St. Andrew um Unterstützung im Wettbewerb, denn immerhin ehren wir ihn in unserem Hull-Dream-Song!" Teilweise belustigt betraten die Rollers die Kathedrale durch das doppelflügelige Portal. Für 25 Cent konnte man Kerzen erwerben. Pete nahm ohne Zögern eine Kerze, brannte sie an und stellte sie auf ein Kerzenportal. Ohne Kommentar folgten alle Rollers seinem Beispiel. Robert staunte und war gerührt. Er wähnte die Jugendlichen nicht als religiöse Vertreter ihrer Generation. Aber hier ging es um ein Ritual, das einer intuitiven Quelle entstammte, vermutete Robert.

Die Gruppe überquerte den West Channel über die Brücke auf die Südseite des Kanals und betrat das Story-Ville durch den Haupteingang. Die Bühne war von der Vorgängerband bereits wieder geräumt. Durch den breiten Mittelgang gingen sie auf die Bühne. Ein etwas skurril aussehender Herr in Schlotterkleidung, schütterem grauen Haar, Nickelbrille mit kreisrunden Gläsern auf der Nase, empfing sie freundlich.

„Seien Sie herzlich willkommen, Evangelos Sokrates, Musikdirektor des Story-Ville! Bitte folgen Sie mir!" Im Backstagebereich trafen sie auf Prof. Colomba. Sokrates bat sie, ihre Ausrüstung auf die Bühne zu holen, Instrumente und Technik einsatzbereit zu machen.

16.50 Uhr. die Technik funktionierte, die Instrumente waren gestimmt. Robert spürte Nervosität bei den Rollers. Sokrates gab das Startzeichen. Sie spielten den Titel „Hey You". Colomba und weitere Herrschaften saßen in der unteren Sitznischenreihe, verfolgten den Vortrag. Sokrates erhob sich, gab einige Kommentare und empfahl, den Titel sofort noch einmal zu spielen. Die Rollers setzten neu an und Robert bemerkte das Abklingen der Nervosität. Der zweite Durchgang von „Hey You" klang kraftvoller, selbstbewusster. Die anwesenden Personen spendeten Beifall. Robert war beeindruckt von Kim Harvester, die den Vocal Part, der im Original von einer Männerstimme gesungen wird, mit ihrer Frauenstimme auf ihre individuelle Art überzeugend präsentierte.

Den zweiten Titel, „Hull Dream Song", spielten sie souverän, kraftvoll, mit einer spürbaren Begeisterung, die sich auf die Anwesenden übertrug. Sokrates gratulierte: „Das, meine Damen und Herren, ist schon eine reife Vorstellung. Wie ich hörte, stammt der Titel von Ihnen und der Text hat einen lokalen Bezug. Großartig, wirklich großartig!" Auch den Titel wiederholten sie und damit endete die Generalprobe. Die Technik wurde abgebaut und mit Instrumenten in den Geräteraum der

Rollers gebracht. Robert lud Prof. Colomba ein, die Rollers in das Amiral zu begleiten.

„Es kommt noch die vierte Gruppe, die will ich auch hören!", sagte Colomba. „Danach komme ich gerne noch zu Ihnen in das Amiral!"

Evangelos Sokrates sprach Robert an: „Mr. Finnly, von Mr. Colomba erfuhr ich, dass sie ein vielseitiger Bassist sind. Ich würde mich freuen, wenn wir hier im Story-Ville einmal eine Probe von Ihnen am Bass hören könnten. Wenn Sie interessiert sind, sollten wir einen Termin machen!"

„Haben Sie denn Bedarf?", fragte Robert.

„Ja, Mr. Finnly, wir suchen einen zweiten Bassisten in den Varieté-Vorstellungen für samstags und sonntags nachts von 20 bis 24 Uhr auf Honorarbasis!"

Robert dachte kurz nach: „Ja, Mr. Sokrates, ich bin interessiert. Schlagen Sie einen Termin vor."

Sokrates nahm einen Terminkalender aus der Innentasche seiner verbeulten Jacke: „Montag, 27. Mai, 11 Uhr, in meinem Büro!"

Robert ging mit den Rollers zu Fuß hinüber ins Amiral. Er meldete die Gruppe an. Antonio kam strahlend lächelnd auf sie zu und begrüßte alle mit Handschlag. Sie erhielten eine Sitznische mit acht Plätzen etwa in der Mitte des Gastraumes, der um diese Zeit zu etwa zu vierzig Prozent besetzt war.

Robert erklärte: „Es gibt Tapas, die Getränke wählt Ihr bitte selbst!" Robert wählte Kaffee, Pete Cola, die anderen Luna. Die Tapas wurden aufgetischt. Die Rollers schauten Robert mit fragenden Blicken an.

Robert sagte: „Prof. Colomba will noch zu uns kommen. Er hat alle vier Bands gehört. Vielleicht gibt er uns seine Einschätzung der Qualitäten. Ich bin überzeugt von euch. Es war eine gelungene Generalprobe!"

Frank Colomba bestätigte: „Unser Vortrag war wettbewerbsreif. Bis nächste Woche Donnerstag gibt es nichts zu verbessern oder zu ändern!"

Entspanntes Nicken der Rollers.

Dann griffen alle zu Tapas und begannen mit der Reflexion der Generalprobe. Pete wurde gelobt, was ihm sichtlich guttat. Kim meinte, dass Cliff ein geiles Gitarren-Solo hingelegt habe. Alle verneigten sich vor Kim mit ihrer Neuinterpretation von „Hey You".

Gegen 19 Uhr erreichte Prof. Colomba die Gruppe.

Robert fragte: „Was meinen Sie, Mr. Colomba, haben die Rollers eine Chance?"

Colomba lächelte: „Ich denke schon. Über die Qualität der anderen drei Gruppen darf ich vor dem Wettbewerb keine Auskunft geben. Aber die Chancen der „Hull-City-Rollers" sehe ich wirklich gut!"

Jenny bat den Professor, die Bewertungsregeln des Wettbewerbes zu erklären.

„Also, die Intensität des Beifalls aus dem Publikum wird in Dezibel und Dauer aufgezeichnet. Für die fünfköpfige Jury gibt es einen Bewertungskatalog, der von jedem Jurymitglied bearbeitet wird. Das Ergebnis der Publikumsreaktion und das der Jury sind im Verhältnis 50:50 gewichtet!"

Antonio Romani gesellte sich zu den Rollers und verkündete, dass im Amiral eine Siegesfeier für die Bandmitglieder, ihre Freunde und Verwandten geplant sei, mit Presse und TV.

Ossy fragte: „Was ist, wenn wir nicht gewinnen?"

„Ihr seid auf jeden Fall Sieger, entweder erster oder zweiter oder dritter oder vierter Sieger. Allein, dass Ihr es in das Story-Ville geschafft habt, ist ein Sieg. Das muss gefeiert werden!"

Darauf gab es fröhliche Zustimmung der Rollers.

20 Uhr. Die Rollers verließen das Amiral, gingen mit Robert und Prof. Colomba zu Fuß über die Kanalbrücke zur Rückfront des Story-Ville. Robert fuhr sie mit dem Dinghy zur UNI.

25.

Robert übernachtete im Finnly-Haus. Freitagmorgen, 10 Uhr, traf er Bal Johnson und Roger Bentheim in Johnsons Büro. Robert berichtete, dass er die „Westpharmazie" morgen, Samstag, ansprechen wolle.

„Ja, ich kenne die Betreiber nicht, aber die Nähe der Firma zu uns bringt vielleicht Vorteile! Also, versuchen wir es", meinte Bal. Robert sprach Bentheim an: „Mr. Bentheim, mir fiel auf, dass Sie sich von den Kunden auf der Yacht nicht duzen ließen?"

„Ja, das hat gute Gründe! Man darf nicht vergessen, dass zwischen den Kunden und uns eine Geschäftsbeziehung besteht. Sobald es bei der Yachtübergabe ein Problem gibt, kommt schnell die Juristerei ins Spiel. Dann ist es für alle Beteiligten besser, wenn Distanz bewahrt wurde. Außerdem neigen Kunden, z. B. die Familie, die Sie erlebten, zu Freundschaftsgefühlen, die der romantisierten Atmosphäre während des Trails geschuldet sind. Wenn Sie darauf immer eingehen, haben Sie in absehbarer Zeit eine Flut von Pseudofreunden!"

„Verstehe! Kim hat sich aber duzen lassen?"

Bal antwortete: „Kim Huin Minh als Reiseleiterin läuft weniger bis gar nicht Gefahr, in eine juristische Auseinandersetzung mit den Kunden zu geraten. Sie hat die Aufgabe der emotionalen Wärmeflasche an Bord, deshalb begrüßen wir es, wenn sie persönliche Nähe zu den Kunden gewinnt!"

Robert ließ sich die 3D-Pläne der Tourenyacht auf der Leinwand zeigen, um genaue räumliche Vorstellungen davon zu gewinnen, und nahm Unterlagen für das Gespräch mit der Westpharmazie mit.

Dann ging er zu Fuß zum tausend Meter entfernten Westcorner-Inn, um etwas zu essen. An der Pub-Kasse fragte Beccy: „Wie war die Generalprobe der Rollers?"

„Sehr gut, nach meiner Meinung! Ich habe sie ja zum ersten Mal Anfang Mai hier bei dir gehört. Sie haben sich deutlich gesteigert. Ein Wettbewerb bringt richtig Druck. Wichtig für den Erfolg im Wettbewerb ist ein massiver Applaus aus dem Publikum. Deshalb müssen so viele Rollerfans wie möglich frühzeitig im Story-Ville sein und Plätze belegen!"

„O. k., Robert, ich werde mobilisieren, was ich kann. Wann beginnt die Veranstaltung?"

„Um 13.30 Uhr. Es ist eine Matinee-Vorstellung. Die Rollers sind als dritte Band um 16.30 Uhr auf der Bühne. Die Veranstaltung endet gegen 20 Uhr mit der Siegerehrung!"

Robert nahm den Lunch, verabschiedete sich von Beccy, und ging den Sund Boulevard entlang Richtung Central-Channel, bog in den Central Boulevard und von dort über den C1 zurück zum Finnly-Haus. Auf seinem Smartphone fand er eine E-Mail der Westpharmazie. Sie boten einen Termin, Samstag, 10 Uhr an.

Samstag, 25. Mai. Robert betrat den Geschäftsraum der Westpharmazie im Kapitänanzug, nannte den Termin mit der Geschäftsführerin Dr. Lombardi. Eine Mitarbeiterin führte ihn in ein Büro. Eine Dame im weißen Kittel begrüßte ihn freundlich, bat ihn, Platz am Schreibtisch zu nehmen und fragte nach seinem Anliegen.

Robert stellte sich vor: „Robert Finnly, Kapitän der „Hull-Travel-Shipping". Wir handeln mit Luxusyachten. Unsere Geschäftsstelle befindet sich am Ende des West Channel, Ecke West Boulevard!"

Lombardi nickte verstehend und sagte: „Freut mich, Mr. Finnly! Ihre Firma ist mir bekannt durch den Anblick der Traumyachten an der Pier in der Westbay!"

„Mrs. Lombardi, wir haben ein Problem, bei dem sie uns helfen können. Unsere Yachten liefern wir ohne Sanitätsausstattung aus, jedenfalls nicht so, wie sie vorgeschrieben wäre. Das ist in dem Geschäft üblich, da unsere Kunden eigene Vorstellungen einer Sanitätsausrüstung haben und deshalb keine mit der Yacht bestellen. Bei der Übergabe einer durch den Kunden gekauften und bezahlten Yacht gibt es bei uns ein Schnittstellenproblem im Bereich der Personensicherheit. Die DF-Werft veranstaltet grundsätzlich eine drei Tage dauernde Einführung des Kunden in die Technik und das Handling der Yacht. Darin enthalten ist eine zwei Tage dauernde Fahrt der Yacht in den Hull-Gewässern. Das Problem: Der Yachteigner ist der Kunde, die Verantwortung bei der Einführungsfahrt hat die DF-Werft. Bisher bestückt die DF-Werft die Yachten mit einer, sagen wir, Minisanitätsausrüstung, die den Vorschriften nicht entspricht! Jetzt unser Anliegen an Sie: „Wir müssen die Yachten mit der gesetzmäßig vorgeschriebenen Sanitätsausrüstung so ausstatten, dass der Kunde den Mitkauf aus formalen Gründen nicht ablehnen kann!"

„Meine laienhafte Vorstellung ist: eine zur Sanitätsausrüstung gehörende Hardware, z. B. Geräte und immer wiederverwendbare Hilfsmittel, sowie eine Mindestausstattung an Medikamenten und Hilfsmitteln mit Ablaufdatum!"

Lombardi sagte: „Ich denke, da können wir zusammenkommen! Suchen Sie neben Beratung auch den Geschäftspartner, der die Ausrüstungen liefert?"

„Ja, Mrs. Lombardi, beides sehen wir als ein Paket!"

Lombardi lächelte: „Dann wollen wir mal loslegen, Mr. Finnly! Ich benötige einige Informationen vorab, z. B., welche Gefahren sind für die Menschen auf der Yacht typisch? Und, wie viele Menschen befinden sich in der Regel auf der Yacht? Ich schlage vor, wir gehen in unseren Medienraum und dokumentieren sofort unsere Überlegungen!"

Während sie das Büro verließen, fragte Lombardi, ob man einen Kaffee oder Tee zur Arbeit nehmen solle.

„Um diese Tageszeit nehme ich gerne Kaffee, Mrs. Lombardi!"

Sie rief eine Angestellte, orderte Kaffee und Kleingebäck in den Medienraum, und gab die Anweisung, nicht gestört zu werden.

Im Medienraum klappte sie einen Laptop auf. Auf einer Projektionsfläche erschien der Desktop schreibbereit.

Sie schrieb stichwortartig den Inhalt der zu beginnenden Datei und speicherte unter „DF-Projekt".

Aus ihrer eigenen Anschauung schrieb sie,
Gefahrenmomente: Unterkühlung
Dehydrierung
Schnittverletzungen
Prellungen
Gelenkprobleme
Knochenbrüche
Brandverletzungen
Kreislaufkollaps
Schlaganfall
Herzinfarkt
Alkohol- und Betäubungsmittel
Missbrauch
Magen-Darm-Probleme

„Ja, diese Probleme treten auf jedem Schiff auf. Das ist schon sehr vollständig, finde ich!", bestätigte Robert.

„Und die Personenzahl?", fragte Lombardi.

„Zum Einstieg in die Untersuchung wählen wir eine mittelgroße Tourenyacht mit zehn Kojen. Später werden wir uns mit speziellen Anwendungsfällen von Yachten beschäftigen müssen, z. B. Yachten speziell für das Hochseeangeln, das Tiefseetauchen etc.!

„Darüber hinaus müssen wir die Raumverhältnisse auf den Yachten berücksichtigen, denn die Sanitätsausrüstung benötigt mehr oder weniger Platz oder Raum. Für unsere Beispielyacht habe ich ein 3D-Raumkonzept mitgebracht. Wenn die Sanitätsausrüstung im Umfang feststeht, müssen wir schauen, wo wir sie unterbringen auf der Yacht. Später, wenn die Standards feststehen, wird die Unterbringung der Sanitäts ausrüstung konstruktiv eingeplant. Ab einer gewissen Yachtgröße ist ein Sanitätsraum bereits jetzt im Lieferumfang vorhanden, dessen Ausrüstung allerdings nicht!", erklärte Robert.

„Ja, da haben wir ja einiges vor uns, Mr. Finnly", sagte sie.

„Ich schlage vor, dass ich mich in die gesetzlichen Vorschriften für die Sanitätsausrüstung auf Yachten einarbeite und dann gemäß dem Gefahrenkatalog die erforderliche, von Ihnen geforderte „Nettoausrüstung" formuliere und in Dollar bewerte. Im nächsten Schritt schauen wir, wo und wie auf der Yacht die Ausrüstung sinnvoll untergebracht wird!"

„Perfekt", sagte Robert, und bedankte sich bei Dr. Lombardi für das energische Angehen der Aufgabe.

„Am 10. Juni findet die Übergabe der Beispielyacht an den Käufer statt. Glauben Sie, bis dahin ein Ergebnis zu haben?"

„Das sind 15 Kalendertage", sagte Lombardi. „Das sollte möglich sein unter der Voraussetzung, dass Sie, Mr. Finnly, uns zur Verfügung stehen, wenn wir Sie benötigen!"

Robert nannte die Tage innerhalb des Zeitraumes, an denen er nicht zur Verfügung stehen würde.

Lombardi notierte, bedankte sich. Sie verabschiedeten sich.

Um die Mittagszeit schlenderte Robert von der Pharmazie hinüber auf den Wochenmarkt am Central-Place. Wie in der Vorwoche besuchte er die Markthalle hinter dem Rathaus. Frische Austern mit trockenem Weißwein verlockten zum Genuss an einem der speziellen Austernstände. Den Chef fragte er, woher seine Austern stammen. „Wir betreiben eine Austernfarm an der Linie Eastbay und Schärengarten!", sagte der Chef.

„Ist mir noch nicht aufgefallen, dass es dort Austernfarmen gibt!", meinte Robert. „Betreiben Sie dort auch eine Austerngastronomie?"

„Ja, auf Frederic-Island verarbeiten wir die Austern und bieten sie auch in unserer Außengastronomie an!"

„Gibt es einen Anlegeplatz für größere Yachten?", fragte Robert.

„Es gibt keine Pier für größere Boote, weil die Wassertiefen nicht ausreichen, aber sicheres Ankerwasser in der Bucht, das auch für größere Schiffe geeignet ist!"

„Ja, mit einem Dinghy könnte man dann Ihre Gastronomie erreichen?"

„Unsere Gäste fahren uns immer mit Dinghys an!"

„Geben Sie mir Ihre Karte? Ich könnte Sie voraussichtlich im Juni mit meinen Gästen dort besuchen!", sagte Robert.

„Ja, ich würde mich freuen! Aber bitte rufen Sie mich vorher, am besten einen Tag vorher, an, damit ich für Sie reservieren kann!", sagte der Chef lächelnd.

Die von Robert verzehrten Austern und den Wein wollte der Chef nicht bezahlt haben. Beim Verlassen des Austernstandes entdeckte Robert Beccy Balmore in der Gastronomie, an der sie sich in der vorigen Woche getroffen hatten. Sie stand mit mehreren Damen zusammen bei einem Rotwein. Robert winkte ihr. Sie lächelte und winkte ihm, zu der Gruppe zu kommen. Sie umarmten sich. Robert wurde den Damen vorgestellt: „Kapitän Robert Finnly, mein Jugendfreund und der beste Tanzpartner, den ich je hatte!" Die Damen, im Alter etwa zwischen dreißig und fünfzig Jahren, musterten ihn intensiver, als Beccy den „Tanzpartner" erwähnte. Robert lächelte und sagte: „Ohne mein Tanzen hätte ich keine Chance bei Beccy gehabt!" Lautes Gelächter der Damen. Eine blonde Dame, etwa Anfang vierzig, stattliche 1,8 Meter groß, meinte lachend: „Das glaube ich Ihnen, Mr. Finnly! Beccy ist immer eine wählerische Diva gewesen und auch heute legt sie strengste Auswahlkriterien bei Männern an. Aber keine Sorge, es gibt auch andere schöne Frauen in Hull-City."

Darauf gab es erneut schallendes Gelächter. Beccy bot ihm amüsiert ein Glas Rotwein an. Robert lehnte lächelnd ab: „Danke dir, Beccy, ich vertrage keinen Rotwein! Ein Glas trockenen Weißwein nehme ich gerne!"

„Probieren sie meinen Weißwein, Mr. Finnly. Darf ich Sie einladen, wenn er Ihnen zusagt?", sagte die blonde Dame. Damit reichte sie ihm ihr Weißweinglas. Robert fühlte sich etwas unwohl in der Situation, versuchte aber, sich nichts anmerken zu lassen. Er nippte an dem Glas, reichte es lächelnd zurück: „Danke Madam, er ist fruchtig und trocken. Ich nehme Ihr Angebot gerne an!" Die Damen außer Beccy spendeten Beifall.

„Warnung, Robert! Diese Dame ist der gefährlichste Vamp in Hull!", sagte Beccy genüsslich grinsend. Die Heiterkeit der Damengruppe schwoll an. In der Umgebung wurde man aufmerksam.

Zu Beccy gewandt sagte Robert: „Von Ladys wie dir, Beccy, habe ich gelernt, meine Haut vorsichtig zu Markte zu tragen!"
Die Damen spendierten Robert Beifall.

Die blonde Dame erwiderte: „So soll es sein, Mr. Finnly! Wir begegnen uns auf Augenhöhe!"

Robert hätte gerne den Namen der blonden Lady erfahren, denn die Damen waren ihm nicht vorgestellt worden. Aber in der Situation war es nicht angebracht, nach ihrem Namen zu fragen. Dann hätte er die Namen aller Damen erfragen müssen.

Robert leerte sein Glas Wein, bedankte sich für die angenehme Damengesellschaft und verließ die Markthalle. Beccy rief ihm nach: „Donnerstag, 13 Uhr im Story-Ville?" Im Weggehen hob Robert bestätigend den Daumen.

26.

Auf dem Central-Place arbeitete er sich durch die mit Menschen gefüllten Budengassen des Marktes, fand in der Außengastronomie des Amiral einen hübschen Tischplatz.

„Bitte einen Kaffee!" Die Bedienung lächelte, bedankte sich und verschwand im Inneren. Robert vernahm aus den Lautsprechern des Amiral einen dezenten, bassgeführten Cooljazz. Ein wonniges Gefühl durchrieselte ihn. Er war erfolgreich dabei, sich von der großen Seefahrt abzunabeln. Allerdings mahnte ihn eine innere Stimme, sich nicht selbst erneut mit überhäufter Arbeit zu versklaven.

Der Verlauf des Gespräches mit Dr. Lombardi beflügelte sein Wohlbefinden. Die Dame hörte konzentriert zu, verstand sofort, worum es ging, machte konkrete Vorschläge, drückte auf das Tempo.

Hoffentlich, so dachte Robert, setzt sich diese gute Entwicklung kontinuierlich fort. Die Angebote von Prof. Colomba und Sokrates standen im Raum. Wenn er sie gegeneinander abwog, würde er Sokrates' Angebot favorisieren. Denn in einer Varieté-Veranstaltung als Musiker mitzuarbeiten, musste interessant und abwechslungsreich sein.

Samstags und sonntags zu arbeiten war gut, solange er nicht an eine Frau gebunden war, die an Wochenenden ihre Freizeit mit ihm verbringen wollte. Sein Einsatz als Kapitän bei der Hull-Travel-Shipping kollidierte nicht mit einem Story-Ville Job. Mehr sollte es aber nicht werden. Da er auf Basis von Honorarverträgen arbeitete, konnte er seine beruflichen Tätigkeiten ja flexibel gestalten.

Sonntag, 26. Mai. Robert steuerte das Dinghy zur UNI-Pier. Pete stand bereit zur Weiterfahrt in die Schären zu seinen Eltern. Sie befuhren den Eastchannel bis zur Einmündung in die Eastbay, durchfuhren die Eastbay in östlicher Richtung. Robert fragte Pete, ob er auf Frederic-Island eine Austernfarm von John Butcher kenne.

„Ja, wir fahren direkt an der Austernfarm von Butcher vorbei!", sagte Pete. Sie näherten sich den Schären. Pete zeigte auf eine Steuerbord voraus liegende Insel: „Das ist Frederic-Island!" Robert steuerte etwas nach Steuerbord, um auf der Insel Einzelheiten besser erkennen zu können. Es gab kein betonntes Fahrwasser. Robert verlangsamte die Fahrt und schaltete das Echolot ein. Nachdem sie den Inselbeginn querab hatten, eröffnete sich steuerbords eine weite Bucht. Sie fuhren ein und Pete wies auf eine Ansammlung flacher Bauten: „Das ist die Butcher Farm!" Robert steuerte darauf zu und beobachtete das Echolot. Als die abnehmende Wassertiefe vier Meter erreichte, warf er den Anker.

Jetzt erklärte er Pete, warum er das Manöver fuhr. Mit dem Smartphone nahm er mehrere Bilder von der Farm und der Umgebung auf. Die Insel war üppig grün, ein kleiner Höhenrücken schützte die Bucht vor westlichen Winden. Das Meerwasser hatte beste Qualität.

Robert holte den Anker auf. Sie setzten ihre Fahrt nach Osten fort. Die Fahrt durch das Insellabyrinth ließ Robert von Google Maps aufzeichnen. Den Wasserweg wies Pete Stück für Stück und sie erreichten weniger bewaldete Inseln. Pete erklärte, dass die Inseln auch einmal bewaldet, aber durch Beweidung mit Schafen zu Grasinseln umgewandelt waren. Gegen zwölf Uhr erreichten sie die Insel der Eltern. Sie umfuhren die Insel, bis sich im östlichen Teil eine kleine Bucht mit provisorischer Pier auftat. Petes Elternhaus lag ca. hundert Meter landeinwärts auf einer Höhe, etwa acht Meter über Normal, eingebettet in eine Gruppe alter Bäume. Aus der Entfernung wirkte das Anwesen pittoresk. Sie legten an und Pete und Robert gingen auf das Haupthaus zu. Auf halber Strecke liefen ihnen zwei Mädchen mit blonden Zöpfen entgegen. Fröhlich riefen sie: „Hi Pete, endlich bist du wieder da!"

Sie sprangen ihn an und umarmten ihn, küssten ihn. Pete lächelte verlegen, drückte seine Schwestern aber fest an sich. Die Mädchen führten sie ins Haus. Vater und Mutter Hamilton, Alter etwa Anfang fünfzig, begrüßten Pete und Robert reserviert, befremdet. Sie nahmen Platz am großen Tisch im Wohnraum. Es roch nach kräftigem Essen. Die Mutter deckte den Tisch, stellte einen riesigen Kessel mit Hammeleintopf auf den Tisch, es wurde ein kurzes Gebet gesprochen. Die Teller füllte die ältere der beiden Schwestern, sie begannen zu essen. Bis zu diesem Punkt war noch keine Unterhaltung in Gang gekommen. Das Essen schien beendet zu sein.der Vater forderte Pete auf, zu sagen, was er zu sagen habe. Pete erklärte, dass er in der Highschool keine Probleme habe. Sie seien aufgefordert worden, ein musisches Fach zu wählen, und er habe sich für Musik entschieden.

Der Vater: „Warum?"

„Ihr wisst doch, dass ich immer gerne ein Instrument gespielt hätte. Außerdem wählten die Freunde auf meiner Bude alle Musik. Unser Musiklehrer sagte mir vor drei Jahren, dass ich talentiert bin, und meldete mich auf dem Konservatorium an. Damit musste ich am Musikunterricht in der Schule nicht mehr teilnehmen. Im Konservatorium lernte ich viele Instrumente kennen. Der Bass gefiel mir. Ich wurde am Bass ausgebildet. Talentierte Schüler bekommen das Instrument gestellt. Eine Jugendmusikgruppe suchte einen Bassspieler und ich stieg bei denen ein. Die Gruppe war so gut, dass sie für die Teilnahme an einem Musikwettbewerb ausgewählt wurde. Der findet am 30. Mai in einem großen Musikhaus in Hull-City statt!"

„Warum erfahren wir das erst jetzt?", fragte der Vater.

Pete bekam einen roten Kopf. Kleinlaut sagte er: „Die Musik macht mir so große Freude. Ich habe Angst, dass ihr mir das verbietet!"

Der Vater schlug donnernd eine Faust auf den Tisch: „Du sollst Schaffarmer werden, nicht Musiker! Du wirst an dem Wettbewerb nicht teilnehmen und hörst sofort auf mit der Musik!"

Zu Robert gewandt sagte er zornig: „Welche Rolle spielen Sie dabei?"

„Mein Name ist Robert Finnly. Ich bin Kapitän. Meine Leidenschaft ist neben der Schifffahrt die Musik. In der Musikgruppe, in der Ihr Sohn mitspielt, arbeiten die Jugendlichen mit

Ehrgeiz an dem Ziel, den Musikwettbewerb zu gewinnen und ich unterstütze sie auf dem Weg dorthin. Ihr Sohn hat sich gefürchtet, Ihnen davon zu berichten. Ich bin mit hierhergekommen mit dem Wunsch, mit ihnen gemeinsam einen Ausweg aus dem Problem zu finden. Bitte erlauben Sie mir, mit Ihnen zu reden!"

„Es gibt nichts zu reden. Sie haben meinen Entschluss gehört!", sagte der Vater mit lauter, erregter Stimme.

„Kann ich mit Ihnen und ihrer Frau alleine reden?", fragte Robert.

Die Mutter nickte verhalten, der Vater überlegte. Dann nannte er seine drei Kinder mit Vornamen und befahl ihnen, den Raum zu verlassen und die Türe zu schließen.

„Ihr Sohn Pete ist in seinem Jahrgang einer der besten Schüler. In etwa zwei Jahren macht er Abitur. Dann steht die Entscheidung über seinen weiteren Weg an. Seit drei Jahren macht er Musik. Sie als Eltern profitieren davon, dass er an einer Aufgabe hart arbeitet, dass er keine Probleme mit falschen Freunden, mit Drogen und Alkohol hat. Als Jugendlicher ist er in der Musik sicher aufgehoben!"

„Ich frage Sie als seinen Vater: Haben Sie in Ihrer Jugend nicht auch Hobbys gehabt, mit Freunden zusammen? Wollten Sie nicht auch erfolgreich sein mit Ihren Freunden?"

Der Vater schwieg, dachte nach. Er dachte lange nach. Er sagte: „Ich befürchte, dass Pete von dem Weg abkommt, den wir mit ihm vereinbart haben. Meinen ältesten Sohn habe ich schon als Nachfolger für unsere Schaffarm verloren. Wenn Pete achtzehn Jahre alt ist, kann er machen was er will. Wir haben dann keinen Einfluss mehr auf ihn!"

Robert erwiderte: „Ihr Sohn hat mir gesagt, dass er sie alle liebt! Und gerade das macht es ihm so schwer, über seine Musik mit ihnen zu reden. Er fühlt, dass seine Musikneigung auf Ihre Ablehnung stößt! Aber ich frage Sie: „Was ist der Unterschied der Leidenschaft z. B. für Rugby oder für Musik?"

Es folgte erneut ein langes Schweigen.

Die Mutter meldete sich zu Wort: „Wann findet der Wettbewerb statt?"

Robert erklärte: „Kommende Woche am 30. Mai, nachmittags in der Musikhalle von Hull! Aus einer Vorauswahl sind an dem Tag vier jugendliche Musikgruppen geblieben, die gegeneinander in dem Wettbewerb spielen. Die Veranstaltung dauert von 13.30 bis 19.30 Uhr. Die Siegergruppe wird noch abends gefeiert in einem Hotelrestaurant. Ich möchte Sie einladen, nach Hull zu kommen, um Ihren Sohn auf der Bühne und vielleicht als strahlenden Sieger zu erleben!"

„Wie soll das gehen?", schnaubte der Vater. Wir haben eine Farm mit vierhundert Tieren!"

„Ich möchte Sie gerne dabeihaben. Das würde Pete von seinen Ängsten befreien. Ich würde Sie alle in meiner Wohnung in Hull unterbringen. Bitte, seien Sie meine Gäste!"

Langes Schweigen.

Die Mutter sagte: „Die Tiere sind auf den Sommerweiden. Wir könnten Bert und Debby bitten, hier mal nach dem Rechten zu sehen. Wie lange würden wir nicht hier sein, Mr. Finnly?"

„Ich kann Sie Mittwoch nachmittags hier abholen und bringe Sie am Freitagmorgen zurück!", antwortete Robert.

„Wir wollen keine Geschenke haben!", sagte der Vater.

„Von mir ist es Gastfreundschaft und für Pete ist es ein großes Geschenk, wenn Sie teilnehmen!", erwiderte Robert.

Der Vater überlegte, dann sagte er zu seiner Frau: „Hol die Kinder rein, Agnes!"

Die Mutter erhob sich mit glücklichem Gesichtsausdruck, rief ihre Kinder.

Alle waren versammelt. Der Vater sagte: „Mr. Finnly holt uns Mittwoch ab. Wir werden in Hull dabei sein unter der Voraussetzung, Pete, dass du mir versprichst, Agrarwirtschaft nach dem Abitur zu studieren!"

Pete fiel ein solcher Stein vom Herzen, dass ihm die Tränen kamen.

„Ich verspreche es, Dad!" sagte er beschwörend. Die beiden Schwestern brachen in Jubel aus: „Wir sehen dich auf der Bühne Pete. Du bist der Größte!"

Die Mutter fragte: „Wann werden Sie hier sein, Mr. Finnly, und was sollten wir anziehen?"

„Ich bin Mittwoch, 18 Uhr, hier bei Ihnen. Sie tragen vielleicht die Kleidung für einen Kirchgang am Sonntag. Sie benötigen kein Bettzeug, das ist bei mir vorhanden." Robert schaute auf seine Uhr. Zu Pete sagte er: „Wir sollten uns auf den Rückweg machen, Pete!"

Sie verabschiedeten sich von der Familie Hamilton. Auf der Rückfahrt fragte Pete: „Wie hast du das hinbekommen, Robert?" Robert lächelte, sagte nichts, legte einen Arm um Petes Schulter und drückte ihn. Um etwa 20 Uhr setzte er Pete an der UNI ab und fuhr nach Hause in das Finnly-Haus.

27.

Montag, 27. Mai, 11 Uhr. Robert traf Evangelos Sokrates, Musikdirektor im Story-Ville, in seinem Büro. Sokrates begrüßte ihn geistig ein wenig abwesend. Auf Robert wirkte das Büro wie eine Papiermüllhalde. Die Wandregale mit Büchern, Ordnern vollgestopft, Notenhefte und lose Notenblätter lagen ungeordnet auf dem Schreibtisch und auf dem Fußboden. Robert hielt es für angebracht, sich noch einmal vorzustellen: „Robert Finnly, Bassmusiker!"

Sokrates unsicher: „Äh, helfen Sie mir bitte, äh?"

„Sie sprachen mit Prof. Colomba über mein Bassspiel am Rande er Generalprobe des Jugendmusikwettbewerbs!"

„Ach ja ... sagte ich, dass wir einen Bassisten für unsere Varieté-Show suchen?"

„Richtig, Mr. Sokrates, wir wollten uns heute treffen und mein Bassspiel unter die Lupe nehmen!"

„Ja, dann hören wir direkt einmal bei Ihnen hinein, Mr. ???"

„Finnly!" ergänzte Robert. Sie gingen zu einem der Musikräume im Backstagebereich, wo sich einige Varianten von Bassinstrumenten befanden.

„Nehmen wir doch zuerst den Kontrabass!", sagte Sokrates. Er stellte das Sampling der modernen Fassung eines langsamen Walzers an. Robert fragte, ob der Bass gestimmt sei. Sokrates nickte.

Robert hörte einige Takte, dann spielte er den Bass ein, der auch Streichpassagen enthielt. Sokrates hörte etwa zehn Takte und stoppte. „Jetzt nehmen wir die Bassgitarre!" Es startete ein Jazzstück von Coltrane, das Robert kannte. Den Basspart des Stückes spielte er partiturgerecht, wechselte dann zu eigenen Improvisationen. Sokrates horchte auf, winkte ab und wechselte zu einem Rockstück, das Robert nicht kannte. Robert hörte vier Takte der Originalbassspur, die dann ausgeblendet war. Intuitiv mischte er eine eigene Bassspur in das Stück. Sokrates hörte etwa sechzig Sekunden zu. Dann schaltete er ab, nickte

bedächtig, fragte: „Wann können Sie anfangen Mr. ????". „Finnly!", ergänzte Robert erneut.

„Bitte erklären Sie mir, welcher Art mein Einsatz ist, wann
und wo Einsätze stattfinden und wie die Honorierung geregelt
ist, Mr. Sokrates?" Sie waren in das Büro zurückgekehrt.
„Das erklärt Ihnen unser Direktor. Wir benötigen Sie am 8.
und 9. Juni von 19 bis 24 Uhr hier in der Varieté-Vorstellung.
Instrumente, Kostümierung und Maske stellt das Story-Ville!",
erklärte Sokrates.

Er suchte in seinem Chaos, fand eine Zigarrenkiste, bot Robert an, mit ihm zu rauchen. Robert fragte: „Gibt es Proben vor
den Veranstaltungen?"

„Normalerweise ja, aber Sie können sofort live einsteigen.
Ich gebe Ihnen die Partituren mit. Erzählen Sie doch bitte etwas über ihren musikalischen Werdegang!"

Robert berichtete. Sokrates schien Zeit ohne Ende zu haben,
er hörte interessiert zu. Das ermutigte Robert, auch von seinen
absonderlichen Aktivitäten zu berichten.

„In Bordeaux warteten wir mit unserem Schiff auf die Übernahme einer großen Weinladung, die mehrere Tage verspätet
eintraf. Ich überlegte, die Wartezeit mit Musik zu überbrücken.
Aber in Bordeaux hatte ich keine Verbindungen zu lokalen Mu-
sikformationen. Ich ging mit meinem Kontrabass auf einen der
zahlreichen kleineren Plätze der Stadt, dachte mir eine Geschichte aus, in der ein junger Mann eine fremde junge Frau anspricht
und sie zum Kaffee einlädt. Den fiktiven Dialog der beiden hatte
ich Wort für Wort im Kopf. Ich stellte mich auf und begann den
Dialog auf dem Bass zu interpretieren. Ich versuchte die Ängste
und Hoffnungen der beiden, deren Vorbehalte und amüsierten
Gefühle durch das Bassspiel auszudrücken. Sie glauben es nicht,
aber die Menschen blieben stehen, gingen kaum weiter, obschon
sie die Geschichte in meinem Kopf nicht kannten. Der Platz war
bald gut besetzt mit zuhörenden Menschen. Als ich endete, gab
es minutenlangen Beifall. Ich hatte nicht daran gedacht, dass
die Menschen Geld in den Kasten werfen wollten. Sie warteten,
bis ich den Kasten nach vorne rückte. In kleinem Geld kamen,

glaube ich etwa dreißig Euro zusammen. In der darauffolgenden Nacht konnte ich vor Aufregung nicht einschlafen!"

Sokrates lächelte nachdenklich. Dann fragte er: „Wie heißt du?"

Robert, etwas verwirrt, dachte: „Wahrscheinlich will er meinen Vornamen hören?"

„Ich heiße Robert!"

„Robert!", sagte Sokrates. „Kannst du dir vorstellen, ein solche Musiknummer bei uns auf die Bühne zu bringen?"

„Ja, ich habe den Traum, diese Geschichte im Zusammenspiel mit Drums zu interpretieren!"

„Ich stelle mir vor, dass ich die Geschichte mit dem Drummer oder der Drummerin überlege und dass wir sie dann mit Bass und Drums intuitiv intonieren!"

„Große Sache, große Sache, Robert. Das ist Varieté! Wir werden daran arbeiten!", rief Sokrates mit leuchtenden Augen.

„Leider trinke ich während des Tages keinen Alkohol! Aber unser Meeting wäre dazu angetan, einen ordentlichen Scotch zur Zigarre zu nehmen!"

Die beiden lächelten, sie verabschiedeten sich voneinander.

28.

Robert ging nicht auf der Südseite des West Channels nach Hause, sondern wechselte über die Channelbrücke auf die Nordseite, nahm einen Platz in der Außengastronomie des Amiral. Er wählte einen Lunch. Es war kurz vor 13 Uhr. In positive Gedanken versunken, ließ er noch einmal das Gespräch mit Sokrates Revue passieren.

„Hallo, Mr. Finnly!" sagte eine Frauenstimme neben ihm. Er schaute auf, es war Dr. Gina Lombardi.

Sie lächelte, sagte: „Ich bin in der Pause zum Lunch hier!" Robert lud sie ein, an seinem Tisch Platz zu nehmen.

Sie nahm das Angebot gerne an, denn es gab schon Fragen zum Projekt Sanitätsausrüstung. Zunächst fiel Robert auf, dass Mrs. Lombardi nicht das weiße Gewand der Pharmazeutin trug. Ihm schien es, als sehe er eine unbekannte Dame. Ihr streng nach hinten gebundenes schwarzes Haar trug sie jetzt offen, leicht gewellt. Es fiel ihr bis zur Schulter. Ihre Gesichtszüge wirkten freundlich, gelöst. Verdammt, dachte Robert: „Sie sieht gut aus! Aber, habe ich diese Frau nicht schon einmal gesehen?" Es fiel ihm nicht ein.

Sie sagte: „Ich versuchte ihre 3D-Ansichten des Schiffes zu verstehen, habe das aber aufgegeben. Es kostet mich zu viel Zeit. Lieber nehme ich ihre Kompetenz zu Hilfe!"

„Ja, das sollten Sie, Mrs. Lombardi! Ich stehe Ihnen zur Verfügung. Wann sollen wir uns die Schiffskonstruktion gemeinsam ansehen?"

„Wenn es Ihnen möglich ist, morgen 9 Uhr in unserem Medienraum?"

„Ja gerne, das geht bei mir!", sagte Robert.

Beide aßen sie ihren Lunch, sie vegetarisch, ruhig und offensichtlich genießend. Er, Meeresfrüchte und Salat, nervös und wenig konzentriert essend. Die Verwandlung dieser Frau von einer herben Laborfrau in eine feminine Schönheit irritierte ihn. Sein Herz stolperte ein wenig.

Sie fragte, ob die Käufer superteurer Yachten in eine signifikante Gesellschaftskategorie einzuordnen seien?

„Nein", antwortete Robert, „die Käufer der Yachten sind eine Mischung von Menschen aus unterschiedlichen Gesellschaftsschichten. Es gibt zum Beispiel den Käufer, der eine Yacht ausschließlich als Statussymbol benutzt, aber auch die vermögenden Großeltern, die eine Yacht unterhalten, um mit ihren Enkelkindern gemeinsam darauf schöne Zeiten zu erleben. Es gibt Yachten, die als fahrende Geschäftsstellen fungieren. Also, die Kundschaft ist sehr vielfältig sortiert, natürlich sind sie alle reich!"

„Sie haben einen interessanten Beruf, Mr. Finnly!", sagte sie lächelnd.

„Ich bin allerdings sehr jung in diesem Beruf. Ich bin auch 18 Jahre zur See gefahren, auf großen Frachtschiffen. Wenn es Sie interessiert, erzähle ich gerne davon. Aber das, denke ich, braucht Ruhe und Zeit!"

„Da haben Sie recht, Mr.Finnly. Vielleicht finden wir noch Gelegenheit dazu. Das würde mich wirklich interessieren!"

Sie schaute auf ihre Uhr: „Ich muss zurück in die Firma! Also bis morgen, Mr. Finnly!"

Antonio näherte sich, begrüßte Robert in seiner herzlichen Art. Robert bat ihn, Platz zu nehmen. Antonio schlug vor, das „Sie" zwischen ihnen abzustellen. Robert willigte gerne ein.

„Du kennst die schönste Frau in unserer Stadt?", fragte Antonio lächelnd.

„Wen meinst du?", fragte Robert zurück.

„Mrs. Gina Lombardi, die gerade von deinem Tisch aufgestanden ist!", sagte Antonio.

„Ja, ich habe geschäftlich mit ihr zu tun!"

„Nur geschäftlich, Robert? Das musst du ändern. Sie ist eine gute Frau für dich!"

„Wie kommst du darauf?"

„Ich kenne sie gut und dich kenne ich inzwischen auch gut! Das passt Robert!"

Robert schaute Antonio ungläubig an: „Bist du ein Heirats-vermittler, Antonio?"

Antonio schüttelte ein verhaltenes Lachen: „Nein, natürlich nicht. Aber als Inventar dieser Stadt kenne und weiß ich fast alles über die Menschen!"

„Na ja, wollen wir mal schauen!", sagte Robert etwas verlegen. Dann berichtete er Antonio von der geschäftlichen Beziehung zu Gina Lombardi.

Antonio stand auf, verabschiedete sich mit der Empfehlung, über seine Meinung zu der Verbindung mit Gina Lombardi nachzudenken.

Dienstag, 28. Mai, 9 Uhr. Robert betrat die Westpharmazie. Im Medienraum begrüßte ihn Gina Lombardi im weißen Gewand. „Wie die Verkleidung einen Menschen so völlig verändert aussehen lässt?", dachte Robert. Sie begrüßten sich geschäftsmäßig freundlich. Lombardi ging gleich über zum Thema. Auf der Projektionswand zeigte sie die Hardwareartikel der Sanitätsausrüstung. Das waren:

- Ein roter Notarztkoffer, der als Rucksack tragbar ist.
- Ein Infusionsständer, zusammenlegbar
- Eine Rollliege mit faltbarem Gestell

Lombardi erklärte: „Der Notarztkoffer enthält standardmäßig Medikamente und Geräte, die in allen auf der Beispielyacht aufgeführten Problemfällen eine wirksame Notversorgung der Patienten ermöglichen. Auf einem Schiff muss man, glaube ich, auch in Betracht ziehen, dass die Ersthilfe für den Patienten am Ort des Unfallgeschehens erfolgen muss, weil er ggf. nicht transportfähig ist.

In dem Fall geht der Notarztkoffer zum Patienten. Der Inhalt des Notarztkoffers ist international standardisiert und deshalb juristisch gesehen nicht anzweifelbar. Außerdem erfüllt er Ihre Forderung nach einer ‚Nettoausstattung'. In dem Notarztkoffer gibt es eine Auflistung des Inhalts in Form einer Checkliste, in die Verfallsdaten der Medikamente eingetragen werden, sodass es für den Yachteigner leicht ist, das medizinische Material stets verwendbar zu halten. Er muss allerdings auch in die Liste reinschauen und den Inhalt bedarfsmäßig aktualisieren. Die Rollliege ist das einzige sperrige Teil der Ausrüstung!"

Sie händigte Robert eine Liste mit Maßen und Gewichten der Ausrüstungsgegenstände aus. Die Beschaffungskosten betrugen insgesamt 3.200 Dollar, in Einzelpositionen aufgelistet. Als Provision für ihre Arbeit berechnete Lombardi fünf Prozent der Beschaffungssumme.

„Vielen Dank, Mrs. Lombardi! Mir scheint das Konzept schlüssig zu sein. Ich lege es heute noch der Geschäftsleitung vor. Vielleicht lässt sich mit Ihren Informationen an der Yacht noch konstruktiv etwas verändern, sodass die Sanitätsausrüstung eine professionelle Unterbringung erhält!"

Robert ging zu Fuß zum Finnly-Haus. Er schaute in Bals Büro vorbei und hatte Glück. Bal war ansprechbar. Robert berichtete den Stand der Zusammenarbeit mit der Westpharmazie. Bal zeigte sich erfreut über das schnelle Ergebnis.

„Ist es denkbar, dass an der Yacht noch konstruktive Änderungen bis zum 10. Juni möglich sind, um die Ausrüstung professionell unterzubringen?", fragte Robert.

„Das entscheidet Mr. van Daelen!", erwiderte Bal Johnson. Ich spreche ihn sofort an!"

29.

Mittwoch, 29. Mai. Robert erreichte die Hamilton-Insel kurz vor 18 Uhr. Mit leichtem Gepäck bestiegen die Hamiltons das Dinghy. Die beiden Mädchen in freudiger Aufregung. Für sie war es offensichtlich ein Abenteuer, in die große Stadt zu kommen, in fremder Umgebung zu übernachten, ihren Bruder Pete auf einer Bühne in einem Konzerthaus zu erleben. Die Eltern verhielten sich sehr still, aber wahrscheinlich waren sie gleichermaßen aufgeregt.

Robert ließ die Fahrt zurück durch die Schären durch die aufgezeichneten Daten seines Smartphones weisen. Die Hamiltons besaßen auch Phones, nutzten aber nur die ihnen durch den täglichen Gebrauch vertrauten Funktionen. Sie staunten, dass man den komplizierten Wasserweg in den Schären mit einem Phone finden konnte. Robert fragte den Vater, wie er vierhundert Schafe auf einer doch kleinen Insel halten könne. Der Vater war froh, dass auf diese Weise eine Unterhaltung in Gang kam.

„Wir lassen unsere Schafe auf zwölf Inseln in unserer Umgebung grasen. Mit einem speziellen Boot transportieren wir sie in kleinen Gruppen von einer Insel zur anderen. Dabei lassen wir uns von zwei ausgebildeten Border Collies helfen. Die Schafe sind die Transporte auf dem Wasser gewöhnt. Wir sorgen durch die Umverteilung der Schafe auf den Inseln dafür, dass diese nicht überweidet werden. Dafür gibt es strenge Regeln. Für die Landschaftspflege erhalten wir von der Regierung jährlich festgelegte Zahlungen. Einmal im Jahr holen wir die Schafe auf unsere Wohninsel, schären ihre Wolle und prüfen den Gesundheitszustand. Sie lammen in der freien Natur, darum brauchen wir uns nicht zu kümmern. Der Vorteil der Schafzucht auf Inseln ist, dass nicht eingezäunt werden muss und dass es keine Raubtiere gibt!", erklärte der Schaffarmer.

„Gibt es Probleme mit Steinadlern?", fragte Robert.

„Ja, es gibt Steinadler, die mit Vorliebe frisch geborene Lämmer reißen. Aber die Schafe kennen die Gefahr von oben und schützen ihre Lämmer!"

Sie hatten die Eastbay gequert und fuhren in den East-Channel ein. Die kleinere Tochter besuchte noch keine Schule in Hull-City. Sie sah die Stadt zum ersten Mal und ihre natürliche Lebhaftigkeit machte grenzenlosem Staunen Platz.

22 Uhr. in der Dämmerung erreichten sie das Finnly-Haus und mit dem Fahrstuhl fuhren sie hoch in die Wohnung. Robert zeigte und erklärte die Wohnung, bat darum, aus den Schränken Bettzeug zu nehmen und die Betten zu richten. Die Mädchen tranken Milch, aßen mitgeführte Brote und gingen ins Bett.

Petes Eltern nahmen Tee, den Robert frisch zubereitete und verzehrten auch mitgebrachte Brote.

Die Mutter sagte: „Sie haben eine sehr schöne, komfortable Wohnung, Mr. Finnly! Ist Ihre Frau nicht im Hause?"

„Ich bin nicht verheiratet!", sagte Robert. In jungen Jahren bin ich als Kapitän zur See gegangen und habe es versäumt, eine Familie zu gründen!"

Robert übernachtete auf dem Sofa im Wohnraum. Um sieben Uhr morgens wuselte die Familie Hamilton in der Wohnung. Mrs. Hamilton bereitete in der Küche Frühstück. Robert hatte für einen gefüllten Kühlschrank gesorgt. Es gab deftiges Farmerfrühstück mit Ham and Eggs, Butter, Käse und von den Kindern bevorzugte Marmeladen. Robert freute sich über die inzwischen etwas gelöstere Stimmung der Familie. Während des Frühstücks besprachen sie den Tagesablauf.

Robert erklärte, dass er um 11 Uhr die Musikgruppe und deren Betreuer von der UNI abholen werde.

Er schlug vor, die Familie im Anschluss an das Frühstück zu Fuß zum Konzertsaal, dem Story-Ville, zu führen. Dort sollten sie um 12 Uhr warten und mit ihm das Story-Ville betreten. In der Zwischenzeit hatten sie Gelegenheit, sich in der Stadt umzusehen. Er händigte ihnen einen Wohnungsschlüssel aus. Die Hamiltons kleideten sich für den Tag und alle gingen los.

Robert führte sie am Südufer des West Channel zum Story-Ville. Vom Haupteingang des Story-Ville aus führte er die Familie um den Rundbau herum auf die Rückseite und erklärte, dass die Mitglieder der vier Musikbands hier das Haus betreten. „Also, wir treffen uns 12 Uhr am Haupteingang. Ihren Sohn Pete sehen Sie erst bei dem Auftritt seiner Musikgruppe, etwas nach 16 Uhr!"

Robert ging zurück zum Finnly-Haus, nahm sein Dinghy und fuhr zur UNI. Hier nahm er die Rollers und Prof. Colomba an Bord und fuhr sie zum Story-Ville. Kurz vor 12 Uhr traf er die Hamiltons vor dem Haupteingang. Sie betraten das Haus auf der unteren Zuschauerebene. Vor der Bühne nahm Robert Sitznischen für die Hamiltons, für sich und Beccy in der ersten Reihe. Er hielt Ausschau nach den Gästen aus Westchapel, die das Story-Ville eine halbe Stunde später erreichten. Robert begrüßte: Dora und Frank Conelly, Conchita mit Familie, Raffaela Conte und ihre beiden erwachsenen Kinder, Rose O'Toole und Betty Coleman. In ihrem Gefolge zahlreiche jüngere Menschen aus Westchapel. Rollersfans, vermutete Robert. Die ihm bekannten Personen leitete er in die erste Zuschauerreihe. Sie begrüßten sich herzlich. Conchita zitterte ein wenig vor Aufregung.

Auf der Bühne begann die erste Musikgruppe ihre Vorbereitungen zum Start. Fünf junge Männer, mit dem Bandnamen „Hull-Singers" boten im Wettbewerb einen A-capella-Vortrag im Bereich Popmusik.

Beccy Balmore steuerte auf die vordere Zuschauerreihe zu. Sie sah umwerfend gut aus, in einem eng anliegenden, schwarzen Kostüm mit heller, moderner Stola, auf High Heels. Sie sah Robert, begrüßte ihn mit Küssen auf die Wangen und nahm neben ihm Platz. Die Westchapeler schauten höchst interessiert zu den Beiden. Dora konnte sich ein süffisantes Lächeln nicht verkneifen.

Der riesige Zuschauerraum hatte sich blitzartig gefüllt. Die Fans der vier Musikgruppen befanden sich in Hochstimmung. Der Geräuschpegel ließ eine Unterhaltung nicht mehr zu.

13.15 Uhr eröffnete der Direktor des Story-Ville, Bengt Hellman, den Wettbewerb. Er sprach über das Ziel und den Ablauf des Wettbewerbs, nannte Sponsoren, erklärte die Beurteilungskriterien des Wettbewerbs und stellte die fünfköpfige Jury vor. Zu ihr gehörten Prof. Colomba und Evangelos Sokrates. Die drei weiteren Jurymitglieder waren Robert nicht bekannt.

Hellmann stellte die Hull-Singers einzeln unter enthusiastischem Pfeifen und Grölen eines Teiles des Publikums vor und gab das Startzeichen. Die Hull-Singers boten eine präzise vorgetragene A-capella-Show. Sie bewegten sich gut, sahen in ihren jugendlichen Kostümen blendend aus.

Jede Band trug zwei Titel vor. Ein Schallmessgerät zeichnete die Dauer des Beifalls beim Geräuschpegel ab siebzig Dezibel zwischen aufsteigendem und abebbendem Beifall auf. Die fünf Jurymitglieder zeigten ihre Bewertung mit Punktetafeln von 1 bis 10. Die Dauer des Beifalls, in Punkte umgerechnet, und die Punktzahl der Jury ergaben addiert das Ergebnis.

Die Hull-Singers erreichten 40 plus 38 Punkte, 78 von möglichen 100 Punkten.

15 Uhr. Die zweite Gruppe, von Hellman einzeln vorgestellt, bereitete sich vor. Sieben junge Damen im Goth-Look mit dem Gruppennamen „Reinkarnation" spielten Flöten von hohen Tonlagen bis in den Bassbereich. Die Rhythmik unterstützte eine Armtrommel. Sie ließen ein virtuoses Musikfeuerwerk in atemberaubendem Tempo hören. Beeindruckend fand Robert die Virtuosität der jungen Frauen an den Instrumenten und die rhythmische Präzision der Gruppe.

Sie erhielten 40 plus 42 Punkte, in Summe 82 Punkte.

16.30 Uhr. Die Hull-City-Rollers bauten ihre Geräte unter brausendem Beifall des größten Publikumsteiles auf. Hellman stellte sie vor:

- Jennifer O'Toole, Schülerin, Drums
- Pete Hamilton, Schüler, Bass
- Kim Harvester, Musikstudentin, Saxofon und Vocals
- Cliff Hutchinson, Musikstudent, E-Gitarre und Vocals
- Ossy Carpenter, Schüler, E-Gitarre und Akustikgitarre
- Frank Colomba, Diplommusiker, Keyboards und Arrangements

Jenny und Pete spielten auf einem erhöhten Podest, die anderen etwa fünfzig Zentimeter tiefer auf der Bühnenebene. Jenny trug lange, schwarze Röhrenhosen, Turnschuhe und ein schulterfreies Oberteil. Ihre rotblonden Haare waren aus mehreren Einzelzöpfen am Hinterkopf zu einem dicken Gesamtzopf zusammengefasst. Pete trug extrem kurzes blondes Haar, ein helles Hemd mit langen, bis zum Ellbogen aufgeschlagenen Ärmeln, eine enge dunkelblaue Jeans und Turnschuhe. Kim hatte ihr krauses Haar glattgezogen und hinten zu einem Pferdeschwanz zusammengefasst. Sie trug einen schwarzen Ganzkörperbody, darauf eine weiße, offene Bluse und einen sehr kurzen roten Rock. An den Füßen trug sie rote High Heels. Cliff trug eine dunkle Röhrenjeans, ein weißes schulterfreies Shirt, darüber ein offenes kurzärmeliges, buntes Hemd, Turnschuhe und auf dem Kopf einen kleinen Strohhut, weit in den Nacken geschoben. Ossy trug eine dunkle Lederjeans, ein weißes schulterfreies Shirt, ein buntes Kopftuch, das über dem rechten Ohr geknotet war, dazu Turnschuhe. Frank hinter den Keyboards war kaum zu sehen. Er trug eine helle Hose, Turnschuhe, ein langärmeliges schwarzes Hemd, eine weiße Hull-Cap.

Die Rollers eröffneten mit „Hey You". Pete begann mit einem kurzen Bass-Solo. Robert jubelte innerlich. Das Bass-Solo kam präzise und kraftvoll. Die Bühnenbeleuchter setzten auf Jenny und Pete weiße Spots, auf Kim einen rotierenden Spot in wechselnden Farben. Das Farbenspiel des Lichtes wechselte ständig nach einigen Sekunden. Die Beleuchter des Story-Ville waren natürlich Profis! Die Parts von „Hey You" überzeugten mit Genauigkeit und emotionaler Kraft. Der Gesang von Kim war herausragend, empfand Robert, er bekam Gänsehaut!

Am Ende des ersten Titels erklang brausender Beifall. Hellman winkte dem Publikum ab. Er sagte, dass der Beifall am Ende der Vorstellung der Band gemessen werde.

Jenny spielte auf den Drums den „Hull-Dream-Song" an, Pete setzte einen überzeugenden Basslauf dazu. Ein Großteil des Publikums erhob sich von den Plätzen. Kim setzte mit dem Vocalteil an. Das Publikum sang mit.

Hellmann griff wieder ein, stoppte den Rollers-Vortrag und bat das Publikum, sich ruhig zu verhalten, damit die Jury den Vortrag präzise hören könne. Sie setzten den Song neu an und spielten ihn durch. Das Publikum verhielt sich vollkommen still. Der dann folgende Beifall nahm gefühlt kein Ende. Hellman ergriff erneut das Mikro und rief, dass der Beifall des Publikums die maximale Punktzahl von fünfzig bereits erreicht habe. Die Jury gab 48 Punkte, in Summe 98 Punkte. Alle wussten, das war nicht mehr zu toppen! Die Rollers hielten ihren Jubel noch zurück, mit Rücksicht auf die folgende Gruppe. Das Publikum musste beruhigt werden.

Die vierte Wettbewerbsgruppe nannte sich „White Stones", wahrscheinlich in Anlehnung an das weiße Kalkgestein, das in Hull allgegenwärtig ist. Fünf junge Männer bildeten eine Rockformation. Sie waren uniform gekleidet. Robert empfand das für eine jugendliche Rockband nicht passend. Sie spielten Drums, Bass, Keyboard und zwei Gitarren. Ihre beiden Nummern, gecoverte Rocksongs, spielten sie sehr präzise, allerdings ohne überzeugende Power. Sie erhielten insgesamt 71 Punkte.

19.30 Uhr. Es folgte die Siegerehrung. Die Gewinner, die „Hull-City-Rollers", erhielten eine Trophäe mit dem Hull-Stadtwappen und ein Preisgeld von 5000 Dollar. Es gab tumultartigen Beifall. In der vorderen Nischenreihe erhoben sich die Rollers-Fans aus Westchapel, gratulierten den anwesenden Eltern von Pete und Jennifer. Das Publikum forderte eine Wiederholung der Songs von den Rollers.

Hellman erklärte, dass es nicht möglich sei, da das Story-Ville sofort umgebaut werden müsse. Inzwischen war die Ausrüstung der Rollers wieder verstaut. Robert, Beccy bei ihm untergehakt, führte Angehörige und Freunde der Rollers hinüber in das Amiral. Presse, Rundfunk und TV warteten.

Nach 20 Uhr erschienen sie in ihren Auftrittskostümen. Antonio Romani, Entertainer, empfing sie mit einem Mikro vor dem Amiral und ließ den Central-Place wissen, wer die Rollers waren und welchen Sieg sie feierten. Die geladenen Gäste, etwa 60 Personen, betraten den Festsaal im Obergeschoß des Amiral. Eine Bühne war eingerichtet mit den Instrumenten der Rollers. Entlang einer fensterlosen Raumseite gab es ein üppiges Buffet. Die Gäste nahmen Platz an großen Rundtischen. Antonio begrüßte und stellte die Ehrengäste vor:

- Raffaela Conte, Abgeordnete des Hull-County Council und den Vertreter des Hull-City Council
- Bengt Hellman, Direktor des Story-Ville
- Evangelos Sokrates, Musikdirektor im Story-Ville
- Prof. Ed. Colomba, Professor of Music from University Hull
- Die weiteren drei Juroren
- Die Vertreter von Presse, Rundfunk und TV

Antonio eröffnete das Buffet und ließ Getränkewünsche der Gäste aufnehmen.

21 Uhr. Antonio stellte die Rollers unter dem Beifall der Gäste einzeln vor. Dann bat er Robert an das Podium, stellte ihn als Promotor der Rollers vor. Die Rollers bildeten eine Linie vor dem Publikum, nahmen Robert in die Mitte, verbeugten sich. Cliff Hutchinson nahm das Mikro, bedankte sich bei Antonio Romani für Ausrichtung und Sponsoring der Siegesparty und kündigte an, die Rollers-Titel zu Ehren der Gäste zu spielen. Frank Colomba hatte für diese Situation eine spezielle Partitur geschrieben, die von den Rollers einstudiert war.

Brausender Beifall!

Sie spielten den „Hey-You"-Titel. Dann starteten sie den „Hull-Dream-Song". Die Gäste erkannten den wiederkehrenden Refrain, erhoben sich von ihren Sitzen, schlugen den Rhythmus mit den Handflächen und sangen den Refrain mit.

Prof. Colomba ergriff das Mikro. Er sprach über die Entwicklung der Jugendmusikszene in Hull, erklärte die Qualitätsmerkmale der vier Musikgruppen im Wettbewerb, hob die Sieger besonders hervor.

22 Uhr. Die Gästeschaar lichtete sich. Robert bedankte sich bei Beccy und verabschiedete sich von ihr: „Ich bedauere, dich nicht nach Hause führen zu können, Beccy! Die Familie Hamilton ist zu Gast bei mir. Morgen früh bringe ich sie zurück auf ihre Insel!"

Beccy lächelte, küsste ihn: „Wir holen das,Nachhausebringen' nach! Sehen wir uns am Samstag wieder auf dem Wochenmarkt?", fragte sie.

„Ja, ich glaube, das lässt sich machen!", erwiderte Robert.

Die Hamiltons wirkten wie betäubt. Die beiden Schwestern begeistert: „Hast du Pete gesehen, wie toll der aussah? Ich habe mich gekniffen, weil ich nicht glauben konnte, einen Bruder als Rockstar zu haben!"

Den Gesichtsausdruck der Eltern konnte Robert in der fortgeschrittenen Dämmerung nicht wahrnehmen. Er hoffte, dass sie stolz auf ihren Sohn waren.

Freitag, 7 Uhr. Robert erwachte auf seinem Sofa. Die Hamiltons deckten den Tisch und bereiteten das Frühstück. 8 Uhr. Sie fuhren mit dem Dinghy aus dem C1 hinaus in den Central-Channel. Das Phone ging bei einem der Mädchen. Pete meldete sich mit der Frage, ob seine Familie im Campus vorbeikomme, um seine Behausung zu sehen. Die Mädchen: „Oh ja, das ist toll, wir wollen Pete zu Hause besuchen!"

Der Vater befahl: „Gib mir das Phone! Wir sind auf der Rückfahrt nach Hause Pete. Wenn wir dich besuchen, wird es uns heute zu spät. Wir besuchen dich, wenn du das Studium beginnst. War eine gute Show von euch gestern, sind alle stolz auf dich. Mach's gut!"

Er beendete damit das Gespräch. Die beiden Schwestern waren enttäuscht. Die Mutter lächelte still: „Ihr Mann hatte Pete gelobt!"

30.

Freitagabend. Robert kehrte von den Hamiltons zurück in seine Wohnung am West Boulevard. In seinem Briefkasten fand er ein Schreiben. Er öffnete es. Die Kopie eines Schreibens der DF-Werft an Dr. Lombardi, unterschrieben von Dick van Daelen. Unten gab es einen Verteiler, in dem er sich markiert fand.

Sehr geehrte Frau Dr. Lombardi,
vielen Dank für die Erarbeitung einer Standardausrüstung des Sanitätsbereiches unserer Yachten.
Unsere Juristen bestätigen, dass Umfang und Inhalt der Ausrüstung den gesetzlichen Anforderungen zur Erstausrüstung einer DF-Yacht im Sanitätsbereich genügen.
Wir möchten Sie beauftragen, eine Ausrüstung für unsere Yacht:
Typ DF-50F-2X400PS zu beschaffen und an die Geschäftsstelle der:

Hull-Travel-Shipping
West Boulevard 98,
Hull-City
liefern zu lassen.
Die Rechnungen bezüglich Ausrüstung und Honorar senden Sie bitte an unsere Geschäftsadresse:

DF-Shipyard
Eastboulevard 160
Hull-City

Mr. Finnly informierte Sie über Spezialanfertigungen von Yachten, die über den Standard der Sanitätsausrüstung hinaus gehend voraussichtlich spezielle Zusatzausrüstungen benötigen. Falls unsere Kunden uns den Auftrag geben, die Yachten auch mit Zusatzausrüstungen zu bestücken, würden wir gerne weiterhin mit Ihnen zusammenarbeiten.
Bitte teilen Sie uns mit, ob Ihr Unternehmen Schulungen im Sanitäts-

bereich für unsere Kunden durchführen kann, wenn das gewünscht wird.
Wir freuen uns auf eine weitere gute Zusammenarbeit,
freundliche Grüße!

Dick van Daelen

Verteiler: B. Johnson
             R. Finnly
             Abtlg. Kreditoren

Samstag, 1. Juni. Im hellgrauen Tuchanzug, darunter schwarzes T-Shirt, leichte Halbschuhe aus braunem Ledergeflecht, heller Sommerhut, schlenderte Robert zum Wochenmarkt am Central-Place. Bei leicht bedecktem Himmel wurde eine Tageshöchsttemperatur von 30 °C erwartet.

Der Wochenmarkt, nach 11 Uhr, war so dicht mit Menschen gefüllt, dass Robert das Marktzentrum auf der Kathedralenseite umging. Dass die Rollers in der St. Andrew Cathedral vor dem Wettbewerb Kerzen angezündet hatten, amüsierte ihn, machte aber auch nachdenklich: „Es gibt Rituale, die unabhängig von Glaubensrichtungen für alle Menschen Bedeutung haben, auch für Jugendliche.

Wie an den beiden Vorsamstagen ging Robert zwischen Rathaus und Opernhaus hindurch zur Markthalle. Auch hier gab es dichtes Gedränge. John Butcher, den Austernfarmer, grüßte er aus der Ferne. Am Weinstand schaute er nach Beccy Balmore. Sie waren locker verabredet. Hier fand er sie nicht. In der überfüllten Halle nach ihr zu suchen, war aussichtslos. Da Robert noch nicht gefrühstückt hatte, bewegte er sich zurück zum Amiral, um dort einen Platz zu finden und etwas zu essen. Er betrat die Außengastronomie. Von einem schattigen Platz aus winkte ihm Beccy zu. Sie saß an einem kleinen runden Tisch, alleine. Sie erhob sich, sie lächelten sich an, sie küsste ihn. In ihrem leichten Sommerkleid mit großzügig geschnittenem Dekolletee und hübschem Sommerhut sah sie blendend aus.

„Hast du schon etwas gegessen?", fragte Robert.

„Nein, ich habe auf dich gewartet!"

„Sollen wir?"

„Ja, ich nehme einen Lunch mit Salaten, gebackenem Geflügel und Toastbrot!"

„O. k., dann bestelle ich das für uns beide. Was trinkst du gerade?"

„Einen alkoholfreien „Cocolibre" mit Kokos, Limone und Minze."

„Ich schließe mich an."

Robert gab eine Bestellung für sie beide auf.

Sie saßen alleine auf einem Platz am Rande der Außengastronomie im Schatten üppiger grüner Pflanzen in fahrbaren Großkübeln. Eine Unterhaltung ohne Beteiligung fremder Ohren war möglich.

Mit entspanntem Blick sagte Beccy leise: „Ich war enttäuscht Robert, dass du am Donnerstagabend keine Zeit für mich hattest. Du hattest mich eingeladen, dich zu begleiten. Stattdessen musstest du die Hamilton-Familie betreuen!"

„Ja, es war ein grober Fehler von mir. Bei der Planung des Tages war ich nicht aufmerksam genug. Ich bitte dich um Verzeihung, Beccy! Was kann ich tun, um dich wieder günstig für mich zu stimmen?"

„Ich habe gesehen, dass du sehr angespannt warst. Ich bin nicht böse auf dich. Im Amiral nahm ich die Gelegenheit wahr, mit einigen Damen und Herren ein paar wichtige Gespräche zu führen. Aber wenn du eine Frau wie mich einlädst, dich zu einer Party zu begleiten, versteht sie das als Einladung für eine gemeinsame ganze Nacht! Trotzdem, ich bleibe dabei. Du bist ein verrückter, sympathischer Typ."

Der Lunch wurde serviert. Es entstand eine Gesprächspause.

Beccy fragte: „Wie sieht es mit der Liebe aus, Robert?" Ihre Frage zielte auf seine Aussage, dass er eine dauerhafte Verbindung mit einer bürgerlichen Frau suche.

Robert antwortete: „Ich interessiere mich heftig für eine Frau, Beccy. Aber sie weiß das noch nicht. Deshalb kann ich noch keine Einzelheiten preisgeben!"

Beccy wirkte enttäuscht, versuchte ihre Regung zu verbergen. Sie fragte: „Hältst du es für möglich, Robert, dass wir ein freundschaftliches Verhältnis pflegen?"

„Ja, ich würde mir das sehr wünschen, Beccy. Heute bewundere ich dich, meine Verunsicherung in unserer Jugend dir gegenüber hat mit meinen jetzigen Gefühlen für dich nichts zu tun!" Sie lächelte: „O. k. Robert, das ist eine gute Zukunftsaussicht für uns beide! Ich wünsche dir Glück bei deinen Versuchen, die große Liebe zu finden!"

Die Bedienung fragte nach weiteren Wünschen. Beccy winkte ab: „Ich muss in den Pub, da beginnt jetzt das heiße Wochenendgeschäft!" Robert bat um die Tischrechnung, sagte, dass er zur Zeichnung an den Tresen komme.

Beccy überrascht: „Oh, hast du ein Konto bei Antonio? Das kannst du bei uns auch haben. Bei deinem nächsten Besuch richten wir für dich ein Konto ein."

Sie erhob sich und meldete sich zur Toilette ab. Robert rief ihr nach: „Ich fahre dich nach Hause!"

Sie kam zurück: „Liegt dein Dinghy hier am Pier?"

„Leider nein, es ist beim Finnly-Haus!"

„Ich nehme ein Wassertaxi", sagte sie und küsste Robert auf beide Wangen.

Tief in Gedanken spazierte Robert nach Hause zum Finnly-Haus. Antonio war wahrscheinlich aus Gründen der samstäglichen Arbeitsbelastung nicht an den Tisch der beiden getreten, oder?

31.

Es war früher Samstagnachmittag. Robert spürte Sehnsucht nach Westchapel und dem Boganson-Cottage. Er beschloss, das Wochenende dort zu verbringen.

Um 17 Uhr legte er an der Boganson-Pier an. Conchita begrüßte ihn mit ihrem strahlenden Lächeln. Sie hatte gerade die Arbeit im Boganson-Cottage beendet und wollte nach Hause gehen. Mit vielsagendem Blick legte sie die Hull-Weekend-Zeitung auf den Tisch. Sie fragte, wie lange Robert im Cottage bleiben wolle.

„Bis Montag."

„Ich schicke Jaime vorbei mit Vorräten für den Kühlschrank", sagte sie und verließ das Cottage.

Robert setzte sich an den Wohnzimmertisch genoss die Ruhe und die vertraute Umgebung des Cottage. Er nahm die Weekend-Zeitung. Die Vorderseite zeigte die Rollers in Großaufnahme auf der Bühne im Story-Ville, fantastisch beleuchtet im Spotlicht: „The Young big Winners" als Überschrift.

Ein Artikel beschrieb die Wettbewerbsveranstaltung. Weiterführender Text befand sich auf der Innenseite des Blattes. Bilder aus dem Amiral. Dabei ein Bild, das ihn mit Beccy untergehakt zeigte, mit der Unterschrift: „Mentor der Hull-City-Rollers, Robert Finnly, Westchapel, und seine Frau". Interviews mit Prominenten, z.B. Raffaela Conte, dem Bürgermeister von Hull-City, Bengt Hellman sowie Prof. Colomba waren verkürzt abgedruckt.

Es klopfte an der Wohnraumtüre. Jaime trat ein mit fröhlichem Kinderlächeln, eine Tüte in der Hand, deren Inhalt er in den Kühlschrank räumte. Jaime setzte sich zu Robert an den Tisch.

„Ich wusste nicht, dass du auch ein richtiger Musiker bist. Hier reden sie alle von dir!", sagte er.

Robert nickte: „Wenn du so alt bist wie ich, kannst du die verschiedensten Sachen gelernt haben."

Jaime meinte: „Du bist doch gar nicht alt! Du siehst nicht alt aus!"

Robert lachte herzlich, strich Jaime über sein Haar und sagte: „Ich bin 45 Jahre alt, und du?"

„Zehn Jahre," sagte Jaime.

„Siehst du, ich bin viereinhalbmal so alt wie du. Es kommt nicht auf das Alter in Jahren an, sondern darauf, wie viel Zeit man hat, um etwas zu lernen. Ich konnte also viereinhalbmal so lange lernen wie du!"

„Muss man denn immer lernen?", fragte Jaime

„Ja, das ist so!"

„Ach nee, das will ich aber nicht glauben!"

„Du musst dir ein Ziel setzen, das du ganz, ganz fest erreichen willst. Dann fällt dir das Lernen leichter, weil du das Ziel vor Augen hast und jeden Tag siehst, welches Stückchen du deinem Ziel nähergekommen bist. Jeder Fortschritt spornt dich an, immer weiterzulernen, bis du das Ziel erreicht hast."

„Und was ist, wenn ich mein Ziel erreicht habe?"

„Dann hast du Bock, wieder ein neues Ziel zu erreichen!"

Jaime blies in die Backen: „Über das Ziel muss ich mal nachdenken, Robert."

Er verabschiedete sich. Robert schob ihm einen Fünf-Dollarschein hin. Jaime bedankte sich mit glänzenden Augen.

Robert wollte den Abend im Pub bei Dora und Frank verbringen. Er zog sich um, Jeans, Hemd mit langen, aufgedrehten Ärmeln, Tuchweste, Turnschuhe, Hull-Cap.

Das Westschapel-Inn war gut besucht am Samstagabend und schon ziemlich verraucht. Dora sah ihn, zeigte in Richtung der hinteren rechten Raumecke. Robert schaute hin. Jenny winkte heftig mit einer Zeitung in der Hand. Er steuerte auf den Rundtisch zu, sie rückten zusammen und machten ihm einen Platz frei.

Am Tisch saßen neben Jenny, Cliff Hutchinson, Claudia Conte, Emilio Conte, Raffaela Conte, Rose O'Toole und Betty Coleman.

Jenny und Cliff waren in Hochstimmung.

„Hast du schon gelesen?", fragte Jenny und wedelte mit der Zeitung. Sie sprang auf, kam zu Robert, umarmte ihn von hinten und küsste ihn gefühlt zehnmal rechts und links. Cliff stand auf und klatschte mit Robert ab. Robert bekam ein schwummeriges Gefühl. Ein paar Tränen wollten rollen. Er wischte sie mit dem Ärmel ab. Frank stellte ein Pint Luna vor ihn hin. Claudia rief: „Cheers auf die Rollers!" Alle hoben die Gläser.

Zu Cliff und Jenny gewandt fragte Robert: „Wie geht es weiter bei euch? Habt Ihr weitere Auftritte geplant?"

„Es gibt Probleme, richtige Probleme!", sagte Cliff mit ernstem Gesicht. „Jennifer und Ossy sind in den Abiturprüfungen. Frank kann bei uns nicht weitermachen. Er macht ein Auslandsjahr an der University of Los Angeles ab Juli. Pete wird von seinem Vater unter Druck gesetzt. Er hat seinen Ausstieg bei uns schon angekündigt!"

Dora hatte zugehört. Sie sagte: „Das ist wirklich traurig! Könnt Ihr denn nicht in diesem Monat, zum Beispiel zur Sonnenwendfeier am 21. Juni, so etwas wie ein Abschiedskonzert geben, hier bei uns in Shapel?"

Cliff und Jenny sahen sich nachdenklich an. Jenny überlegte: „Wir bräuchten ja nur noch einmal unsere Truppe zusammenbringen. Eine besondere Vorbereitung wäre meiner Meinung nach nicht erforderlich!" Cliff nickte zustimmend.

Raffaela überlegte: „Eine Abschiedsveranstaltung der erfolgreichen Rollers könnte man im gesamten Country bewerben. Es würde ein Großereignis, das die Gemeinde Westchapel wieder in das Bewusstsein der Bevölkerung im Country und auch in der Politik bringen könnte. Natürlich wäre der Pub von Dora und Frank räumlich nicht ausreichend. Man müsste das Fest auf der großen Pier von Chapel im Freien durchführen. Dora und Frank würden die gastronomischen Ausrichter sein, während die Gemeinde Westchapel als Veranstalter auftreten könnte. Natürlich müssten wir das mit Josh O'Bready und der Gemeindeversammlung klären, auch, was die Finanzierung betrifft."

Sofort waren Cliff und Jenny Feuer und Flamme! „Ja, das könnten wir am Montag klären mit den Rollers!", sagte Cliff. Raffaela, Dora und Frank sagten zu, das Thema umgehend mit Josh O'Bready zu besprechen.

Dora legte eine Hand auf Roberts Schulter: Na, junger Single, wie stehts? Bist du noch ein freier Mann?" Dabei lachte sie laut und herzlich.

Robert nickte nachdenklich: „Ich glaube, ich wackle, Dora!"

„Darf ich raten?", trumpfte Dora auf. „Beccy scheint gut im Rennen zu sein!" Sie nahm die Zeitung vom Tisch, schlug eine Seite auf mit einem Bild, auf dem Robert, Beccy bei ihm untergehakt, in das Amiral führte. Auf dem Bild sahen beide blendend aus und die Bildunterschrift behauptete, sie seien ein Ehepaar. Dora zeigte das Bild triumphierend in die Tischrunde.

Robert lenkte ab: „Gibt es etwas Gutes zu essen, Dora?"

Dora lächelte süffisant: „Es gibt Tapas mit frischen Meeresfrüchten und feine Obstsalate mit Milcheis!"

Robert hob eine Hand und auch alle am Tisch bestellten durch Handzeichen.

Raffaela sagte: „Die Kombination Fruchtsalat und Speiseeis von Dora ist sündhaft lecker, kann ich sehr empfehlen!"

Damit lenkte sie von den bisherigen Themen ab und das Gespräch ging in Richtung kulinarische Speisen. Die beiden Farmerinnen fühlten sich wieder in die Gesprächsrunde eingebunden.

Die Speisen kamen und die Qualität der Zutaten wurde diskutiert. Robert setzte sich zu Emilio Conte. Sie machten einander bekannt.

Robert fragte: „Du studierst Nautik in Hull?"

„Ja, im Herbst werde ich fertig", sagte Emilio.

„Weißt du schon, wie es weitergeht?"

„Ich würde gerne ein Offizierspraktikum machen und danach Betriebswirtschaft studieren!"

„Dann müsstest du bis zum Ersten Offizier kommen für eine spätere Kapitänlaufbahn. Das dauert zwei bis drei Jahre!", meinte Robert.

„Ich weiß, ich habe mich schon genau erkundigt. Meine Mutter empfiehlt, das BWL-Studium sofort anzuschließen."

„Ich habe einige junge Offiziere erlebt, die auf See ,hängengeblieben' sind. Vielleicht ist es wirklich besser, wenn du das BWL-Studium direkt anschließt!", empfahl Robert.

Raffaela Conte hatte das Gespräch verfolgt. Sie bekräftigte Roberts Meinung.

Emilio grinste: „Jetzt genieße ich erst einmal Semesterferien. Ich habe Zeit, über alles noch einmal nachzudenken!"

Aus Richtung des Tresens kamen bluesige Töne aus einer Mundharmonika. Alle schauten dorthin. Es war Phil, der „Philosoph", der herzzerreißend auf der Harmonika jaulte. Die Gesichter der jungen Leute hellten sich auf. Jenny begann auf der Tischplatte einen Rhythmus zu klopfen.

Big neben Phil stehend, mit einem Pint in der Hand, verrenkte erstaunlich geschmeidig seinen schweren Körper zu den schrägen Tönen. Es wurde ruhiger im Gastraum. Die Gäste verharrten in Erwartung dessen, was das skurrile Männerpaar veranstalten würde. Frank Conelly rief: „Braucht jemand eine Gitarre, ein Banjo, einen Kontrabass?"

Cliff schnellte vom Sitz hoch: „Wir brauchen alles, Frank!"

Zwischen Roberts Tischrunde und dem Tresen wurde Platz gemacht. Frank und Dora brachten die Instrumente in den Gastraum. Cliff nahm die akustische Gitarre, stimmte sie an seinem Ohr, gab Phil das Zeichen, weiterzuspielen, nickte Robert zu in Richtung Kontrabass. Jenny nahm ihren Stuhl, legte ihn so um, dass die Stuhllehne auf dem Boden lag, setzte sich auf die oberen beiden Stuhlbeine und klopfte auf der Holzsitzfläche Rhythmus. Robert stimmte den Kontrabass und sie mischten sich in das Gejaule der Harmonika ein. Jorge Martinez steuerte auf die Gruppe zu, ergriff das Banjo und spielte mit. Aus dem Gejaule entstand ein anhörbarer Bluessound.

Fast alle Gäste im Pub erhoben sich von den Sitzen, bildeten einen großen Halbkreis um die Musikgruppe. Sie bewegten ihre Körper im Rhythmus und klatschten die Hände. Die fünf jammten, was das Zeug hielt, bis Phil eine Atempause benötigte.

„Trinkpause!", brüllte Big und schüttelte sich vor Lachen. Ab diesem Zeitpunkt stand bei Frank der Zapfhahn nicht mehr still.

„Hi, Jorge!", rief Robert, „dein Banjo klingt super!"

Jorge blickte stolz und errötete. Sie spielten weitere Nummern auf Zuruf der Gäste.

Phil wuchs über sich hinaus. Robert staunte über die Luftkondition und die Virtuosität des kleinen Mannes. Der Samstagabend lief wie so oft auf exzessives Feiern hinaus. Robert trank keinen Alkohol. Er verstand, warum dieses seltsame Männerpaar, Big und Phil, für Dora und Frank so wertvoll war.

Gegen Mitternacht verabschiedeten sich die Contes und die O'Tools.

Robert fragte Cliff, wo denn sein Bett stehe.

„Wir schlafen alle bei den Contes!", erwiderte Cliff grinsend.

Robert ging nach Hause. Es war ein schöner, spontaner, nicht geplanter Abend geworden. Als er sich ins Bett legte bei offenen Fenstern, aber geschlossenen Fensterläden, herrschte völlige Stille im Ort. Mit einem richtig wohligen Gefühl schlief er ein.

Sonntag, 2. Juni, 8 Uhr. Die Sonne stand am Himmel. Robert nahm sein Badezeug, ging zur Badestelle am Golf und ließ sich in das frische Wasser gleiten. Hull-City lag drüben schemenhaft im hellen Morgendunst. Er schwamm ostwärts, in der Hoffnung, heute seine Freunde, die Seehunde anzutreffen. Ein paar Minuten verharrte er reglos im Wasser. In Richtung Sundmitte, etwa zehn Meter entfernt, tauchte ein Seehundkopf nach dem anderen auf. Sie beäugten ihn neugierig. Er lächelte ihnen zu in der Hoffnung, sie würden es als freundliche Geste erkennen. Nach etwa zehn Minuten trat er den Rückzug an. In gebührendem Abstand folgten sie ihm. An seiner Badestelle stieg Robert aus dem Wasser, winkte zum Abschied seinen Seehundfreunden und ging ins unten liegende Badezimmer, duschte, rasierte sich und schaute in den Kühlschrank. Mit Toastbrot, Butter, Käse, Tomaten und Oliven bereitete er ein Frühstück, das er auf der noch schattigen Westterrasse genoss.

32.

Den Sonntag verbrachte Robert im Boganson-Cottage. Schlief ausgiebig, dachte nach. Am folgenden Tag wollte er in das Finnly-Haus fahren, die Musikpartituren von Sokrates studieren und die Bassparts üben. In dieser Woche wollte er Gina Lombardi aufsuchen und mit ihr die nächsten Schritte besprechen.

Bevor Robert vom Boganson-Cottage startete, rief er Conchita an und erklärte ihr seine Wochenplanung. Conchita fragte, ob die am Samstag von Dora im Pub geäußerte Vermutung bezüglich Beccy Balmore zutreffe.

„Nichts ist zutreffend Conchita", sagte Robert. Du kennst Dora, sie darf man nicht ernst nehmen mit ihren Andeutungen!"

Conchita sagte: „Bitte Robert, lass dir Zeit und sei klug bei deiner Suche nach einer Frau!"

„Das habe ich vor Conchita", erwiderte er in beschwichtigendem Ton.

Montag, 11 Uhr. Robert machte das Dinghy am Finnly-Pier an der Rückseite des Finnly-Hauses fest, ging in die Geschäftsräume und meldete sich bei Bal Johnson.

Bal informierte: „Wir haben eine Bestellung für eine Hochseeangelyacht. Sie wird ausgerüstet für den Fang von Thun und Merlin. Häufigstes Gefahrenrisiko ist das Überbordgehen in Verbindung mit Knochenfrakturen. Bitte sprechen Sie mit Dr. Lombardi, welche Ausrüstung des Sanitätsbereiches für den Verwendungsfall relevant ist. Es wäre noch Zeit, diese Ausrüstung dem Kunden mitanzubieten!"

„O. k., ich werde Dr. Lombardi heute oder morgen darauf ansprechen", bestätigte Robert.

Er ging in seine Wohnung und begann das Studium der Musikpartituren der Varieté-Vorstellungen am kommenden Wochenende. Nachmittags rief er die Westpharmazie an und bat um einen Gesprächstermin mit Dr. Lombardi. Dienstag, der 4. Juni, 10 Uhr, wurde ihm angeboten, er sagte zu.

Robert suchte nach Sportbekleidung. „Ich werde hier mit einem Fitnessprogramm beginnen, wenn es sich wiederholende Zeitabläufe in der Woche gibt", überlegte er. Im Finnly-Haus befand sich keine Sportbekleidung. Er fuhr in den Superstore am West Channel, kaufte Nahrungsmittel und ließ sich in der Textilabteilung beraten. Eine junge Mitarbeiterin der Sportabteilung fragte, welche Sportart er betreiben wolle.

„Ich möchte joggen, schwimmen und Gymnastik machen", meinte er.

Sie schlug vor: „Gute Laufschuhe, Sportsocken, Funktionsunterwäsche, Laufshorts und lange Laufhose, Laufshirt kurzärmelig und langärmelig mit Lichtreflektoren, Laufcap, Badeshorts, Sportrucksack."

Robert fragte nach der Funktion des Sportrucksackes.

„Einige unserer Kundinnen und Kunden laufen ihr Pensum auf dem West Boulevard in nördlicher Richtung, schwimmen in der Bay, machen Gymnastik und laufen zurück. Für Badehose und Frotteetuch, auch für Sonnencreme und Kosmetikhilfsmittel, benötigen Sie den Rucksack", erklärte die Mitarbeiterin. „Wenn Sie eine sonnenempfindliche Haut haben, sollten Sie Sonnencreme benutzen und im Extremfall lange Laufhose und Shirt mit langen Ärmeln tragen!"

„Perfekt!", sagte Robert bewundernd. Er kaufte eine Sporttasche dazu, in die er die Ausrüstung verstaute.

Zum ersten Mal versuchte Robert in der Finnly-Wohnung etwas zu kochen: Pasta mit heller Pilzsauce und Lachsstreifen, dazu grüner Salat mit frischer Ananas. Dazu ein Glas trockenen Weißwein.

Es bereitete ihm Freude, selbstständig und ohne kritische Beobachtung ein Essen für sich zu bereiten – das erste seit Verlassen der Beluga vor etwa einem Monat. Im Boganson-Cottage hätte Conchita sein selbstständiges Arbeiten in der Küche nicht geduldet. Er speiste mit Genuss und mit einem Glücksgefühl auf dem Balkon bei leuchtendem Abendlicht von Westen.

Dienstag, 4. Juni, 10 Uhr. Robert betrat die Westpharmazie. Er trug keinen Kapitänanzug, sondern einen legeren Stoffanzug,

ein dunkles T-Shirt, einen hellen Hut. Gina Lombardi begrüßte ihn freundlich in einem luftigen Kleid mit frischem Blumen-
muster. Ihr schwarzes, leicht gelocktes Haar trug sie offen. Auf
ihr strenges Outfit im langen weißen Kittel hatte sie heute verzichtet – warum?

Robert vermutete, dass sie im Anschluss an das Gespräch einen Auswärtstermin haben könnte. Lombardi bedankte sich für
den Brief der DF-Geschäftsleitung und die Beauftragung der
Leistungen.

„Die DF-Werft ist mit dem Bau einer Spezialyacht für das
Hochseeangeln beauftragt und bittet Sie, den auf den Zweck
abgestimmten Bedarf der Sanitätsausrüstung zu ermitteln. Die
spezifischen Unfallgefahren in Verbindung mit dem Hochsee-
angelsport haben wir für Sie aufgelistet", sagte Robert und händigte ihr eine Gefahrenliste und eine bildliche Darstellung des
Yachttyps aus.

Lombardi bedankte sich und sagte schnelle Bearbeitung zu.

„In dem Schreiben Ihrer Geschäftsleitung wird nach Schu-
lungsleistungen in Unfallnotfallhilfe gefragt. Wir würden einen
Bedarf durch meine Tochter Angela abdecken. Sie ist ausgebil-
dete Unfallsanitäterin und studiert zurzeit Medizin", sagte sie.

„Ja, vielen Dank, Mrs. Lombardi. Ich werde die Information
an unsere Geschäftsleitung weiterleiten."

Sie schaute ihn an, lächelte: „In der Presse habe ich gelesen,
dass Sie eine jugendliche Rockband unterstützen. Ich denke, dass
Rockmusik nichts mit Seefahrt zu tun hat?", wunderte sie sich.

„Ja, Mrs. Lombardi, meine Seefahrt ist eine lange Geschichte.
Meine Musik ist eine zweite lange Geschichte. Auf See habe ich
Musik im Selbststudium erlernt und zu einem zweiten beruflichen Standbein entwickelt. Die große Seefahrt gebe ich auf, um
mich auch der Leidenschaft „Musik" zu widmen. Mein Musik-
genre ist Jazz und hier speziell der Bass als Instrument. Ich habe
mich vor langer Zeit entschieden, mich mit Popularmusik als
Kunstrichtung zu beschäftigen.

Lombardi schaute ihn staunend an, schüttelte leicht ihren
Kopf und sagte lächelnd: „Sie sind ein rätselhafter Mensch, Mr.

Finnly! Aber habe ich verstanden, dass Sie für die Hull-Travel-Shipping als Kapitän arbeiten?"

„Ja, das stimmt, Mrs. Lombardi. Die Mitarbeit in der Hull-Travel-Shipping betrachte ich als lukrativen und angenehmen Nebenjob. Zurzeit habe ich ein Engagement als Bassist im Musikensemble des Story-Ville", erklärte Robert.

„Können wir Sie im Story-Ville einmal in Aktion sehen, Mr. Finnly?"

„Ja, ich spiele in den Varieté- Vorstellungen Samstag- und Sonntagnacht, von 20 bis 24 Uhr."

Sie lachte: „Wir wollen Sie dort gerne einmal erleben!"

„Ich spiele eine Nebenrolle", erwähnte Robert bescheiden. „Das Ensemble begleitet die Varieté-Darbietungen mit eigens dafür komponierter Musik. Mich fasziniert das künstlerische Flair der Varieté-Shows!"

Sie verabschiedeten sich. „Ich darf Sie anrufen, wenn ich Fragen zum Hochseeangeln habe?", fragte sie.

„Ja, ich bin in dieser Woche hier in Westhull", erwiderte Robert.

33.

Mittwoch, 05. Juni, 9 Uhr. Robert trat mit nüchternem Magen zum Fitnesstraining an: kurze Shorts, Laufshirt mit kurzem Arm, Cap. Im Rucksack: Badehose, Frotteetuch, Phone, etwas Bargeld.

Er verließ seine Wohnung, ging über die Brücke auf die Nordseite des West Boulevards und startete das Joggen nach Norden. Bei angenehmen Morgentemperaturen und locker bedecktem Himmel ging das ihm ungewohnte Laufen auf den ersten hundert Metern ganz gut aus den Beinen. Bei den nächsten hundert Metern ging die Luft zur Neige, er musste langsamer laufen, viel langsamer, schließlich musste er eine Strecke gehen. Dann trabte er langsam wieder an, sodass man es kaum als Laufen bezeichnen konnte. Mit langsamem Laufen und Gehen zu etwa gleichen Zeitanteilen erreichte er nach 3000 Metern das Ende des West Boulevards. Die Bebauung auf der rechten Boulevardseite nahm nach Norden allmählich ab. Nach etwa 1500 Metern endete die Bebauung und die Landschaft ging über in Karstgeröll. Die linke Boulevardseite bot breite, flache Sandstrände und ab dem Ende der Boulevardbebauung weiße, wenig berührte Natursandstrände. Hier war Robert alleine und auch begeistert. Er entkleidete sich, legte die durchgeschwitzte Laufkleidung auf hochwachsendes Dünengras und lief mit einem Urschrei nackt in das Baywasser. Nach einer gefühlten halben Stunde genüsslich im Wasser schwimmend und tobend musste er sich zwingen, das Wasser zu verlassen, sich anzukleiden und den Rückweg laufend anzutreten. Laufend und gehend erreichte er in Hochstimmung um etwa 11 Uhr das Finnly-Haus. Er duschte, machte Frühstück, das er bis in den frühen Nachmittag ausdehnte.

Auf dem Phone wartete eine Textnachricht. Cliff informierte alle Beteiligten, auch Raffaela und die Conellys, dass die Rollers ein Konzert zur Sonnenwende in Westchapel geben werden.

Wieder beschäftigte er sich mit den Musikpartituren der Varieté-Show, spielte verschiedene Bassparts auf der E-Bassgitarre und auf dem akustischen Kontrabass. Auf der Homepage des Story-Ville erkundete er das Programm der Varieté-Show. Eine spannende Mischung von Tanz, Artistik, Solo- und Chorgesang, Clownerie. Gegen Abend bereitete er für sich eine warme Mahlzeit als Eintopfgericht mit mediterranen Gemüsen. Erstmals erlebte er bewusst die Beruhigung des Wasserverkehrs in den Abendstunden und das Eintreten einer wohltuenden Ruhe. Auf dem Balkon genoss er mit einer Zigarre und einem Whisky den Nachtbeginn.

Donnerstag, 6. Juni. Um neun Uhr meldete sich Gina Lombardi per Phone. Sie habe einige Fragen! Sie verabredeten sich um 11.30 Uhr an der Rückseite der Pharmazie. Robert wunderte der Termin, die Pharmazie war donnerstags geschlossen. Deshalb an der Rückseite? Gina Lombardi empfing ihn in einem maßgeschneiderten Jackenkostüm und High Heels. Sie war dezent geschminkt, trug eine sorgfältig geordnete Frisur – eine elegante Lady! Robert war beeindruckt.

„Ich möchte Sie zu einem Lunch ins Amiral einladen!", sagte sie lächelnd.

„Vielen Dank", sagte Robert verwundert. „Gehen wir zu Fuß?"

„Ja", sagte sie fröhlich, hakte sich bei ihm ein und sie gingen etwa hundert Meter zum Amiral. Robert spürte heftiges Herzpochen. Er begann zu schwitzen. Sie betraten die Außengastronomie. Gina Lombardi strebte in den Gastraum. Dort empfing sie Antonio mit verschmitztem Lächeln. Er führte sie zu einer Tischnische mit vier Sitzplätzen. Eine große blonde Dame empfing sie an dem Tisch mit breitem Lächeln. Gina Lombardi stellte sie vor: „Lizzy Brandström, eine Freundin!" Augenblicklich wusste Robert, dass er diese Dame zusammen mit Beccy Balmore und weiteren Damen an einem Samstag in der Markthalle gesehen hatte. Jetzt fiel ihm wieder ein, dass er Lizzy Brandström und Gina Lombardi zusammen im Amiral gesehen hatte, einmal zu zweit und einmal mit Familie.

Lizzy küsste Gina zur Begrüßung flüchtig auf den Mund.

Sie nahmen Platz, Lizzy übernahm das Gespräch:

„Ich freue mich, Sie wiederzusehen, Mr. Finnly. Ich befürchtete, Sie nach unserem Markttreff aus den Augen verloren zu haben. Als meine Freundin Gina mir von Ihnen erzählte, war mir klar, dass Sie das sein mussten", erklärte sie lächelnd. „Jetzt möchten wir einen interessanten Mann wie Sie gerne näher kennenlernen!" Robert fühlte Röte in sein Gesicht steigen. Verunsichert fragte er sich, ob er hier ziemlich robust vereinnahmt wurde?

Er sagte: „Meine Damen, ich fühle mich geehrt und danke Ihnen für Ihre Initiative. Wollen Sie unser Date eröffnen, indem Sie etwas über sich berichten?"

Lizzy lächelte anerkennend. Robert erinnerte sich an die sicher amüsant gemeinte Aussage von Beccy, dass Lizzy ein gefährlicher Vamp sei.

„Von Gina weiß ich, dass Sie seriöse Geschäfte mit ihr anbahnen. Das veranlasst uns, Ihnen Vertrauen entgegenzubringen. Ich bin wie Gina Pharmazeutin, unterhalte als selbstständige Unternehmerin eine Schönheitssalonkette in Hull-City. Unser Markenzeichen als Frauen ist, dass wir ein Singleleben, gerne aber auch in Gesellschaft mit Männern, führen, verstehen Sie?"

Robert hatte sich gefangen: Ich verstehe, Mrs. Brandström. Ich suche ein Singleleben in Gesellschaft selbstständiger, attraktiver Frauen."

Sie nickte mit einem hintergründigen Lächeln und fragte: „Was wollen wir essen zum Lunch?"

Gina Lombardi gab der Bedienung ein Zeichen. Antonio eilte an ihren Tisch.

Zu Robert gewandt sagte er: „Ach, Robert, ich freue mich, dich in der Gesellschaft dieser schönen Damen zu sehen!"

„Du siehst, Antonio, das Leben spinnt seine Fäden, ohne dass du gefragt wirst. Aber ich nehme dieses Fadengespinst gerne als Geschenk für mich an!', sagte Robert lächelnd und beobachtete die Mimik der beiden Damen. Sie zeigten ein zart angedeutetes Lächeln. Antonio amüsierte die Situation köstlich, das spürte man. Sie bestellten Lunch à la carte.

Gina Lombardi sagte zu Robert: „Bitte entschuldigen Sie meine kleine Lüge, mit der ich Sie hierhergelockt habe."

„Eine schöne Lüge, finde ich", sagte Robert. „Ich fühle mich wohl in Ihrer Gesellschaft!"

Lizzy meinte: „Sollten wir vielleicht das steife Sie durch ein lockeres Du ersetzen?"

Robert hob sein Cocktailglas, schaute die Damen an. Sie stießen mit ihren Gläsern an.

„Erzählt Ihr etwas über eure Freundschaft?", fragte Robert. Er hatte registriert, dass die beiden Frauen sich zur Begrüßung auf den Mund geküsst hatten.

Gina berichtete: „Wir sind Freundinnen seit unserer Babyzeit. Unsere Familienhäuser befanden sich in direkter Nachbarschaft oberhalb des nördlichen West Boulevards. Wir wuchsen von unserer Geburtsstunde an auf wie Geschwister. Wir besuchten gemeinsam die Schulen und studierten Medizin. Ich übernahm die Pharmazie meiner Eltern als jüngstes Kind von drei Geschwistern, heiratete einen Pharmazeuten, bekam mit ihm unsere Tochter, und trennte mich von ihm, als wir keine gemeinsame Basis mehr hatten!"

Lizzy berichtete von sich: „Mit dem Geld meiner verstorbenen Eltern gründete ich meine Firma. Ein Firmenkonzept hatte ich schon als Jugendliche im Kopf. Aus einer flüchtigen Beziehung entstand mein wohlgeratener Sohn Kevin. Ich hatte nie vor, mich durch Heirat an einen Mann zu binden. Beccy Balmore lag nicht so ganz falsch, als sie mich scherzhaft als Vamp bezeichnete!", dabei lachte sie herzlich.

Robert fragte: „Wir sind alle im gleichen Alter, glaube ich. Ich bin 45 Jahre. Wie stellt Ihr das an, so blendend auszusehen?"

„Wir arbeiten konsequent an unserer Fitness", sagte Gina. Außerdem ist Lizzy mit ihrer Professionalität im Bereich der Haut- und Körperpflege sehr hilfreich."

„Als Singlefrauen, auch mit Interesse an Männern, sorgen wir ständig für unser gutes Erscheinungsbild. Es ist ein schönes Lebensgefühl, gesund und attraktiv zu sein", ergänzte Lizzy.

„Das kann ich bestätigen", sagte Robert. „Als Kapitän auf Seefahrt hatte ich in den letzten Jahren meine Fitness aus dem Bewusstsein verloren. Seitdem ich von seriösen Frauen umgeben bin, ist mir mein Erscheinungsbild wieder bewusst und wichtig. Gerade heute habe ich mit einem Fitnesstraining begonnen und war entsetzt über meinen körperlichen Zustand."

Die beiden Frauen lachten. „Wir drücken dir die Daumer, dass du durchhältst, Robert!"

Gina erwähnte: „Wir laufen in der Woche zweimal die Strecke West Boulevard vom West Channel bis zum Ende im Norden und zurück, donnerstags ab 9 Uhr und sonntags ab 11 Uhr. Du kannst dich uns anschließen, wenn du möchtest!"

Robert berichtete, dass er auf Empfehlung einer Fachverkäuferin im Weststore genau diese Strecke gelaufen und das mit Schwimmen in der Westbay verbunden hatte. „Das ist eine gute Idee, wir machen das auch, wenn das Wetter gut und das Baywasser warm genug ist", sagte Gina.

Sie hatten den Lunch beendet und verabschiedeten sich.

Gina bot an: „Den Lunch nehme ich jeden Donnerstag um etwa 13 Uhr hier bei Antonio. Wenn du möchtest, können wir den gemeinsam einnehmen."

„Ja, donnerstags ist das möglich, ich komme gerne in deine Gesellschaft", bestätigte Robert.

„Morgen liegt das Ergebnis meiner Recherchen in Sachen Hochseeangeln vor. Kommst du morgen im Vormittag vorbei, Robert? Dann schauen wir uns das gemeinsam an", sagte Gina.

„O. k., ich komme."

Robert bot Gina an, sie nach Hause in die Pharmazie zu begleiten, aber beide Frauen gingen dorthin. Sie hakten sich rechts und links bei Robert ein, waren in guter Stimmung. Hinter dem Pharmaziegebäude befand sich ein geräumiger mit Ziersträuchern bepflanzter Hof mit Natursteinpflasterung. Der Hauseingang zu den Wohnungen befand sich ebenfalls auf dem Hof. Lizzy nahm ihren dort geparkten Sportwagen und fuhr nach Hause. Gina verabschiedete sich mit Umarmung und Wangenküssen von Robert. Ihm war ein wenig schwindelig vor Glück.

Zu Fuß ging er zurück in seine Wohnung, beschäftigte sich mit den Bass-Parts der Varietémusik und seine Gedanken kreisten immer wieder um die beiden Frauen.

34.

Freitag, 7. Juni. Robert frühstückte zu Hause im Finnly-Haus. Um 11 Uhr ging er in die Westpharmazie. Gina empfing ihn im Pharmaziedress: weißer langer Kittel, flache Arztschuhe, das Haar streng nach hinten geglättet zum Pferdeschwanz. Zur Begrüßung reichte sie ihm die Hand, duzte ihn aber.

„Ihr Personal registriert wahrscheinlich jede dieser Aktionen", dachte Robert.

Sie betrachteten im Medienraum auf der Projektionsfläche eine Sammlung von Chirurgiegeräten, dargestellt mit Maßen und Einzelgewichten.

„Diese Geräte sind in Verbindung mit dem Notarztkoffer geeignet, Notoperationen an Knochenfrakturen vorzunehmen!", sagte Gina. Sie erklärte Einzelheiten, händigte Robert eine Liste mit Angebotspreis aus. Robert bat sie, die Liste Bal Johnson als Datei zu senden.

Robert berichtete, dass die DF-Werft eine Anfrage bezüglich „Schulungsbedarf im Notrettungsfall" an die Käufer der DF-50F-2X400PS Yacht gerichtet hatte und auf Antwort warte. Er fragte, welchen Zeitansatz eine Schulung benötige.

„Mindestens zwei Stunden", erwiderte Gina.

„Lizzy und ich möchten die Varieté-Vorstellung am Sonntag besuchen. Wir wollen dich als Musiker erleben und sind natürlich auch neugierig auf das Programm", kündigte Gina an.

Robert freute sich, empfand Stolz: „Es lohnt sich bestimmt. Im Anschluss an das Programm könnten wir noch zu Antonio gehen."

„Ja, gute Idee, das machen wir. Ich freue mich", erwiderte Gina. Sie verabschiedeten sich per Händedruck.

Samstag, 8. Juni, 9 Uhr. Robert startete den nächsten Joggingversuch bei etwas kühlerem Wetter. Sehr langsam lief er den West Boulevard nach Norden, vorbei am Beachclub, eine angesagte Diskothek, vorbei an dem Gelände des Yachtclubs Westhull, vorbei an den Einrichtungen des Wassersportzentrums der Schulen von Westhull, an Strandbädern, Pubs. Abwechselnd lief und ging er diese drei Kilometer bis zum Ende, freute sich auf das Schwimmen in der Westbay. Heute war er nicht alleine am Naturstrand, sondern musste mit Rücksicht auf die Menschen Badeshorts tragen.

Auf dem Rückweg merkte er, dass die Zeitphasen des Laufens die des Gehens bereits überstiegen. Das motivierte ihn, er fühlte sich gut.

In der Mittagszeit suchte er wie an den Samstagen zuvor den Wochenmarkt auf. Mit fortschreitender Sommerzeit füllte sich der Markt intensiver mit Menschen. Im Amiral gab es in absehbarer Zeit keinen freien Tischplatz. Frustriert ging er zurück in seine Wohnung. Er rief das Westcorner-Inn an und fragte, ob es für ihn einen Platz zum Lunch gebe? Eine Mitarbeiterin räumte seinem Anliegen gute Chancen ein. Er nahm das Dinghy und fuhr durch den Connectionchannel zur Rückseite des Westcorner-Inn, fand einen freien Liegeplatz.

Etwa um 14 Uhr betrat er den Pub. Beccy besetzte die Kasse. Sie begrüßten sich mit Küsschen. Robert erhielt einen Platz an der von ihm geschätzten, erhöht liegenden Tischreihe parallel zum Tresen. Ein junges Paar besetzte an dem Tisch die beiden gegenüber angeordneten Plätze an der Brüstung. Robert nahm den Platz mit Blickrichtung zum Eingang. Der Pub war gut mit Gästen gefüllt. Beccy kam auf Roberts Tisch zu, setzte sich auf den freien vierten Platz, begrüßte das junge Paar herzlich mit: „Hi, Kevin, hi, Kathy." Sie stellte vor: „Robert Finnly, ein Freund! Kevin Brandström, Sohn meiner Freundin Lizzy und Kathy Larner, Kevins Verlobte." Sie reichten sich zur Begrüßung die Hände.

Robert sagte zu Kevin: „Donnerstag in dieser Woche lernte ich Ihre Mutter, Mrs. Brandström, kennen! Ich traf sie in Begleitung von Gina Lombardi im Amiral."

„Ja, Gina ist meine Patentante", sagte Kevin.

Mit Mrs. Lombardi verbinden mich Geschäfte im Sanitätsbereich. Wir handeln mit Yachten, die auch Sanitätsausrüstungen benötigen", erklärte Robert. Kevin horchte interessiert auf. Beccy hörte aufmerksam zu. Das waren vermutlich Neuigkeiten für sie. „Welche Firma vertreten Sie, Mr. Finnly", fragte Kevin? „Ich bin freier Mitarbeiter der Hull-Travel-Shipping. Wir vertreiben DF-Yachten."

„Ja, der Firmensitz liegt hier am West Boulevard, Ecke West Channel", wusste Kevin.

Kevin interessierte sich sehr für das Thema. Die beiden Männer begannen einen intensiven Informationsaustausch, der die beiden Frauen nicht interessierte- Sie führten parallel ein eigenes Gespräch.

Das Lunchmenü wurde serviert. Beccy verabschiedete sich von der Tischrunde und besetzte die Kasse. Robert fragte beide nach ihren beruflichen Ausrichtungen. Kevin studierte Pharmazie, Kathy studierte BWL, beide in Hull.

Es stellte sich heraus, dass Kevin und Kathy leidenschaftliche Regattasegler in der Starboot-Klasse waren.

Kevin berichtete: „In unserem Yachtclub hängen Bilder zur Historie der Regattaerfolge unseres Clubs. Ich meine Ihren Namen dort gelesen zu haben, Mr. Finnly."

„Ja, Ende der 90er-Jahre waren wir in der Zwei-Tonner Klasse ziemlich erfolgreich", bestätigte Robert. Jetzt fachsimpelten sie zum Thema Segelregattasport.

Am frühen Nachmittag verließ Robert das Westcorner-Inn.

Im Hinausgehen flüsterte Beccy ihm zu: „Ich glaube, deine Herzdame ist Gina Lombardi!"

Robert hob und senkte seine Schultern mit der Geste: „Ich weiß es nicht!"

Er steuerte das Dinghy zum Finnly-Haus. In der Wohnung kleidete er sich mit einem neutralen Anzug, mit Hemd ohne Krawatte, schwarzen Halbschuhen als Vorbereitung seines ersten Einsatzes als Musiker im Story-Ville. Um 18 Uhr ging er zu Fuß dort hin.

35.

Die Familien Brandström und Lombardi saßen beisammen in der Brandström-Villa am Samstagabend: Lizzy, Kevin, Kathy, Gina, ihre Mutter Elisa Lombardi und Ginas Tochter Angela Lombardi. Kevin berichtete von seinem Gespräch mit Robert Finnly im Westcorner-Inn. Lizzy bat um Kevins und Kathys Einschätzung, welche Beziehung Robert zu Beccy habe. Kevin berichtete, dass Beccy Robert als ihren Freund vorgestellt habe.

Dem widersprach Kathy: „Beccy hat Robert nicht als‚ihren‘, sondern als‚einen‘ Freund vorgestellt!"

Kevin meinte, dass ihm solche Feinheiten nicht auffallen, er messe dem keine Bedeutung bei.

Die Frauen belächelten ihn zu dieser Meinung.

Gina fragte Lizzy, wie Beccy sich ihr gegenüber zu Robert geäußert habe.

Beccy stellte ihn uns als Jugendfreund vor. Er sei der beste Tänzer gewesen, den sie jemals als Tanzpartner gehabt habe. Robert habe darauf sehr bescheiden reagiert: „Ohne mein Tanzen hätte ich bei Beccy keine Chancen gehabt!"

„Wenn ich das alles höre", meinte Grandma Lombardi, „dann muss dieser Robert ein Übermann sein. Gibt es solche Männer überhaupt?"

Amüsiert erwiderte Lizzy: „Siehst du, Grandma, deshalb nehmen wir den Mann intensiv unter die Lupe, um herauszufinden, was an ihm dran ist!"

„Und dann?", fragte Grandma Lombardi.

„Wenn alles echt ist, was man augenscheinlich sieht und auch spürt in seiner Gegenwart, dann ist er das Goldstück, das wir nicht mehr aus unserer Obhut lassen", witzelte Lizzy.

Alle lachten.

Kevin und Kathy bekräftigten, dass nach ihrem Eindruck Robert so sei, wie er rüberkomme. „Ihr macht mich neugierig. Ich möchte den Mann auch kennenlernen", forderte Angela.

Lizzy fragte die jungen Leute: „Was macht Ihr heute und morgen Abend?"

„Heute Abend sind wir im Beach-Club. Für morgen Abend haben wir noch nichts überlegt!"

„Gina und ich besuchen morgen Abend die Varieté-Show im Story-Ville. Robert spielt im Musikensemble! Ich lade euch ein, mit uns zu kommen, wenn Ihr mögt!"

Kevin und Kathy winkten ab.

„Wenn ich eingeladen bin, gehe ich mit", sagte Angela. „Denn ich bin gespannt auf das Story-Ville, das ich noch nie besuchte." Zwischen Daumen und Zeigefinger der rechten Hand machte sie das Zeichen‚teuer, hohe Kosten'.

„Und euer Interesse an diesem Finnly deutet auf familiäre Umwälzungen hin!" Dabei grinste sie mit einem Augenzwinkern.

Alle lachten. Gina schaute ein wenig verlegen.

„Was macht ihr heute, Mum?", fragte Angela.

„Lizzy und ich haben unseren Tango-Abend an der Eastbay, im „Boulevard-Tango".

Gina und Lizzy betrachteten den Tangotanz als Kunstform. Als tanzendes Frauenpaar wurden sie bewundert. Wenn sie zusammen konzentriert tanzten, blieb das Parkett frei von anderen Tanzpaaren. Das Publikum beobachtete, fotografierte, machte Videos, spendete Standing Ovations.

Sie trugen Tangokleider, die Oberteile bis zur Hüfte eng geschnitten. Unterhalb der Hüfte waren sie glockenförmig ausgestellt, sodass eine ausgreifende Beinarbeit möglich war. An den Füßen trugen sie halbhohe Pumps.

Mutige Männer baten sie gelegentlich um einen Tanz. Männer, deren Körpersprache machohaftes Verhalten andeutete, wiesen sie ab. Am Tanz interessierte Männer führten sie geduldig über das Parkett.

Henry und Biggy Chapman, Besitzer des „Boulevard-Tango", reservierten den beiden stets einen Tisch mit zwei Plätzen. Somit blieben sie verschont von aufdringlichen Männern und auch Frauen, die sich ungebeten zu ihnen setzen wollten. Gegen

23 Uhr gab es argentinisches Essen, das in dem Eintrittspreis von vierzig Dollar je Person obligatorisch vorgesehen war. Die beiden Frauen tranken keinen Alkohol. Allerdings war es Kult, dass Männer und Frauen Zigarren rauchten: die Frauen schlanke Zigarren aus leichtem, hellem Tabak. Die Männer rauchten, so schien es, Zigarrengrößen proportional zu ihren Bauchumfängen. Im Boulevard-Tango gab es auch Gäste, ohne die Absicht zu tanzen. Sie wollten die vierdimensionale Kunst des Tangos: in Bewegung, durch Raum, durch Zeit, durch Hören genießen.

36.

Robert erreichte das Story-Ville kurz vor 19 Uhr. Sokrates nahm ihn mit in die Kleiderkammer. Passend zum Programmverlauf der Varieté-Show erhielt er eine Kostümierung. In der Maske wurde ihm ein Schrank zugewiesen für Kostüme und persönliche Sachen. Die anwesenden Ensemble-Musiker begrüßten ihn freundlich mit „Hi, Kollege" und mit Händedruck. Zwei Maskenbildnerinnen schminkten und frisierten die Kollegen, einen nach dem anderen. Anschließend gingen sie in den Instrumentenraum, bereiteten ihre Musikinstrumente vor und stimmten sie. Robert, ziemlich angespannt vor seinem ersten Auftritt, empfand die lockere, heitere Stimmung seiner Kollegen beruhigend.

20 Uhr. Direktor Hellman eröffnete die Show mit dezenter Hintergrundmusik des Ensembles.

Die erste Programmnummer, eine Tanzrevue, dargeboten von sechs bezaubernden Damen, effektvoll ausgeleuchtet, machte den „Icebreaker" – brausender Beifall des Publikums. Es folgten eine Duogesangsnummer, eine Frauenartistiknummer mit fast unbekleideten Damen, eine Musikeinlage für den Publikumstanz, ein Clown-Sketch mit zwei Künstlern, eine A-capella-Nummer, weiblich und männlich besetzt (erinnerte an Manhattan Transfer) und eine Jazz Nummer das Musikensembles mit Evergreen-Titeln. Eine zweite Tanzphase für das Publikum. Die Programmkrönung gestaltete ein prominenter Chansonkünstler. Die Show endete mit Tanzmusik für das Publikum kurz vor 24 Uhr.

Robert verließ das Story-Ville erst um etwa 0.30 Uhr. Obschon nur wenig Zeit bis zur Timebell um 1.00 Uhr blieb, ging Robert ins Amiral und versuchte sich mit einem Pint Luna abzureagieren. Auch einige Ensemblemusiker fanden sich, wie es schien, gewohnheitsmäßig im Amiral zusammen. Antonio kannte jeden, begrüßte jeden mit dem ihm eigenen Charme. Ohne erkennbare Bestellung füllte der Barkeeper wenige Minuten vor der Timebell etliche Pints, die ihm dankbar abgenommen wurden. Grund war die Timebell Regel:

1. Das letzte Getränk wird zur Timebell ausgeschenkt!
2. Das letzte Getränk darf der Gast in Ruhe austrinken!

Robert und Kollegen verließen das Amiral gegen 1.30 Uhr.

Sonntag, 9. Juni. Die Zeit von 11 bis 13 Uhr diente der Fitness der beiden Familien Brandström und Lombardi. Die fünf Familienmitglieder starteten gemeinsam das Jogging an der West-Channel-Brücke auf dem West Boulevard in Richtung Norden. Sie liefen in zügigem Tempo und plauderten dabei locker über ihre Erlebnisse und Eindrücke der vergangenen Samstagnacht. Am Ende des ausgebauten West Boulevards legten sie eine Gymnastikeinheit von zwanzig Minuten ein. Kevin und Kathy schwammen eine Runde in der Westbay. Gina, Angela und Lizzy verzichteten auf das Schwimmen im Salzwasser. Sie wollten ihre ordentliche Frisur für den Abend im Story-Ville retten. Für den Rückweg gestalteten die fünf Jogger ein Intervalltraining: fünf Minuten schnell laufen, fünf Minuten Gymnastik beim Gehen. Das geschah abwechselnd bis zum Erreichen der West-Channel-Brücke. Hier verabschiedeten sich alle zum Duschen.

Sein geplantes Joggen für Sonntag fand nicht statt. Robert wachte erst gegen 11 Uhr auf. Nach dem Duschen genoss er ein ausgedehntes Frühstück auf dem Balkon. Der regionale Radiosender kündigte ein Rockkonzert zur Sonnenwendfeier in Westchapel mit den „Hull-City-Rollers" an. Es wurde ein Kostenbeitrag von zehn Dollar für Erwachsene und vier Dollar für Jugendliche erwähnt. Robert staunte. Raffaela hatte wieder einmal mit Erfolg alle Hebel in Bewegung gesetzt.

Robert schaute noch einmal in die Musikpartituren der Varieté-Show. Nach dem Durchgang vom Vorabend hatte er dazu jetzt Livebilder vom Bühnengeschehen im Kopf. Um 18.30 Uhr machte er sich auf den Weg zur Sonntagabend-Show. Unterwegs entdeckte er ständig Plakatwerbung für das Musikevent am 22. Juni in Westchapel. Als das Ensemble sich auf der Bühne positionierte, nahm Robert heftiges Armwinken aus halber Höhe der aufsteigenden Sitzgruppenreihen wahr. Nach zweimaligem Hinschauen war er sicher, dass Gina und Lizzy winkten. Es erfüllte ihn mit Stolz, dass die Damen seinetwegen die Vorstellung besuchten.

Die Show lief Nummer für Nummer erfolgreich. Das Publikum gab begeisterten Beifall. Robert bemerkte, dass der Beifall auch die Akteure und Artisten in Hochstimmung versetzte. Für alle eine erfolgreiche Veranstaltung, wenn man bedachte, dass die Eintrittspreise zwischen 100 und 240 Dollar variierten. Für das Musikensemble gab es in den vier Stunden Programm praktisch keine Pause. Robert konnte in der Zeit keine Kontakte zu den Damen aufnehmen. Nach dem Showende suchte Robert so schnell wie möglich das Amiral auf. Antonio fing ihn am Eingang ab und führte ihn, verschmitzt lächelnd, an den Tisch, an dem die Damen bereits Platz genommen hatten. Sie begrüßten ihn herzlich, auch Angela Lombardi schaute ihn lächelnd an und drückte ihn. Angela lobte überschwänglich die Show und bedankte sich bei ihrer Mutter und bei Lizzy für das Geschenk der Teilnahme.

Die Damen nahmen ein Glas Wein, Robert schloss sich an.

„Wenn du den Kontrabass spielst, Robert, sieht das sehr beeindruckend aus!", sagte Angela.

„Ja, die Regie stellt den Kontrabass bewusst etwas nach vorne", erwiderte Robert.

Gina kopfschüttelnd: „Ich fasse es kaum, dass ein Kapitän, mit dem ich über die Sanitätsausrüstung von Yachten spreche, plötzlich in einer Varieté-Show professioneller Musiker ist." Sie lachten anerkennend.

Die Timebell kündigte 1 Uhr, das Ende der Gastronomienacht, an. Robert und die Damen verabschiedeten sich von Antonio und verließen das Amiral gegen 1.40 Uhr. Gina und Lizzy hakten sich wieder bei Robert unter. Angela, bei ihrer Mutter eingehakt, begleitete Robert die Damengesellschaft nach Hause zur Westpharmazie.

Gina fragte: „Wann sehen wir uns wieder, Robert?"

„Montag bis Mittwoch bin ich mit der Yacht unterwegs, die wir als Erste ausgerüstet haben, Gina!"

Donnerstag, 9 Uhr zum Joggen an der West Channel Brücke?", fragte Gina.

„O. k., ich bin da!", bestätigte Robert.

Sie verabschiedeten sich. Robert ging nach Hause in das Finnly-Haus.

37.

Montag, 10. Juni. Robert betrat in finnlyblauer Kapitänuniform den Medienraum der Hull-Travel-Shipping. An Stehtischen plauderte eine Personengruppe gut gelaunt bei Kaffee und Keksen. Bal Johnson stellte Robert vor als verantwortlichen Kapitän der Probefahrt. Kim Huin Minh, die Reiseleiterin, begrüßte ihn lächelnd mit: „Hi Robert!" Robert begrüßte sie auch mit ihrem Vornamen Kim. Die Kunden, vier Männer im Expeditionslook, stellten sich vor. Sie waren Naturfilmer, die eine DF-Yacht als Arbeitsgerät für Naturaufnahmen auf See und an Küstenlandschaften gekauft hatten.

Bal eröffnete die Einführungsveranstaltung. Die Techniker begannen mit der Erklärung der wichtigsten funktionalen Details der Yacht. Robert beteiligte sich an dem Tagesprogramm. Es wurde eine etwas anders konfigurierte Yacht vorgestellt. Er wollte die Kunden beobachten und kennenlernen.

Es stellte sich früh heraus, dass die Kunden über Technikerfahrung verfügten. Somit bestand die Technikeinführung eher aus Beantwortung der Kundenfragen. Die Kunden begrüßten ausdrücklich die vorhandene Sanitätsausrüstung, benötigten aber keine Einweisung, da sie im Verlaufe der langen Arbeitsjahre so manches Erste-Hilfe-Problem selbstständig gelöst hatten.

Gegen 17 Uhr gab es in der Yachtmesse den von Kim vorbereiteten Nachmittagstee. Robert fragte die Kunden, ob sie spezielle Wünsche für die zwei Tage dauernde Ausfahrt hätten. Sie ließen Robert den geplanten Verlauf beschreiben. Angesichts der Erwartung einer großartigen Natur beschlossen sie, der vorgeschlagenen Linie zu folgen, und wenn es sich ergab, kurzfristig Änderungen zu entscheiden.

Sie verabschiedeten sich und verabredeten den Start am Dienstag auf 8 Uhr.

Dienstag, 8 Uhr. Die vollzählig anwesende Crew machte die

Yacht startklar. Um 8.20 legten sie ab. Der Senior in der Kundengruppe verfügte über Seeerfahrung und übernahm das Kommando. Die gesamte Crew befand sich auf der Brücke, als sie die Westbay in südlicher Richtung befuhren. Die Kunden wollten alle geografischen, topografischen und biologischen Details der Fahrtroute erklärt haben. Kim, die Wirtschaftsgeografin, war in ihrem Element. Sie beeindruckte die Kunden mit ihren Ausführungen, die sie natürlich auf das Interessengebiet der Kunden abstimmte. Als sie den südlichen Wendepunkt nach Osten erreichten, packte die Yacht achterlich eine schwer rollende See. Sie geriet in Surfphasen und stampfte beim Angehen der Wellenrücken. Robert empfahl, den Autopiloten der Yacht zu Hilfe zu nehmen. Der Autopilot koordinierte Steuerung und Geschwindigkeit so, dass die Yacht möglichst geringe Stampf- und Rollbewegungen ausführte und Kurs hielt. Die Kunden waren begeistert, denn der Autopilot bot ihnen die Möglichkeit, die See und Landmarken um sich herum mit mehr Ruhe und Konzentration zu beobachten. Sie fuhren an der Südküste von Hull-Island entlang und erreichten den Wendepunkt von Osten nach Süden vor dem nordsüdlich verlaufenden Gebirgsstock der Insel. Die Yacht befand sich im Fischschutzgebiet des Hull-Country. Sie wurden schon geraume Zeit von Delphinschulen begleitet. Am Wendepunkt stellte Robert die Yacht mit dem Bug nach Westen in den Wind und ließ sie mit geringstmöglicher Schraubendrehzahl auf dem Punkt stehen. Die Yacht machte das automatisch. Als die Yacht zum Meeresgrund kaum Bewegung ausführte, ließen sich die ersten Schwertwale (Orcas) sehen. Es waren viele Tiere bei der koordinierten Jagd auf Makrelenschwärme. Die vier Kunden fragten, ob dieses Schauspiel des Öfteren hier sichtbar sei. Kim berichtete, dass man dies täglich sehen könne, wenn man die richtige Verhaltensweise kenne. Die Kunden wären an dem Punkt verweilt, wenn sie die erforderlichen Film- und Tauchausrüstungen mitgeführt hätten. Nachdem die Kunden von Bord aus gefilmt und fotografiert hatten, setzte die Yacht ihre Fahrt nach Süden fort. Mehrere Walfontänen und Walfluken zeigten die Anwesenheit von Buckelwalen, wie die Kunden schnell erkannten.

Kim versorgte die Crew mit Sandwiches und Tee auf der Brücke. Niemand wollte die Brücke auch nur eine Minute verlassen. Etwa um 14 Uhr erreichten sie den nächsten Wendepunkt an der Südspitze von Hull-Island. Sie steuerten die Yacht um das südliche Cap herum und befuhren die Ostseite der Insel im Windschatten des Gebirgszuges. Die Yacht war werftseits auf Wunsch der Kunden mit zwei stark motorisierten Dinghys ausgestattet. Die wurden benötigt bei Ausflügen zu Filmorten, um verschiedene Ausrüstungen vor Ort zu bringen. Auch wurden des Öfteren die Filmteams bei der Arbeit von einem zweiten Dinghy aus gefilmt.

Robert schlug vor, die Wasserung und Bergung der Dinghys an dieser Stelle und das „Mann-über-Bord-Manöver" zu trainieren, damit die Gäste in Ruhe die spezielle DF-Technik kennenlernten. An diesem Tag im Juni gab es hohe Temperaturn, die Sonne beleuchtete durch den locker bedeckten Himmel die Yacht von Süden. Auch jetzt warf die Yacht ihren eigenen Schatten durch das glasklare Wasser auf den Meeresgrund in 25 Metern Tiefe. Die Gäste waren fasziniert und achteten sehr darauf, dass der Bordcomputer der Yacht diese spannenden Positionen festhielt (der Routenverlauf wurde ohnehin komplett aufgezeichnet und gespeichert). Das Ausfieren und Einholen der Dinghys trainierten die Gäste mehrfach. Kurz nach 18 Uhr setzten sie die Fahrt in Richtung Schärengarten fort, querten die Seestraße nach Hull-Harbour, fuhren mit Radar und Echolot vorsichtig hinein in die Inselwelt. Robert demonstrierte die Navigationsstrategie, die Yacht mit dem Autopiloten nach Gerätedaten automatisch zu steuern, aber durch den Rudergänger und zusätzlich zwei Ausgucks auf dem Vorschiff an Steuer- und Backbordseite die Fahrrinne kontrollieren zu lassen. Die Kunden zeigten Begeisterung für die Yachttechnik, vor allem aber beeindruckte sie die natürliche Schönheit der Inselwelt. Robert steuerte fast im Schritttempo auf die Insel mit der östlich gelegenen Sandbucht zu. Dort angekommen, trainierten sie das Ankermanöver mit Bug- und Heckanker. Während Kim in der Kombüse ein Abendessen vorbereitete, ließen die Kunden ein Dinghy zu Wasser und begannen eine Erkundungsfahrt rund um die im Kern dicht bewaldete Insel. Mit Beginn der Abenddämmerung kehrten sie begeistert zurück. In einer Brackwasserlagune, nordöstlich der Insel, hatten sie eine Kolonie mit zahlreichen Wasservogelarten gesichtet und fotografiert. Mit dem letzten Abendlicht genossen sie auf dem Freideck das Dinner. Bis in die Nacht hinein schmiedeten sie den Plan, mit der Yacht noch eine Woche im Hull-Revier zu verweilen und professionelle Filmaufnahmen der Flora und Fauna zu machen. Sie äußerten den Wunsch, am folgenden zweiten Tag der Einführungsfahrt zügig zur Finnly-Pier in Hull-City zurückzukehren, damit genügend Zeit zur Vorbereitung der geplanten Verlängerungswoche blieb. Robert erklärte, was ihnen entgehen würde: der kulinarische Besuch einer Austernfarm und der Besuch der historischen Stadt Eastchurch auf Hull-Island. Die Kunden blieben bei ihrem Vorhaben, ließen sich jedoch die Koordinaten der beiden Orte geben, um deren Besuch ggf. später zu realisieren.

Nach einem guten Frühstück am folgenden Morgen, dem 12. Juni, lichteten sie um acht Uhr die Anker und steuerten durch die Inselwelt zur Seefahrtstraße nach Hull-Harbour, durch den St.-Andrew-Sund zum Westcorner und von dort in nördlicher Richtung zur Finnly-Pier. Gegen 13 Uhr legten sie an. Die Männer bedankten sich überschwänglich bei Robert und Kim. Die weitere Betreuung der Kunden vor Ort übernahm Bal Johnson mit seinem Team. Robert hatte seinen ersten Arbeitsauftrag als Kapitän bei der Hull-Travel-Shipping erfolgreich beendet. Um 15 Uhr betrat er seine Wohnung im Finnly-Haus.

38.

Mittwoch, 17 Uhr. Robert hatte etwas gegessen und seine Anspannung abreagiert. Er ging noch einmal in die Geschäftsräume zu Bal Johnson. Es gab vielleicht neue Informationen für ihn. Bal empfing ihn in guter Stimmung. Er gratulierte Robert zu seinem gelungenen Ersteinsatz als Hull-Travel-Shipping-Kapitän. Die Naturfilmer hatten sich sehr lobend zu der Gesamtveranstaltung geäußert.

Bal Johnson berichtete, dass die DF-Shipyard die Westpharmazie beauftragt hatte, alle DF-Yachten mit einer Sanitätsgrundausrüstung auszustatten. Das war Gina Lombardi durch Dick van Daelen bereits schriftlich mitgeteilt worden. Robert freute sich über Ginas und seinen Erfolg. Er fragte Bal, ob es einen weiteren Einsatz für ihn gebe.

Bal sagte: „Bentheim steht uns in den Monaten Juni und Juli nicht zur Verfügung. In diesem Zeitraum kann ich Sie jede Woche einsetzen!"

„Wenn ich dienstags und mittwochs eingesetzt werde, geht das!", erwiderte Robert.

Bal erfreut: „Dann möchten wir Sie am 18. und 19. Juni einsetzen. Ein Reiseunternehmer aus dem Mittelmeerraum holt eine Yacht für das Hochseeangeln ab. Diese Kunden werden kein Interesse an Natur haben, sondern ihr Augenmerk auf die Angeltechnik in Verbindung mit den Yachteigenschaften richten!"

Das heißt: „Wir planen eine Ausfahrt, gestalten sie aber nach den Wünschen der Kunden!", überlegte Robert.

Bal bestätigte und fügte hinzu: „In dem Fall nehmen Sie auch bitte an der Technikeinführung am Montag, dem 17. Juni, teil, Mr. Finnly! Und bitte merken Sie den Termin 25. und 26. Juni vor!"

Robert bestätigte und verabschiedete sich.

Wieder in seiner Wohnung, geriet Robert ins Grübeln: „Seltsam, bisher läuft alles glatt! Wie lässt sich das erklären?" Er hatte keine Erklärung. Eine Ungewissheit plagte jedoch seine Gedanken: „Gina Lombardi! Wie stand er zu ihr, wie stand sie zu ihm?"

„Sie war die Frau, von der er träumte: klug, selbstbewusst, seriös, attraktiv! Hatte sie auch Schattenseiten? Ihm war bewusst, dass er eine bestimmte Nähe zu ihr benötigte, um alle Facetten Ihrer Persönlichkeit zu erfahren. Das Gleiche musste aus ihrer Sicht auch in Bezug auf ihn gelten. Wahrscheinlich benötigte es Initiative von beiden Seiten. Oder fand das Frauenduo Gina und Lizzy lediglich seine Gesellschaft angenehm? Wenn er sein Gefühl für Gina hinterfragte, lautete die Antwort: „Total verliebt." Warum zögerte er? Musste er nicht Klarheit schaffen, damit er sich aus der gefühlsmäßigen Hängepartie befreite?"

Sein Problem war die Unerfahrenheit im Umgang mit bürgerlichen Frauen. Er fürchtete Fehler zu machen und dadurch sein Hoffnungsgebäude zum Einsturz zu bringen.

Mittwoch, 20 Uhr. Gina rief ihre Freundin Lizzy an: „Hi, Lizzy, morgen früh bin ich mit Robert zum Joggen verabredet."

Einige Sekunden Stille!

„Äh ..., möchtest du, dass ich mitjogge, Gina?"

„Äh ..., nein, ich bin unsicher, wie ich mich verhalten soll, Lizzy!"

Nachdenkliche Stille!

„Gina, Schatz, was möchtest du, wovon träumst du?"

Gina mit dünner Stimme: „Ich möchte ihn fest umarmen und küssen, küssen, endlos küssen!"

Pause!

„Gina, ich glaube, nein, ich weiß, dass Robert nicht von sich aus initiativ wird, obschon er total in dich verknallt ist!"

„Wieso denn?"

„Er ist verunsichert. Er ist den Umgang mit Frauen wie uns nicht gewöhnt. In den vielen Jahren auf See ist er vereinsamt. Er hat Angst, Fehler zu machen! Du musst die Initiative ergreifen, Gina!"

„Ja, Lizzy, ich überlege mir etwas. Danke, dass du mir hilfst!"

„Halte mich auf dem Laufenden, Gina, und viel Glück für euch beide. Ich drücke und küsse dich!"

Lizzy hatte das Gespräch beendet.

Donnerstag, 13. Juni, 9 Uhr. Robert wartete laufbereit und mit Unruhe in der Bauchgegend an der West-Channel-Brücke auf Gina. Sie bog aus einer nördlichen Parallelstraße zum West Channel Boulevard, wandte sich nach links und lief auf ihn zu. Auf dem Kanal, der Westbay und den Boulevards gab es um diese Tageszeit bereits geschäftiges Treiben. Gina und Robert begrüßten sich durch ein lockeres Handzeichen, lächelten und liefen los in nördlicher Richtung. Robert bat darum, ein wenig langsamer zu laufen: „Ich bin mit meiner Fitness noch nicht so weit, dass ich dein Tempo halten kann, Gina!" Sie lächelte ihm zu und verlangsamte augenblicklich das Tempo.

„Von der DF-Werft bekam ich den schönen Auftrag, alle Yachten zukünftig mit der Sanitätsausrüstung zu bestücken!", berichtete Gina.

„Ja, ich erfuhr es gestern von Bal Johnson und war stolz auf dich, Gina!"

Sie lächelte mit leuchtendem Blick.

Sie passierten den Beach-Club, den Westbay-Yachtclub, das Wassersportschulzentrum. Robert musste stehen bleiben. Gina empfahl, langsam weiterzugehen, nicht stehen zu bleiben.

„Erzählst du etwas über deinen Yachttrail in dieser Woche?", fragte Gina. „Ich finde deine Arbeit spannend und interessiere mich dafür, auch für Einzelheiten."

Sie liefen mit geringem Tempo wieder an. Robert berichtete von seiner Fahrt mit den Naturfilmern. Er vermied die Erwähnung technischer Details, sondern sprach über seine eigenen impressionistischen Eindrücke, das Naturerlebnis mit Lichteffekten zu unterschiedlichen Tageszeiten, Meerestieren, glasklarem Meerwasser, unberührten Inseln im Schärengarten, sandigen Buchten und traumhaft schönen Stränden sowie Wasservögeln. Gina hörte schweigsam zu, sie war beeindruckt.

Sie schaute ihn an und sagte: „Das würde ich gerne einmal mit dir gemeinsam erleben, Robert!"

„Ja, unterwegs habe ich immer wieder an dich gedacht und gewünscht, du wärst dabei, Gina!"

Abwechselnd laufend und gehend erreichten sie den Natursandstrand am Boulevardende.

Gina fragte: „Schwimmen wir in der Bay?"

„Wir haben nichts dabei zum Schwimmen", antwortete Robert

„Benötigen wir nicht! Weit und breit sehe ich keinen Menschen, der uns beobachten könnte!", sagte sie lachend und legte ihre Sportkleidung ab.

Augenblicklich entwickelte Robert eine Erektion, die ihn verlegen machte und ihn zum Schwitzen brachte. Was tun?

Er sah eine Frau mit makelloser Figur, vollen natürlichen Brüsten, schlanker Taille und ausladenden Hüften. Die Genitalbehaarung hatte sie entfernt bis auf einen schwarzen Zwickel auf ihrem Schambein, etwas oberhalb der Klitoriseichel.

Robert gab sich einen Ruck und ließ ebenfalls die Hüllen fallen. Gina bemerkte Roberts Erektion und dass er sich schämte. Ihr Herz machte allerdings einen Freudensprung. Sie war der Grund seiner sexuellen Erregung! Augenblicklich stellte sie ihr Denken ab, ging auf ihn zu, legte ihre Arme um seinen Nacken und presste sich an ihn. Sie küsste ihn zärtlich. Robert erzitterte am ganzen Körper. Glücksgefühle überwältigten ihn. Gina flüsterte in sein rechtes Ohr: „Seit dem ersten Tag, als wir uns in meinem Büro sahen, bin ich in dich verliebt, Robert!"

Unfähig etwas zu sagen, erwiderte er die zärtlichen Küsse. Sie nahm ihn bei der rechten Hand und beide gingen langsam dem Wasser zu, hinein bis zur Brusttiefe. Erneut schlang sie ihre Arme um seinen Nacken. Er legte den linken Arm um ihre Schulter, die rechte Hand um ihre Taille und zog sie an sich. Sie küssten sich. Sie flüsterte: „Ich will dich haben." Schwerelos im Wasser, hob sie ihre Beine und schlang sie um seine Taille. Robert drang sehr vorsichtig in sie ein. Mit geschlossenen Augen stöhnte sie leise, bewegte ihr Becken auf und ab. Robert versuchte seinen Orgasmus zurückzuhalten. Er hatte keine Übung darin.

Gina bemerkte es, lächelte und bewegte ihr Becken weiterhin vorsichtig auf und ab. Roberts Erektion erwies sich als standhaft. Gina erreichte ihren Orgasmus mit Körperzittern und beschleunigter Atmung. Sie ließen voneinander ab und schwammen in ruhigen Zügen in die Bay hinaus. Sie waren nicht fähig, miteinander zu sprechen. Es war nicht nötig, denn sie schwebten beide in einem glücklichen Gefühlsrausch. Sie schwammen einige Minuten, kehrten um, stiegen aus dem Wasser. Robert legte sich mit dem Rücken in den Sand. Gina setzte sich mit gespreizten Beinen auf ihn, ließ ihre Brüste sanft auf Robert nieder, küsste ihn, suchte mit ihrer Zunge seine Zunge. Sie küssten sich leidenschaftlich und verbanden sich erneut. Es fiel Robert jetzt leichter, seinen Orgasmus zurückzuhalten. Wenn es nicht mehr ging, verzögerte er durch sanften Druck seiner Hände auf Ginas Hinterteil ihre Beckenbewegungen. Sie verstand es, ließ eine Flut von Liebe und Wärme zu Robert strömen. Sie erreichte keinen weiteren Orgasmus, genoss jedoch das überwältigende Glücksgefühl. Bewusst sorgte sie für Roberts erneuten Orgasmus. Dann legte sie sich an Roberts linker Seite mit ihrer rechten Hüfte in den Sand, schlug ihr linkes Bein über ihn, legte ihren Kopf in seine linke Armbeuge. Sie schauten sich verliebt an.

Ihr angewinkeltes linkes Bein bewegte sie langsam auf und ab, sodass ihre Klitoris in dem Gefühlszustand eines Dauerorgasmus sanft an Roberts Oberschenkel rieb.

„Es ist nach vielen Jahren ein unvorstellbar glücklicher Tag für mich!", sagte sie. „Mit meinem Mann hatte ich den letzten Sex vor etwa sieben Jahren. Danach gab es keinen Mann mehr für mich!"

„Wie hast du das überstanden?", fragte Robert.

„Wir haben masturbiert, meine Freundin Lizzy und ich."

„Habt ihr ein lesbisches Verhältnis?"

„Nein, wir sind beide heterosexuell ausgerichtet. Wie denkst du über Homophobie Robert?", fragte sie.

„Ich habe kein Problem mit homosexuellen Menschen!", sagte Robert.

„Wenn wir masturbieren, ist der Orgasmus nicht alleine das Ziel, sondern die Verschmelzung unserer Körpergefühle. Es ist ein zärtlicher Akt!", erklärte Gina.

„Und du, Robert? Ich fühle, dass du auch längere Zeit keinen Sex hattest." Ja, zum Jahreswechsel war ich in Marseille mit einer Frau zusammen, einer Eskortdame. Danach konnte ich mit prostituierten Frauen keinen Sex mehr ertragen! Auch ich habe seitdem masturbiert!"

„Ich bin glücklich, dass du ein empfindsamer Liebhaber bist, Robert. Du lenkst beim Sex deine ganze Konzentration auf deine Partnerin, das ist schön!", flüsterte Gina.

Dann sagte sie: „Wir gehen noch einmal in das Wasser, reinigen uns, ziehen unsere Sportkleidung an und joggen nach Hause."

Gegen 14 Uhr erreichten sie die West-Channel-Brücke.

„Essen wir zusammen bei Antonio?", fragte Robert.

„Ja, aber zum Lunch ist es schon zu spät. Können wir uns um 19 Uhr zum Dinner treffen?"

„O. k., ich hole dich bei dir zu Hause ab, Gina!"

In der Öffentlichkeit trennten sie sich mit einem flüchtigen Kuss.

39.

In ihrer Wohnung angekommen, rief Gina Lizzy an. Gina euphorisch: „Wir haben es geschafft, Lizzy!"
Lizzy kreischte durch das Telefon vor Erleichterung und Freude. Ihre Freundin hatte selbstständig den Weg zu ihrer Liebe gefunden!

„Erzähle mir alles! Ich möchte jede Einzelheit wissen, Gina!", forderte Lizzy.

Gina berichtete detailliert. Lizzy rief ständig dazwischen: „Super Gina, du hast alles richtig gemacht! Ich muss sofort zu dir kommen und dich drücken!"

Eine Viertelstunde später fielen sich die beiden Frauen in die Arme. Gina weinte Glückstränen.

„Heute Abend, 19 Uhr, treffen wir uns bei Antonio zum Dinner, Lizzy! Hast du Lust, uns zu begleiten?"

„Hätte ich schon, Gina! Aber möchtet ihr euer Glück denn nicht erst einmal alleine genießen?"

„Weißt du, Lizzy, Robert habe ich unser Verhältnis als Freundinnen beschrieben. Ich habe angedeutet, dass wir uns jetzt sozusagen in einem freundschaftlichen Dreieckverhältnis befinden!"

„Und, wie hat er darauf reagiert?"

„Vollkommen gelassen, interessiert!"

„Sagenhaft. Ich platze vor Neugier, seine Sichtweise auf uns direkt von ihm zu erfahren!"

„Eben, Lizzy, deshalb sind wir heute Abend zu dritt bei Antonio!"

Im Finnly-Haus duschte Robert und nahm ein verspätetes Frühstück. Der Vormittag mit Gina lief in seinem Kopf wie ein Endlosfilm immer wieder von Neuem ab. Er hatte ein Gefühl, als habe er das Ganze nur geträumt. Ginas Aktionen war er gefolgt, ohne nur einmal nachzudenken. Es war gut so! Er empfand

Dankbarkeit, dass es so stattgefunden hatte. Seine Nerven beruhigten sich allmählich. Er begann an die nahe Zukunft zu denken. Sah sie in ihm einen Partner mit gemeinsamem Familienleben, vielleicht sogar als eheliche Verbindung? Welche Rolle spielte ihre Freundin Lizzy in der Verbindung? Bruchstückhaft ergab sich für ihn das Bild einer bereits lebenslangen Verbindung zwischen den beiden Frauen. War er schließlich nur ein angehängter Spielpartner für die Frauen?

Nein! Von Gina hatte er nicht das Bild einer oberflächlichen Gespielin. Traf das eher auf Lizzy zu? Oder zum Beispiel auf Beccy Balmore? In der Beziehung zu den beiden Damen hatte er eine für ihn fremdartige Landschaft betreten, die zu erkunden sein weiteres „Hineingehen-in-diese-Landschaft" erforderte.

17.45 Uhr. Gina rief an: „Lizzy möchte sich mit uns zum Dinner treffen. Ist es für dich o. k.?"

„Ja, Gina! Ist Lizzy informiert über uns?"

„Ja, ich habe ihr alles berichtet, Robert! Wir gehen jetzt direkt ins Amiral. Wenn du um 19 Uhr auch im Amiral bist, bestellen wir gemeinsam unser Dinner!"

„O. k., ich bin 19 Uhr bei euch."

Gina hatte ihre Freundin also bereits umfassend informiert! „Es ist notwendig, dass ich den heutigen Abend nutze, das Verhältnis zwischen Gina, Lizzy und mir zu klären", dachte Robert.

Er dachte an Conchita. Er wollte seine Ersatzmutter über die Entwicklungen informieren, bevor seltsame Gerüchte sie erreichten. Mit seinem Anruf in Westchapel erreichte er sie sofort. Er kündigte an, dass er morgen, am Freitag, ins Boganson-Cottage komme und bis Samstagmittag bleibe. Conchita bat ihn, gebrauchte Wäsche mitzubringen.

Robert kleidete sich für den Abend mit leichtem, hellem Anzug, dunklem T-Shirt, tiefrotem Halstuch, schwarzen Halbschuhen. Sorgfältig frisierte er sein kurz geschnittenes, noch makellos schwarzes Haar.

Zu Fuß erreichte er das Amiral kurz vor 19 Uhr. Mitte Juni hatte der Sommer sich etabliert mit mildem Klima und Trockenheit sowie mit farblich ständig wechselndem Abendlicht. Robert betrat die belebte Außengastronomie des Amiral. Die beiden Damen besetzten einen Tisch am Rand der Nordseite, an zwei Seiten flankiert von Loorbeersträuchern. Robert ging auf den Tisch zu. Die Damen erhoben sich, kamen ihm entgegen, umarmten und küssten ihn. Robert empfand ein Glücksgefühl. Sie nahmen am Tisch Platz und Robert fragte, was sie aus ihren Cocktailgläsern genießen. „Gin Apfeltonic auf Eis mit Limette und Rosmarinzweigen", erklärte Gina und reichte ihm ihr Cocktailglas zur Verkostung. Antonio eilte herbei, begrüßte die sitzenden Damen mit Wangenküsschen, umarmte Robert, der sich von seinem Sitz erhob.

„Wie schön, euch hier vereint zu sehen. Herzlich willkommen", rief Antonio.

Einige Komplimente wechselten hin und her. Antonio fragte: „Womit darf ich euch verwöhnen?"

„Wir möchten an diesem schönen Abend ein Dinner deiner Empfehlung genießen, Antonio", sagte Robert. Antonio lächelte und überlegte: „Grüner Salat mit einer Fruchteinlage von weißen Trauben und Granatapfelkernen, dazu ein kleines Glas Weißwein, halbtrocken, gefolgt von Pasta mit gegrillten Streifen vom Thun in leichter Knoblauch-Dillsauce. Als Dolci: Sorbet von reifen Himbeeren im Vanillesaucenbett. Zur Pasta empfehle ich einen Vineyard Rotwein. Falls Rotwein nicht gewünscht ist, empfehle ich einen trockenen Vineyard Chardonnay."

Robert, Gina und Lizzy nickten zustimmend. Die beiden Damen wünschten Rotwein, Robert wählte Chardonnay und bat, den Cocktail der Damen auch ihm als Aperitif zu bringen.

Antonio verbeugte sich lächelnd, dankte für die Bestellung und eilte davon.

Während Antonio seine Menüvorschläge vorgetragen hatte, lenkte er die Aufmerksamkeit der Damen auf sich. Diese Zeit nutzte Robert zu einer intensiven Betrachtung der beiden Frauen und zu einem Vergleich.

Gina trug ein karminrotes, eng geschnittenes, schulterfreies Kleid aus weichem Material, das von hauchdünnen Trägern nach oben fixiert wurde. Ihr dichtes, blauschwarzes Haar lag leicht gewellt auf ihren Schultern. Dunkle Augen, stark konturierte schwarze Augenbrauen, lange schwarze Wimpern, gerade Nase mit schmalem Nasenrücken, breiter Mund, energisches Kinn und ein natürlich dunkler Teint waren die prägenden Merkmale ihres schönen Gesichtes. Man würde ihre Herkunft aus dem Mittelmeerraum – Nordafrika, Südspanien, Süditalien, Ägäis – vermuten. Ihre Körpergröße schätzte Robert bei etwa 1,70 Metern.

Lizzy trug ein eng geschnittenes cremefarbenes Kleid, das über den Brüsten in schmaler werdende, trägerähnliche Tuchstreifen auslief, die im Nacken zusammengeknotet waren. Das ergab ein tiefes, den Busen betonendes Dekolletee, ohne die Brustansätze sichtbar werden zu lassen. Ihr hellblondes, glattes Haar trug sie schulterlang. Am Hinterkopf hatte sie die Haarpracht durch eine silberne Haarklemme zusammengefasst, sodass ihre beringten Ohren, das Gesicht und die Halspartie sichtbar waren. Das schmal geschnittene Gesicht war geprägt von einem sehr breiten Mund und einem gleichmäßig geformten Gebiss, das beim Sprechen, Lächeln und Lachen ihr Gesicht dominierte. Ihre blauen Augen schauten offen und selbstbewusst. In Anbetracht ihres hellen Aussehens und ihres Familiennamens konnte ihre Herkunft im skandinavischen Raum vermutet werden. Mit einer Körpergröße von etwa 1,8 Metern und einer schlanken Körperkontur war sie eine elegante Erscheinung.

Gina eröffnete die Unterhaltung mit der Bitte an Robert, über seine persönliche Entwicklung zu berichten: Kindheit, Jugend, Ausbildung etc.

Robert hätte gerne über die Freundschaftsbeziehung der beiden Frauen gesprochen, aber Gina war ihm mit ihrer Bitte zuvorgekommen. Andererseits kannten die Frauen seine Vergangenheit nicht und Robert fand es notwendig, die Frauen darüber zu informieren.

Konzentriert berichtete er von seiner Kindheit im Boganson-Haushalt, von Conchita, seiner Ersatzmutter, von seinem Wechsel in den Finnly-Haushalt mit zwölf Jahren, seiner Begeisterung für den Schiffbau, seinen beiden Studiengängen, seinem Zerwürfnis mit der Finnly-Familie, seiner Seefahrtzeit und schließlich von dem Bruch mit allem Gewesenen vor gut einem Monat.

In der Zwischenzeit wurde der erste Gang des Dinners aufgetragen. Es entstand eine Pause, die es Gina ermöglichte, über Roberts Bericht nachzudenken und daraus zwei wichtige Fragen zu formulieren:

„Warum bist du zur See gegangen, wenn du doch am Schiffbau so interessiert warst? Und warum hast du erneut in deiner beruflichen Tätigkeit als Kapitän eine Kehrtwende gemacht", fragte Gina?

„Mein Onkel Henric Finnly und ich brachten die Finnly-Werft innerhalb weniger Jahre im Yachtbau technisch und wirtschaftlich weltweit in die vorderste Reihe. Wir wuchsen als Firma und meine Aufgaben veränderten sich, zunächst unmerklich weg vom Konstruieren hin zum Management. Ich wurde unruhig und unzufrieden. Das Management war keine geeignete Aufgabe für mich als introvertierten Menschen. Auch das Arbeiten fast Tag und Nacht in Büros entfernte mich von meiner Naturverbundenheit, die ich während meiner Sozialisierung in der Kindheit erworben hatte!"

„Ohne es bewusst so zu durchdenken, wie ich es jetzt berichte, wählte ich den Wechsel zur Seefahrt, wohl in der Hoffnung dort die Verbindung mit der Natur wiederzufinden. Aber nach achtzehn Jahren Seefahrt befand ich mich in folgender Situation: Hetzen von Hafen zu Hafen, Ladungsraten optimieren, Liegezeiten in den Häfen aus Kostengründen kürzen, Speditionen schmieren. Soziale Kontakte nur mit meinen Offizieren und der Crew, die unter der Situation ebenso litten wie ich!"

„Dann machte ich den harten Schnitt Anfang Mai! Und was erlebe ich zurzeit, z. B. in den letzten beiden Wochen? Ausfahrten mit Luxusyachten und fröhlichen Menschen an Bord in unserem Hull-Naturparadies. Ein Musikengagement in einer

Varieté-Show mit international arbeitenden Künstlern als Kolleginnen und Kollegen. Freundschaft mit einer Jugend-Rockband. Wieder verbunden mit meiner geliebten Ersatzmutter Conchita. Und jetzt befinde ich mich bei einem Dinner mit zwei wunderschönen Frauen, die ich verehren und lieben möchte!" Gina und Lizzy schwiegen eine ganze Weile. Dann erhob Gina sich, ging einen Schritt zu Robert, umarmte und küsste ihn. Lizzy erhob sich, folgte Ginas Beispiel und flüsterte: „Wunderbar Robert!"

21Uhr. Sie genossen die Dolci. Robert sagte: „Ich hatte vor, euch nach den geheimen Fäden eurer Freundschaft zu befragen." Gina und Lizzy wechselten Blicke, trafen nonverbal die Vereinbarung, Robert vorbehaltlos die Geheimnisse ihrer Frauenfreundschaft zu offenbaren.

Lächelnd meinte Lizzy: „Ihr Lieben, wir sind an dem Punkt einer Dreierfreundschaft angelangt, die das in unseren Familien obligatorische Rauchopfer verlangt!" Sie rief die Bedienung und orderte eine schlanke Damenzigarre.

Gina ergriff das Wort und berichtete: „Ich sagte dir schon, Robert, dass Lizzy und ich bereits als Babys häufig dasselbe Bettchen teilten. Unsere Elternhäuser lagen in der 3. Upperlane an der Westbay direkt nebeneinander. Meine und Lizzys Mutter unterstützten einander in der Betreuung und Erziehung der insgesamt zwei Töchter und drei Söhne in beiden Familien. Von Anfang an stimmte die Chemie zwischen Lizzy und mir. Wir erlernten gemeinsam die Sprache, besuchten später gemeinsam die Schulen und studierten gemeinsam Pharmazie. Wenn uns danach war, schlief Lizzy bei mir oder ich bei Lizzy in unseren Betten, ohne unsere Eltern zu informieren. Meine Mum war manchmal überrascht, wenn sie uns morgens gemeinsam in meinem Bett weckte. Wir teilten unsere Geheimnisse, unsere Freude, unseren Frust. Häufig hatten wir das Bedürfnis zu kuscheln. Als Kinder fanden wir heraus, dass wir das Kuschelgefühl bereichern konnten durch Streicheln, Liebhalten, Küsschen geben. Mit Einsetzen der Pubertät entdeckten wir unsere Sexualität. Masturbieren steigerte den Kuscheleffekt und befriedigte unsere sexuellen Bedürfnisse, weil es stets mit zärtlichen Handlungen einherging. Bevor das männliche Geschlecht in unseren Fokus geriet, hatten wir ausgefeilte Befriedigungstechniken entwickelt. Unsere genetische Konstellation sieht jedoch vor, dass wir beide eine heterosexuelle Ausrichtung haben. Wir interessierten uns in der Pubertät heftig für Jungen, ohne unsere Befriedigungspraktiken mit dem Interesse an ihnen in Verbindung zu bringen.

Jedoch nicht lange, denn wir wurden von den verschiedensten Seiten in unterschiedlichsten Qualitäten aufgeklärt. Da Lizzy ein extrovertierter Mensch ist, und ich ein introvertierter Mensch bin, gingen wir unterschiedliche Wege in der Partnersuche. Ich wollte so schnell wie möglich mit einem festen Partner eine Familie gründen. Lizzy hatte genau das Gegenteil im Sinn. Deshalb kollidierte unsere Freundschaft nicht im Wettbewerb um Partner. In Sachen Sexualität waren wir beide in gewisser Weise verwöhnt. Meinen Mann empfand ich als sexuellen Grobmotoriker und suchte Trost bei Lizzy. Lizzy erlebte eine Panne nach der anderen mit ihren Lovern und suchte Trost bei mir!"

Lizzy bestätigte: „Ja, so ist es. Da stehen wir jetzt. Gina sucht weiterhin den Partner für das Leben und ich suche Partner für schönen Sex!"

Robert empfand die Darstellung der Frauenfreundschaft aufregend ehrlich. Er stellte die Frage: „Welche Rolle wäre denn für mich vorgesehen in einer Dreierbeziehung?"

Inzwischen rauchten sie die Damenzigarre, die zwischen ihnen kreiste. Dabei genossen sie schwarzen, gesüßten Espresso.

Lizzy meinte: „Gina und du, ihr arbeitet an eurer Partnerschaft. Wir drei pflegen unsere Freundschaft. Falls wir gleichermaßen Kuschelbedürfnis haben, geht das auch zu dritt!" Gina nickte lächelnd. Robert reichte seine beiden Hände über den Tisch, jeweils in eine Hand von Gina und Lizzy. Mit einem Händedruck bekräftigten sie ihre Freundschaft.

Bevor die Timebell ging, bat Robert Antonio um die Rechnung, die er abzeichnete. Antonio merkte an: „Aus der Ferne sah es aus, als hättet ihr drei einen Geheimbund gegründet!" Dabei lachten alle herzlich, als sei ein Witz gemacht worden. Sie verließen das Amiral kurz vor 23 Uhr. Gina und Lizzy hakten sich bei Robert unter und so erreichten sie die Rückseite der Pharmazie. Lizzy verabschiedete sich mit Küssen für beide. Gina sprach ein nächstes Treffen an.

„Treffen wir uns Mittwochabend nächste Woche?", fragte Robert. Sie wirkte ein wenig enttäuscht, bestätigte aber dann Roberts Vorschlag. Sie nahmen sich in die Arme und küssten sich lange zärtlich, bevor sie sich trennten.

40.

Feitag,14. Juni, 8 Uhr. Robert steuerte das Dinghy Richtung Westchapel und legte um 9.10 Uhr an der Boganson-Pier an. Ein böiger Westwind bewegte kräftig das Wasser im Sund und in Westshapel-Harbour. Das Dinghy lief ziemlich nass, sodass Robert im Boganson-Cottage zunächst trockene Kleidung anlegte. Etwas später traf Conchita ein. Robert nahm sie in seine Arme, küsste sie zärtlich.

„Ich bin so glücklich, dass du wieder einmal zu Hause bist, Robert", seufzte sie.

„Ja, ich muss dir einige Neuigkeiten mitteilen, Chita."

Mit wachen Augen schaute sie ihn an, fragte aber dann, um ihre Neugier etwas zu kaschieren: „Hast du schon gefrühstückt, Robert?"

Robert: „Nein, noch nicht. Wir könnten doch gemeinsam frühstücken."

Conchita lächelte: „Ich habe auch noch nicht gefrühstückt."

Der Westwind blies direkt auf die Terrasse. Deshalb frühstückten sie gemütlich Ham and Eggs mit Toast und starkem Kaffee im Wohnraum. Robert erzählte Conchita von seinen Begegnungen mit Gina Lombardi und wie sie zueinander fanden. Conchita wollte alles über Gina Lombardi wissen.

Eine selbstständige Pharmazeutin war in Conchitas Vorstellung die bestmögliche Partie für Robert.

Sie fragte, ob sie diese kostbare Information weitertragen dürfe. Robert erlaubte es und sie war stolz. Allerdings wurde ihr klar, dass diese Frau in Hull-City lebte und arbeitete und dass sie Robert nicht mehr oft sehen würde. Robert erinnerte jedoch noch einmal an sein Versprechen, jede Woche Westchapel aufzusuchen. Conchita fragte, wann und wo sie Gina Lombardi einmal sehen würde.

„Ich werde das mit Gina besprechen", sagte er. „Gina möchte dich kennenlernen, ich habe ihr von dir erzählt."

Conchita beauftragte Robert, ihr die gebrauchte Wäsche zu geben. Sie wollte wissen, wo er essen würde.

„Heute mache ich eine Runde durch Chapel und esse bei Dora. Morgen möchte ich gerne mit dir frühstücken, aber nicht zu früh!", meinte Robert.

„Und nach dem Frühstück?", fragte sie.

„Mittags fahre ich nach Hull-City zurück und bereite mich auf meine Arbeit am Abend im Story-Ville vor. Ich bin immer noch etwas nervös vor der Arbeit in der Varieté-Show und kann deshalb vorher nichts essen.

Beide verließen Boganson-Cottage. Conchita ging zu ihrer Familie, Robert ging zum Store.

In der HCB begrüßte er den Mitarbeiter und brachte sich als Bankkunde wieder in Erinnerung, prüfte Zu- und Abbuchungen auf seinem Konto. Im Store traf er Mercedes Martinez. Sie begrüßten sich, tauschten Familienneuigkeiten aus.

„Ist deine Chefin anwesend?", fragte er Mercedes. Sie verneinte. Die Chefin sei erst morgen, am Samstag, wieder in Westchapel. Das Postoffice suchte er nicht auf, da Conchita regelmäßig seine Post empfing. Er schaute bei Barny O'Brian, dem Hafenmeister, vorbei. Es gebe nichts Aufregendes in Westchapel, meinte er. Allerdings gebe es Liegeplatzbewerbungen von Groß-yachties in Westchapel-Harbour, die der Gemeinderat jedoch abgelehnt habe. Man sei aber in der Überlegung, einige Liegeplätze für Yachten bis 35 Fuß Länge zu vergeben. Da jedoch als Folge die Pier modernisiert werden müsse, sei die Vorfinanzierung der Pierarbeiten ein Hindernis für die Gemeinde. Robert fragte Barny, ob er wisse, wie Raffaela Conte zu dem Thema stehe.

„Soviel ich weiß, ist Raff eine Befürworterin der Vergabe von Yachtplätzen. Sie argumentiert wie immer, sich dem Fortschritt nicht zu verschließen. Jedenfalls hatte sie mal erwähnt, dass die Gemeinde die Liegeplatzbewerber ja genau unter die Lupe nehmen könne."

„Also ehrlich, Barny, ich würde Raffs Argumentation folgen, aber als neu Eingebürgerter will ich mich bedeckt halten!"

Barny grinste Verständnis sinnend.

„Barny könnte davon profitieren, dass seine Tätigkeit als Hafenmeister aus einem Dornröschenschlaf wiedererweckt würde", dachte Robert!

Robert ging zum Rathaus und erkundigte sich nach Joshua O'Bready. Er sei zu Hause und bereite eine Gemeindeversammlung vor. Robert bat, Josh kurz anrufen zu dürfen. Die Gemeindemitarbeiterin stellte ihn durch zu Joshs Wohnung. Josh freute sich, wieder etwas von Robert zu hören. Er habe jedoch keine Zeit, ob Robert Morgen am Samstag gegen 10 Uhr vorbeikommen könne. Robert bestätigte den Termin und ging hinüber zum Chapel-Inn. Dora begrüßte ihn mit ernster Miene: „Du bist in Chapel bald kein Mann mehr. Du kommst ja nur noch zu Besuch herüber!"

Robert hob entschuldigend beide Schultern, zeigte offene Handflächen: „Die Dinge laufen, wie sie laufen, Dora! Was kann ich daran ändern? Habt Ihr hier einen Job für mich, habt Ihr hier eine Frau für mich?"

„Das Thema Frau hat sich ja bereits erledigt", sagte Dora. Conchita hat überall mit stolzer Brust verkündet, dass du in der Stadt mit einer Pharmazeutin liiert bist. Und was bedeutet das? Ade, Robert, du bist für Westchapel verloren!"

„Jetzt dramatisierst du aber, Dora", erwiderte Robert. Er nahm sie einfach in seine Arme und drückte sie. Dieser Charmeoffensive konnte sie nicht widerstehen, wurde weich, und flüsterte: „Wir hätten dich so gerne hier, Robert!"

Robert lenkte vom Thema ab: „Es ist Wahnsinn, dass die Sonnenwendfete mit den Rollers wirklich hier stattfindet."

„Ja, das wird der größte Event in der Geschichte von Westchapel", sagte Dora lachend.

„Muss man Eintrittskarten vorab kaufen?", fragte Robert.

„Nein, an den Zugängen zum Festplatz verkaufen wir Tickets direkt am Abend!"

Beim Eintreten in den Pub hatte Robert nicht bemerkt, dass Big und Phil am Tresen standen. Wegen der aufgewühlten See waren sie nicht zum Fischfang ausgefahren.

Big sagte grinsend: „So ein smartes Kerlchen wie du, Robert, hat keine Chance, ohne Frau zu bleiben. Jetzt sitzt du in der Tinte. Können wir was für dich tun?" Er lachte dröhnend.

Phil legte Big eine Hand auf den Mund, er solle einmal schweigen: „Vielleicht hast du Glück Robert, du musst es einfach mal versuchen. Wenn es nicht gutgeht, hast du Westchapel und uns!"

„Phil bringt es auf den Punkt", sagte Dora. „Bring uns deine Freundin einmal mit, Robert, damit wir sie kennenlernen und bei uns aufnehmen können!"

„Ja, ich versuche sie zur Sonnenwendfeier mitzubringen", sagte Robert.

„Ich bin hier, um etwas zum Lunch zu essen. Was gibt es heute?"

„Die Jungs haben heute leider keinen Fisch gelandet. Es gibt ein Stew aus frischen Gemüsen von der Insel, schön scharf gewürzt und Kidneybohnen als Sattmacher. Zum Nachtisch gibt es Speiseeis aus Kuhmilch und Sahne nach dem Rezept von Conchita," erklärte Dora.

„Das hört sich richtig lecker an", meinte Robert. „Ich bleibe zum Lunch!"

Das Phone meldete ein Gespräch. Robert nahm an. Gina sagte: „Wir sind in der Pause. Wie geht es dir, wo bist du gerade, Robert?"

„Ich bin in Westchapel im Pub und habe einen Lunch bestellt. Meinen Freunden habe ich von uns erzählt. Alle wollen dich sehen, Gina. Kannst du mit mir die Sonnenwendfeier hier in Westchapel am 22. Juni besuchen?"

„Ja, wir schauen nächste Woche, ob es geht, Robert", sagte Gina.

„Kannst du frei sprechen, Robert?"

„Nein, Gina, aber wir können heute Abend noch einmal telefonieren per Skype, o.k.?"

Gina bestätigte und beendete das Gespräch.

Dora setzte sich zu Robert- Sie war heiß auf intimere Informationen zu Roberts Privatleben.

„Wie alt ist deine Freundin? Hat sie Kinder? Warum wissen wir gar nichts über sie, außer dass sie Pharmazeutin ist", fragte Dora?

„Wir haben uns auf der beruflichen Ebene kennengelernt, Dora. Sie ist 43 Jahre alt, hat eine Tochter im Alter von zwanzig Jahren und ist seit sieben Jahren geschieden!"

„Das sind doch mal Informationen", sagte Dora lachend. „Hast du ein Bild von ihr?"

Erschrocken realisierte Robert, dass er nicht einmal ein Handybild von ihr hatte.

„Noch nicht", sagte er. „Sie ist etwa 1,70 Meter groß, hat tiefschwarzes, schulterlanges Haar, dunkle Augen, dunklen Teint. Sie ist etwa sechzig Kilogramm, hat eine schöne, vollschlanke Figur."

„Gratuliere Robert, ich spüre, dass du stolz auf sie bist", sagte Dora lächelnd. Dabei hatte sie einen Arm um seine Schultern gelegt und zeigte echte Freude.

Robert fragte: „Was läuft heute Abend hier im Pub, Dora?"

„Wie immer, wir stellen Musikinstrumente, und wer will, macht etwas damit."

„Ja, ich werde mal vorbeischauen, Dora!"

„Aber es wird nicht viel Betrieb hier sein, da es heute Abend im Rathaus eine Gemeindeversammlung gibt", erklärte Dora.

„Als Bürger unserer Gemeinde könnte ich eigentlich an der Versammlung teilnehmen", sinnierte Robert. „Aber ich bin zu wenig informiert über die Themen, die behandelt werden, und habe im Augenblick ganz andere Dinge im Kopf!"

Dora grinste: „Das liegt doch wohl auf der Hand!"

Robert hatte den Lunch mit Genuss zu sich genommen und verabschiedete sich.

Im Cottage legte er sich auf die Couch, nickte ein. Das Phone weckte ihn. Es war 18.30 Uhr. Robert war erschrocken über sein langes Schlafen. Gina meldete sich per Skype.

„Robert, es fällt mir schwer, dich bis Mittwoch nächster Woche nicht zu sehen. Können wir uns nicht schon am Wochenende treffen?"

Robert überlegte: „Die einzige Möglichkeit ergibt sich am Sonntag, Gina. Siehst du das auch so?"

„Ja, sonntags haben wir das Treffen der Familien Brandström und Lombardi bei Grandma Elisa. 11 Uhr trifft sich, wer joggen will, an der West-Channel-Brücke. Nach dem Joggen duschen wir und treffen uns bei Grandma zu Hause. Es gibt einen ausgedehnten Brunch, den meine und Grandmas Hausdame, Jasmin Kuona, zubereitet. Nach Kaffee und Rauchen ist das Familientreffen beendet, so gegen 17 Uhr", berichtete Gina. „Ich würde mich so freuen, wenn du kommen würdest, Robert!"

„Ja, vom zeitlichen Ablauf geht es. Ich könnte dann 19 Uhr im Story-Ville sein", überlegte Robert.

„Ja, Gina, ich komme auch zum Joggen!"

„Ich freue mich, Robert! Aber mit nackt baden wird es nichts!", rief sie lächelnd.

41.

Etwa um 20 Uhr betrat Robert das Chapel-Inn. Jenny O'Toole und Claudia Conte begrüßten ihn stürmisch: „Hi, was sagst du zu unserem Konzert hier am 22. Juni?", rief Jenny. „Allerdings sieht es danach aus, dass Pete nicht mitmachen kann. Er ist zu Hause bei seiner Familie!"

„Kannst du am 22. Juni den Bass spielen, Robert?", fragte Jenny?

„Würde ich gerne, allerdings will ich meine Freundin Gina mitbringen. Sie säße dann den ganzen Abend und die Nacht ziemlich alleine hier", erwiderte Robert.

„Kannst du sie nicht vorher mit uns bekannt machen", fragte Dora?

„Nein, das haut zeitlich nicht mehr hin", überlegte Robert.

„Aber ich könnte versuchen, beide Familien, die Lombardis und die Brandströms, mit zur Feier zu bringen. Ich werde das nächste Woche klären", versprach er.

„Ich möchte noch ein anderes Thema mit euch besprechen", sagte Robert.

„Du kennst doch Evangelos Sokrates, Jenny, den Musikdirektor im Story-Ville. Mit ihm habe ich eine Varieté-Nummer in Arbeit, bei der Drums und Kontrabass einen Stummfilm improvisatorisch interpretieren. Den Drums-Part habe ich von vornherein bei dir gesehen, Jenny!"

Jenny bekam staunende Augen, lief vor Aufregung ein wenig rot an, und sagte: „Verdammt Robert, hört sich richtig gut an. Ich bin dabei!"

„Der Stummfilm muss noch gedreht werden. Ich habe den Auftrag, eine weibliche Darstellerin und einen männlichen Darsteller zu finden und mit den beiden das Drehbuch zu besprechen. Sokrates will auf keinen Fall Profis in den Rollen haben und ich bin sicher, dass er das nicht aus Kostengründen so haben

will. Könntest du, Claudia, dir vorstellen, die weibliche Rolle
zu spielen?", fragte Robert.

„Um was geht es dabei", fragte Claudia?

„Also die Geschichte geht so:

Ein junger Mann ohne Freundin hadert gedanklich mit seiner Schüchternheit. Er weiß, dass er aktiv werden und Frauen ansprechen muss. Dazu fehlt ihm immer der Mut. Sein Verstand sagt, dass er das überwinden muss. Er denkt: „Mach es doch einfach mal. Was kannst du dabei schon verlieren?" Er befindet sich auf einer belebten Straße, vor ihm geht eine Frau mit einer auffallend straffen Körperhaltung und forschem Schritt. Ihr schulterlanges, gepflegtes Haar fällt auf einen leichten Lodenmantel, der ihr bis zu den Knien reicht. Sie trägt Nylons und hohe Pumps, sie hat gerade schöne Beine. Ihre Umhängetasche trägt sie auf der linken Schulter. Der junge Mann ist wie elektrisiert von dieser Frauenerscheinung. Ohne bewusst einen Entschluss zu fassen, folgt er den schönen Beinen. Sein Puls schnellt nach oben. Die Frau geht auf eine Fußgängerampel zu: Rot! Sie bleibt stehen und der Mann holt sie ein, steht links neben ihr. Er atmet tief durch und sagt: „Ziemlich viel Verkehr heute!" Sie schaut ihn verwundert an, nimmt unbewusst ihre Umhängetasche von der linken auf die rechte Schulter, sagt mit skeptischem Blick auf ihn: „Ja, ziemlich!" Sie bemerkt seine Gesichtsröte nicht, da sie sofort wegschaut. Er sagt: „Trinken Sie einen Kaffee mit mir?" Sie: „Wieso?" Er: „Ich erzähle Ihnen alles über mich, was Sie mich fragen. Und sie erzählen etwas über sich, wenn sie mögen. Sie: „Ich mag nicht und ich habe keine Zeit." Er: „Wir limitieren die Zeit auf 15 Minuten, gerade gut für einen Kaffee." Inzwischen schaut sie ihn richtig an. Er sieht gut aus. Sein Blick lässt weder Dummheit noch machohafte Züge vermuten. Sie sagt: „Sind Sie sicher, dass Sie meine Fragen wahrheitsgemäß beantworten?" Er: „Absolut sicher!" Sie überlegt, welches Risiko für sie in der Aktion besteht und kommt zu dem Schluss, kein Risiko'! Sie sagt: „O. k., 15 Minuten!" Gemeinsam steuern sie auf ein Café zu, nehmen Platz an einem etwas isolierten Tisch. Er bestellt Kaffee. Er sagt: „Bitte, Sie fangen an."

Sie fragt ab: „Name, Wohnort, Alter, Beruf! Bestehende Partnerschaft? Nein – warum nicht?"

Er: „Ich bin befangen in der Gegenwart von mir nicht vertrauten Frauen. Ich musste Ängste überwinden, um Sie überhaupt anzusprechen!"

Sie beobachtet genau seine Reaktionen und sie glaubt ihm.

Sie sagt: „Jetzt fragen Sie!"

Er schaut auf seine Armbanduhr: „In drei Minuten ist unsere Zeit beendet."

Zum ersten Mal lächelt sie: „O. k., jetzt haben wir das angefangen, jetzt bringen wir es auch zu Ende!" „Bitte fragen Sie mich alles, was Sie von mir wissen wollen!"

Er fragt wie sie auch: „Name, Wohnort, Alter, Beruf! Bestehende Partnerschaft? Nein – warum nicht?"

Sie: „Ich war bereits verlobt. Irgendwann sah ich meinen Partner mit immer kritischeren Augen und kam zu dem Entschluss, meinem Verstand zu folgen und die Verbindung mit ihm zu beenden."

Er schaut auf die Uhr, lächelt: „Jetzt sind wir bereits fast eine Stunde im Gespräch!"

Sie lächelt auch. Sie tauschen Rufnummern.

ENDE

Jenny und Claudia hatten gespannt zugehört. Sie waren beeindruckt und Claudia fragte: „Hast du das erlebt, Robert, oder ist es deine Fantasie?"

„Es ist meine Fantasie! Ich habe die Geschichte schon lange im Kopf und habe sie sogar auf einem kleinen Platz in Bordeaux alleine auf dem Kontrabass gespielt."

Jenny meinte nachdenklich: „Das ist eine Kunstform, die mir völlig neu ist. Diese Nummer will ich unbedingt mit dir gemeinsam machen, Robert!"

Robert fragte Claudia: „Hast du einen Freund, der die männliche Rolle übernehmen könnte?"

„Nein, Robert, im Augenblick bin ich ohne Freund. Jenny, hast du eine Idee?"

„Ich kann mir vorstellen, dass Cliff so etwas machen wird", meinte Jenny.

„Nein, Cliff ist nicht der richtige Typ für den Job. Es muss ein introvertierter Typ sein. Cliff kann nicht den Introvertierten spielen, er ist von Natur aus machohaft", erklärte Robert.

Claudia meinte: „Mein Bruder Emilio entspricht ziemlich dem Bild des schüchternen Mannes, Robert."

„Ja, genau!", bestätigte Jenny.

„Dann sprecht ihn doch bitte an. Allerdings weiß ich nicht, ob das Story-Ville eine Gage für die Aktion zahlt."

„Egal", meinten die beiden Frauen. „Das ist eine geile Story, wir sind dabei!"

„Schreib die Story auf, Robert, damit wir Emilio gut informieren können!"

„Morgen spreche ich mit Sokrates und melde mich bei euch, wenn wir das Projekt umsetzen", versprach Robert.

Dora näherte sich den dreien und meinte: „Das wird heute nichts mehr. Die ziehen die Gemeindeversammlung über die Timebell hinaus und deshalb kommt niemand mehr."

Robert bat, die Getränke von Jenny und Claudia auf sein Konto zu buchen. Sie verabschiedeten sich und verließen das Chapel-Inn.

Samstag, 15. Juni, 8 Uhr. Robert war bereits geduscht, als Conchita das Cottage betrat. Gemeinsam richteten sie ein Frühstück, das sie bei wechselhaftem Wetter wieder im Wohnraum einnahmen.

Robert berichtete Conchita sehr detailliert auch von seinem Engagement als Musiker im Story-Ville. Conchita schüttelte zweifelnd ihren Kopf: „Hoffentlich verzettelst du dich nicht wieder mit zu vielen Aktivitäten gleichzeitig, Robert!"

„Nein, Chita, ich will meine Zeit sorgfältig einteilen, Gina zuliebe", beschwichtigte er.

Conchita händigte Robert ein Paket frische Wäsche aus. Dann verabschiedeten sie sich. Robert versprach, Conchita mitzuteilen, wann er mit Gina nach Westchapel kommen werde.

Gegen 10 Uhr ging Robert zu Joshua O'Bready. Er berichtete von den intimen Seiten seiner Verbindung mit den beiden Frauen Gina und Lizzy.

Josh meinte: „Ja, Robert, es sieht erstaunlich gut aus bei dir seit deiner Rückkehr nach Hull. Es liegt daran, dass du ein halber Finnly bist und dessen musst du dir bewusst sein. Was deine Verbindung mit den beiden Frauen betrifft, so glaube ich, reitest du auf einer Rasierklinge. Das ist gefährlich, geht aber, wenn du in der Beziehung herausfindest, wo genau dein Platz ist, und ob das für dich gut ist. Ich schätze, dass du Situationen erleben wirst, wo der Verstand die Gefühle bestimmen muss. Ist es so, dass die beiden Familien nicht religiös sind?"

„Ja, Josh! Die Frauen sind naturwissenschaftlich gebildet und geprägt. Daraus ergibt sich eine Weltanschauung, die mit traditionellen Religionen nicht vereinbar ist. Was mich fasziniert, ist, dass beide Frauen selbstständige erfolgreiche Unternehmerinnen in seriösen Branchen sind, einen gesunden Lebensstil praktizieren, einen festen Familienzusammenhalt leben. Es ist das, was ich in zukünftigen Freundschaften und Partnerschaften gesucht habe. Ich gebe zu, dass die Freundschaft der beiden Frauen auf mich exotisch wirkt. Aber ich will es mir anschauen!"

„Gab es gestern Abend in der Bürgerversammlung etwas Wichtiges in Bezug auf unsere Kommune?", fragte Robert.

„Raffaela Conte handelt hier im Store ausschließlich mit Nahrungsmitteln der Agrargenossenschaft. Es gibt Bürger in Westchapel, die eine Monopolstellung der Genossenschaft sehen und steigende Preise befürchten. Mrs. Conte, die gestern vorzeitig aus Hull-City zurückgekehrt war, versicherte, dass die Preise der Genossenschaftswaren nachhaltig unter dem Landesdurchschnittspreis liegen werden. Sie begründete auch nochmals die Bedeutung einer autarken Nahrungsmittelversorgung. Eine Abstimmung des Tagesordnungspunktes ergab eine eindeutige Mehrheit für den Handel mit Genossenschaftswaren.

Lange wurde die Vergabe von Yachtliegeplätzen in Westchapel-Harbour an fremde Yachtbesitzer diskutiert. Um es kurzzumachen:

Es werden 10 Liegeplätze für Yachten bis fünfzig Fuß Länge freigegeben. Die Finanzierung der Hafenverbesserungen übernimmt die HCB, die eine Gewinnbeteiligung am Hafengeschäft erhält. Auch wurde die Einrichtung einer Grundschule in Westchapel diskutiert mit dem Ergebnis, wenn die Bevölkerung die 1000-Bürgermarke überschreitet, wird das Thema neu behandelt!"

„ Die Großveranstaltung am 22. Juni wurde diskutiert und abgestimmt. Eine Mehrheit der Bürger hat für die Durchführung gestimmt."

Robert dankte Josh für die Informationen und sie verabschiedeten sich.

42.

15 Uhr. Robert saß im Story-Ville mit Evangelos Sokrates zusammen und berichtete über den Stand des Drums-Bass-Projektes. „Wir laden die beiden Contes und Jenny O'Toole zu einem Gespräch und regeln alles Nötige", sagte Sokrates.

„Ich schaue nach einem gemeinsamen Termin mit den dreien. Nenne bitte ein Zeitfenster für das Gespräch mit dir", bat Robert.

„Samstags, 15 bis 16 Uhr ist ein Termin, den die jungen Leute wahrscheinlich gemeinsam wahrnehmen können", meinte Sokrates.

„O. k. Ich kümmere mich darum!"

Robert verließ das Story-Ville, fuhr weiter zu seiner Wohnung im Finnly-Haus.

Er nahm den Laptop, schrieb die am Vortag im Shapel-Inn besprochene Szene des Projektes auf und schickte sie per E-Mail an Jenny und Claudia mit der Bitte, einen Samstagstermin mit Sokrates auszuloten. Er bekam umgehend die Antwort, dass Emilio Conte bei dem Projekt mitmachen wolle!

Robert nahm wieder die Musikpartituren der Varieté-Show zur Hand und bereitete sich auf seinen Einsatz am Abend im Story-Ville vor. Er aß etwas Obst und gönnte sich eine Stunde Ruhe, bevor er gegen 18 Uhr zum Story-Ville ging.

Die Show fand mit vollem Erfolg vor voll besetztem Haus mit verändertem Programm statt. Die Künstler feierten Backstage ausgelassen ihre Erfolge, gratulierten sich gegenseitig. Um 24.20 Uhr verließen alle Künstler fluchtartig das Story-Ville, damit sie vor der Timebell in den umliegenden Pubs und Restaurants ein paar Drinks zum Abreagieren nehmen konnten. Robert ging eilig ins Amiral, wurde sogleich von Beccy Balmore abgefangen und zu einem mit Damen besetzten Tisch geführt. Auch die Damen hatten die Varieté-Show besucht. Einige der Damen hatte Robert in Beccys Begleitung in den Markthallen gesehen. Er wurde vorgestellt und fühlte sich herumgereicht. In der Damenrunde wurden Gin-Drinks genossen und Zigarren geraucht. Robert schloss sich an.

Beccy gelang es, Robert ein wenig beiseitezunehmen: „Es macht die Runde, dass du mit Gina Lombardi zusammen bist, Robert!"

„Ja, stimmt, seit einigen Tagen sind wir zusammen."

„Wie ernst ist es?", fragte Beccy.

„Aus meiner Sicht sehr ernst!"

„Verdammt", sagte Beccy, „bevor das eintreten würde, hätte ich dich gerne ins Bett bekommen. Jetzt ist es, so schätze ich, zu spät?"

„Ja, ich sehe das so!"

Lizzy Brandström hat da bestimmt ihre Finger mit im Spiel gehabt."

„Nein, Lizzy hat damit nichts zu tun."

Beccy lächelte und sagte: „O. k. Robert. Ich warte auf dich, vielleicht bist du irgendwann wieder frei. Und es bleibt dabei, dass wir Freunde bleiben?"

Robert grinste: „Auf jeden Fall bleiben wir Freunde. Mir liegt viel daran!"

Sie genossen die letzte Runde Drinks. Dann sagte Beccy: „Wir feiern privat weiter, kommst du mit Robert?"

Robert erklärte, dass er morgen, am Sonntag, wieder im Story-Ville arbeiten müsse und die Nacht nicht durchfeiern könne. Er verabschiedete sich korrekt, indem er allen Damen zum Abschied Küsschen gab. Sie waren sehr davon angetan.

Sonntag, 16 Juni, 11 Uhr. Robert stand in Sportkleidung auf der West-Channel-Brücke. Alle Lombardis und Brandströms waren erschienen. Nachdem sich alle begrüßt hatten, liefen sie los, Gina eng an Roberts Seite. Sie nahm Roberts Hand, sie wirkte glücklich. Die Gruppe erhöhte das Lauftempo, Robert und Gina blieben zurück. Die anderen achteten nicht darauf. Außerhalb der Boulevardbebauung blieben die beiden stehen. Sie küssten sich lange und intensiv. Am Ende der Strecke absolvierte die Gruppe Gymnastikeinheiten, als Robert und Gina eintrafen. Alle grinsten verständnisvoll, es gab keine Kommentare.

Den Rücklauf gestaltete die Gruppe so, dass alle gleichzeitig die Brücke erreichten. Sie verabschiedeten sich zum Duschen und vereinbarten das Treffen bei Grandma Elisa für 13 Uhr.

Die 3. Upperlane führte parallel zum West Boulevard als dritte Höhenstraße über dem Boulevard. Sie lag bereits im Steilhang zur westlichen Abbruchkante. Eine höhere Parallelstraße gab es nicht. Die Villen der Familien Lombardi und Brandström hatten die Hausnummern 61 und 63 und lagen etwa 800 m vom Central-Place entfernt. Robert ging von seiner Wohnung aus zu Fuß dorthin und erreichte die Lombardi-Villa um 14.10 Uhr. Gina stellte Robert ihrer Mutter vor. Sie war eine gepflegte Dame im Alter von etwa achtzig Jahren. Robert begrüßte die Dame mit Handkuss und überreichte ein Bouquet aus Blumen von der Karsthochebene. Es waren Wildblumen, die intensiv dufteten. Grandma Lisa war entzückt. Robert war die alte Dame sofort sympathisch und das beruhte wohl auf Gegenseitigkeit.

Noch nicht alle Familienmitglieder waren anwesend, sodass Robert sich ein wenig umsehen konnte. Das Haus war edel eingerichtet im Stil des frühen 20. Jahrhunderts. Sie befanden sich in einem großen Wohnraum mit fast raumhohen Fenstern und Türen, die zu einer Terrasse mit Swimmingpool führten. Das Glanzstück war die freie Aussicht nach Westen auf die Bay und die Westhighlands. Es wehte weiterhin ein frischer Westwind, sodass Fenster und Türen zur Terrasse geschlossen waren.

Inzwischen versammelten sich die Mitglieder der beiden Familien im Salon. Vorab nahmen sie Platz auf den Sofas und Sesseln und plauderten angeregt. Es wurden Aperitifs gereicht, von Kevin Brandström gemixt. Der große ovale Esstisch war für sieben Personen eingedeckt.

Die Hausdame der Lombardis, Jasmin Kuona, wurde Robert vorgestellt. Sie war eine Lateinamerikanerin mit indigenem Aussehen. Robert gesellte sich zu Ginas Mutter, die wahrscheinlich einiges über ihn wissen wollte. Grandma Lisa verstand es, Robert auf charmante Weise persönliche Informationen über ihn zu erfragen. Gina hielt sich fern von dem Gespräch der beiden. Sie wollte keinen Einfluss auf den Inhalt und den Verlauf nehmen. Robert berichtete über seinen Lebenslauf, ohne zu sehr in Details zu gehen. Grandma Lisa fragte die sie interessierenden Details nach. Je mehr Robert über sich berichtete, desto mehr entspannte sich die Atmosphäre zwischen den beiden. Grandma bewunderte offensichtlich Roberts Bildungsvita. Sie wollte mithalten, ihre Familie betreffend. Ihr ältester Sohn war mit seiner Familie nach Australien ausgewandert. Er arbeitete als Professor der Chirurgie in einem Hospital in Sidney. Der jüngere Sohn arbeitete als leitender Archäologe in Südafrika (sie hatte ihre Söhne seit über zehn Jahren nicht mehr gesehen). Grandma freute sich über die erfolgreiche Selbstständigkeit ihrer Tochter Gina und hoffte, dass ihre Enkelin Angela einmal die Nachfolge ihrer Mutter in der Geschäftsleitung der Westpharmazie antreten werde. Robert hörte aufmerksam zu und stellte Fragen. Grandma Elisa erwärmte sich an dem Gespräch, legte ab und zu ihre Hand auf Roberts Arm und lächelte. Gina und Lizzy bemerkten es mit Genugtuung.

Um 15.00 Uhr nahmen alle an der gedeckten Tafel Platz und das Essen wurde aufgetragen. Es gab ein Spargelcremesüppchen, dann folgten zarte Salate mit Artischockenherzen und fein geschabter Papayafrucht, dazu halbtrockener Weißwein- Als Hauptgang gab es Pastanester in heller Sauce aus Wildkaninchenragout, dazu für jeden einen zart gegarten Kaninchenschenkel. Zum Hauptgang gab es einen trockenen Rosé. Das Dessert bestand aus Tiramisu mit frischen roten Beerenfrüchten. Den Abschluss bildete gesüßter Espresso und für die Liebhaber leichten Tabaks helle, schlanke Zigarren. Die Gespräche behandelten Wochenereignisse. Es wurde gewitzelt und freimütig gelacht. Die jungen Leute interessierten sich für Roberts Tätigkeit als Musiker. Robert berichtete, dass am 22. Juni in Westchapel eine Sonnenwendfeier mit der Jugendrockband „Hull-City-Rollers" stattfinde, bei der er als Bassgitarrist einspringen müsse. Die jungen Leute horchten auf!

„Ich würde mich riesig freuen, wenn ihr alle dorthin mitkommen würdet!" sagte Robert. „Ich würde euch am Samstag, den 22. Juni, abholen. Übernachten solltet Ihr im Boganson-Cottage. Dort gibt es Platz genug für uns!"

Die jungen Leute sagten begeistert zu. Gina und Lizzy wollten den Termin prüfen und dann entscheiden. Grandma Elisa winkte ab.

Kurz vor 18 Uhr löste sich die Gesellschaft auf. Grandma Elisa wünschte Robert regelmäßig in ihrer Familie zu sehen. Lizzy bot Robert an, ihn in ihrem Sportwagen in die Stadt zu fahren. Gina gesellte sich dazu, indem Robert sie auf dem Beifahrersitz auf seinen Schoß nahm. Robert und Gina verabschiedeten sich im Hof der Pharmazie von Lizzy. Gina bat Robert, noch einmal für kurze Zeit mit in ihre Wohnung zu gehen. Sie befragte ihn nach seinen Eindrücken von dem sonntäglichen Familientreffen. Robert nahm sie in seine Arme, küsste sie und flüsterte, dass er sehr glücklich mit ihr und der gesamten Familie sei. Sie verabschiedeten sich und Robert ging über den Central-Place und die West Channel Brücke hinüber zum Story-Ville.

43.

Sonntag, 18.30 Uhr, Story-Ville. Sokrates bat Robert in sein Büro: „Ich habe mit Bengt Hellman gesprochen. Er befürwortet die Entwicklung des Drums-Bass-Projektes, das er übrigens mit „Imagin-Storys" als Arbeitstitel bezeichnet.

Er will es in Kooperation mit der „Hull-Television-Corporation" (HTC), unserer öffentlichen Fernsehgesellschaft, entwickeln. Die HTC soll den Stummfilm produzieren und dafür das erste Senderecht im TV erhalten, nachdem das Projekt im Story-Ville eine hoffentlich erfolgreiche Uraufführung hatte. Also, zunächst reden wir hier im Story-Ville mit deinen drei Akteuren, danach mit den HTC-Leuten. Als Termin bei uns ist Samstag, der 29. Juni, 12 Uhr, vorgesehen. Kannst du bitte deine Leute darüber informieren, Robert?"

„O. k., mache ich! Allerdings gibt es ein Problem für meinen Einsatz in der Varieté-Show an dem Wochenende. Die Rollers können in ihrer bisherigen Besetzung ab September nicht weiterarbeiten. Deshalb geben sie ein Abschiedskonzert am 22 Juni in Westchapel zur Sonnenwendfeier, in dem ich den jungen Pete Hamilton am Bass ersetzen muss!"

„Schade, die Rollers waren in der Besetzung auf einem guten Weg", sagte Sokrates. „Ja, kein Problem, ich muss unseren ersten Bassisten wieder einsetzen, er hat darum gebeten. Bleibt es dabei, dass du als zweiter Bassist weiterhin flexibel einspringst, Robert?"

Mit Erleichterung nahm Robert das zur Kenntnis: „Ja, Evangelos, so haben wir es ja vereinbart."

Abends, kurz vor 20 Uhr, stellte sich der erste Bassist, Harry Lockhard, Robert vor. Ein sympathisch wirkender Mensch mit ziemlicher Leibesfülle.

Er sagte: „Hi Robert, habe nur Gutes über dich gehört! Danke, dass du mich entlasten kannst. Ich spiele hier in Hull in einer Jazz-Formation, die manchmal auch samstags auftritt. Allerdings gibt es nicht jeden Samstag Engagements!"

„Freut mich, Harry, ich würde euch gerne einmal hören!"

„O. k., ich gebe dir Bescheid über unseren nächsten Einsatz", sagte Lockhard.

Die Varieté-Show lief auch in dieser Nacht mit großem Erfolg. Robert empfand die Stimmung unter den Künstlerkollegen nach wie vor entspannt. Vielleicht lag es daran, dass jeder sein eigenes individuelles Programm präsentierte und es keine wirkliche Wettbewerbssituation unter den Künstlern gab. Um 0.30 Uhr trafen sich einige Kollegen im Amiral zum Absacker. Es wurde gescherzt und geflirtet. Robert hielt sich zurück. Um zwei Uhr lag er bereits in seinem Bett im Finnly-Haus.

Montag, 17., und Dienstag, 18. Juni. Robert und Kim Huin Minh betreuten die Einführung einer Hochseeangelyacht. Die Kunden verzichteten auf einen zweiten Ausfahrttag.

Dienstag, 18. Juni, 18 Uhr. Robert fragte Bal Johnson, welches Programm in der kommenden Woche vorgesehen sei.

„Von Montag, 24. Juni, bis Mittwoch, 26. Juni, liefern wir eine Kreuzfahrtyacht aus. Die Kunden haben angefragt, ob wir für die Einführungsfahrt interessierte Gäste anwerben können, die als Testpersonen kostenlos teilnehmen!"

„Ja, ich habe einige Bekannte, die vielleicht interessiert sind. Allerdings ist die Zeit bis zum 24. Juni knapp", erwiderte Robert. „Ich frage die Personen heute noch ab. Wie viele Personen können beteiligt werden?"

„Die Yacht ist mit fünfzehn Gastschlafplätzen ausgestattet. Die Yachtkäufer sind mit drei Personen vertreten und belegen Gastplätze, wir sind mit zwei Personen beteiligt und belegen Staffplätze. Fünf Personen werden wohl reichen!", meinte Bal.

Sofort rief Robert Gina an und erklärte ihr, worum es ging. Gina freute sich, hatte aber Bedenken bezüglich der Kurzfristigkeit. Sie wollte jedoch alle Familienmitglieder der Lombardi- und Brandströmfamilien ansprechen. Robert fragte, ob er auch Beccy Balmore ansprechen könne.

Gina äußerte keine Bedenken. Umgehend rief Robert Beccy im Westcorner-Inn an und informierte sie. Sie sagte, sie werde es mit Angy Fallner, ihrer Stellvertreterin, klären. Sie freute sich!

Robert ging in seine Wohnung und bereitete für sich ein Abendessen zu. Das Wetter hatte sich beruhigt, der Wind blies schwach aus südsüdwestlicher Richtung. Gegen 21 Uhr nahm er bei schon im Westen tief stehender Sonne sein Essen auf dem Balkon ein. Gina rief zurück und berichtete, dass die Kreuzfahrtyacht bereits mit einem professionellen Sanitätsraum ausgerüstet sei. Sie hatte in direkter Zusammenarbeit mit der DF-Werft daran gearbeitet. Sie hatte die Yacht auch im Dock gesehen und war begeistert von der Ausstattung. Robert registrierte, dass die DF-Werft direkt mit der Pharmazie zusammenarbeitete und ihn nicht mehr einschaltete! Lizzy, Gina und ihre Tochter Angela wollten an der Ausfahrt der Yacht teilnehmen. Gina erklärte, sie habe mit ihrer Stellvertreterin ihre Freistellung vom 22. bis zum 27. Juni vereinbart.

Robert rief Jenny O'Toole an und fragte, ob sie Lust und Zeit für die Mitfahrt auf der Kreuzfahrtyacht habe und ob ggf. jemand von den Rollers Interesse habe. Etwa fünfzehn Minuten später rief Jenny zurück: „Claudia Conte und ich machen zwei Tage blau, wir fahren mit!"

22 Uhr. Beccy rief zurück und meinte, dass ja ganz schnell entschieden werden müsse und sie habe mit Angy Fallner geklärt, dass sie von Samstag, den 22. Juni bis Mittwoch, den 26. Juni, abkömmlich sei.

Mittwoch, 19. Juni, 10 Uhr. Robert informierte Bal Johnsen, welche Personen als Gäste an der Kreuzfahrt teilnehmen würden. Bal begrüßte die Teilnahme der Geschäftspartnerin Dr. Lombardi. Die anderen Damen waren ihm nicht bekannt. Bal fragte, ob er die Personen verbindlich als Teilnehmerinnen den Käufern der Yacht mitteilen könne. Robert bestätigte das. Bal ließ Kim Huin Minh rufen. Sie besprachen die notwendigen Vorbereitungen für die Teilnahme der Gäste.

Die sechs Gäste ließ Bal per Schreiben der Hull-Travel-Shipping zur Teilnahme am 25. und 26. Juni einladen.

Kim erhielt den Auftrag, ein Programm der zweitägigen Rundfahrt mit allen Details zu entwerfen:

Abreisezeit und -ort, Zeitpunkt der Rückkehr, Aktionen und Besichtigungen während der Reise, Tagesablauf mit Essenzeiten auf der Yacht, Sicherheitsregeln auf der Yacht. Das Programm sollte den Gästen in Schriftform ausgehändigt werden. Robert und Kim setzten sich zusammen und beleuchteten alle Programmdetails noch einmal sorgfältig. Auch der Besuch einer Austernfarm im Schärengarten wurde zusätzlich in das Programm aufgenommen. Das Ergebnis präsentierten sie Bal am frühen Nachmittag. Er genehmigte es und mailte es an die Käufergesellschaft der Yacht.

19 Uhr. Robert rief Gina an und fragte, ob sie gemeinsam ein Dinner einnehmen würden. Sie sagte zu und freute sich. Um 20 Uhr wollten sie sich bei Antonio treffen.

Robert ließ sich aufgrund des unruhigen Wetters einen Tisch im Restaurant zuweisen. Gina traf etwas später ein. Bei ihrem Anblick stolperte Roberts Herz wieder einige Takte. Robert erschien sie als strahlende Schönheit. Antonio begrüßte sie in seiner charmanten Art. Sie bestellten ein kleines Dinner: einen Salat mit roten Linsen, grünen Bohnen, Birnen, Rosinen und Mandelblättchen. Dazu trockenen Weißwein. Als Dolci gab es ein Mango-Colada-Dessert.

Robert berichtete, wer aus dem Bekanntenkreis an der Yachtrundfahrt teilnahm, welche Erlebnishöhepunkte vorgesehen waren. Eine Viertelstunde vor der Timebell verließen sie das Amiral. Robert begleitete Gina in ihre Wohnung. Sie bat ihn, die Nacht bei ihr, mit ihr zu verbringen. Es war ihre erste gemeinsame Nacht.

44.

Gina erwachte, halb auf dem fest schlafenden Robert liegend. Das Tageslicht des Donnerstagmorgen erhellte durch die geschlossenen Vorhänge den Schlafraum mit sanftem Licht. Ein Blick auf die Uhr verriet, dass es bereits 10.20 Uhr war. Das geplante Joggen um 9 Uhr hatten sie verschlafen. Still in sich hineinlächelnd dachte Gina: „Die Nacht mit Robert habe ich gerne gegen das Joggen getauscht!" Sie versuchte, aufzustehen, ohne Robert zu wecken, was aber nicht gelang. Robert schaute sich verwirrt um. Als Erstes erkannte er Gina. Er nahm sie in seine Arme und küsste sie zärtlich. Sie sagte: „Ich gehe kurz ins Bad und schaue dann, ob wir etwas zum Frühstück bekommen."

Gina begab sich ins Bad, nahm eine Dusche nach dieser aufregenden Nacht und zog sich einen leichten Morgenmantel über. Im Wohnzimmer traf sie auf Jasmin Kuona, die beiden Frauen lächelten einander zu.

Jasmin fragte, ob sie ein Frühstück für zwei Personen richten solle.

Gina nickte und die Frauen bereiteten gemeinsam ein Frühstück: Toast, Rührei, braun gerösteten Speck, Butter, frisches Obstgemisch, starken Kaffee.

Gina schaute in den Schlafbereich. Robert befand sich bereits im Badezimmer. Sie reichte einen ihrer weiter geschnittenen Morgenmäntel ins Badezimmer und kündigte fertiges Frühstück an.

11 Uhr. Die beiden genossen gemeinsam in aller Ruhe ihr Frühstück auf der Dachterrasse. Die Geräusche vom West Channel und seinen Boulevards drangen gedämpft zu ihnen hinauf. Robert sah linker Hand die Kuppel des Story-Ville, direkt nach Süden schaute er über die Dächer der Stadtvillen inmitten ihrer gepflegten Gärten. Rechter Hand sah er die Gartenseiten der Hotels am West Boulevard. Ginas Dachterrasse konnte von keiner Seite direkt eingesehen werden. Robert begriff, weshalb Gina in ihrem Geschäftshaus in der Stadt wohnte.

Sie besprachen den Besuch der Sonnenwendfeier am kommenden Samstag in Westchapel. Robert schlug vor, Gina, Angela, Lizzy, Kevin und Kathy Samstagmittag, 12 Uhr, mit dem Dinghy im West Channel an der Pharmazie abzuholen und sie nach Westchapel zu bringen. „Und Beccy Balmore?", fragte Gina. Robert rief Beccy an. Beccy erklärte, dass sie die Fähre nehme, da sie bis 4 Uhr morgens direkt nach Westcorner zurückkehren könne.

„Wie übernachten wir?", fragte Gina.

„Im Boganson-Cottage. Da gibt es Platz für uns alle, wenn auch ein bisschen gedrängt!", sagte Robert lächelnd. „Dora Conelly, die Pub-Chefin, macht für uns einen Brunch ab 11.30 Uhr am Sonntag."

„Gedrängt ist mir recht, wenn ich mit dir in deinem Bettchen schlafen kann!", meinte Gina lächelnd.

Gina rief Lizzy an und berichtete die soeben besprochene Organisation für Samstag. Lizzy fragte, wie sie als Damen bei dem Sonnenwendevent gekleidet sein sollten.

„Bitte in Jeans, Bluse und Jeansjacke oder Ähnlichem, flache Turnschuhe an beiden Tagen, und Badezeug", sagte Robert beschwörend. Die beiden amüsierten sich. Zum Stichwort „Badezeug" fiel Robert ein, dass der Garten an der Ostseite vom Boganson-Cottage verwildert war. Er rief Conchita an und erklärte ihr, mit wie viel Personen im Cottage übernachtet werde, und bat sie, Jorge im Garten eine Schneise zur Badestelle am Sund schneiden zu lassen. Conchita befand sich in euphorischer Stimmung: „Robert", sagte sie, „endlich noch einmal Gäste im Boganson-Cottage. Und diese Feier in Westchapel wird das Ereignis meines Lebens werden!"

Gina hatte alle Gespräche mitangehört. Sie schaute Robert mit großen Augen an, setzte sich auf seinen Schoß, küsste ihn.

„Was machen wir heute noch?", fragte Gina.

„Ich würde gerne mit dir noch joggen und schwimmen!", schlug Robert vor.

Gina lachte: „Wir machen noch eine Stunde Verdauungssport im Bett und dann laufen und schwimmen wir!"

Lächelnd stimmte Robert zu.

So beendeten sie gemeinsam den freien Donnerstag. Den Abend verbrachte Robert auf seinem Balkon im Finnly-Haus mit Zigarre und Whisky.

Freitag, 21.Juni. Robert telefonierte mit Josh O'Bready, dem Bürgermeister in Westchapel. Er erkundigte sich nach dem Stand der Vorbereitungen des Sommerfestes und ob seine Hilfe benötigt werde. Josh meinte: „Wir haben eine starke Truppe im Einsatz, Robert! Zurzeit setzen wir einen Schwimmponton an die Pier vor der Chapel und dem Rathaus. Darauf setzen wir eure Band mit aller Technik. Dadurch gewinnen wir eine Menge Platz für das Publikum und ihr als Band könnt nicht von verrückten Teenys gestürmt werden!"

„Wow", rief Robert. „Ihr macht Nägel mit Köpfen!"

„Ja, wir wollen das Fest so professionell wie möglich angehen, um daraus eine Dauereinrichtung für die kommenden Jahre zu entwickeln", erklärte Josh.

„Zu welcher Uhrzeit wirst du das Fest eröffnen, Josh?"

„Geplant ist 20 Uhr!" Robert bedankte sich und sie beendeten das Gespräch.

Robert ging in die Geschäftsräume der Hull-Travel-Shipping. Er wollte mit Bal Johnson Details der Ausfahrt mit der Kreuzfahrtyacht in der kommenden Woche besprechen.

„Die Käufer sind mit unseren Programmvorschlägen einverstanden", berichtete Bal. „Sie legen Wert darauf, dass die Gäste wie Kreuzfahrtkunden angesprochen und behandelt werden. Deshalb ist eine der drei Personen der Käufervertreter eine Kreuzfahrtdirektorin. Die beiden anderen Käufervertreter sind ein Kapitän und ein Schiffsingenieur!"

„Kreuzfahrtdirektorin heißt?", fragte Robert.

„Sie ist während einer Kreuzfahrt mit Gästen die Chefin aller Aktionen, die nichts mit Seefahrt zu tun haben, z.B. Verpflegung, Übernachtung, Tagesablauf an Bord, Besichtigungsausflüge etc.", erklärte Bal.

„Der Chef an Bord muss allerdings der Kapitän sein, da er gesamtverantwortlich ist", forderte Robert.

„Ja, das ist so", bestätigte Bal. „Für Kim bedeutet die Anwesenheit der Direktorin, dass sie lediglich Reiseführerin ist, also die besuchten Highlights erklärt. Ich habe Kim schon informiert."

„Wer bedient die seemännischen Manöver während der Ausfahrt, z. B. Leinen festmachen und lösen, Fender setzen, Anker setzen und lichten, Beiboote fieren und einholen?"

„Es ist vergleichbar mit den Törns auf Segelyachten mit zahlenden Gästen. Die Gäste werden auf die Tätigkeiten eingewiesen und bekommen feste Aufgaben an Bord", erklärte Bal.

„Das wäre dann meine Aufgabe als Kapitän, die Gäste auf solche Aufgaben vorzubereiten!"

„Richtig, das könnte aber auch der mitreisende Kapitän übernehmen!"

„Gut, ich werde das am Montag mit den Kundenpartnern klären", sagte Robert.

45.

Samstag, 22.06. 12 Uhr. Robert steuerte das Dinghy in den West Channel. An den Liegeplätzen der Westpharmazie machte er fest. Die Familienmitglieder der Lombardis und der Brandströms standen mit kleinem Gepäck bereit, von den Mitarbeiterinnen der Pharmazie neugierig und diskret beäugt. Gina, Lizzy, Angela, Kevin und Kathy stiegen gut gelaunt zu. Robert steuerte das Dinghy durch den West Channel unter der Brücke durch in die Westbay, schwenkte nach Süden an den Finnly-Piers vorbei, erreichte Westcorner.

Er rief Beccy an und bot nochmals an, sie im Dinghy mitzunehmen. Beccy meinte, es sei für sie zu früh, sie werde kurz vor 20 Uhr nach Westchapel kommen.

Kurz nach 13 Uhr legte das Dinghy nach einer ruhigen Fahrt über den Sund am Boganson-Pier an.

Als sie die Hafeneinfahrt von Westchapel-Harbour passierten, gerieten die Damen ins Schwärmen. Der pittoreske Anblick des festlich geschmückten Westchapel in den umliegenden grünen Hügeln verschlug ihnen die Sprache.

Conchita, Mercedes und Jorge bildeten vor dem Cottage ein Empfangskomitee. Die herzliche Begrüßung hob bei allen noch einmal die Stimmung. Durch das Haus betraten sie die Westterrasse, von der aus man eine gute Sicht auf die geschäftigen Festvorbereitungen im Ort hatte.

Die Terrasse war mit schönen Gartenmöbeln aus Holz ausgestattet. An einer langen Tafel nahmen sie Platz. Die Platanen zwischen Terrasse und Pier spendeten angenehmen Baumschatten. Mercedes servierte alkoholfreie Cocktails und selbstgefertigte Snacks. Robert stellte die Familienmitglieder Hernandez/Martinez einzeln vor und erzählte zu jeder Person nette Geschichten. Die Gäste spendeten Beifall. Anschließend stellte Robert seine Gäste einzeln vor.

Conchita hatte eine Liste in der Hand, auf der sie die Namen der Gäste bestimmten Räumlichkeiten im Cottage zugeordnet hatte (Robert hatte Conchita vorher über die Beziehungen der Personen zueinander informiert)!

In geschickter Weise bat sie die einem Schlafraum zugeordneten Gäste ihr zu folgen. Das machte sie hintereinander mit den Gästegrüppchen, sodass kein Gedränge und Geschiebe entstand. Als Letzte folgten Gina und Robert Conchita in Roberts Schlafzimmer. Alles war sehr sorgfältig für zwei Personen hergerichtet. Gina nahm Conchita in ihre Arme, küsste sie und bedankte sich für die Gastfreundschaft. Die beiden drückten sich herzlich. Auf der Terrasse saßen sie wieder zusammen. Conchita, Mercedes und Jorge brachten Tapas und neue Getränke.

Lizzy gab ein Signal und ergriff das Wort: „Liebe Familie Hernandez, lieber Robert! Wir sind sprachlos und befangen von eurer Gastfreundschaft und von diesem herrlichen, paradiesischen Platz, in dem ihr hier lebt. Wir verstehen jetzt, Robert, dass es dich immer wieder hierher zieht zu den lieben Menschen und an diesen märchenhaft schönen Ort. Herzlichen Dank für alles!"

Robert hob sein Glas und brachte einen Toast aus. Am Nachmittag nahmen alle Kaffee, Gina und Lizzy rauchten genüsslich Zigarren und staunten, dass Conchita und Mercedes sich dem Tabakgenuss anschlossen.

17 Uhr: Robert erklärte, dass er sich um die musikalische Vorbereitung der Rollers kümmern müsse und ging zur zentralen Pier. Der Schwimmponton maß 10 mal 8 Meter. Darauf war das komplette Musikequipment der Rollers installiert. Riesige Musikboxen waren auf der Pier verteilt.

Über eine schmale Gangway betrat Robert den Ponton und begrüßte die Rollers. Er hatte seine Bassgitarre aus dem Cottage mitgebracht. Sie wurde angeschlossen und Frank Colomba stimmte sie. Robert bekam die Titelliste für den Abend und zu jedem Titel eine geschriebene Bassspur. Robert verdrückte sich hinter das Drumset und studierte in Ruhe die Bassspuren. Frank hatte links vor das Drumset einen Kontrabass aufgeständert. Der Kontrabass sollte gar nicht zum Einsatz kommen, aber auf seiner Rückseite, für das Publikum nicht sichtbar, hatte Frank für Robert leserlich die Bassspuren befestigt: „Für alle Fälle!"

Kim Harvester nahm Robert beiseite und flüsterte: „hast du ein anderes Outfit dabei, Robert, so siehst du zu spießig aus. Du müsstest ein bisschen rockiger aussehen!" Robert grinste: „Na klar, Kim, ich ziehe mich gleich um!" Kim drückte ihn.

Robert verließ den Ponton in Richtung Pub. Auf dem großen Pierplatz waren mehrere Versorgungsinseln aufgebaut. Es gab dort Getränke und Speisen. Robert winkte grüßend Dora und Frank Conelly, Josh O'Bready, Barny. Big und Phil zu. Sie alle waren intensiv mit der Veranstaltung beschäftigt. Also ging Robert zurück zu seinen Gästen. In seinem Zimmer wählte Robert das Outfit für den heutigen Abend: enge schwarze Jeans, kurzärmeliges buntes Strandhemd, schwarze Lederweste, cremefarbenes Cap, weiße Turnschuhe. Das Hemd und die Weste trug er offen, sodass sein sonnengebräunter, so gerade noch vorhandener Sixpack-Bauch zu sehen war. In dieser Aufmachung trat er auf die Terrasse: die Frauen jubelten begeistert bei seinem Anblick.

Conchita erklärte, dass in der Außengastronomie des Westchapel-Inn für die Gäste des Boganson-Cottage ein Tisch reserviert sei für die heutige Veranstaltung und auch für den Brunch am Sonntag.

Das Chapel-Inn lag etwa fünf Meter über der Pierkante, sodass aus etwa 80 Metern Entfernung zum Schwimmponton das gesamte Geschehen gut überschaubar war. Die Innengastronomie des Westchapel-Inn blieb an beiden Tagen geschlossen.

Etwas nach 19.00 Uhr empfahl Conchita den Gästen, den reservierten Tisch am Pub zu besetzen, denn der Festplatz hatte sich fast vollständig gefüllt mit Menschen, die den einmaligen Event mit Spannung erwarteten.

Von der Pierkante aus diente ein abgesperrter Streifen von sechs Metern Breite als Rettungsspur. Auf der Platzseite drängten sich bereits junge Menschen an der Absperrung, darunter auch Kevin, Kathy, Angela und Claudia. An zwei reservierten Tischen machten sich bekannt: Gina Lombardi, Lizzy Brandström, Beccy Balmore, Rose O'Toole, Betty Coleman, Raffaela Conte. Conchita stellte die Personen einander vor.

Auf stabilen Podesten, auf der Pier, etwas rechts und links des Schwimmpontons, hatte die Hull-Fernsehgesellschaft Fernsehkameras positioniert.

20 Uhr. Josh O'Bready, in seiner Funktion als Bürgermeister, trat ans Mikrofon, begrüßte das Publikum, begrüßte Ehrengäste, darunter Raffaela Conte als County-Abgeordnete und Sponsorenvertreter.

Jenny begann auf den Drums einen dezenten Rhythmus mit den Besen zu schlagen, der von Robert mit leisen Bass-Riffs begleitet war. Währenddessen stellte Josh die Bandmitglieder der Rollers der Reihe nach mit Namen vor. Das Publikum jubelte begeistert und schwang im Rhythmus des Intros von Jenny und Robert mit. Nach der Vorstellung der Band übernahm Cliff Hutchinson das Mikrofon und kündigte mit einer kurzen Einführungsgeschichte den ersten Titel an, eine sanfte Rockballade.

In den folgenden Titeln wurde die Musik rockiger. Das Publikum kannte fast alle Titel und ging wie in Trance mit. Gegen 21 Uhr eröffneten Jenny und Robert rhythmisch den Hull-Dream-Song. Das Publikum reagierte so lautstark, dass der Titel zunächst gar nicht begonnen werden konnte. Die beiden hielten den Rhythmus so lange, bis das Publikum wahrnahm, dass es mit dem Song nur weiterging, wenn Ruhe einkehrte. Die Rollers spielten zwar den Song durch, aber das Publikum forderte unzählige Wiederholungen des Refrains. Die Zuhörer gerieten in einen Rausch. Die Rollers beendeten den Song, indem sie eine Pause ankündigten, allerdings mit dem Versprechen, gegen Ende den Song nochmals aufzulegen.

In der Pause begab Robert sich an den Tisch seiner Freunde. Sie waren von der Rollers-Show begeistert.

Lizzy sagte: „Mir fällt auf, dass keiner eurer Musiker eine narzisstische Show abzieht. Sie sind alle bei sich und dem Publikum. Außerdem wirkt das alles auf mich virtuos, kraftvoll!"

„Ja, man spürt es an den Reaktionen der Fans, dass zwischen Publikum und den Musikern ein emotionaler Schulterschluss stattfindet", meinte Robert. „Leider ist es wahrscheinlich das letzte Konzert der Rollers. Aus beruflichen Gründen lösen sie sich in diesem Sommer auf!"

Raffaela Conte meinte: „Ich wünsche für uns hier in Chapel, dass es im nächsten Jahr eine, vielleicht auch mehrere Nachfolgebands gibt, die den begonnenen Festival-Rahmen fortführen!"

„Ich bin sicher, dass es so kommen wird!", antwortete Robert.

Robert kehrte zurück auf die Pontonbühne. Die Show wurde fortgesetzt.

24 Uhr beendeten die Rollers planmäßig das Konzert, damit den Fans bis zur Timebell Gelegenheit zum Abreagieren blieb. Die Veranstaltung war mit einigen Alkoholsündern, aber ohne Aggressionen unter den Fans gut verlaufen. Es lag auch daran, dass Cliff als Frontmann auf die Fans beruhigend einwirkte, wenn Eskalationsgefahr spürbar war.

Kurz nach 24 Uhr gesellte Robert sich wieder zu seinen Gästen. Auch nach vier Stunden Beschallung im Bereich von neunzig Dezibel und mehr waren die erwachsenen Gäste in bester Laune. Robert gönnte sich ein Pint Luna, das er in drei durstigen Zügen genussvoll leerte. Das Adrenalin wirkte nach, sodass Robert nichts essen konnte. Ihm wurde bewusst, dass ein Konzert dieser Art auf die Musiker wie eine Droge wirken musste, wenn sie die emotionale Verschmelzung mit dem Publikum wahrnahmen. Das war wahrscheinlich der Grund, dass solche Bands Tourneen mit sechs Monaten Dauer und länger ertrugen.

Zur Timebell um 1 Uhr verließen die Fans nach und nach Westchapel. Robert begleitete seine Gäste in das Boganson-Cottage.

Sonntag, 23. Juni. Gina lag mit ihrem Rücken zu ihm, sein rechter Arm lag zwischen ihrem Kopf und ihrer Schulter und den linken Arm hatte er über sie gelegt. Sein Gesicht war in ihr dichtes Haar getaucht und er nahm den Duft ihres Haares wahr. Ein wenig Tageslicht drang durch die Lamellen der geschlossenen Fensterläden in den Raum. Gina schlief mit gleichmäßigen Atemzügen. Robert musste sich herumdrehen, um eine Uhr sehen zu können. Dabei wachte Gina auf. Es war nach 9 Uhr. Robert erhob sich aus dem Bett, öffnete die Zimmertüre und lauschte ins Haus. Die Gäste wuselten im Untergeschoß, unten vernahm er die freundliche Stimme Conchitas, die das Ganze zu lenken schien. Robert schaute ins Badezimmer. Es war nicht belegt. Er gab Gina ein Zeichen und sie gingen ins Badezimmer, pflegten sich, machten sich frisch. Hand in Hand stiegen sie abwärts und betraten den Wohnraum. Die Gäste verteilten sich auf der Westterrasse und im Wohnraum. Mit frischem Tee in den Tassen waren sie in bester Stimmung. Gina und Robert wurden mit Hallo begrüßt, von Conchita und den anderen geherzt und geküsst. Kevin, Kathy und Angela berichteten vom Schwimmen im Sund in den frühen Morgenstunden und waren begeistert von ihrer Begegnung mit Seehunden. Kevin meinte, er könne sich gut vorstellen, in diesem Haus und in diesem Ort mit Kathy einmal Urlaub zu machen.

Kurz vor 11 Uhr rief Conchita zum Aufbruch in den Pub, zum Brunch. Der Festplatz war vollkommen geräumt, der Müll beseitigt, alle Absperrungen abgebaut. Nur der leere Schwimmponton vor der Pier erinnerte noch an die Feier des Vortages. Die Finnly-Gruppe besetzte in der Außengastronomie des Chapel-Inn den Tisch des Vorabends. Auch Jenny und Claudia saßen bei ihren Familien. Der Brunch zog sich gemächlich über mehrere Stunden hin. Die Familien O'Toole, Conte, Finnly/Hernandez, Lombardi und Brandström rückten zusammen. Sie sprachen miteinander und lernten sich kennen. Cliff Hutchinson kam dazu und begann von Musiktourneen zu schwärmen.

Robert setzte dem entgegen, dass Musiktourneen für ihn nicht in Frage kommen.

„Als Kapitän habe ich erlebt, was es bedeutet, monatelang keine Familienangehörigen und Freunde bei sich zu haben. Wenn du auf Musiktournee bist, lebst du in seelenlosen Hotels aus dem Koffer, du wirst feststellen, dass deine Bandkameraden nicht deine Familie oder Freunde sind. Das Einzige, das dich motiviert, immer weiterzumachen, ist die emotionale Verbindung mit dem Publikum für zwei Stunden täglich. Davor und danach ist nichts. Ich habe bewusst getauscht. Jetzt lebe ich in einer Heimat, mit Familie, mit meiner Lebenspartnerin, mit meiner Mum Conchita, mit Freunden. Das ist das beste, das ich als erwachsener Mensch bisher erlebt habe!"

Es folgte ein langes Schweigen.

Jenny erhob sich von ihrem Platz, setzte sich zwischen ihre beiden Mütter, weinte: „Ich habe beschlossen, nach meinem Abitur Agrarwirtschaft zu studieren und bei meinen Mums zu bleiben!" Die harte Betty Coleman begann vor Glück zu weinen. Rose O'Toole nahm ihre jetzt hemmungslos weinende Tochter in ihre Arme und beruhigte sie.

Cliff Hutchinson verabschiedete sich nachdenklich. Das gerade Erlebte war hart für ihn, er war in Jenny verliebt.

Später gesellten sich Claudia und Emilio Conte und Jenny zu Robert. Sie wollten neue Informationen zu ihrem Bass-Drums-Projekt erfahren. Robert erklärte den Stand der Dinge und dass der Story-Ville-Direktor das Projekt offiziell mit „Imagine-Storys" bezeichnete. Sie hatten vom Story-Ville eine schriftliche Einladung zu einem Gespräch am Samstag, den 29. Juni, im Story-Ville erhalten. Robert berichtete, dass das öffentliche Fernsehen als Vertragspartner eingebunden würde. Alle horchten auf, wollten Einzelheiten wissen.

Abschließend gab Robert Informationen zur Yachtausfahrt in der kommenden Woche. Dienstag, den 25. Juni, sollten alle um acht Uhr am Finnly-Pier sein, mit leichter Ausrüstung für zwei Tage. Jenny und Claudia erklärten, dass sie bereits montags bei Beccy eintreffen, dort übernachten und dienstags gemeinsam mit Beccy am Pier sein wollten.

17 Uhr. die Brunchgesellschaft löste sich auf, alle verabschiedeten sich und es wurden Rufnummern getauscht. Am frühen Abend erreichte Robert mit seinen Gästen die Anlegeplätze vor der Westpharmazie.

Zu Hause im Finnly- Haus gönnte Robert sich Ruhe. Alleine mit einer Zigarre und einem Whisky auf dem Balkon vor der Westbay-Kulisse.

46.

Montag, 24. Juni. Robert betrat den Medienraum im Finnly-Haus. Bal Jonson stellte die Kundenvertreter vor: Die Kreuzfahrtdirektorin, den Kapitän, den Schiffsingenieur. Kim Huin Minh und die Direktorin verließen die Gruppe und begaben sich auf die Yacht, um den Check-In für die Gäste am folgenden Tag vorzubereiten. Der Kapitän und der Schiffsingenieur der Käufergruppe beschäftigten sich mit der Technik der Yacht. Robert verließ die Gruppe, kehrte zur Tea Time um 17 Uhr im Yachtsalon zurück. Die gemischte Eigner-Finnly-Crew besprach den Ablauf der beiden Ausfahrttage. Die Direktorin legte Wert darauf, die Gäste der Ausfahrt formell korrekt zu empfangen und zu behandeln wie zahlende Gäste.

Die beiden Frauen hatten Nahrungsvorräte gecheckt und die Gästekabinen professionell vorbereitet. Die Direktorin und Kim Huin Minh fanden einen guten Draht zueinander, siezten sich jedoch wegen des geplanten Rollenspiels.

Dienstag, 25. Juni. Der Wetterbericht kündigte für die nächsten Tage ruhiges Hochdruckwetter an, allerdings mit hohen Tagestemperaturen. Die Eigner-Finnly-Crew befand sich bereits um sieben Uhr auf der Yacht, die im flach einfallenden Morgenlicht wie ein riesiges Juwel glänzte. Kurz vor acht Uhr trafen die Gäste in zwei Gruppen ein: die Lombardi/Brandström-Gruppe mit Gina, Lizzy und Angela und die Gruppe mit Beccy, Jenny und Claudia.

Die Direktorin empfing sie unten an der Gangway, stellte sich vor und begrüßte freundlich, aber förmlich. Über die Gangway betraten sie die Yacht. Oben empfingen sie Robert in Kapitänuniform und Kim Huin Minh im finnlyblauen Dress. Die Direktorin führte die Gäste in ihre Kabinen, bat sie darum, um 8.15 Uhr wieder auf dem Yachtdeck zu sein. Als alle wieder an Deck versammelt waren, erklärte Robert die Aufgaben der Gäste.

Gina und Jenny erhielten die Aufgabe, auf dem Vorderschiff beim Ablegen die Leinen zu lösen oder sie beim Anlegen festzumachen.

Beccy und Claudia erhielten die Aufgabe, die Leinen entsprechend auf dem Achterschiff zu bedienen.

Lizzy und Angela erhielten den Auftrag, nach dem Ablegen die Fender einzuholen, oder vor dem Anlegen Fender auszubringen.

Der Schiffsingenieur ging mit den Damen auf das Vorderschiff und erklärte die Bedienung der motorisch arbeitenden Leinenwinschen. Eine Person musste auf der Pier die Leinen von den Pollern nehmen und die zweite Person auf Deck mit den Motorwinschen die Leinen einholen.

Lizzy und Angela zeigte und erklärte Robert die Bedienung der Fender.

Dann begab er sich mit dem Kapitän auf die Brücke. Sie klärten, dass Robert das Ablegemanöver und die Ausfahrt aus der Westbay übernahm. Anschließend sollte der Kapitän das Kommando übernehmen. Auf dem Kartentisch besprachen sie den Routenverlauf.

Robert startete die Motoren und wartete, bis das Hydrauliksystem den notwendigen Druck aufgebaut hatte. Dann gab er um 8.45 Uhr den Befehl, die Leinen zu lösen. Nachdem die beiden Frauen an den Leinen von der Pier wieder an Bord waren, wurde die Gangway eingefahren. Die Yacht löste sich langsam vom Kai, setzte rückwärts etwa hundert Meter nach Norden, nahm dann langsam Fahrt auf, um die Finnly-Piers herum nach Süden.

Die Direktorin und Kim führten die Gastgruppe auf das obere Deck in den Panoramaraum mit Rundumsicht nach vorne und zu den Seiten. Kim nahm das Bordmikrofon und begann die Aussicht auf den West Boulevard mit den Hotels, die Westbay und die Westhighlands zu erklären, genau wissend, dass zumindest Beccy die Details kannte. Alle hörten aufmerksam zu, die jungen Frauen stellten Fragen. Langsam schob sich die Yacht an dem backbord liegenden Sund vorbei in Richtung Inselkopf mit dem Leuchtturm Hull-West-Fire. Kim gab Informationen zu den zahlreichen Seevogelarten an den Klippen unter dem

Leuchtturm. Nach etwa einer Stunde Fahrt erreichten sie das südwestliche Ende von Hull-Island, fuhren weitere sechs Seemeilen nach Süden und schwenkten dann nach Osten. Es war fast windstill, sodass Kim mit den Gästen auf das Freideck oberhalb des Panoramaraumes ging. Hier konnte Robert sie von der Brücke aus sehen und beobachten. Gina schaute auf zur Brücke, winkte lächelnd, obschon sie wegen des dunklen Brückenraumes keine Person hinter der Verglasung erkennen konnte. Der Kapitän hatte das Kommando übernommen. Robert trat hinaus auf den freien Brückengang der Backbordseite und winkte den Damen zu. Die Yacht hatte sich bis auf fünf Seemeilen der Südküste von Hull-Island genähert. Jenny und Claudia erkannten die große Sandbay südlich von Westchapel, auf der inzwischen regelmäßig an Wochenenden Ausflügler aus der City sonnten, spielten, surften und schwammen. Kim gab weiterhin Erklärungen. Auf der Brücke hörten die drei Männer über Bordlautsprecher mit. Die Südküste von Hull-Island zog langsam vorbei. Sie passierten Vineyard. Man hörte Jenny sagen: „Ich wusste gar nicht, wie schön unsere Insel von See aus ist!"

11.15 Uhr. Die Direktorin betrat das Aussichtsdeck mit einem Servierwagen, auf dem Tapas, Kaffee, Tee und alkoholfreie Cocktails angerichtet waren. Die Gäste nahmen auf Deckstühlen Platz und bedienten sich. Auch die Brücke wurde versorgt.

Robert fragte die Kollegen: „Ist das immer der Job eurer Direktorin, die Gäste rund um die Uhr zu bedienen?"

„Nein, sie ist bei uns die Chefin aller Reisehostessen auf unseren Yachten. Hier macht sie es, um den Yachttyp genau kennenzulernen!", erklärte der Kapitän.

Kim berichtete, dass die Yacht sich bereits im Meeresnaturschutzgebiet befinde. Fischen jeglicher Art sei hier verboten, auch das Ankern und das Ernten von Korallen und Schwämmen.

Etwa eine Stunde später befanden sie sich auf dem Längengrad von Eastchurch, wo der kleine Gebirgszug der Insel von Norden nach Süden verläuft. Die Yacht befand sich wenige Seemeilen südlich der schroff ins Meer fallenden Bergflanken. Kleine Tümmler spielten im Kielwasser der Yacht, die Frauen standen begeistert an der Reling des Aussichtsdecks und beobachteten das Spiel der angstfreien Tiere.

Sie erreichten den Punkt, an dem die Yacht vom östlichen Kurs in den südlichen Kurs wechselte. Da es fast windstill war, stellte Robert die Motoren ab und brachte die Yacht zum Stillstand. Wie auch bei den vergangenen Yachttouren, wurden bald jagende Orcas sichtbar. Die tonnenschweren Meeressäuger jagten mit beängstigender Geschwindigkeit von oben nicht sichtbare Fischschwärme.

Auch weiße Belugas beteiligten sich weniger aggressiv an der Jagd. Die Menschen an Bord der Yacht waren tief beeindruckt. Das Schauspiel dauerte an, da die Yacht kein Geräusch in das Wasser leitete und sich nicht bewegte. Sie wurde nicht als gefährlicher Fremdkörper von den jagenden Tieren wahrgenommen. Robert gönnte den Beobachtern zwanzig Minuten des Schauspiels, dann starteten die Motoren und die Fahrt wurde nach Süden entlang des Gebirgsstockes von Hull-Island fortgeführt. Die sechs Gastfrauen vergaßen ihren Gaststatus, stürmten auf die Brücke und drückten ihre Begeisterung über das Naturerlebnis aus. Robert freute sich, musste die Frauen aber zurückkomplimentieren, da der Aufenthalt von Gästen hier nicht erlaubt war.

Sie erreichten das Südcap von Hull-Island. Die See wurde trotz Flaute etwas bewegter, das Meerwasser kälter. Kim erklärte, dass hier ideale Bedingungen für den Aufenthalt von Buckelwalen gegeben seien. Man erkenne es an der Fülle von Möwen über dem Wasser. Kaum hatte sie es gesagt, erklang das scharfe Geräusch einer Blasfontäne und gleich darauf erhob sich eine mächtige Walfluke aus dem Wasser. Das geschah so nahe an der Yacht, dass die Frauen erschreckt von der Reling zurückwichen. Eine gute halbe Stunde erhoben sich immer wieder riesige und kleinere Walfluken aus dem Wasser – ein Hinweis darauf, dass Walmütter mit ihren Walkindern unterwegs waren.

Sechs Seemeilen östlich vom Südcap der Insel erfolgte der nächste Kurswechsel nach Norden. Als die Yacht die Leeseite des nordsüdlich verlaufenden Gebirgszuges erreichte, beruhigte sich das Meer wieder. Alle genossen die Aussicht auf die unberührte, dicht bewaldete Ostseite mit den sanft abfallenden Gebirgshängen. Zwischen 15 und 16 Uhr gab es Tea Time auf dem achterlichen Freideck. Robert brachte in Abstimmung mit dem Kapitän die Yacht zum Stillstand, ohne zu ankern. Auf dem Programm stand das Ausfieren der beiden stark motorisierten Beiboote. Der Schiffsingenieur wies die Damen ein. Die Boote wurden zu Wasser gelassen. Die drei jungen Damen hatten Badekleidung angelegt. Sie brannten darauf, die Boote selbst zu fahren. Robert stieg in das Boot mit Gina, Lizzy und Beccy. Der Schiffsingenieur übernahm das zweite Boot mit Angela, Jenny und Claudia.

Die Damen lernten das Starten der Außenbordmotoren, das Beschleunigen und Verlangsamen der Boote, das Steuern, das An- und Ablegen an der Badeplattform der Yacht. Die jungen Frauen begeisterten sich für das Speedfahren. Die Damen wollten an den nächstgelegenen Sandstrand. Robert ließ das Beiboot sanft auf eine Sandbank laufen. Das Wasser hatte Knietiefe. Die Damen streiften ihre Oberkleider ab und warfen sich im Badezeug in das glasklare, warme Wasser. Dabei kreischten sie glücklich wie Kinder. „Hier auf dem Sand mit euch übernachten! Das wäre mein Traum", rief fröhlich Gina. Nachts krabbelt es überall auf dem Sand", sagte Beccy. „Und es dürfte kalt und feucht werden", ergänzte Lizzy.

„Ihr seid Spaßverderber!", rief Gina lachend.

„Nein, wir sind deine Mummys. Wir passen auf unsere Kleine auf", erwiderte Beccy spöttelnd.

Robert freute sich über den vertraulichen Umgangston der Frauen. Nach dem Baden gönnten sich die Frauen wohlig ausgestreckt auf dem warmen Sand noch einige Minuten Sonnenbaden. Dann ging es zurück zur Yacht. Die jungen Frauen fuhren vollspeed um die Yacht herum, mussten mühsam herangewunken werden, da sie Zurufe im Motorenlärm nicht hörten. Die Boote wurden fachlich korrekt eingeholt und befestigt. Der Kapitän hatte die Yacht mit GPS-Unterstützung auf dem Liegepunkt gehalten. Jetzt wurde die Fahrt in nordöstlicher Richtung zum Schärengarten fortgesetzt. Bei der Einfahrt in den Schärengarten übernahm Robert das Kommando. Er wies den Kapitän in die Navigation mit Echolot und Radartechnik ein. Kim, mit den Damen wieder auf dem vorderen Aussichtsdeck stehend, erklärte Entstehung, Vegetation und Bewirtschaftung der vielen Inseln. Es gab so viel Interessantes zu sehen, dass die Gäste die niedrige Fahrgeschwindigkeit von vier Knoten nicht wahrnahmen. Robert erklärte dem Kapitän, dass aufgrund der Masse der Yacht der Halteweg bei mit Vollgas rückwärts arbeitenden Motoren immer noch etwa hundert Meter betrug. Deshalb musste die Fahrrinne mindestens hundertzwanzig Meter im Voraus genau beurteilt werden können.

Um 19 Uhr erreichte die Yacht die namenlose Insel mit der nach Osten offenen sandigen Ankerbucht. Drei Damen wurden an den Heckanker und drei Damen an den Buganker beordert und eingewiesen. Am Buganker unterstützte der Kapitän, am Heckanker der Ingenieur. Nachdem die Yacht sicher vor Anker lag, bettelten die jungen Frauen darum, ein Beiboot zu Wasser zu lassen.

Sie wollten die Bucht und die Insel erkunden. Der Kapitän bat Robert, die Damen bei ihrer Ausfahrt zu begleiten. Sie ließen ein Boot zu Wasser und starteten eine Rundfahrt aus der Bucht heraus, rund um die Insel. Robert umrundete die Insel im Uhrzeigersinn. Er wollte die von den Naturfilmern entdeckte Brackwasserlagune aufsuchen. Mit stehendem Motor lenkte er das Boot vorsichtig in die Lagune. Tausende Wasservögel erhoben sich ohne Hektik aus dem Wasser und kreisten über dem Boot. Das Wasser der Lagune war gefüllt mit einem Schwarm kleinerer Rochen. Die jungen Frauen schauten gebannt sowohl nach oben als auch in das Wasser.

Nach etwa zehn Minuten beendete Robert die Störung der Lagune und steuerte zurück zur Yacht.

Wieder an Deck, berichteten Angela, Jenny und Claudia begeistert ihre Erlebnisse.

Die Ankerbucht, in farbiges, spätes Abendlicht getaucht, bei einer Temperatur von angenehmen 28 °C, bot eine romantische Kulisse zum Abschluss dieses ereignisreichen Tages.

Auf dem achterlichen Freideck lud eine schön gestaltete Tafel zum Dinner. Die Direktorin und Kim trugen feinste Speisen auf. Die Yachtgesellschaft befand sich in bester Stimmung und die Yachteigner lobten das gesamte bisher abgelaufene Unternehmen. Die Frauen ließen Gin Tonics mixen. Sie brachten Toasts auf die Yachtcrew und auf die Fahrt aus.

Die raffiniert gestaltete Deckbeleuchtung hielt den nächtlichen Insektenansturm in Grenzen. Etwa um 23 Uhr erklärte Robert den Verlauf des zweiten Tages. Robert hatte vor einigen Stunden John Butcher, den Austernfarmer auf Frederic-Island und Marktbeschicker in Hull-City, angerufen und die Gruppe mit neun Personen für den morgigen Tag Zum-Austern-Genießen angemeldet. Die Anker sollten nach dem Frühstück, 8 Uhr, gelichtet werden. Alle begaben sich zur Ruhe. Die nächtliche Ankerwache teilten sich die Crewmitglieder untereinander auf.

Mittwoch, 26. Juni, 7 Uhr. Von Osten fiel mildes Frühlicht in die Bucht und die Lufttemperatur betrug bereits 26 °C. Die sechs Damen standen im Badedress auf der Badeplattform und warfen sich immer wieder genüsslich in das klare 22 °C warme Wasser, als die Schiffsglocke um 7.15 Uhr zum Frühstück rief.

Auf dem Freideck gab es ein First-Class-Frühstück. 8 Uhr. Alle waren auf ihren Posten an den Ankerwinden. Der Kapitän gab den Befehl, zuerst den Heckanker und anschließend den Buganker zu lichten. Die Yacht schob sich langsam östlich aus der Bucht, schwenkte nach Norden und passierte die Insel backbordseitig. Die nächste Richtungsänderung nach Westen führte durch die Inselwelt auf den Kurs, den Robert mit der Familie Hamilton genommen hatte. Mit einer Geschwindigkeit von vier Knoten steuerte die Yacht Frederic-Island an.

Von Osten kommend fuhr die Yacht nach Süden schwenkend in die windgeschützte Bucht. Bei einer Wassertiefe von vier Metern fiel um 11.15 Uhr der Buganker. Beide Beiboote wurden gefiert, nahmen neun Personen auf und steuerten die Pier der Austernfarm an. Der Kapitän und der Ingenieur blieben zurück an Bord. Die Gastronomie des Austernfarmers John Butcher machte einen rustikalen Eindruck. Bänke und Tische aus massivem Pinienholz waren unter mit Palmenzweigen bedeckten Dächern auf vier Baumstämmen aufgestellt. Die Küche befand sich fast im Freien. Die Gäste konnten die Arbeiten dort verfolgen. Eine junge schwarze Frau in Batikgewändern begrüßte die Gruppe lächelnd. Sie erklärte das Angebot:

- Frische Austern auf Eis mit Zitronensaft und trockenem Weißwein, Röstbrot
- Gebackene Austern mit gedünstetem Mischgemüse, Röstbrot und Rotwein

Die jungen Frauen und Beccy wählten gebackene Austern, die anderen frische Austern. Schon bald strömte ein leckerer Duft aus der Küche. Für jeden gab es zwölf Austern, gebacken oder frisch. Bei angenehmen 28 °C und einem Hauch südlichem Wind genossen sie die Speisen und das abenteuerliche Ambiente. Die Yacht lag draußen schneeweiß im grellen Sonnenlicht auf azurblauem Wasser.

12.30 Uhr ging die Fahrt weiter nach Westen in die Eastbay. Kim stand mit den Gästen auf dem vorderen Aussichtsdeck, erklärte die Skyline der Stadt Hull von Osten gesehen. Sie erzählte die Entstehungsgeschichte des Hull-Country und erklärte geografische Besonderheiten. So querten sie die Schifffahrtsstraße nach Hull-Harbour, querten den Sund und liefen in den Hafen von Eastchurch. Die Gäste wurden auf ihre Posten an den Leinen und Fendern geschickt. Das Anlegemanöver an einer Pier konnte beginnen. Robert bat den Kapitän, die Yacht direkt hinter dem Fähranleger festzumachen. Das Festmachen der Yacht stellte sich schwieriger heraus als das Ablegen. Der Ingenieur und Robert unterstützten die Damen an den Leinen und Fendern.

14.30 Uhr. Kim begann mit den Gästedamen und der Kreuzfahrtdirektorin den Rundgang durch das pittoreske Städtchen Eastchurch, dem Robert sich wieder anschloss. Jenny erzählte Geschichten zu ihrer Heimatstadt, die auch Kim Huin Minh noch nicht kannte. Der Rundgang endete im „Bulwark-Inn". Rosi Hendrix erwartete die Gruppe, begrüßte alle herzlich und führte sie in die Außengastronomie mit Sicht auf das Hafenbecken. Eine Tea Time mit Cones und süßer Sahne rundete den gastronomischen Teil der Reise perfekt ab. Lizzy meinte, das fantastische Erlebnis der beiden Reisetage müsse man mit einem Rauchopfer würdigen. Alle außer Kim und den jungen Frauen schlossen sich genüsslich dem Vorschlag an. Etwas später als 17 Uhr legte die Yacht wieder ab, steuerte aus dem Hafen von Eastchurch hinaus nach Westen in den Sund. Obschon die Gäste Hull-City und ihre Geschichten zum größten Teil kannten, gab Kim die Informationen auch mit der Absicht, den Yachteignern die Professionalität von Hull-Travel-Shipping zu demonstrieren. Etwas verspätet legte die Yacht nach 18 Uhr an den Finnly-Piers in der Westbay an.

An der Gangway stellte sich die Yachtcrew auf und verabschiedete die sechs Damen, die sich herzlich bei jedem Crewmitglied bedankten.

Gina, Angela und Lizzy gingen zu Fuß in Ginas Wohnung. Robert verabredete sich mit ihnen für den nächsten Tag, 9 Uhr, zum Joggen am West Boulevard.

Lizzy sagte: „Wenn wir heute noch einmal Hunger bekommen, könnten wir uns ja bei Antonio treffen. In dem Fall rufen wir dich an, Robert!"

Gina und Robert nickten erfreut. Angela klinkte sich aus.

Robert erledigte die Formalitäten zum Abschluss der Yachtrundfahrt und betrat um 19.30 Uhr seine Wohnung. Gegen 20 Uhr erreichte ihn eine Textmitteilung, dass die Damen ihn im Amiral erwarteten.

47.

Gina und Lizzy besetzten in der Außengastronomie einen Tisch für vier Personen. Kaum war Robert eingetroffen, gesellte sich Antonio dazu. Er wusste von der Yachtfahrt und wollte Einzelheiten von den dreien erfahren. Gina und Lizzy berichteten begeistert ihre Erlebnisse und beurteilten die Yachtfahrt als ein Highlight ihres Lebens. Antonio lachte herzlich, klopfte Robert auf den Rücken und zu den Damen gewandt sagte er: „Ihr seht, welche großartigen Männer unsere Stadt zu bieten hat!" Gina und Lizzy gaben amüsiert Beifall, erhoben sich und küssten Robert. Während Gina und Lizzy es genossen, empfand Robert es peinlich, dass diese Aktion rundum Aufsehen erregte. Die beiden Frauen hatten sich für den Abend wieder extra schön gemacht.

Antonio, von der Situation angeregt, lud zum Essen auf Kosten des Amiral ein: „Ihr als Gäste mit einer so guten Laune seid die Highlights meines Amiral-Tages!"

Gina meinte, dass sie nach der Rundfahrt wieder auf ihre Linie achten müsse, und bestellte Salat. Lizzy schloss sich dem amüsiert an. Robert verzichtete auf Essen und freute sich auf ein Pint kaltes Luna. Es wurde ein schöner Abend mit Rauchen und Cocktails für die Damen.

Um 23 Uhr verabschiedeten die Damen sich von Antonio mit Küsschen und ließen sich von Robert zu Ginas Wohnung begleiten.

Beide Damen baten Robert, noch eine Stunde mitzukommen, und so machten sie es sich auf der Dachterrasse bei angenehmer Nachttemperatur noch einmal bequem.

„Ich wäre gerne während unserer Yachttour die ganze Zeit mit dir auf der Brücke gestanden, hätte alles gesehen, hätte alles gehört, was Kim berichtete, und hätte gerne miterlebt, was du als Kapitän gesagt und gemacht hast!", schwärmte Gina.

„Ja, leider hatten wir den Gaststatus und konnten die Fahrt nicht intimer erleben", meinte Lizzy. „Aber es war ein einmaliges Erlebnis! Ich muss dich dafür noch einmal drücken, Robert."

Sie stand auf, setzte sich zu Robert auf die Sessellehne und drückte ihn. Robert, solche spontanen Zuwendungen von Freude und Liebe ungewohnt, geriet ins Schwitzen und dennoch verursachte die emotionale Regung Lizzys ihm ein Glücksgefühl. Gina packte sich auf andere Sessellehne und sie drückten sich eine Weile zu dritt.

Inzwischen war die Nacht fortgeschritten. Robert fragte, ob es bei 9 Uhr zum Joggen bliebe. Lizzy und Gina wechselten kurz Blicke, bestätigten das. Sie hätten Robert gerne die ganze Nacht gehabt. Robert verabschiedete sich.

Als Gina und Lizzy alleine waren, sagte Lizzy: „Robert fällt als Mann aus jedem Klischee. Ich würde wetten, dass von hundert Männern neunundneunzig versucht hätten, die Nacht mit uns zu verbringen. Wenn du siehst, wie er auf der Bühne rockt, wie er den coolen Kapitän abgibt, dann kann man seine Zurückhaltung in solchen Situationen, wie z. B. der heute Nacht, schwer nachvollziehen!"

„Ja, genau das hat auch Beccy berichtet, die ihn seit der Jugend kennt!", sinnierte Gina.

„Ich nehme an", überlegte Lizzy weiter, „dass Robert als introvertierter Mensch mit enormen Talenten ausgestattet ist, die er nur in dem jeweils passenden Rahmen ausleben kann. Er benötigt die jugendliche Rockband, um gemeinsam mit den Jugendlichen zu rocken. Er benötigt das Story-Ville mit dem Musikensemble, um seiner Leidenschaft des Bassspielens in vielen verschiedenen Musikgenres nachzugehen. Der Bass ist ja ein Instrument, das nicht so im öffentlichen Fokus der Musikszene steht. Das kommt seinem bescheidenen Naturell entgegen. Als Kapitän bei der Hull-Travel-Shipping lebt er auf angenehme Weise seine Leidenschaft für die Seefahrt aus, ohne im Vordergrund stehen zu müssen. Dort hat er Kim Huin Minh, die das sensible Kundenhandling als extrovertierte Person fantastisch beherrscht."

„Was mich faszinierte an Robert, als ich ihm zum ersten Mal begegnete, war sein gutes Aussehen, die sachliche Ruhe, in der er mit mir arbeitete, seine Höflichkeit, sein natürlicher Charme!", erklärte Gina. „Ich war sofort hin und weg wie noch nie zuvor bei einem Mann. Ich hatte wunderbaren Sex mit ihm! Auch dazu ist er befähigt."

„Ja, vielleicht hat er Probleme mit unserer Frauenbeziehung. Obschon ich keinerlei Homophobie bei ihm spüre", meinte Lizzy. „Aber er ist heterosexuell veranlagt", ergänzte Gina. „Ich kann mir vorstellen, dass ihn unser Verhältnis verunsichert. Nicht so sehr das Verhältnis als solches, sondern er ist sich nicht sicher, wie er damit umgehen soll!"

Lizzy meinte: „Wir müssten ehrlich mit uns selbst und auch mit Robert sein. Wenn wir behaupten, nicht lesbisch zu leben, ist die Realität aber doch anders, oder?"

„Weil wir seit unserer Kindheit dieses Verhältnis haben, weiß ich nicht so richtig, was genau lesbisch ist. Unser Verhältnis ist für mich schon immer Normalität", meinte Gina.

Lizzy analysierte: „Wir müssen offen mit Robert darüber reden. Für uns selbst muss klar werden:

Wollen wir Robert ohne irgendwelche Vorbehalte in unsere Beziehung einbinden und aus einer Zweierbeziehung eine Dreierbeziehung machen?

Wenn ja, müssen wir klären, wie seine Position zu dir ist und zu mir ist. Werden wir auch Sex in einer Dreierbeziehung praktizieren?

Wenn wir uns unserer eigenen Position zu den Punkten sicher sind, müssen wir Robert das erklären, so klar, wie ein introvertierter Mensch es braucht."

„Du hast recht, Lizzy, wir müssen das zuerst für uns klären. Allerdings ist es mir jetzt zu spät und ich bin zu müde, deine Punkte konzentriert zu diskutieren!"

„Wir dürfen nicht lange warten, denn Robert, so meine ich, ist verunsichert. Ich bin sicher, dass er dich liebt und mich nicht ablehnt!", warf Lizzy ein.

„Gut, dann lass uns zuerst über deinen zweiten Punkt reden, Lizzy! Ich bin jetzt verliebt in ihn, glaube aber auch, dass ich ihn immer lieben werde. Ich will ihn also für mich als Lebenspartner, jedoch auf unsere Beziehung als Frauen kann ich niemals verzichten. Robert müsste also mit dieser Situation klarkommen. Deshalb ist es für mich notwendig, dass wir Sex zu dritt haben. Das heißt, wir beziehen ihn vorbehaltlos und vollständig ein in unsere Beziehung, die ja nicht nur eine Frauenbeziehung, sondern auch eine Familienbeziehung ist!"

„O. k., Gina! Dann müssen wir ihn, ohne darum herumzureden, im Klartext informieren, und das am besten schon morgen."

48.

Donnerstag, 27. Juni, 8.30 Uhr. Gina rief an: „Hi Robert, wir sind etwas verspätet! Warte bitte in deiner Wohnung, wir holen dich ab, bis gleich!"

Gina und Lizzy erschienen in Straßenkleidung. Die Sportkleidung brachten sie in Sporttaschen mit.

Gina erklärte: „Wir ziehen uns hier um. Wenn wir zurückkehren, duschen wir hier und gehen gemeinsam zum Lunch! Ist das o. k., Robert?"

„Ja, ist o. k.! Wohin gehen wir zum Lunch?", fragte Robert.

„Wir möchten in Ruhe, ohne fremde Ohren unter sechs Augen mit dir reden, Robert!" „Also nicht zu Antonio, nicht zu Beccy, nicht in das Yachtclub-Restaurant."

„Im Albatros-Ocean, direkt hier neben dem Finnly-Haus, kennt uns niemand", schlug Robert vor.

„Ja, das machen wir", meinten beide Frauen.

Die Frauen hatten sich ein wenig umgesehen. Sie waren zum ersten Mal in Roberts Wohnung.

„Sag mal, du hast eine super Wohnung, Robert", meinte Lizzy.

„Ja, sie gehörte meinen Eltern, die vermisst sind seit meinem fünften Lebensjahr. Meine Eltern und auch diese Wohnung habe ich nie gekannt. Ich habe die Wohnung geerbt, als Grandpa John Finnly von uns ging."

Inzwischen waren Gina und Lizzy fertig umgezogen zum Joggen. Sie starteten gegen 10.30 Uhr.

Auf dem West Boulevard liefen sie wie gewohnt bis zum Ende der befestigten Straße.

Robert hatte darum gebeten, das Tempo für ihn ein wenig niedriger zu halten. Die Tagestemperatur überstieg bereits 30 °C. Die Damen schauten sich um. Es war niemand an dem Naturstrand an der Westbay zu sehen.

„Wir kühlen uns mal schön ab", schlug Lizzy vor. Sie ließ ihre Textilhüllen fallen und rannte in das Meerwasser. Ihr folgte Gina und ehe die Frauen sich zu ihm umdrehten, erreichte auch Robert das Wasser und konnte somit seine Erektion vor den Frauen verbergen. Sie tobten vergnügt im Wasser, tauchten sich unter, schwammen kurze Sprints um die Wette, spritzten mit Wasser und kreischten wie Schulmädchen.

Das spielerische Wasservergnügen half Robert, seine Erektion abzubauen. Er fühlte sich wohler.

Etwa eine halbe Stunde genossen sie den unbeschwerten Wasserspaß, dann joggten sie langsam zurück zum Finnly-Haus. Gina und Lizzy duschten gemeinsam. Sie ersparten Robert das Duschen zu dritt.

Um 13 Uhr betraten sie das Albatros-Ocean und belegten einen Tisch in der Innengastronomie direkt an den Fenstern zum Garten. Sie waren fast alleine in dem großen Raum, denn die Lunchgäste wählten schattige Plätze in der Außengastronomie. Lizzy lud heute zum Lunch ein, was ohne Diskussionen von Gina und Robert angenommen wurde. Sie bestellten à la carte.

„In den letzten acht Tagen haben wir fantastische Erlebnisse mit dir gehabt, Robert", eröffnete Lizzy. „Gina und ich möchten Gedanken mit dir austauschen, wie wir in Zukunft unsere Beziehung gestalten."

„Ja, Robert, ich möchte dich bitten, zunächst einmal etwas über deine Vorstellung zu unserer zukünftigen Beziehung zu sagen!", bat Gina.

„Ich bin von der Seefahrt zurückgekehrt, auch, weil ich mich nach einer Beziehung mit einer, ich nenne das "bürgerlichen" Frau, sehne, die selbst eine Familie hat. Ich suche also auch Familienanschluss. Genau gesagt, habe ich folgende Vorstellungen:

- Ich möchte finanziell unabhängig bleiben und meine Partnerin sollte ebenfalls finanziell unabhängig sein.
- Ich wünsche mir, dass meine Partnerin selbst Kinder hat und keine weiteren Kinder, z. B. aus Gründen des Alters, möchte.
- Ich möchte Mitglied einer Familie werden, aber eine gewisse Unabhängigkeit bewahren.

- Das bedeutet, dass ich meine Partnerin nicht heiraten möchte und dass ich auch nicht dauerhaft in ihrem Haushalt leben möchte oder sie nicht dauerhaft in meinem Haushalt leben sollte.
- Ich verspreche meiner Partnerin Treue.
- Ich möchte gerne Grandpa sein, für die Enkelkinder, die noch kommen.

Das sind die Kernpunkte meiner Vorstellungen von einer Partnerschaft", schloss Robert.

„Danke, Robert, das ist eine präzise Erklärung", sagte Gina nachdenklich. Wenn du mich siehst. Wie weit erfülle ich deine Vorstellungen?"

„Sehr weitgehend, Gina. Du bist finanziell unabhängig. Du bist selbstbewusst und selbstständig. Du bist in meinen Augen eine bürgerliche Frau. Du hast eine wunderbare Tochter. Du hast eine Grandma in deiner Familie, die ich verehre. Du bist eine schöne, begehrenswerte Frau. Ich liebe dich! Die Frage ist, inwieweit du mit meinen Vorstellungen konform gehen kannst, Gina?"

„Weshalb willst du nicht dauerhaft mit mir in einem Haushalt leben, Robert?"

„Ich ängstige mich vor der schleichenden Routine in einer Beziehung. Ich möchte, dass wir uns über längere Zeit möglichst wenig auf die Nerven gehen. Das verliebte Kribbeln im Bauch möchte ich so lange wie möglich erhalten. Ob sich das im Laufe der Zeit ändert, wenn wir älter werden und infolgedessen mehr und mehr aufeinander angewiesen sind, kann ich heute nicht beurteilen, halte ich aber für möglich."

Es folgte eine länger anhaltende Stille zwischen den dreien. Sie stocherten nachdenklich in ihrem Essen.

„Du hast in deiner Aufzählung dessen, was ich bin und erfülle, Lizzy nicht erwähnt, Robert", wandte Gina ein.

„Ich verstehe das Besondere eurer Beziehung und akzeptiere das. Ich habe einen Mentor, der meinte, ich würde auf einer Messerklinge reiten, wenn wir unsere Beziehung zu dritt nicht in allen Punkten klären!"

Lizzy meldete sich erstmals zu Wort: „Ja, Robert, dein Mentor trifft den Nagel auf den Kopf! Deshalb stelle ich jetzt die Frage, ob wir an dem Punkt sind, die Beziehung unter uns dreien zu klären?"

„Deine Bedingungen einer Partnerschaft zwischen uns akzeptiere ich Robert, aber da ich die Verbindung mit Lizzy beibehalten muss, sollten wir über eine Dreierbeziehung sprechen", forderte Gina. „Wir haben dir erklärt, dass die Freundschaft zwischen Lizzy und mir seit unserer Kindheit eine sexuelle Seite hat, die wir nicht einer klassisch lesbischen Verbindung zuordnen! Wir müssen jetzt darüber reden, wie du zu Lizzy stehst, Robert!"

„Wenn es dich nicht gäbe, Gina, würde ich mich um Lizzy bemühen. Sie erfüllt alle Kriterien, die auch auf dich zutreffen. Sie ist eine schöne begehrenswerte Frau. In einer Dreierbeziehung zwischen uns würde meine neue Familie größer, schöner. Ihr beide gebt euch in eurer Beziehung etwas, das ein Mann niemals geben kann. Deshalb würde ich davon profitieren, dass du bei Lizzy einen Ausgleich findest. Lizzy könnte helfen, wenn wir einmal in unserer Partnerschaft Schwierigkeiten haben. Lizzy ist im Gegensatz zu uns beiden ein extrovertierter Mensch. Als introvertierte Menschen haben wir so unsere Probleme, Kontakte zu bewerten, zu pflegen. Lizzy ist für dich, Gina, und dann auch für uns beide das sichere Fenster zu sozialen Kontakten."

„Ich liebe und begehre dich, Gina, und Lizzy begehre ich auch. Wenn Ihr Sex zu dritt wollt, finde ich es gut, wenn Ihr mich an die Hand nehmt!"

Gina und Lizzy wischten mit ihren Servietten ein paar Tränen.

Lizzy meinte: „Ja, wir haben das Wichtigste besprochen. Die feineren Einzelprobleme unserer Beziehung werden wir von Fall zu Fall klären müssen."

Lizzy verlangte die Rechnung. Sie verließen das Albatros-Ocean und begaben sich wieder in Roberts Wohnung. Gina fragte, wie das Wochenende geplant sei.

„Arbeitest du im Story-Ville am Samstagabend, Robert?", fragte Lizzy.

„Nein, am Samstagmittag habe ich ein Gespräch mit Sokrates im Story-Ville. Der Abend ist für mich frei", erwiderte Robert. „Was hältst du davon, wenn wir Samstagabend mit Robert Tango tanzen, Gina", fragte Lizzy.

„Oh ja, das wäre wundervoll", erwiderte Gina. „Würde dir das gefallen, Robert?"

„Ja, ich würde mich riesig freuen", bekräftigte Robert.

„Also, ich reserviere im Boulevard-Tango und du, Robert, fährst uns mit dem Dinghy dorthin?" „O. k. Mache ich!"

„Ja, Lizzy, wir übernachten bei mir zu dritt, joggen am Sonntagmorgen, wenn wir dazu fähig sind, und machen den Familiennachmittag bei Grandma", ergänzte Gina.

Sie verabschiedeten sich von Robert. Lizzy wünschte, von Robert einmal richtig auf den Mund geküsst zu werden. Sie trennten sich glücklich.

49.

Um 18 Uhr traf Robert noch einmal Bal Johnson in seinem Büro. „Wie sieht es in der kommenden Woche aus?", fragte Robert. „Vom 1. bis zum 3. Juli liefern wir eine Spezialyacht für das Heißballonfahren aus. Es ist eine DF-80F-2X800PS, die mit der Infrastruktur zum Start von Heißluftballons ausgerüstet ist. Es befinden sich zwanzig Gästeschlafplätze auf der Yacht. Ein komplett ausgerüsteter Sanitätsraum ist werkseitig integriert. Das war übrigens mit ausschlaggebend für den Kauf der Yacht bei uns, denn die zwanzig Schlafplätze sind Gästebetten für zahlende Kunden. Für diese Passagierzahl ist ein Sanitätsraum vorgeschrieben und die Anwesenheit eines Notrettungssanitäters. Die Yacht hat nur einen Startplatz für Heißballone, aber es werden fünf Ballone mitgeführt. Es sind fünf Beiboote vorhanden. Die Crew des Käufers der Yacht besteht aus dem Kapitän, dem Schiffsingenieur, fünf Ballonführern und einer Gästehostess."

„Ich hoffe, dass Sie das Kommando der Einführungsfahrt übernehmen können, Mr. Finnly?"

„Ja, das geht o. k., Mr. Johnson!", bestätigte Robert. „Wahrscheinlich gibt es montags bereits einen Abstimmungsbedarf bezüglich des Fahrtverlaufs." Johnson bestätigte dies.

Noch an diesem Donnerstagabend beschloss Robert, nach Westchapel zu fahren. Er rief Conchita an und fuhr los. Nach 20 Uhr legte das Dinghy am Boganson-Pier an. Robert ging in das Cottage. Er wollte einen ruhigen Abend zu Hause verbringen. Im Kühlschrank fand er Leckeres zum Abendessen mit einem Zettel von Conchita, die ihm darauf guten Appetit wünschte und ihren Besuch für den Freitagmorgen ankündigte. Er setzte sich mit einem Luna und einer Zigarre auf die Westterrasse und dachte nach.

Er war froh, dass er seine Vorstellungen von einer Partnerschaft mit Gina und Lizzy direkt und ohne verbale Hilfswendungen vorgetragen hatte. Auch die Vorstellungen der Frauen stimmten ihn zuversichtlich.

Natürlich war es möglich, dass er oder Gina oder Lizzy das Gespräch gedanklich nachbearbeiteten und vielleicht neuer Gesprächsbedarf entstand. Man musste abwarten. Robert versuchte sich seinen zukünftigen Lebensrhythmus vorzustellen. Der Donnerstag musste für Gina freibleiben. Der Sonntagvor- und -nachmittag sollte regelmäßig der Familientag bei Lombardis und Brandströms bleiben. War das ausreichend, die Beziehung stabil zu halten?

Er benötigte Montag bis Mittwoch Zeit für Einführungsfahrten bei Hull-Travel-Shipping. Den Freitag wollte er freihalten für den regelmäßigen Aufenthalt im Boganson-Cottage, da Gina und Lizzy freitags beruflich gebunden waren. Samstags war Gina ab 18.30 Uhr frei, Lizzy häufig früher. Er hatte sie ja Samstagnachmittag auf dem Markt angetroffen. Der Samstagabend schmerzte, wenn er in der Varieté-Show arbeiten musste. Er nahm sich vor, den Samstagabend für Gina und Lizzy freizuhalten. Das wollte er Samstag bei dem Gespräch mit Sokrates klären.

Als es Nacht wurde, begab Robert sich zur Ruhe.

Freitag, 28. Juni, 7 Uhr. Robert erwachte vom Geräusch Conchitas Staubsauger. Er duschte und pflegte sich, schlüpfte in den Morgenmantel und begab sich in den Wohnraum. Conchita bemerkte ihn, schaltete den Sauger ab und begrüßte ihn mit ihrer eigenen Art von Herzlichkeit. Der Tisch war für zwei Personen gedeckt. Sie setzten sich und begannen in Ruhe zu frühstücken. Robert berichtete den Verlauf der Woche. Conchita lobte Gina und ihre Familie in höchster Anerkennung. Dass es zwei Familien waren, wusste sie nicht, da es ihr nicht gesagt worden war. Robert wollte es dabei belassen, denn die näheren Umstände der Verbindung beider Familien hätten Conchita irritiert.

Nach dem Frühstück spazierte Robert in den oberen Ortsteil, passierte die Windkante und stand vor der weitläufigen Sandbay, die sie am Dienstag in der Woche von der Yacht aus gesehen hatten. Wieder wurde ihm bewusst, wie paradiesisch die Insel ist. Jetzt, am Freitagmorgen, war die Bucht menschenleer. Aber sicher würde der herrliche Badeplatz am Wochenende wieder belebt sein.

Auf dem Rückweg ging Robert in den Store, begrüßte Mercedes Martinez, erhielt neueste Informationen aus Westchapel, die sich von denen Conchitas doch ziemlich unterschieden. Das Sommerfest war für die Gemeinde ein finanzieller Erfolg gewesen. Etliche Bürger des Ortes waren allerdings entsetzt über die Menschenmassen und den stundenlangen, so ihre Meinung, unerträglichen Geräuschpegel.

Robert fragte, ob die Chefin im Hause sei. Mercedes telefonierte und bestätigte, dass Raffaela ihn erwarte.

Er stieg in das Obergeschoß und betrat Raffaelas Büro. Zur Begrüßung nahm Raffaela Robert kurz in ihre Arme und drückte ihn. Sie nahmen Platz an dem kleinen Besuchertisch.

„Wie ist die Stimmung in Westchapel nach dem Spektakel am vergangenen Wochenende?", fragte Robert.

„Geteilt, Robert, ich darf dich doch duzen", fragte sie?

Robert lächelte: „Ich freue mich Raffaela!"

„Ja, der kleinere Teil unserer Bürger ist entsetzt über das Sommerfest, wobei die Geräuschkulisse hauptsächlich der Stein des Anstoßes ist. Der weitaus größere Teil unserer Bürger reagiert zustimmend bis begeistert!", berichtete Raffaela. „Wir haben ein Sommerfest-Team gegründet, das zukünftige Veranstaltungen dieser Art plant und durchführt. Das Team machte bereits eine kritische Rückschau mit dem Ergebnis, dass im nächsten Jahr mehrere Musikgruppen eingeladen werden, sodass wir einen Musikmix von sanft bis rockig erhalten."

Ja, das ist der richtige Weg, glaube ich", meinte Robert. „Wie steht es mit der Entwicklung von Yachtplätzen, die in Westchapel-Harbour vermietet werden?"

„Ja, es gibt den Beschluss der Gemeinde zur Realisierung. Die Finanzierung der Pierverbesserung ist in Zusammenarbeit mit der HCB gesichert. Zurzeit laufen Ausschreibungen für die Baumaßnahmen. Geplanter Baubeginn ist November in diesem Jahr."

„Gibt es schon Bewerber für Yachtliegeplätze", fragte Robert.

„Es gibt Anfragen aus dem Country und sogar von außerhalb des Countrys. Allerdings wartet die Gemeinde mit einer Vergabe bis zu einem sicheren Datum der Fertigstellung der Liegeplätze."

„Du kannst nicht sagen, wer aus dem Country angefragt hat?"
„Nein", sagte Raffaela lächelnd. „Darüber darf zurzeit nicht informiert werden! Warum fragst du?"

„Ich habe eine Geschäftsidee", erklärte Robert. „Eine Yacht-rundfahrt mit zahlenden Gästen hier im Hull-Country. Ausgangs-und Ankunftspunkt der Fahrten wäre Westchapel-Harbour. In dem Zusammenhang würden wir hier Übernachtungsmöglich-keiten in Hotelqualität benötigen."

„Und, wärest du der Unternehmer, Robert", fragte Raffaela.

„Nein, ich würde die Kapitänfunktion übernehmen wollen. Unternehmer könnte z. B. die Hull-Travel-Shipping sein!"

Raffaela lächelte bedeutungsvoll: „Deine Idee ist eine Top-Idee. Nachdem ich den Bericht meiner Tochter und den von Jen-ny O'Toole über die Yachtrundfahrt in dieser Woche hörte. Das ist ganz klar, Robert! Darf ich die Idee intern weiterverarbeiten?"

„Ja, gerne Raffaela, wenn damit gemeint ist, dass auch ich eine unverbindliche Anfrage auf einen Liegeplatz gestellt habe!"

„O. k., das ist so Robert, denn es gibt noch keine formel-len schriftlichen Anfragen. Die würden wir im derzeitigen Pla-nungsstadium gar nicht entgegennehmen."

Robert bedankte sich, verließ den Store. Er ging in das West-chapel-Inn, besuchte Dora und Frank. Die beiden freuten sich. Sogleich berichteten sie über den Verlauf des vergangenen Wo-chenendes: „Unsere Stammgäste haben mitgearbeitet bis zum Umfallen. Wir hätten es sonst unmöglich geschafft, die Gastro-nomie am Laufen zu halten!", berichtete Frank Conelly.

„Ja, im nächsten Jahr wissen wir besser, was vorbereitet wer-den muss", ergänzte Dora.

„Ich muss mich bedanken bei euch, dass Ihr meine Freun-din und deren Familie so freundlich und aufmerksam versorgt habt", sagte Robert.

„Ich gratuliere dir zu der wunderschönen Frau, Robert. Auch ihre Familienmitglieder waren angenehme freundliche Men-schen", sagte Dora anerkennend.

„Danke, Dora, die Lombardis fanden unseren Ort traumhaft schön und sie waren begeistert von dem Sommerfest. Es war auch eine glückliche Fügung, dass die O'Tooles und die Contes mit an unserem Tisch saßen. Ich war erleichtert über den Entschluss Jennys, Agrarwirtschaft zu studieren und auf der Insel zu bleiben!"

„Ja, alle hier waren froh über diese Wendung", bestätigte Dora.

„Was gibt es heute zum Lunch?", fragte Robert.

„Es gibt Fisch und Chips mit grünem Salat, alles frisch zubereitet. Den Fisch haben heute Big und Phil wieder geliefert."

„Dann bleibe ich hier zum Lunch und nehme vorab ein Pint Luna", sagte Robert.

Nach dem Lunch ging Robert zurück in das Cottage. Er beging die Räume des Hauses und versuchte dabei alles mit den Augen eines Fremden zu erfassen. Gedanklich beschäftigte er sich mit der Frage, ob das Cottage den Ansprüchen Ginas genügen könnte, wenn sie die Pharmazie ihrer Tochter Angela übergeben und sich selbst mit ihm, Robert, hierher zurückziehen würde? Er bezweifelte, dass Gina hier dauerhaft leben wolle. Vielleicht war es möglich, Wochenendaufenthalte hier zu haben? Wenn sie beide sich hier aufhalten sollten, musste das Cottage von Grund auf renoviert werden, und das würde er gemeinsam mit Gina planen!

50.

Nachmittags kehrte Robert zurück nach Hull in das Finnly-Haus. Er hatte Samstagmorgen das Gespräch mit Sokrates im Story-Ville. Am frühen Abend rief Gina an: „Hi Robert, Lizzy hat im Boulevard-Tango einen Tisch für uns um 20 Uhr. Wie lange dauert die Fahrt mit dem Dinghy dorthin?"

„Hi Gina, eine Stunde, wenn wir von der Pharmazie abfahren", erwiderte Robert.

„Dann schlage ich vor, dass du morgen Nachmittag um 19 Uhr Lizzy und mich hier an unserer Pier abholst. Die Pharmazie schließt um 18.30 Uhr. Dann muss ich mich umkleiden für den Tango. Es ist möglich, dass wir ein wenig später abfahren! Und bring bitte Nachtkleidung, Morgenmantel und Toilettenutensilien mit."

„O. k. Gina", bestätigte Robert.

Samstag. Robert frühstückte in seiner Wohnung im Finnly-Haus. Es herrschte das für die Jahreszeit typisch stabile, trockene Klima mit hohen Tagestemperaturen. Bei kühlen 26 °C benutzte Robert zum Frühstücken den noch schattigen Balkonplatz. Er überlegte, ob er Bal Johnson von seiner Geschäftsidee mit Kreuzfahrtyachten im Hull-Country und Standort in Westchapel-Harbour berichten solle.

Er rief Bals Büro im Hause an. Bal war anwesend und hatte Zeit für ihn. Sie trafen sich gegen 10 Uhr.

Bal hörte zu, überlegte: „Vor geraumer Zeit habe ich mit Dick van Daelen über ein ähnliches Konzept gesprochen. DF-Shipyard würde als Yachthersteller einen völlig neuen Geschäftsbereich einführen, nämlich das Kreuzfahrtgeschäft. Van Daelen ist der Ansicht, dass zu dem Zweck DF-Shipyard Kompetenz, Infrastruktur und Fachpersonal aufbauen müsste. Ist das erforderliche Personal im Hull-Country zu finden? Unter dem Namen Hull-Travel-Shipping könnten wir einen solchen Geschäftszweig führen, aber Sie sehen selbst, wie sehr wir alleine mit der Übergabe von verkauften Yachten beschäftigt sind, Mr. Finnly!"

„Nehmen wir an, ein Konsortium würde einen Geschäftszweig dieser Art, finanziert durch Crowdfunding, aufbauen. Wäre die DF-Shipyard bereit, das Vorhaben durch Sponsoring, z. B. durch Bereitstellung einer Yacht mit moderaten Mietkosten, zu fördern? Es gibt starke Veränderungskräfte im Country. Denken Sie z. B. an die Fischereigenossenschaft, die Agrargenossenschaft, an den Fährverein. Wenn die Menschen hier an einem Strang ziehen, kann einiges bewegt werden. Und ich sehe, dass das vor allem im County ein Verhaltenstrend zu sein scheint!", argumentierte Robert.

Bal wirkte interessiert: „Ich rede gerne noch einmal mit Mr. van Daelen darüber. Besser wäre es, wenn wir gemeinsam mit ihm darüber reden. Ich bemühe mich um einen Termin, Mr. Finnly."

12 Uhr. Robert betrat das Büro von Evangelos Sokrates im Story-Ville. Jenny, Claudia und Emilio waren bereits anwesend, auch Bengt Hellman, der Direktor. Robert staunte. Sokrates Büro wirkte aufgeräumt.

„Ihre Idee, eine Situation aus dem Leben musikalisch zu interpretieren, ist nicht neu, meine Damen und Herren. Denken Sie an Theater, Musical, Tanztheater etc. Ihre Idee, eine Pantomime musikalisch zu interpretieren, und das mit einer reinen Rhythmusgruppe (Bass und Drums), ist etwas Neues und Varietégeeignet. Wir sollten Ihr Projekt also auf den Prüfstand stellen!", erklärte der Direktor. „Dabei benötigen wir kompetente Partner zur Umsetzung. „Ich habe deshalb mit der öffentlichen Fernsehgesellschaft gesprochen und sie sind interessiert. Die TV-Gesellschaft produziert den von Ihnen vorgeschlagenen Stummfilm in Schwarz-Weiß. Hier im Story-Ville soll es in einer Varieté-Show einen Probelauf geben. Ist das Projekt erfolgreich, erwirbt die TV-Gesellschaft Nutzungsrechte. Erst in dem Fall wird an Sie als Künstler ein Honorar gezahlt, dessen Umfang wir im Vorhinein vertraglich fixieren. Wenn Sie mit den Bedingungen einverstanden sind, wird unser Musikdirektor, Mr. Sokrates, die Projektbetreuung bis zur Durchführung übernehmen!", schloss Hellman seine Ausführungen. Wenn Sie einverstanden sind, heben Sie bitte eine Hand. Der mündliche Vertrag ist ausreichend beim jetzigen Projektstand!"

Alle vier hoben ihre Hand zum Einverständnis. Hellman bedankte sich und verließ das Büro.

Sokrates lächelte: „Na, dann herzlich willkommen an Bord. Die TV-Leute finden euer Thema, wie wir auch, hervorragend geeignet, und da es ein Stummfilm wird, gibt es keine Veröffentlichung des Textes. Das heißt, der Text muss geheim bleiben! Als Nächstes gehen wir die Produktion des Filmes an. Die TV-Leute setzen dafür zwei Produktionstage an, und zwar am 5. und 6. Juli. Eine Vorbesprechung gibt es am 4. Juli um 10 Uhr in den Fernsehstudios. Sie erhalten eine schriftliche Einladung. Sie müssen bis dahin den Text vollkommen beherrschen, denn es wird mit Ton aufgenommen, damit das Timing der Bildsequenzen stimmt. Später wird der Ton wieder von der Spur genommen. Die Kostümierung und die Maske übernehmen die TV-Gesellschaft, darüber brauchen sie sich keine Gedanken zu machen! Dann, meine Damen und Herren, auf gute Zusammenarbeit!" Er stand auf und reichte allen die Hand. Robert bat Sokrates noch um ein weiteres Gespräch unter vier Augen. Jenny, Claudia und Emilio verabschiedeten sich von Robert und verließen das Story-Ville.

Robert erklärte: „Meine persönliche Lebenssituation hat sich dahingehend verändert, dass ich zumindest samstags nicht in der Varieté-Show arbeiten kann. Es gibt neuerdings eine Frau in meinem Leben, mit der ich möglichst jeden Samstag verbringen möchte ..."

Sokrates überlegte: „Wenn das so ist, müssen wir dich aus dem Regelbetrieb herausnehmen, Robert. Dann können wir dich einsetzen, wenn hier plötzlich, z. B. im Krankheitsfall, Engpässe entstehen. Das würde allerdings nur gehen, wenn du in solchen Ausnahmefällen zu jeder Zeit an beliebigen Wochentagen einspringen würdest!"

„Ja," sagte Robert. „Das kann ich wahrscheinlich bis auf die Tage Dienstag und Mittwoch zusagen. Ich werde es heute mit meiner Partnerin klären. Ich gebe dir Bescheid, Evangelos!"

Es war 13.30 Uhr. Robert ging in die Markthallen. Er hoffte, Beccy und vielleicht auch Lizzy zu treffen. Bei John Butcher bedankte er sich für die freundliche Aufnahme seiner Yachtgäste in der Austernfarm. Butcher entschuldigte sich für seine Nichtanwesenheit am Dienstag. Er hatte einen anderen wichtigen Termin gehabt.

Beccy besetzte mit einigen anderen Damen, die Robert vom Sehen kannte, den Weinstand. Die Damen waren gut gelaunt. Als Beccy Robert bemerkte, winkte sie ihm an den Stand zu kommen.

„Ich berichte gerade von unserem großartigen Yachtausflug diese Woche", sagte sie zu Robert. Die Damen schauten ihn bewundernd an.

„Ja, es war wirklich eine gelungene Veranstaltung", bestätigte Robert. „Bisher sahen wir auf jeder Rundfahrt Delfine, Orcas, Belugas und Buckelwale. Wir leben hier in einem Paradies, aber viele Menschen sehen das Paradies vor lauter Paradies nicht", meinte er lächelnd.

Ihm wurde ein Glas trockener Weißwein gereicht. Die Damen fragten interessiert nach Details der Rundfahrt. Robert gab bereitwillig Auskunft. Er dachte an den möglichen Kreuzfahrttourismus. Die Damen und ihre Familien sah Robert bereits als potenzielle Kunden in der Zukunft.

Als die Damenrunde sich allmählich auflöste, fragte Beccy: „Essen wir noch etwas zusammen, Robert?"

„Im Amiral?"

Sie arbeiteten sich durch das Marktgewirr zum Amiral, nahmen einen frei gewordenen Tisch in der Außengastronomie. Beide bestellten Salat mit warmem Ziegenfrischkäse und Toast zum Lunch.

Beccy fragte: „Robert, weißt du, wie Gina Lombardi und Lizzy Brandström zueinanderstehen?"

„Ja, Beccy, es sieht aus wie ein lesbisches Verhältnis, ist es aber nicht. Die beiden Frauen sind enge Freundinnen. Ich bin mit Gina zusammen und somit ist Lizzy auch eine enge Freundin von mir!"

„Du Glücklicher", sagte Beccy in leicht ironischem Tonfall. Die attraktiven Frauen scheinen nur so auf dich zu fliegen!"

Robert hob seine Schultern. „Ich kann damit leben, Beccy!"
Sie lachten beide, sprachen im Weiteren über allgemeine Themen.
Gegen 15 Uhr verabschiedeten sie sich. Robert ging zurück in seine Wohnung und gönnte sich eine kleine Auszeit bis zur Abholung von Gina und Lizzy an der Pharmazie.
Kurz vor 19 Uhr betrat Robert Ginas Wohnung. Lizzy war bereits anwesend. Sie trug ihr Tango-Kostüm. Robert staunte über die Verwandlung, die das Tango-Kostüm bewirkte. Das erdfarbene fast knöchellange, im Oberkörper hautenge Kleid in Verbindung mit einem schwarzen Kopfschleier verwandelte Lizzy in eine südländisch wirkende Schönheit. Gina legte eine fast identische Kleidung an. Er trug auf Anweisung Ginas einen dunklen Anzug mit weißem Hemd ohne Krawatte, dazu glänzende schwarze Halbschuhe.
19.30 Uhr legten sie mit dem Dinghy ab. Lizzy telefonierte mit dem Pub und kündigte eine leichte Verspätung an.
Das Boulevard-Tango verfügte an der Eastbay-Pier über eigene Mooringliegeplätze. Für Roberts Dinghy war, durch Lizzy veranlasst, ein Liegeplatz reserviert. Sie betraten das Tango-Lokal von der East Boulevardseite, gingen durch eine Innengastronomie weiter in einen Patio. Dort war ein runder Tisch mit drei Sitzplätzen für sie reserviert, etwa in der zweiten Tischreihe rund um eine kreisrunde Tanzfläche. Biggy Chapman, die mit ihrem Mann Henry das Tangolokal betrieb, begrüßte überrascht die beiden Damen und Robert. Zum ersten Mal seit Jahren ließen die Damen sich von einem Herrn begleiten. Das Licht an den Tischen war sehr gedämpft. Auf die Tanzfläche waren Spots mit rötlichen Lichttönen gerichtet. Obschon Zigarren geraucht wurden, gab es in dem oben offenen Patio ausreichend frische Luft. Einige der anwesenden Damen waren stilgerecht in Tango-Kostüme gekleidet. Robert war beeindruckt von der Atmosphäre. Hier fühlte er sich auf Anhieb wohl. Die Tangomusik wurde von Tonträgern in hoher Tonqualität über Musikboxen in mittlerer Lautstärke erzeugt.
Sie nahmen alkoholfreie Cocktails mit exotischem Inhalt und exotischen Bezeichnungen – sehr angenehm zu genießen, fand

Robert. Während Biggy Chapman noch mit den beiden Damen plauderte, betrachtete Robert die tanzenden Paare. Es zeigten sich elegant tanzende Paare neben Paaren, die sich um den Tangotanz bemühten. Einige Paare tanzten Tango als Damenduos. Gina und Lizzy erklärten Robert, dass sie zunächst als Damenpaar tanzen wollten. Sie erhoben sich von ihren Sitzen und betraten die Tanzfläche unter Beifall der Gäste. Robert staunte, die beiden mussten hier bekannt sein!

Gina und Lizzy begannen zu tanzen. Zwei Menschen, in fließenden Bewegungen zu einer Einheit verschmolzen, schwebten über das Parkett. Robert schaute gebannt zu: die scheinbar unendlich vielen Schrittvarianten, die Wechsel von Beschleunigung und Verzögerung, die präzise Synchronisation von Musik und Bewegung und die scheinbare Leichtigkeit der Bewegungen. Das hatte nichts mit modernem Tanz zu tun, das war zeitlose Tanzkunst.

Der Tangotitel endete, Gina und Lizzy erhielten Beifall. Die beiden verbeugten sich und lächelten dem Publikum zu. Zurückgekehrt an den Tisch bemerkte Robert, dass beide heftig schwitzten. Nachdem die Damen ihre Körpertemperatur wieder normalisiert hatten, sagte Gina lächelnd: „Ich möchte mit dir tanzen Robert!"

„Auf Tangomusik habe ich bisher irgendetwas nach meiner Fantasie getanzt. Ich glaube, dass ich deiner Tanzkunst nicht gewachsen bin, Gina!", meinte Robert.

„Das ist kein Problem, Robert, wir werden es ganz einfach beginnen. Du musst nichts denken oder wollen. Du musst einfach meinem Körper folgen. Du musst dich meinen Bewegungen bedingungslos hingeben!", ermunterte Gina.

Beide betraten das Parkett. Zum Glück, so fand Robert, waren sie nicht das einzige Tanzpaar. Gina begann mit Robert zu tanzen mit ganz einfachen, aber rhythmisch sauberen Schrittfolgen. Robert schmiegte sich an ihren Körper, fühlte deutlich ihre Bewegungsabsichten, ließ sich führen. Es gelang ihm, sein Denken vollkommen abzuschalten und die Musik, die Bewegung und diese geliebte Frau zu fühlen. Ein schöner, tief gehender Gefühlszustand.

Sie absolvierten einen Tangotitel, dann begleitete Gina den benommenen Robert zurück zum Tisch.

Lizzy strahlte: „Ihr beide wart so schön anzusehen! Das Publikum hat nicht bemerkt, dass du von Gina geführt wurdest, Robert. Das kann nur jemand, der wirklich tanzen kann. Ich möchte auch mit dir tanzen!"

„Ja, Lizzy, ich brenne darauf, mit euch so viel wie möglich zu tanzen, es ist einmalig!"

Den nächsten Tango tanzten Lizzy und Robert. Ein Unterschied bestand darin, dass Lizzy 10 cm größer als Gina ist und Lizzy einen schlankeren Körper hat. Sie nahm Robert energisch zu sich heran, damit er ihre Bewegungsabsichten fühlte. Robert zwang sich dazu, auch in Lizzys Bewegung zu versinken und ihr, ohne zu denken, zu folgen. Es blieb nicht aus, dass er ihre Körperwärme spürte und ihren berauschenden Duft aufnahm. Nach einigen Takten Musik gelang es ihm, vollkommen eins mit ihr zu werden. Er spürte, dass auch Lizzy das genoss.

Als sie wieder zu dritt an ihrem Tisch saßen, meinte Gina lachend: „Dein Tanzen mit uns ist so gut, dass niemand anderer es noch wagt, uns um einen Tanz zu bitten!"

„Ja", meinte Lizzy, „du glaubst nicht, wie unangenehm es ist, die ‚Möchtegerne' abzuweisen."

Robert tanzte abwechselnd mit Gina und Lizzy. Das Publikum ließ durch den Entertainer Gina und Lizzy bitten, noch einmal den Frauenpaartanz vorzuführen.

Die beiden ernteten Standing Ovations!

Es gab in der frühen Nacht das argentinische Dinner, eine genussreiche Pause mit Espresso und Damenzigarren.

Mit fortschreitender Zeit, gutem Essen und einigen alkoholischen Genüssen lockerte sich die Stimmung im Boulevard-Tango. Es wurde mehr getanzt. Gina und Lizzy begrüßten es, mit ihrem Tanz nicht mehr so im Fokus zu stehen.

Bevor die Timebell um 1 Uhr läutete, verließen Gina, Lizzy und Robert das Boulevard-Tango und fuhren über den East-Channel nach Hause in Ginas Wohnung.

Jasmin Kuona übernachtete samstags bei Grandma Elisa in der Lombardi-Villa. Im Kühlschrank befanden sich leichte Salate und kalte Getränke. Gina machte den Vorschlag, gemeinsam ein erfrischendes Bad im Whirlpool zu nehmen. Damit begann eine erste gemeinsame Nacht mit Sex. Zu dritt war es etwas Neues, auch für Gina und Lizzy.

Sie versuchten es mit Aufmerksamkeit, mit Empathie, mit Kommunikation. Robert spürte, dass sie gleichberechtigtes Handeln umsetzen wollten. Insgesamt hatte er aber den Eindruck, dass Lizzy die Nehmerin und Gina die Geberin war, und dass beide an diese Rollen gewöhnt waren. Er selbst fühlte sich als Mann in einer eher neutralen Rolle bei diesem Sexspiel. Jedenfalls sprach es für sie gemeinsam, dass er in der Nacht keine Potenzprobleme hatte.

Robert erwachte als Erster am Sonntagmorgen. Gedämpftes Morgenlicht drang durch die geschlossenen Vorhänge. Lizzy lag links neben ihm auf ihrer linken Körperseite. Er hörte ihre gleichmäßigen langen Atemzüge. Gina, rechts neben ihm, hatte sich an ihn gekuschelt. Er drehte sich langsam auf den Rücken. Sofort wachte Gina auf. Nachdem sie ihre Orientierung gewonnen hatte, gab sie Robert ein Zeichen, vorsichtig aufzustehen.

Sie bereiteten gemeinsam ein Frühstück. Gina weckte Lizzy: „Das Frühstück steht auf der Terrasse bei schönstem Sonntagswetter!"

In Morgenmäntel gehüllt genossen sie das Frühstück. Robert berichtete, dass er mit Evangelos Sokrates geklärt hatte, von regelmäßigen Einsätzen im Story-Ville an Samstagen und Sonntagen befreit zu sein. Gina jubelte: „Dann haben wir ja fast jeden Samstagabend und die Nacht für uns!"

Sie schmiedeten Pläne, wie sie in Zukunft freie Zeiten miteinander zu zweit und zu dritt gestalten wollten.

Nach 13 Uhr fuhren sie in Lizzys Sportwagen, Robert hatte auf dem Beifahrersitz Gina wieder auf dem Schoß, in die 3. Upperlane zur Lombardi Villa zum Familientreffen am Sonntag. Die Gespräche behandelten die Erlebnisse der vergangenen Woche.

Grandma Elisa schaute mit Angela, Kevin und Kathy Handyfotos von der Yachtausfahrt und hörte begeisterte Berichte. Robert konnte an diesem Sonntag nicht mit einem Blumenbouquet für Grandma Lisa aufwarten. Er entschuldigte sich. Lizzy gab dazu in süffisantem Ton eine Erklärung: „Wir haben uns zu dritt einen schönen Abend mit Tango und eine heiße Nacht bei Gina gemacht, Grandma! Heute Morgen haben wir ausgeschlafen und zum Joggen und Blumenbesorgen blieb keine Zeit" Grandma Lisa lächelte verständnisvoll: „Das gefällt mir, Kinder. Ich freue mich für euch."

Die drei jungen Leute setzten ein breites Grinsen auf.

Der Sonntag verging mit Speisen, Plaudern, Genießen. Gegen 18 Uhr verabschiedeten sich die jungen Leute. Fragen, was sie an dem Sonntag noch vorhätten, blieben aus. Robert registrierte das mit einer gewissen Freude. Gina und Robert verließen gegen 21 Uhr die Lombardi-Villa. Sie gingen Hand in Hand zu Fuß in Ginas Wohnung. Auf der Dachterrasse nahmen beide noch einen späten Drink.

Gina fragte: „Wie hast du die vergangene Nacht empfunden, Robert?"

„Zunächst angespannt, ehrlich gesagt! Es war ungewohnt und deshalb habe ich mich, wie auch beim Tango tanzen, vollkommen auf euch beide eingelassen."

„Hast du denn trotzdem Genuss empfunden?", fragte Gina.

„Ja, ich spürte keine Spannungen zwischen euch Frauen und deshalb konnte ich mein Denken abschalten und genießen. Aber lieber würde ich mich nur auf dich konzentrieren, Gina, wenn wir schönen Sex haben!"

„Letzte Nacht, das war so eine Art Probelauf, Robert! Das wird nicht oft vorkommen. Sobald Lizzy einen Lover hat, sind wir erst mal wieder abgemeldet."

„O. k., meinte Robert. Und wie machen wir es heute Gina?"

„Jetzt ist ein schönes Wochenende beendet. Wir freuen uns auf die kommende Woche!", schlug Gina lächelnd vor. Robert küsste sie und verabschiedete sich.

51.

Montag, 1. Juli, 9.30 Uhr. Robert begab sich in Kapitänuniform in den Medienraum der Hull-Travel-Shipping. Eine Yacht mit Einrichtungen zum Start von Heißluftballonen sollte in den folgenden Tagen an die Eigner übergeben werden.

Donnerstag, 10 Uhr. Robert betrat die Studios der öffentlichen Fernsehgesellschaft in Hull-Ost, legte die Einladung zu dem Gespräch „Imagine-Storys" vor. Im Gesprächsraum traf er auf Evangelos Sokrates, Jenny, Claudia und Emilio Conte und den zuständigen Regisseur.

„Wir sind mit den Kamerateams und unserer Technik morgen am Central-Place vor dem Rathaus. Wir benötigen für die Filmaufnahmen trockenes Wetter mit leicht bedecktem Himmel. Der Wetterbericht für morgen sieht gut aus!", erklärte der Regisseur. „Es werden zwei mobile Mannkameras und eine Drohnenkamera eingesetzt. Die Tontechnik zeichnet die Gespräche der beiden Akteure live auf. Wer von Ihnen spielt die Straßenszenen?", fragte er.

Emilio und Claudia meldeten sich. Der Regisseur händigte allen ein Drehbuch aus, in dem die Story in Sequenzen (Klappen) aufgeteilt war. Er bat Emilio, den Sprechtext zu Klappe 1 und 3 aus dem Gedächtnis vorzutragen. Claudia sollte die Sprechtexte zu Klappen 2 und 5 zitieren. Beide waren gut vorbereitet. Sie trugen die Texte fehlerfrei und ohne Stocken vor.

„Zu schnell, zu hektisch!", sagte der Regisseur. „Bitte noch einmal etwas gedehnter, in normalem Sprechtempo."

Die beiden wiederholten. Der Regisseur war zufrieden, erwähnte aber, dass die Mimik und Gestik zu den Sprechinhalten passen müsse. Das wollte er aber morgen Stück für Stück mit den Akteuren erarbeiten.

Sie verabredeten für morgen, 8 Uhr, in der Maske der Studios, 10 Uhr Drehbeginn vor dem Rathaus.

- Klappe 1: Mann steht sinnierend vor Rathaus, sieht Frau in der Rückansicht
- Klappe 2: der Weg zur Ampel an Markthalle
- Klappe 3: Mann spricht Frau an, Frau antwortet
- Klappe 4: Mann argumentiert
- Klappe 5: Frau schaut Mann an, Frau lenkt ein
- Klappe 6: überqueren der Kreuzung und Erreichen des Cafés
- Klappe 7: Eintritt in das Café, Tisch besetzen, Kaffee bestellen
- Klappe 8: Mann eröffnet das Gespräch
- Klappe 9: Frau stellt Fragen, Mann antwortet
- Klappe 10: Mann stellt Fragen, Frau antwortet
- Klappe 11: Austausch der Adressen

Ein junger Mann ohne Freundin hadert gedanklich mit seiner Schüchternheit. Er weiß, dass er aktiv werden und Frauen ansprechen muss. Dazu fehlt ihm immer der Mut. Sein Verstand sagt, dass er das überwinden muss. Er denkt: „Mach es doch einfach mal. Was kannst du dabei schon verlieren?" Er befindet sich auf einer belebten Straße, vor ihm geht eine Frau mit einer auffallend straffen Körperhaltung und forschem Schritt. Ihr schulterlanges, gepflegtes Haar fällt auf einen leichten Lodenmantel, der ihr bis zu den Knien reicht. Sie trägt Nylons und hohe Pumps, sie hat gerade schöne Beine. Ihre Umhängetasche trägt sie auf der linken Schulter. Der junge Mann ist wie elektrisiert von dieser Frauenerscheinung. Ohne bewusst einen Entschluss zu fassen, folgt er den schönen Beinen. Sein Puls schnellt nach oben. Die Frau geht auf eine Fußgängerampel zu: Rot! Sie bleibt stehen. Der Mann holt sie ein, steht links neben ihr. Er atmet tief durch, sagt: „Ziemlich viel Verkehr heute!" Sie schaut ihn verwundert an, nimmt unbewusst ihre Umhängetasche von der linken auf die rechte Schulter, sagt mit skeptischem Blick auf ihn: „Ja, ziemlich!" Sie bemerkt seine Gesichtsröte nicht, da sie sofort wegschaut. Er sagt: „Trinken Sie einen Kaffee mit mir?" Sie: „Wieso?" Er: „Ich erzähle Ihnen alles über mich, was Sie mich fragen. Und Sie erzählen etwas über sich, wenn Sie mögen." Sie: „Ich mag nicht und ich habe keine Zeit." Er: „Wir limitieren die Zeit auf 15 Minuten, gerade gut für einen Kaffee." Inzwischen schaut sie ihn richtig an. Er sieht gut aus. Sein Blick lässt weder Dummheit noch machohafte Züge vermuten. Sie sagt: „Sind Sie sicher, dass Sie meine Fragen

wahrheitsgemäß beantworten?" Er: „Absolut sicher!" Sie überlegt, welches
Risiko für sie in der Aktion besteht, und kommt zu dem Schluss „kein
Risiko". Sie sagt: „O. k., 15 Minuten!" Gemeinsam steuern sie auf ein
Café zu, nehmen Platz an einem etwas isolierten Tisch. Er bestellt Kaf-
fee. Er sagt: „Bitte, Sie fangen an."

Sie fragt: „Name, Wohnort, Alter, Beruf, bestehende Partnerschaft!
Nein, warum nicht?"

Er: „Ich bin befangen in der Gegenwart von mir nicht vertrauten Frau-
en. Ich musste Ängste überwinden, um Sie überhaupt anzusprechen!"

Sie beobachtet genau seine Reaktionen, sie glaubt ihm.

Sie sagt: „Jetzt fragen Sie!"

Er schaut auf seine Armbanduhr: „In drei Minuten ist unsere Zeit
beendet."

Zum ersten Mal lächelt sie: „O. k., jetzt haben wir das angefangen,
jetzt bringen wir es auch zu Ende!" „Bitte fragen Sie mich alles, was
Sie von mir wissen wollen!"

Er fragt wie sie auch: „Name, Wohnort, Alter, Beruf, bestehende
Partnerschaft! Nein, warum nicht?"

Sie: „Ich war bereits verlobt. Irgendwann sah ich meinen Partner mit
immer kritischeren Augen und kam zu dem Entschluss, meinem Ver-
stand zu folgen und die Verbindung mit ihm zu beenden.

Er schaut auf die Uhr, lächelt: „Jetzt sind wir bereits eine Stunde
im Gespräch!"

Sie lächelt auch. Sie tauschen Rufnummern.

Der Regisseur fragte Robert: „Darf ich fragen, welche Funktion Sie und die Dame haben?"

„Mein Name ist Robert Finnly, ich spiele die Bassimpressi-
on und hier, meine Kollegin Jennifer O'Toole, spielt die Drum-
simpression!"

„O. k.", meinte der Regisseur. „Dann haben wir ja das komplette Team hier. Ich möchte Sie beide nicht bei den Dreharbeiten haben. Das Abarbeiten der Klappen ist eine Ochsentour. Es
wird Ihre Sensibilität für die Story garantiert zerstören!"

Robert schaute fragend Emilio und Claudia an. Sie signali-
sierten Selbstvertrauen.

Das Gespräch war beendet und der Regisseur verabschiedete sie. Draußen vor den Studios bildeten die vier einen Kreis, umarmten sich und sprachen sich Mut zu. Robert erklärte, dass er mit seiner Partnerin Gina verabredet sei. Sie verabschiedeten sich. Evangelos Sokrates hatte auf die Trennung der vier gewartet. Er sprach Robert an.

„Bist du zufrieden mit dem Ablauf, Robert?", fragte er.

„Im Prinzip, ja! Allerdings ist die Honorarfrage nicht geklärt. Direktor Hellmann hatte davon gesprochen."

„Ja, Robert, ich muss dich fragen, ob du Samstag und Sonntag in der Varieté arbeiten kannst. Harry Lockhard hat abgesagt. Ich würde dir dann die Honorarverträge vorlegen und aushändigen, wenn du einverstanden bist."

„Ja, Evangelos. Das geht klar!"

Robert rief Gina an. Sie bat ihn, in ihre Wohnung zu kommen. 12.30 Uhr nahm Robert Gina in seine Arme. Robert berichtete von der Yachtfahrt in der Woche. Sie nahmen in Ginas Wohnung einen von Kuona zubereiteten Lunch. Gina berichtete von einer Aussprache mit Lizzy.

„Lizzy sieht im Nachhinein unsere Absichten, eine Dreierbeziehung zu pflegen, mit einigen Problemen behaftet! Lizzy möchte frei in der Wahl ihrer Sexualpartner sein. Wie wirkt das auf unsere Dreierbeziehung, wenn sie mal einen Sexpartner hat und dann wieder keinen?", fragt sie?

„Bisher war es so, dass wir unsere sexuellen Bedürfnisse als Frauen vollkommen unabhängig vom Stand der Männerbeziehungen Lizzys befriedigt haben. Ich z. B. habe gar nicht danach gefragt, weil ich mich immer darüber wunderte, weshalb Lizzy sich das mit den Männern antut!"

Robert meinte nachdenklich: „Das Problem lässt sich einfach lösen, wenn wir generell auf Sex zu dritt verzichten und das so vereinbaren!"

„Macht es dir denn nichts aus, wenn ich ohne deine Beteiligung Sex mit Lizzy habe? Mein Ex-Mann hat mir das verbieten wollen. Das sei unmoralisch, hat er gemeint. Darüber haben

Lizzy und ich uns amüsiert. Diese Auseinandersetzungen waren aber nicht der Anlass unserer Trennung. Mein Ex-Mann hatte eigentlich kein berufliches Interesse, sondern wollte endlos im pharmazeutischen Geschäft expandieren. Er ist raffgierig. Er brachte uns mehrfach mit Geldtransaktionen beinahe an den Rand des Ruins."

„Ich kenne ja inzwischen die Genesis eurer Verbindung als Frauen und sehe nicht, wie uns beiden deine Verbindung mit Lizzy schaden könnte", argumentierte Robert. „Wenn Ihr beide zusammen seid, bin ich einfach nicht dabei und wenn du es für richtig hältst, kannst du mich informativ einbinden", schlug Robert vor.

„Ja, ich rede noch einmal mit Lizzy darüber, aber wir sollten zu dritt noch einmal reden."

„Was machen wir heute?", fragte Gina.

„Eigentlich wäre Joggingtag, aber gerade haben wir gegessen."

„Ja, dann machen wir ein Verdauungsschläfchen, und was meinst du, worauf wir danach Lust haben?"

„Wir werden sehen!" antwortete Robert lächelnd.

52.

Freitag, 5. Juli. Robert erwachte im Finnly-Haus. Ihm fiel ein, dass er ursprünglich die Dreharbeiten zum Film begleiten wollte, der Regisseur das aber abgelehnt hatte.

Deshalb beschloss er, in das Boganson-Cottage zu fahren. Er rief Conchita an und meldete sich für Freitag- und Samstagmorgen an. Ohne Frühstück fuhr er nach Westchapel. Conchita empfing ihn um 11.30 Uhr im Cottage. Sie setzten sich bei einer Tasse Tee auf die Westterrasse. Robert informierte Conchita über die Wochenereignisse. Sie wollte wissen, warum Gina nicht bei ihm war, wo sie jetzt war, wann sie wieder mit ihm in Westchapel sein würde. Robert erklärte ihr die Zusammenhänge.

Kurz vor 13 Uhr ging Robert in den Pub. Big und Phil hatten an dem Freitag Fisch im Ort abgeliefert. Es gab eine köstliche Fischplatte zum Lunch. Das musste im ganzen Ort bekannt sein, denn der Pub füllte sich zwischen 13 und 14 Uhr. Robert speiste in der Außengastronomie. Kurz nach 13 Uhr setzten sich Raffaela Conte und Josh O'Bready zu ihm an den Tisch. Raffaela nahm den Lunch, Josh erklärte, dass er bei seiner Frau bereits gegessen habe.

Raffaela erkundigte sich nach dem Imagine-Storys-Projekt. Sie hatte von ihren Kindern, die in Hull-City bei den Dreharbeiten waren, noch nichts gehört. Josh wusste nichts über das Projekt. Robert erklärte, worum es dabei ging.

Raffaela brachte das Gespräch auf die zukünftige Vergabe von Yachtliegeplätzen in Westchapel. Sie wollte von Robert wissen, ob seine Geschäftsidee zu Kreuzfahrten im Hull-Revier schon konkretere Formen habe.

Robert berichtete, dass er mit dem Geschäftsführer der Hull-Travel-Shipping darüber gesprochen hatte. Die Mutterfirma, DF-Shipyard Hull, sei nicht daran interessiert, einen neuen Geschäftszweig zu eröffnen, würde das Projekt aber mit Sponsoring unterstützen.

Josh fragte, ob Robert die Umsetzung der Geschäftsidee in die Hand nehmen würde, mit Unterstützung der Gemeinde. Robert verneinte. Nein, er wolle nicht unternehmerisch tätig werden!

Ob er denn sein Wissen und seine Erfahrung zur Verfügung stelle, wenn Investoren gefunden würden?

Robert erklärte, dass er im Augenblick keine Geschäftsleitung übernehmen wolle, aber bereit sei, als Kapitän zu arbeiten und einen Geschäftsführer zu unterstützen.

Raffaela und Josh schienen mit der Stellungnahme Roberts zufrieden zu sein.

„Wie sieht es privat aus?", fragte Josh.

„Ich bin sehr zufrieden! Gina Lombardi ist die Frau, mit der ich eine feste Beziehung aufbaue. Sie hat eine schöne Familie, in der ich mich wohlfühle!"

Raffaela und Josh gratulierten Ihm.

Etwa 14 Uhr trennten sie sich. Robert ging nach Hause. Nachdem er eine Stunde auf der Kaminbank ausgestreckt geruht und nachgedacht hatte, nahm er seine Badesachen und schwamm eine halbe Stunde im frischen Sundwasser, ohne seine Seehundfreunde zu Gesicht zu bekommen.

19 Uhr. Claudia Conte rief an: „Es war total anstrengend, aber spannend!", berichtete sie euphorisch. „Manche Klappen haben wir fünf- bis achtmal gespielt. Schließlich sind wir bis Klappe sechs gekommen. Der Regisseur und die Techniker haben uns gelobt. Mit uns als Laien zu arbeiten, sei einfacher als mit Profis. Morgen geht es um 10 Uhr weiter. Früher anzufangen sei wegen der Lichtverhältnisse nicht günstig, sagen die Filmleute.

„Mir fällt ein Stein vom Herzen, Claudy", sagte Robert.

„Schön, dass du so eine gute Nachricht für mich hast! …

Für morgen drücke ich euch weiter alle Daumen."

Sie verabschiedeten sich.

Robert rief Gina an, die er nach Geschäftsschluss in ihrer Wohnung erreichte.

„Habe ich dir gesagt, dass ich Samstag und Sonntag in der Varieté-Show arbeiten muss, Gina?"

„Nein, das ist schade! Warum?"

„Harry Lockhard, der erste Bassist, hat seinen Einsatz abgesagt. Deshalb muss ich einspringen. Ich habe das so mit Sokrates vereinbart.

„Wann sehen wir uns?", fragte Gina.

„Sonntag, ich freue mich darauf, wieder in eurer Familie zu sein!"

„Ja, Robert, dann bis Sonntag", meldete Gina etwas traurig zurück.

Robert beendete das Gespräch.

Heute empfand er keine Lust, im Pub, wie üblich an Freitagabenden, zu feiern.

Er setzte sich auf die Westterrasse mit einer Zigarre und einem Whisky und ging nach 22 Uhr schlafen.

Samstag, 6. Juli. Conchitas Staubsauger heulte, Robert wachte auf. Um 8 Uhr ging er gepflegt und angekleidet in den Wohnraum zu Conchita, sie hatte Frühstück auf der kühlen, schattigen Westterrasse vorbereitet. Um mit Robert gemeinsam zu frühstücken, unterbrach sie ihre Hausarbeiten.

„Wann wohnt Ihr beiden zusammen?", fragte Conchita.

„Ich habe nicht vor, mit Gina in einer Wohnung zusammenzuleben!", erwiderte Robert.

„Ist sie damit einverstanden?"

„Ich habe sie nicht danach gefragt. Ich habe es ihr gesagt!"

„Wie oft seht Ihr euch denn?"

„Mittwoch abends, donnerstags ganztags, sonntags von morgens bis nachmittags."

Conchita schüttelte zweifelnd ihren Kopf: „Das reicht nicht, um eine gute, dauerhafte Verbindung zu haben, Robert!", sagte sie bestimmt.

„Was ist deine Meinung, Conchita?"

„Ihr müsst jeden Tag zusammen etwas machen, z.B. gemeinsam frühstücken oder gemeinsam Dinner haben, damit ihr in Ruhe miteinander reden könnt. Und es ist das Beste, wenn ihr gemeinsam schlaft, ich meine im gemeinsamen Schlafzimmer."

„Ich habe Ängste, die mich davon abhalten. Vielleicht muss ich die überwinden?"

„Auf jeden Fall, Robert, wenn das mit euch etwas werden soll!"

Robert umarmte Conchita und küsste sie zärtlich.

Er fragte nach ihren Enkelkindern, um sie auf ein anderes Thema zu bringen. Sie war sehr zufrieden mit ihrem Leben in der Familie ihrer Tochter Mercedes. Robert bestätigte das aus seiner Sicht: „Wenn ich euch zu Hause besuche, finde ich es immer sehr heimelig, Conchita!"

Sie lächelte und drückte Roberts Arm.

Gegen 10 Uhr machte Robert das Dinghy klar und fuhr zum Finnly-Haus.

Unterwegs rief Gina an: „Hi Robert, ich habe mit Lizzy gesprochen! Wenn du heute Nacht nach dem Story-Ville direkt zu mir kommst, sind wir alleine bis Sonntagmorgen!"

„Hat Lizzy auf irgendetwas verzichtet?", fragte Robert.

„Nein, ich habe mit ihr über deine Ansicht zu unserem Dreierverhältnis gesprochen. Sie wirkte erleichtert, dass einer von uns eine klare Stellung bezieht und meinte, dass wir beide so viel Zeit wie möglich zusammen verbringen müssen. Samstagnacht gehört immer euch beiden, hat sie gesagt!"

„Das zeigt, dass Lizzy mehr als deine Freundin ist, Gina! Ich freue mich! So gegen 0.30 bin ich bei dir!"

Gina atmete tief durch. Sie war erleichtert und freute sich ebenfalls.

14 Uhr. Claudia meldete sich. Robert hörte Jubel von Claudy, Jenny und Emilio: „Wir sind durch, Robert, es ist alles gut im Kasten! Die Filmcrew hat gefragt, wann wir die nächste Story machen. Ist das nicht fantastisch, Robert?"

„Hi, Ihr seid Giganten! Wann sehen wir uns?"

„Am Set haben wir heute deine Freundin Lizzy bei den Markthallen getroffen. Sie war begeistert. Heute Nacht hat sie uns in den Beach-Club eingeladen, wir schlafen bei ihr zu Hause und sind morgen in einer Villa im Westen, bei einer Grandma Elisa.

Du und Gina werden auch da sein, hat sie gesagt", berichtete Claudy euphorisch.

„Supergut", sagte Robert. „Genauso wird es morgen sein. Ich wünsche euch viel Spaß mit Lizzy im Beach-Club. Feiert, lasst die Sau raus!"

Robert rief noch einmal Gina an: „Weißt du, dass Jenny, Claudy und Emilio bei Lizzy sind?"

„Ja, Lizzy hat es mir telefoniert. Hoffentlich treffen wir uns morgen mit allen zum Joggen. Das wäre zu schön!"

18.30 Uhr. Robert ging zum Story-Ville. Die Kollegen begrüßen ihn mit Hi und Hallo: „Ist Harry krank?", fragte der Drummer.

„Ich weiß nicht. Er hat sich, glaube ich, bei Evangelos abgemeldet."

„Egal, prima, dass du da bist, Robert!"

Die Varieté-Show lief mit verändertem Programm. Robert hatte sich vor dem Start mit den aktuellen Partituren etwas vertraut gemacht. Gegen 24 Uhr fragte der Drummer: „Gehst du mit uns noch ein Pint trinken, Robert?"

„Nein, ich bin noch mit meiner Braut verabredet und will zu ihr, bevor sie schläft, oder das Weite gesucht hat!", meinte Robert grinsend.

In der Maske schminkte Robert sich oberflächlich ab und kleidete sich um. Um 0.20 Uhr drückte er die Glocke bei Gina. Sie öffnete und flog mit einem Freudenschrei in seine Arme.

„Zuerst nehmen wir ein Bad im Whirlpool und dann gibt es einen leckeren Longdrink mit Drehung (Alkohol)!" rief sie gut gelaunt.

Sie kuschelten in einer Sofaecke, genossen einen Gin Tonic. Robert berichtete von der Varieté-Show, Gina von ihrem Pharmazietag. Die Nacht verbrachten sie liebend und schlafend in Ginas großem Bett.

Am Sonntagmorgen trafen sie ihre Familie auf dem West Boulevard. Die Gruppe wuchs mit Jenny, Claudy und Emilio auf neun Personen an, sechs Frauen und drei Männer.

Kurz nach 11 Uhr lief die Gruppe nach Norden zum Boulevard-Ende. Die jungen Leute erzählten aufgeregt von ihren

Erfahrungen mit dem Filmteam und das führte automatisch zu gemäßigtem Tempo.

Am Naturstrand versuchte Lizzy die Gruppe zu einigen Gymnastikübungen zu animieren. Aber Kevin, Kathy und Angela warfen ihre Sportkleidung in den Sand und stürzten sich mit Lustgeschrei in die Bay. Jenny, Claudy und Emilio schauten sich verlegen an. Jenny gab ein Zeichen: „Los, Leute", und dann folgten sie den dreien. Lizzy, Gina und Robert wollten nicht nur zuschauen und folgten auch. Eine halbe Stunde Wasser spritzen, einander umstoßen, schreien, lachen, dann zwängten sie ihre nassen Körper wieder in die Sportkleidung und joggten glücklich nach Hull-West zurück.

14 Uhr. Geduscht und zivil gekleidet erschienen sie bei Grandma Elisa. Es gab schöne Softgetränke und Fingerfood zum Einstieg in den Sonntagsbrunch. Grandma Elisa, überglücklich, so viele junge Menschen um sich zu haben, hörte konzentriert zu, wollte alles bis ins Detail wissen.

Es gab kleine Portionen gedünstetes Gemüse, scharf gewürzte Hülsenfrüchte mit Reis, Gegrilltes Geflügel und süße, fruchtige Desserts. Dazu frische, junge Weine aus der Region. Später Espresso und Zigarren. Das Zigarrenrauchen fanden die jungen Leute aus der Zeit gefallen, altmodisch.

Robert argumentierte: „Zigarren rauchen wir nicht durch die Lunge. Deshalb ist es nicht so gesundheitsschädlich wie Zigarettenrauchen oder Kiffen. Das „Freundschaftsrauchen" von Zigarren ist ein sehr verbindendes Ritual, bei dem eine Zigarre in der Gruppe herumgereicht wird, als wäre es ein Joint!" Emilio, Claudy und Jenny schauten irritiert, denn in ihren Familien war das Ritual nicht bekannt.

Robert fragte noch einmal zum Imagine-Projekt: „Der Regisseur, hat er gesagt, wie es weitergeht?"

„Wir werden angeschrieben", erklärte Emilio.

Um 17.30 Uhr verabschiedeten sich Gina und Robert von der Familie. Sie gingen zu Fuß in Ginas Wohnung. Etwa um 19 Uhr ging Robert hinüber zum Story-Ville. Sie verabredeten sich für Mittwochabend in Ginas Wohnung.

53.

Evangelos Sokrates und Robert begegneten sich backstage. Robert fragte: „Wie geht es mit Imagine weiter, Evan?" „Die TV-Leute schneiden in der kommenden Woche den Film zusammen. Wenn alles klargeht, planen wir am Samstag nächste Woche hier im Story-Ville einen Probelauf gegen 11 Uhr. Bitte merkt euch den Termin schon mal vor, Robert!"

„O. k., Evan!"

Um 20 Uhr begann die Varieté-Show. Das Programm gestaltete sich wie gewohnt erfolgreich. Die Künstler waren in guter Stimmung, das Haus war mit zahlenden Gästen voll besetzt, es gab reichlich motivierenden Applaus!

Die Kollegen des Ensembles hatten vor, einen Geburtstag, wenn auch nur kurz, bis zur Timebell zu begießen. Das hätten sie an einer der Bars im Story-Ville auf kurzem Weg machen können. Es war jedoch den Künstlern und Ensemblemitgliedern nicht gestattet, sich mit den Gästen im Gastronomiebereich zu mischen.

Kurz nach 24 Uhr eilten die Ensemblekolleginnen und -kollegen in das Amiral. Antonio war vorbereitet, ein kleines Buffet mit Sekt und Wein war bereits aufgebaut. Gefeiert wurde die Saxofonistin des Ensembles. Sie feierte ihren vierzigsten Geburtstag und war supergut aufgelegt.

Als gut aussehende Frau und Top-Solomusikerin stellte Evangelos sie stets in der Front des Ensembles auf. Alle hatten Champagner in den Gläsern. Antonio hatte seinen Auftritt als Entertainer: „Liebe Story-Ville-Freunde! Selma, unsere unvergleichliche Saxofon-Freundin, hat es endlich geschafft! Mit dem heutigen Tag hat sie das schönste Alter einer Frau erreicht! Glaubt mir, ich weiß es!"

Es gab Beifall. Selma wurde von ihren Kollegen angehoben, geküsst und in ihren Armen schwebend an alle Kollegen durchgereicht. Robert nahm sie als Letzter aus den Armen eines Kollegen, küsste sie auf die Wangen. „Mit dir habe ich noch etwas vor, Robert", flüsterte sie ihm ins Ohr. Robert begann zu schwitzen.

Sie nahm ihn an ihre Hand, führte ihn in eine Raumecke. Dort standen wie von Zauberhand ein Kontrabass und ein Saxofon. Robert bemerkte erleichtert, dass das Amiral vollkommen von Gästen geleert war. Antonio lächelte: „Wir sind ab jetzt eine Privatgesellschaft!" Selma hielt eine Ansprache: „Vielen Dank, Antonio. Du bist ein zeitgemäßer Jesus: liebevoll, weise, allwissend. Zum Glück bist du nicht gekreuzigt!" Einige Sekunden Stille. Dann brach ein Begeisterungssturm aus. Alle stürmten auf Antonio zu, umarmten, drückten ihn, sodass Antonio sein feines Taschentuch zog und ein paar Tränen wegwischte.

Zu Robert gewandt sagte Selma: „Wir, deine Kollegen und Kolleginnen, lieber Robert, bewundern dein sensibles Musikempfinden und deine Virtuosität am Bass. Du bist aber sehr bescheiden und deshalb fällst du nur uns Kollegen auf. Ich habe gesagt: „Zu meinem Geburtstag will ich mit dir am Bass einmal in Musikträumerei versinken!"

Stürmischer Beifall.

Selma spielte Blue-Note-Titel an. Als beide musikalisch miteinander verschmolzen, gingen sie in Improvisationen über. Die Kollegen gingen rhythmisch mit, klatschten ihre Hände. Selma spielte sich in einen Rausch. Robert nahm um sich herum nichts mehr wahr, er versank in den Sound.

Antonio, begeistert von der Situation, tippte bedauernd auf seine Uhr, ging auf Selma zu, nahm ihren rechten Arm, und stoppte sie vorsichtig. „Liebe Selma, wir müssen doch noch etwas essen und trinken!" Selma kehrte in die Realität zurück, küsste Antonio: „O. k., Antonio, jetzt essen wir etwas!"

Sie hatten mit Champagner angefangen, jetzt leerten sie noch einige Flaschen von dem köstlichen Schaumwein.

Um 3 Uhr kroch Robert in sein Bett – mit ein wenig Schlagseite.

Montag, 8. Juli. Im Medienraum der Hull-Travel-Shipping begrüßte Bal Johnson eine Familie, Großeltern mit drei Enkelkindern. Sie waren Käufer einer DF-35F-2x200PS-Familia. Dick van Daelen war ebenfalls anwesend. Robert wurde der Familie als Kapitän für die Ausfahrt am Dienstag und Mittwoch vorgestellt. Nach der Einführung durch Bal Johnson begann der technische Teil.

Dick van Daelen bat Bal und Robert zu einem Gespräch in einen kleineren Raum.

Dick begann das Gespräch: „Wir gratulieren dir, Robert. Du bist als Kapitän bei unseren Kunden beliebt und geachtet. Auch mit Dr. Lombardi gibt es eine sehr gute Zusammenarbeit dank deiner Initiative.

Deine Kreuzfahrtidee im Hull-Revier ist eine logische Entwicklung aus den Erfahrungen mit unseren Yachtkunden. Allerdings ist es ein Geschäftsfeld, das nicht auf der Linie des Schiffbaus liegt, auch wenn Schiffe dazu benötigt werden. Uns fehlt jegliches Know-how und es gibt genügend andere mit Knowhow. Wir wollen das längst erfundene Rad nicht neu erfinden.

Falls es einen Unternehmer aus dem Hull-Country gibt, der das Geschäft in Gang bringt, wollen wir unterstützen mit der kostenlosen Bereitstellung von Schiffen in einer Erprobungsphase. Der Standort einer Kreuzfahrtunternehmung kann nicht unser Stützpunkt hier in der Westbay sein. Die Vermischung von Yachtverkauf mit Kreuzfahrt halten wir nicht für sinnvoll!"

„Danke für diese klaren Aussagen", erwiderte Robert. „Damit kann ich in Westchapel weiterarbeiten!"

Dienstag und Mittwoch führten Robert und Kim in der bewährten Form das Großelternpaar mit drei halbwüchsigen Enkeln durch die Seelandschaften des Hull-Country.

Mittwochabend rief Robert Gina an: „Wo treffen wir uns heute?", fragte er.

Wir sind mit Lizzy im Amiral, etwa um 20 Uhr zum Dinner!"

„O. k., ich komme direkt ins Amiral."

Gegen 18 Uhr rief Robert Jenny an: „Habt Ihr etwas von den Fernsehleuten gehört?", fragte er.

„Nein, wir haben noch nichts bekommen!"

„Sokrates sagte, dass wir jetzt samstags im Story-Ville einen Probelauf haben, wenn in dieser Woche der Filmschnitt fertig wird!"

„Gut, dann halten wir den Samstag vorerst frei", antwortete Jenny. „Ich informiere Claudy und Milo!"

Nachdenklich schlenderte Robert auf der Südseite des West Channel Richtung Central-Place. Auf der Gegenseite des Kanals verweilte er in der Betrachtung Ginas Geschäftshauses. Es hatte drei volle Geschoße und das von Gina bewohnte Dachgeschoß. Im Erdgeschoß befanden sich die Geschäftsräume der Westpharmazie. Die beiden darüberliegenden Geschoße beherbergten Mietwohnungen. Das geräumige Dachgeschoß war aufgeteilt in einen Wohnraum mit Vollverglasung zu einer überdachten Terrasse, Küchenraum, drei Zimmer, zwei Badezimmer. Die Wohnungen in allen Geschoßen waren über einen Aufzug erreichbar. Links neben dem Pharmaziehaus gab es eine kleine Verbindungsstraße zu der hinter der Häuserzeile verlaufenden Parallelstraße zum West Channel. Von der Verbindungsstraße gelangte man in den Hof des Pharmaziehauses.

Wie sollte er sich entscheiden, wenn Gina darauf bestand, mit ihr in einer Wohnung zusammenzuleben? Wenn ja, wäre es dann Ginas Wohnung im Pharmaziehaus? Er hatte das Gefühl, dass diese Fragen in absehbarer Zeit zur Entscheidung standen. Fühlte er sich im Finnly-Haus wohl?

Seine Cousine Susan hatte ihm zwar ein Friedensangebot gemacht. Seit ihrem letzten Gespräch im Finnly-Haus bei der Vertragsunterzeichnung hatte er keinen Kontakt zu ihr gehabt. Der stets freundliche Dick van Daelen hatte sich ihm nicht zugewandt, sondern stets seinen Geschäftsführer Bal Johnson zwischen sie geschaltet. Bal, mit dem er häufige Kontakte hatte, war in geschäftsmäßigem Ton geblieben. Robert vermutete, dass Susan größtmöglichen Abstand von ihm hielt. Das Verhalten des gesamten Finnly-Umfeldes deutete darauf hin. Es schmerzte ihn nicht, selbst als Kinder hatten sie nie einen engeren Kontakt.

54.

Robert erreichte den Central-Place über die Kanalbrücke, von der aus man den Central-Place und die Außengastronomie des Amiral gut überschauen konnte. An diesem Mittwoch gab es wieder eine schöne Abendstimmung mit gemäßigter Temperatur und flach von Westen einfallendem Licht. Die Außengastronomie des Amiral lag bereits im Sonnenschatten, die Außenbeleuchtung verströmte heimeliges Licht. Gina und Lizzy besetzten außen einen Tisch an der Kanalseite. Um diese Zeit waren bereits alle Tische belegt. Die beiden lächelten ihm entgegen drückten und küssten ihn.

Zum Einstieg gab es einen Cocktail mit Kokoslikör. Sie bestellten ein Dinner mit Fisch, cremigen und grünen Salaten, mit pikanten Saucen, dazu Röstbrot und Dessert. Robert zuliebe nahmen sie eine Flasche trockenen Weißwein.

Lizzy berichtete von ihrer Begegnung mit den beiden jungen Frauen und Emilio: „Sie sind fantastisch unkompliziert! Die Einladung bei mir zu übernachten, nahmen sie ohne Zögern an. Ich fragte sie, was wir an dem Samstagabend machen könnten. Claudy schlug vor, den Beachclub zu besuchen, den sie noch nicht kannte, über den sie aber viel gehört hatte. Ich fragte Kevin und Kathy, auch Angy, ob sie sich anschließen möchten. Alle sechs freuten sich riesig, rockten unbekümmert die Tanzfläche und fanden ziemlich Beachtung im Publikum. Ich habe das Gefühl, dass sie freundschaftlich zusammengefunden haben. Man hat das ja auch bei ihrer Badeorgie am Sonntagmorgen bemerkt. Die drei von eurer Insel halten dich, Robert, für einen Giganten. Sie sind fasziniert von allem, was du machst und anstößt!"

„Ich habe den Eindruck, dass du dabei bist, ungebremst Gas zu geben, Robert", meinte Gina. „Glaubst du, das ohne Ende so weitermachen zu können? Hast du mal überlegt, wann und wie du auf die Bremse treten willst?"

„Ich glaube, ich bin mir dessen gar nicht bewusst", sagte Robert. „Ich habe Ideen und ohne eigentlich zu überlegen, starte ich damit los."

„Kannst du dir vorstellen, dass wir gemeinsam einmal über ein längerfristiges Zukunftskonzept für uns nachdenken?", regte Gina an.

Lizzy warf ein: „Du musst das richtige Abhängen lernen, Robert, und erfahren, welche Vorteile das für dein Leben hat. Die dir nahestehenden Menschen, abgesehen von unseren stürmischen Jugendlichen, empfinden dein Tempo anstrengend. Es ist ja nicht so, dass man nichts machen sollte, aber man kann ja bewusst in Slow Motion umschalten!"

Robert schaute ziemlich ratlos: „Ja, mit euch ein Zukunftskonzept entwickeln, das würde ich machen. Es ist ja sowieso erforderlich, wenn wir zusammengehen!"

„Darauf sollten wir schon einmal anstoßen", ermunterte Lizzy.

„Ich fühle, dass du ein grundlegendes Problem hast und dass du versuchst, mit überzogenem Aktionismus das Problem zu verdrängen", sinnierte Gina.

Robert überlegte: „Es ist Zeit, den beiden Frauen meine seltsame Familiengeschichte in allen Details offenzulegen!"

„Ja, Gina, ich habe ein tiefgehendes familiäres Problem. Ich bin bereit, es euch zu berichten, wenn Ihr wollt. Aber das bitte nicht hier im Amiral!"

Gina verständigte sich wortlos mit Lizzy, machte den Vorschlag, den Abend im Amiral zu beenden, und das Gespräch in Ginas Wohnung fortzusetzen.

Bald verließen sie das Amiral und setzten sich in Ginas Wohnraum zusammen. Lizzy fragte Robert, ob er sie einbeziehen wolle. Robert bekräftigte, dass er ihre Beteiligung wünsche.

Dann berichtete er in allen Einzelheiten, was bei der Durchsicht der Unterlagen seiner Eltern und seines Großvaters Knuth zu Tage gekommen war, und was er im Bürgerbuch der Gemeinde Westchapel und durch Josh O'Bready erfahren hatte. Auch das Verhalten seiner Cousine Susan schilderte er. Die beiden Frauen hinterfragten so lange Details, bis sie glaubten, eine Übersicht zu haben.

Es entstand eine lange Denkpause, die sie nutzten, neue Softgetränke zu mixen oder die Toilette zu benutzen. Gina bat, eine Zigarrenpause auf der Terrasse einzulegen. Sie rauchten die Freundschaftszigarre, ohne das Thema weiter zu behandeln. Danach begaben sie sich zurück in den Wohnraum.

Gina begann ihre Gedanken darzulegen: „Ich meine, dass du einen radikalen Schnitt mit deiner Vergangenheit vollziehen musst, Robert, indem du jegliche Verbindung im Zusammenhang mit der Finnly-Familie abbrichst, ja, die Finnlys aus deinem Leben eliminierst! Ich denke, dass du folgende Maßnahmen treffen musst:

Dein Wohnrecht im Finnly-Haus an die Finnlys verkaufen. Berufliche Tätigkeiten für den Finnly-Konzern beenden. In Westchapel eine Namenänderung erkämpfen, und zwar von

Robert Knuth Finnly in Robert Finn Boganson.

Dich aus allen öffentlich wirksamen Tätigkeiten zurückziehst, sodass „Robert Finnly" im Bewusstsein der Öffentlichkeit verblasst.

Du lebst im Haus der Bogansons, das mit den Finnlys nichts zu tun hat und bei uns, wenn du magst.

Wenn das alles vollzogen ist, überlegen wir drei, wie es konkret weitergeht!"

Lizzy hatte in ihrem Phone die Tonaufnahmefunktion während Ginas Vortrages eingeschaltet. Jetzt ließ sie das Ganze noch einmal abspielen.

Am Ende sagte Lizzy: „Also Gina, Robert. Ich unterschreibe das alles, jeden einzelnen Punkt!"

Robert versuchte seine Gedanken zu ordnen.

Nach geraumer Zeit fragte er: „Wann fangen wir an?"

Gina: „Sofort!"

„O. k., aber ich kann Jenny und die Conte-Kinder jetzt nicht im Stich lassen!"

„Brauchst du auch nicht, denn sie haben nichts mit den Finnlys zu tun", entgegnete Gina.

1 Uhr. Lizzy verabschiedete sich nach Hause. Robert bat auch Gina, die Nacht alleine verbringen zu können. Er müsse über alles nachdenken. Gina nickte: „sehen wir uns heute um 9 Uhr zum Joggen, Robert?"

„Ja, auf jeden Fall, Gina!" Er umarmte sie und küsste sie lange und zärtlich.

2 Uhr, Robert saß auf dem Balkon im Finnly-Haus, trank einen Whisky-Soda, dachte intensiv nach.

Dann schlief er unruhig bis 8 Uhr, stand auf und bereitete sich für das Joggen mit Gina vor.

Sie trafen sich an der Brücke, liefen langsam los, Richtung Norden.

„Wie geht es dir?", fragte Gina.

„Ich fühle mich, als sei ich unter eine Rüttelmaschine geraten!"

„Ja, das kann ich nachvollziehen, aber wir sollten umgehend handeln, Robert."

„Ja, ich rede heute mit Bal Johnson, kündige die Mitarbeit in der Hull-Travel-Shipping und rufe meine Cousine an und biete den Verkauf des Wohnrechts an. Für morgen lasse ich mir einen Termin bei Josh O'Bready geben. Ich rede mit ihm über eine Namensänderung!"

„Du bist wieder superschnell, Robert. Aber in unserem Fall ist es richtig. Ich hoffe, du bist einverstanden, dass ich es als unseren Fall bezeichne!"

Robert blieb stehen, hielt Gina fest, zog sie zu sich heran und küsste sie.

Am Naturstrand schien es Gina, als wolle Robert sofort zurückkehren. Sie hielt ihn an den Händen und sagte: „Wir vermeiden bewusst jede Hektik, Robert. Jetzt schwimmen wir und lieben uns im Wasser!"

Robert beruhigte sich. Ginas ruhige Art zu führen, nahm er dankbar an.

Sie liefen zurück nach Westhull, Gina fragte: „Nehmen wir heute einen Lunch bei Beccy?"

„Ja, machen wir! Wir treffen uns bei mir um 13.30 Uhr und spazieren zu Fuß über den West Boulevard zu Beccy", schlug Robert vor.

Gina drückte ihn.

Robert duschte, kleidete sich mit einer Jacke-Hose-Kombination, Hemd, Halbschuhe und Hut. Er rief Bal Johnson an und bat um einen Termin, sie vereinbarten16 Uhr.

Gina und Robert flanierten über den West Boulevard, vorbei an den Hotels zur Linken und den Yachten und Superyachten an den Piers zur Rechten.

Etwas nach 14 Uhr betraten sie das Westcorner-Inn, begrüßten die überraschte, aber sehr erfreute Beccy.

An Roberts Lieblingsplatz nahmen sie den Tisch und bestellten Lunch. Beccy setzte sich zu ihnen.

„Sollen wir etwas trinken? Ich lade euch ein", sagte Beccy lächelnd. Sie nahmen einen Softdrink.

„Es geht das Gerücht um, dass du mit Jenny und den Contes eine große Sache startest, Robert!"

Dabei schaute Beccy ihn neugierig an. Robert erklärte, was es mit dem Projekt Imagine-Storys auf sich hatte. Beccy schüttelte leicht den Kopf: „Wo holst du alle die Ideen her und die Energie, das auch durchzusetzen?", fragte sie.

„Ich weiß nicht! Gina ist dabei, mich zu bremsen!"

„O. k., Gina, das ist, glaube ich, eine gute Richtung, die du da mit Robert einschlägst", sagte Beccy lächelnd.

Sie verzehrten mit Genuss den Lunch. Robert erklärte Gina flüsternd den Grund der Anwesenheit der verhältnismäßig vielen Frauen ohne Begleitung, die im Lokal an der rechten Tischreihe saßen. Gina staunte. Sie wusste nichts über die Prostituiertenszene in Hull.

Um 15.40 Uhr kehrten sie an den West Channel zurück. Gina wünschte Robert alles erdenklich Gute für das Gespräch mit Bal Johnson und ging nach Hause.

16 Uhr. Bal empfing Robert in seinem Büro.

„Es gibt Bewegung in meinem Privatleben, Mr. Johnson, die mich dazu veranlasst, meine Mitarbeit in ihrer Firma zu beenden.

Es hat nichts mit Ihnen oder meiner Tätigkeit bei Ihnen zu tun, sondern mit rein privaten Dingen. Ich bedanke mich für die fürsorgliche Begleitung meiner Arbeit hier. Für die Zukunft wünsche ich Ihnen weiterhin den Erfolg, den sie hier genießen dürfen!"

Johnson überrascht: „Das ist für mich schwer zu verstehen, Mr. Finnly. Aber Sie haben sich klar ausgedrückt. Stehen Sie ab sofort nicht mehr zur Verfügung?"

„Ja, ab sofort, Mr. Johnson! Ich gebe Ihnen heute die Ihrer Firma gehörenden Gegenstände zurück!"

Robert ging in seine Wohnung. Er rief die DF-Shipyard an und bat um ein Gespräch mit der Geschäftsführerin, Mrs. van Daelen. Um welche Angelegenheit es gehe, wurde gefragt.

„Melden Sie bitte, dass Mr. Robert Finnly sie sprechen will!", sagte Robert.

Es dauerte einige Zeit, dann meldete sich seine Cousine.

„Ich möchte euch ein Angebot machen!", sagte Robert.

„Ich denke, wir sind ausverhandelt Robert!", entgegnete sie.

„Ich biete euch den Kauf meines Wohnrechts im Finnly-Haus an!"

Susan holte eine Sekunde Luft: „Wie ist deine Vorstellung?"

„300.000 Dollar!"

„Wir müssen das intern klären, Robert", sagte sie. „Reicht es, wenn wir morgen ein Angebot machen?"

„Ja, ein Anruf würde zunächst ausreichen, dann müssten wir das zügig vertraglich regeln!"

„O. k., verstehe, wir melden uns!"

Damit war das Gespräch beendet.

Jetzt rief Robert das Rathaus in Westchapel an und bat um einen Gesprächstermin mit Josh O'Bready am Freitag, den folgenden Tag.

9.30 Uhr wurde ausgemacht.

Robert rief Gina an und berichtete den Stand. Gina fragte, ob Robert Samstag und Sonntag in der Varieté-Show arbeiten würde.

„Nein, aber wir haben wahrscheinlich am Samstagmittag einen Probelauf für das Imagine-Projekt!"

„O. k., Robert, sehen wir uns Samstag, etwa 20 Uhr?

„Ja, Gina, das wird gehen!"

Sie beendeten das Gespräch.

Mit einem Espresso aus der Maschine setzte Robert sich auf den Balkon, beruhigte sich allmählich.

Er wählte eine Bluenote-Jazzdatei und ließ sich die Musik über Bluetooth auf Kopfhörer übertragen.

Trotzdem wirbelten Gedanken in seinem Kopf. Er vermied den Genuss von Alkohol.

Robert gingen Lizzys Worte durch den Kopf: „Du musst das richtige Abhängen lernen!"

Das meinte sicher auch, in allen Lebenssituationen, auch den schwierigen, stets gelassen zu bleiben", dachte Robert.

Es war ein gutes Gefühl, sich auf Gina und Lizzy zu verlassen. Er fühlte sich nicht alleine mit den Problemen.

Mit solchen positiven Gedanken ging er schließlich zur Ruhe.

55.

Freitag. Um 8 Uhr legte Robert mit dem Dinghy am Finnly-Haus ab und steuerte nach Westschapel. Conchita war über sein Kommen informiert. Sie erwartete ihn mit einem Frühstück. Jedoch kurz nach 9 Uhr musste er das Frühstück beenden und begab sich zum Rathaus.

„Du hast es eilig, Robert, ich fühle das. Was gibt es?", begrüßte ihn Josh.

„Wir sprachen über meine verwirrende Namengebung, Josh, du erinnerst dich?"

„Und ob!"

„Ich komme mit den Finnlys nicht klar. Sie haben mir zwar nichts getan, aber die verwandtschaftliche Verbindung zu ihnen bereitet mir weiterhin Probleme. Immer werde ich im Zusammenhang mit dem Namen in Schwierigkeiten gebracht. Ich will die Beziehung zu den Finnlys vollkommen löschen und möchte deshalb meinen Namen ändern! Kannst du mir dabei helfen, Josh?"

„Was stellst du dir denn vor?"

„Ich möchte den Namen *Robert Knuth Finnly* in *Robert Finn Boganson* ändern!"

Josh, nachdenklich: „Ich denke, eine Namenänderung lässt sich in deinem Fall leicht begründen, Robert. Auch dein Namenwunsch lässt sich begründen. Wir können ein Verfahren zur Namenänderung einleiten. Das geht nicht schnell, kann Monate dauern und kostet einige hundert Dollar!"

„Das ist doch schon viel, Josh! Ich würde mich freuen, wenn es so ginge, und ich wäre dir sehr dankbar!"

„Na, dann wollen wir mal!" Meine Mitarbeiterin wird Antragsformulare vorbereiten und mit dir fertig bearbeiten. Dann schreibe ich die erforderlichen Begründungen und ab geht die Post!"

„Ich werde das gleich veranlassen. Bist du heute in Chapel? Wir rufen dich an und dann arbeiten wir im Rathaus weiter an der Sache."

Robert bedankte sich noch einmal bei Josh und verließ das Rathaus. Das Gespräch hatte nur zwanzig Minuten gedauert. Er ging zurück zum Boganson-Cottage und frühstückte gut gelaunt weiter.

Conchita informierte er zu dem Zeitpunkt nicht, er wollte sie nicht unnötig beunruhigen.

Mittags, nach 12 Uhr, rief Susan an: „Wir sind an dem Kauf deiner Wohnberechtigung interessiert, sagte sie in geschäftsmäßigem Ton. Robert hätte es nicht gewundert, wenn sie ihn gesiezt hätte.

Wir bieten 260.000 Dollar und übernehmen alle damit im Zusammenhang entstehenden Nebenkosten. Du brauchst nur einen Vertrag zu unterzeichnen!"

Robert stimmte sofort zu, sagte, dass er die Wohnung komplett möbliert verlassen wolle. Die Kündigung seiner Mitarbeit in der Hull-Travel-Shipping erwähnte sie mit keinem Wort.

Das Rathaus rief an und bot einen Termin, Samstag, 10 Uhr, an.

Robert rief Sokrates im Story-Ville an und fragte nach dem Stand des Imagine-Projektes.

Sokrates enttäuscht: „Der Programmdirektor des TV-Senders hat das Projekt abgelehnt. Er sehe keine Erfolgschance in dem Vorhaben! Wir haben dem Sender angeboten, den Film zu kaufen. Aber das hat er auch abgelehnt!

Die Begründung:‚Wir machen in unserem Namen keine Produktionen mit Laienbesetzungen!'"

Robert fragte: „Habt Ihr das auch den anderen schon mitgeteilt?"

Wir nicht!", sagte Sokrates. „Der Sender hat es allen schriftlich mitgeteilt!"

„Was machen wir jetzt?"

„Das Projekt liegt vorläufig auf Eis!", bedauerte Sokrates.

Robert rief Claudy zu Hause in Chapel an: „Wisst Ihr es schon? Von Sokrates erfuhr ich gerade erst, dass es mit Imagine nichts gibt!

„Ja, wir haben es schriftlich, Robert!", sagte Claudy bedauernd. „Das ist ein Schlag unter die Gürtellinie, wo doch der

Regisseur und alle Fernsehleute begeistert waren. Wir verstehen das nicht!"

„Ich verstehe es auch nicht, Claudy. Auch Sokrates war ratlos. Er sagte, das Projekt sei vorerst auf Eis gelegt!", erklärte Robert.

„Also fahren wir nicht mit dir nach Hull. Sehen wir uns denn heute bei Dora?"

„Ja, Claudy, wann seid Ihr im Pub?

„Sagen wir, 18 Uhr, denn ich glaube, Jenny fährt heute noch nach Hause!"

„O. k., Claudy, ich komme!"

Robert rief Gina an und berichtete über die sich überschlagenden Ereignisse.

„Das sind gute und weniger gute Nachrichten!", sagte sie. „Schade für die jungen Leute. „Eine herbe Enttäuschung! Bleibst du heute Nacht in Chapel?", fragte sie.

„Ja, ich treffe mich mit Jenny, Claudy und Emilio im Pub. Morgen sehen wir uns abends im Amiral?"

„Ja, 20 Uhr im Amiral!"

Am frühen Abend schlenderte Robert zum Pub. Um diese Zeit gab es noch nicht viele Gäste. Die drei jungen Leute saßen in der hinteren rechten Ecke des Gastraumes. Robert begrüßte Dora und Frank, ging hinüber an den Tisch seiner jungen Freunde. Sie rätselten, welchen wahren Grund die Beendigung des Projektes haben könnte. Robert berichtete, was er von Sokrates erfahren hatte. Er ließ sich das Schreiben der TV-Gesellschaft zeigen. Darin bedankten sie sich für die Zusammenarbeit und bedauerten, dass die Verwendbarkeit der Filmaufnahmen aus juristischen Gründen nicht gegeben sei.

Emilio meinte: „Dafür hatten wir wenigstens ein tolles Wochenende mit Lizzy, Kevin, Kathy und Angy!"

Ja, für morgen haben wir uns vor ein paar Minuten wieder mit den dreien verabredet bei Beccy im Westcorner-Inn", sagte Jenny.

„Was gibt es da?", fragte Robert.

„„Hull Voyce' macht den Abend", sagte Jenny. Die haben wir ja Ende Mai beim Wettbewerb kennengelernt. Aber ich werde sie an den Drums mit etwas Rhythmus unterstützen!", meinte sie grinsend.

„Wie kommt ihr dahin?", fragte Robert.

„Mit der Fähre!"

„Dann musst du heute nicht zurück nach Hause, Jenny?", fragte Robert.

Jenny belustigt: „Seitdem klar ist, dass ich Agrartechnik in Hull studiere, ist mein Leben viel leichter geworden!"

„Wann geht es los mit euren Studien?"

„Bis Mitte Juli haben wir noch einige Abi-Prüfungen. Den ganzen August sind wir frei und im September fängt das erste Semester an!", erklärten Jenny und Claudy.

„Und du, Emilio?"

„Ich beuge mich dem Willen meiner Mutter und beginne im September mit dem BWL-Studium, zusammen mit Claudy", sagte Emilio lächelnd. „Übrigens, Robert, meine Familie und meine Freunde nennen mich ‚Milo'", ergänzte er.

„O. k., Milo!"

„Ich bin Morgenabend mit Gina im Amiral und Sonntag sind wir bei Grandma Elisa", informierte Robert.

Dora setzte sich an ihren Tisch: „Spüre ich gedrückte Stimmung bei euch?"

Sie berichteten Dora das Desaster mit dem Imagine-Projekt.

„Das finde ich sehr schade für euch! Kann ich euch ein wenig trösten mit einem leckeren Drink?"

„Machst du uns einen schönen Gin Tonic", fragte Claudy?

„Und Ihr Männer?"

„Für mich ein Pint Luna!", sagte Robert. Milo schloss sich an.

56.

20 Uhr. Die drei jungen Leute verabschiedeten sich. Robert nahm das Dinner und verdrückte sich nach Hause, bevor die Feierbiester Big und Phil auftauchten. Er war heute nicht in Feierstimmung. Mit dem schwindenden Abendlicht saß er auf der Westterrasse, rauchte eine Zigarre und trank dabei Tee, dachte nach. Nichts planen, keine eigenen Initiativen, einfach abwarten, ohne ungeduldig zu werden! Glauben, dass etwas einfach so passieren würde? Das war der Rat seiner Freundinnen Gina und Lizzy. Sogar Beccy hatte das anklingen lassen, obschon die Frauen sich zu dem Thema nicht abgesprochen hatten. Er hatte noch keine Vorstellung von dieser Lebensart.

Samstag, 8 Uhr. Gepflegt und angekleidet betrat er den Wohnraum. Conchita begrüßte ihn mütterlich und lächelte: „Frühstücken wir draußen, Robert?"

Auf der schattigen Westterrasse frühstückten beide eine ganze Stunde. Robert berichtete vom gescheiterten Imagine-Projekt. Conchita bedauerte die Enttäuschung der jungen Leute.

„In der kommenden Woche verlasse ich die Wohnung im Finnly-Haus. Ich wohne dann hier und bei Gina zu Hause!", erklärte Robert.

„Was wird denn mit der Wohnung im Finnly-Haus?"

„Das Wohnrecht habe ich an die Familie Finnly verkauft!"

„Hast du Streit mit den Finnlys?"

„Nein, aber es herrscht eine frostige Stimmung zwischen uns. Ich will mich vollkommen lösen von der Finnly-Familie!"

„Ich glaube, das machst du richtig, Robert!"

„Am Montag bringe ich meine Sachen aus dem Finnly-Haus zurück in das Boganson-Cottage. Vielleicht auch noch am Dienstag. Ich werde also mehr Zeit hier zu Hause verbringen. Ich habe eine Bitte an dich, Chita, ich möchte hier selbst für mich kochen, ich kann es. Das habe ich im Finnly-Haus auch schon gemacht.

Gina meint, dass ,Selbstkochen' mich von meiner überzogenen Betriebsamkeit ablenkt. Auch das Einkaufen will ich selbst machen, weil dadurch meine Kontakte hier in Chapel auf natürliche Weise gepflegt werden!"

Conchita schaute erstaunt: „Einerseits hat Gina völlig recht! Andererseits frage ich mich, wie dann die Küche aussieht?"

„Ich bin mir der Probleme bewusst, Chita! Deshalb werde ich mich bemühen, dir so wenig Reinigungsarbeit wie möglich zu machen!"

„Ja, Gina hat die richtige Idee. Deshalb meine auch ich, wir versuchen es!"

Robert drückte Conchita und küsste sie.

Anschließend ging Robert in das Rathaus und bearbeitete mit der Gemeindeangestellten den Antrag auf Namenänderung.

Am späten Vormittag fuhr Robert mit dem Dinghy nach Westhull. Es drängte ihn, sofort mit dem Aufräumen der Finnly-Wohnung zu beginnen, aber er beschloss, den Wochenmarkt in Hull zu besuchen, und ging zu Fuß dorthin. Robert überlegte, was er einkaufen müsste, wenn er z. B. heute für sich selbst kochen würde. In Gedanken stellte er für sich ein Menü zusammen und machte im Kopf eine Einkaufsliste. Es gab, wie immer in der Hochsommerzeit, dichtes Gedränge. Somit hatte er die Möglichkeit, aus der zweiten oder dritten Kundenreihe die Auslagen an den Ständen zu betrachten und die Preise in seinem Kopf zu speichern.

In der Markthalle wartete er so lange bei John Butcher, bis er ein halbes Dutzend frische Austern entgegennehmen konnte. Mit den Meeresfrüchten auf einer Pappschale schaute er zum Weinstand. Er freute sich, Beccy dort alleine zu sehen und gesellte sich zu ihr. Beccy lächelte, küsste ihn, stibitzte eine Auster von der Schale und bestellte ein Glas trockenen Weißwein für ihn.

Sie tranken Wein und teilten die Austern.

„Die jungen Leute von der Insel und die Kinder von Gina und Lizzy sind heute bei mir", sagte Beccy.

„Ich weiß! Gestern habe ich mit den dreien von der Insel über das gescheiterte Imagine-Projekt gesprochen. Ich bin froh, dass sie es relativ cool weggesteckt haben. Ich freue mich über die sich anbahnende Freundschaft der jungen Leute!"

Ja, ich finde das auch sehr schön", sagte Beccy. „Die A-capella-Gruppe vom Musikwettbewerb ist heute im Pub. Für Jenny habe ich ein kleines Drumset besorgt, mit dem sie die Gruppe rhythmisch unterstützen kann. Das Drumset bleibt im Westcorner-Inn. Wenn du einen Kontrabass herumstehen hast, Robert, kannst du den ja auch im Westcorner-Inn abstellen!", sagte sie herzlich lachend.

Robert grinste über Beccys schlauen Einfall: „Gina und ich sind heute zum Dinner im Amiral verabredet", sagte er.

15 Uhr. Sie verabschiedeten sich. Robert ging zurück in die Finnly-Wohnung. Er machte eine vorläufige Liste der persönlichen Sachen, die er bei Gina, ihr Einverständnis vorausgesetzt, unterbringen wollte für die Zeitphasen des Wohnens bei ihr. Seinen Kontrabass würde er entweder bei Gina deponieren oder ihn im Boganson-Cottage aufbewahren. „Aber eine seiner E-Bassgitarren mit Verstärker könnte man bei Beccy lassen", dachte er.

19 Uhr rief er Gina an: „Hole ich dich von zu Hause ab oder treffen wir uns um 20 Uhr im Amiral?"

„Wir treffen uns im Amiral mit Lizzy!"

Die Außengastronomie des Amiral war voll besetzt. Die beiden Damen fand Robert innen an einem der hinteren Vierertische. Sie begrüßten sich, bestellten Softcocktails und wählten ein Dinner à la carte.

„Mit dem Imagine-Projekt bist du auf Grund gelaufen, Robert!", äußerte Lizzy etwas flapsig. „Schade ist es für die Kinder, wirklich schade! Aber für dich ist es das Signal zum Rückzug von der Hektik, und das ist gut für dich, Robert!"

Gina drückte Roberts Hand. Sie wollte beruhigend auf ihn einwirken.

„Die jungen Leute sind heute Nacht bei Beccy im Pub, bei Musik von den Hull-Voices!", sagte Gina.

„Gehen wir auch hin?", fragte Lizzy.

„Nein, wir sind overdressed!", erwiderte Gina. „Wir passen da so nicht hin!"

„O. k., dann hoffe ich, dass wir sie morgen bei Grandma sehen", meinte Lizzy.

Robert berichtete, was er inzwischen veranlasst hatte. Gina beeilte sich, ihn dafür zu loben, bevor Lizzy ironische Bemerkungen dazu abliefern konnte.

„Am Montag beginne ich, die Wohnung im Finnly-Haus zu räumen. Ich will mich darauf einstellen, bei Gina öfter zu übernachten und deshalb ich habe eine Liste gemacht für Sachen, die in Ginas Wohnung dauernd deponiert werden könnten. Schaut ihr die einmal kritisch an", bat Robert die Damen.

„Ja, sende mir die Liste per E-Mail. Am Montag bekommst du sie von mir zurück!", sagte Gina.

„Wie sieht demnächst dein Wochenrhythmus aus, Robert?", fragte Lizzy.

„Aus der heutigen Sicht:

Montags, dienstags und mittwochs in Westchapel.
Mittwochabends und donnerstags bei Gina.
Freitag- und samstagmorgens in Westchapel.
Samstagmittags und sonntags bei euch.

Das ist vorerst das Grundmuster meiner Zeitaufteilung!", erklärte Robert.

„O. k., so fangen wir einmal an", bestätigte Gina.

„Ich freue mich darüber, dass du am Wochenende,uns‘ in deinen Zeitplan einbeziehst", merkte Lizzy an.

„Ja, das ist mir sehr wichtig", ergänzte Robert. „Ich bin dankbar, dass ich in eurer Familie aufgenommen wurde!"

Gina und Lizzy drückten ihn.

„Was machst du in Chapel?", fragte Lizzy.

„Ich kümmere mich zunächst um Boganson-Cottage, da ist viel zu renovieren und modernisieren!"

„Mach es bitte nicht ohne uns", mahnte Gina. „Boganson-Cottage verströmt einen nostalgischen Hauch. Der darf, meine ich, nicht zerstört werden!"

„Ja, Robert, das sehe ich genauso", pflichtete Lizzy bei. „Wir machen einen Termin, treffen uns im Cottage, am besten auch mit Conchita, und beginnen mit einer Planung!"

„Ja, lass uns sofort den Termin machen!", meinte Robert.

„Langsam, Robert, nicht wieder hetzen", ermahnte Gina. „Wenn, dann halte ich einen Termin in der übernächsten Woche für möglich."

Das Dinner war beendet. Lizzy fragte: „Was machen wir jetzt?"

„Ich bin lange nicht mehr in der‚Femina' gewesen", sagte Gina. „Wir sind passend gekleidet und ich habe Lust zu tanzen!"

„Femina" war eine Tanzbar im vierten Obergeschoß des „Fun-House" an der südöstlichen Seite des Central-Place. Sie verabschiedeten sich von Antonio, verließen das Amiral, überquerten den Central-Place und nahmen den Fahrstuhl in das vierte Obergeschoß des Fun-House.

23 Uhr. Sie erhielten einen Vier-Personen-Tisch in der dritten Reihe um die quadratisch angelegte Tanzfläche. Die Tische waren mit einem Telefon bestückt, das man mit der Tischnummer aus dem Saal anrufen konnte. Nahm man das Gespräch entgegen, erschien auf einem Display die Tischnummer des anrufenden Tisches. Das Tischtelefon konnte auch stumm geschaltet werden. Wurde es im Stummmodus angerufen, erschien auf dem Display des anrufenden Tisches: „Bitte nicht stören".

Lizzy schaltete ihr Tischtelefon sofort stumm: „Wenn du hier als Frau erscheinst, geht dein Tischtelefon, bevor du dich gesetzt hast", sagte sie aus Erfahrung.

Ein Jockey spielte gemischte und gewünschte Musik zum Tanz, die er professionell ankündigte und kommentierte. Zwischen den Tanznummern entstand somit eine Pause zum Verschnaufen oder zu flüsternden Gesprächen, zum diskreten Schmusen oder zur störungsfreien Bitte um einen Tanz.

Getränke bestanden aus kleinen Gedecken mit dem gewünschten Getränk und einer Mischung aus feinen Snacks. Da in der „Femina" keine Eintrittsgelder erhoben wurden, gab es ein Gedeck nicht unter zehn Dollar. Gina, Robert und Lizzy nahmen Gedecke mit Softcocktails.

Gina bat Robert um den ersten Tanz. Kaum hatten sie ihren Tisch verlassen, eilten zwei gut gestylte Herren an den Tisch und baten Lizzy um einen Tanz. Gewinner war der erste von beiden. Es gab Regeln, diskret auf der Karte in kleiner Druckschrift vermerkt:

- Um einen Tanz wird gebeten.
- Um einen weiteren Tanz kann auf der Tanzfläche gebeten werden.
- Nach dem zweiten Tanz wird darum gebeten, die Tanzfläche zu verlassen, einen Tanz auszusetzen oder den Tanzpartner/die Tanzpartnerin zu wechseln.

Damit wurde der Belagerung durch lästig empfundene Tanzaufforderer entgegengewirkt.

Robert fühlte sich wohl mit Gina. Ihr Tanzen wirkte wie aus einem Guss, für sie selbst, aber auch für Beobachter. Sie nahmen direkt zwei Tänze. Lizzy hatte den Antrag zu einem zweiten Tanz abgelehnt, nahm Platz und wurde sofort von einem anderen Herrn zum Tanz gebeten.

Gina flüsterte: „So testet Lizzy alle Männer durch, bis sie einen für sie geeigneten Tänzer gefunden hat. Findet sie einen ‚sehr geeigneten' Tänzer, ist sie bald mit ihm verschwunden!"

24 Uhr. Lizzy zwinkerte Gina zu und verschwand Richtung Garderobe, wo sie den Blicken Ginas und Roberts entschwand.

Robert und Gina genossen den Tanzabend bis zur Timebell. Arm in Arm gingen sie über den Central-Place, am Amiral vorbei in Ginas Wohnung.

57.

Sonntag, 11 Uhr. Robert und Gina warteten ein paar Minuten auf Familienmitglieder, die eventuell mitjoggten. Sie freuten sich riesig, als zwei junge Männer und vier junge Frauen sich gut gelaunt zu ihnen gesellten. Alle hatten bei Lizzy übernachtet, Lizzy aber nicht zu Gesicht bekommen.

Kevin, Kathy und Angy fanden das normal, ja sie freuten sich, dass Lizzy wieder in der gewohnten Spur lief. Gewöhnt waren sie, dass Lizzy ab und zu nachts nicht zu Hause erschien. Es hatte sie ein wenig beunruhigt, dass genau das in den letzten acht Wochen nicht vorgekommen war.

Sie liefen zügig nach Norden. Alle konnten inzwischen das Tempo halten. Am Naturstrand das gewohnte Bild. Obschon einige Badegäste anwesend waren, ließen sie unbekümmert ihre Hüllen fallen und tobten im Wasser. Gina hielt sich zurück, sie wollte in der Öffentlichkeit so nicht wahrgenommen werden. Gina und Robert genossen die Fröhlichkeit der jungen Leute.

Anschließend liefen sie, von ihren Nachterlebnissen berichtend, nach Hull-West zurück.

Robert und Gina duschten bei Gina und fanden sich kurz nach 14 Uhr bei Grandma Elisa ein.

Lizzy, gut gelaunt und frisch aussehend, war bereits anwesend. Fröhlich umarmte und küsste sie alle.

Kevin hatte in der Nacht die drei Insulaner zum Schlafen in Lizzys Haus eingeladen.

Vom Corner-Inn waren sie zu Fuß über den West Boulevard nach Hause in die 3. Upperlane geschlendert. Morgens sehr früh hatten Milo, Claudy und Jenny Raffaela angerufen und Entwarnung gegeben. Raffela hatte sie bis zum Anruf noch nicht vermisst.

Der Brunchtag verlief mit variationsreichen Speisen, leckeren softigen und alkoholischen Getränken, Rauchen und Kaffee. 17 Uhr bot Robert den Insulanern an, sie mit dem Dinghy nach Hause zu fahren. Sie wollten nicht nach Westchapel, sondern zum UNI-Campus, und zwar alle sechs.

Robert lieferte sie am Campus ab und kehrte zu Gina in die Pharmazie-Wohnung zurück. Das Dinghy parkte er an einer Pharmazie-Mooring.

Robert und Gina arbeiteten sich durch die Liste der Sachen, die in Ginas Wohnung bleiben sollten. Am nächsten Morgen wollte Robert damit beginnen, diese Sachen in ihre Wohnung zu bringen.

Er sprach das Thema Zimmer und Schlafen an.

„In dieser Wohnung gibt es drei Schlafzimmer: meines, das Zimmer von Angela und das Zimmer von Jasmin Kuona. Solange Angy studiert, halte ich ihr Zimmer für sie frei. Also solltest du in meinem Zimmer mit mir schlafen."

„O. k., Gina, aber wohin mit meinen Kleidern und meiner Wäsche?"

„Das überlassen wir Jasmin! Sie wird einen Platz dafür finden!"

Geschäftsbeginn in der Pharmazie war an allen Tagen um 8 Uhr. Gina und Robert stimmten sich darüber ab, wie der Montagmorgen ablaufen sollte. Gina wollte um 6 Uhr aufstehen, sich pflegen. Dann sollte Robert aufstehen und sich pflegen. Inzwischen richteten Gina und Jasmin das Frühstück. Um 7 Uhr saßen Gina und Robert beim Frühstück, sie besprachen noch einmal, wie der Tag für sie ablaufen sollte. Um 7.45 Uhr begab Gina sich in die Geschäftsräume der Pharmazie. Robert fuhr mit Jasmin das Dinghy zum Finnly-Haus. In Roberts Wohnung stellten sie entsprechend der Liste die Sachen zusammen für den Transport in Ginas Wohnung. Um 11 Uhr war der Umzug in Ginas Wohnung beendet. Robert informierte Gina. Sie kam hinauf in die Wohnung und zu dritt tranken sie einen Kaffee.

Robert verabschiedete sich von Gina bis Mittwochabend. Er fuhr zum Finnly-Haus und belud das Dinghy mit dem größeren Rest seiner persönlichen Sachen. Auch die für ihn wichtigen Akten seiner Eltern nahm er mit. Die Musikanlage und die Musikinstrumente musste er in einer zweiten Fahrt nach Westchapel holen.

Um 17 Uhr startete er Richtung Westchapel. Er rief Conchita an und nach 18 Uhr warteten Conchita, Mercedes und Jorge am Pier auf ihn. Sie entluden das Dinghy und verstauten die Sachen im Cottage. Conchita bat Robert, mit der Familie zu Abend zu essen. Im Hernandes-Cottage verbrachten sie einen gemütlichen Abend, plauderten über Vergangenes und über die Zukunft. Robert berichtete über seine Absicht, das Boganson-Cottage in Abstimmung mit Gina zu renovieren. Jorge bat er um Beratung, welche Geräte und Werkzeuge er beschaffen müsse, und schrieb sofort eine Liste. Conchita stimmte das alles sehr glücklich.

Mit Einsetzen der Nacht verabschiedete sich Robert von der Hernandes/Martinez-Familie und ging ins Boganson-Cottage.

Er verbrachte eine Nacht im Tiefschlaf ohne Gedankenkarussell. Am Dienstag, 8 Uhr, genoss er auf der Terrasse sein selbst zubereitetes Frühstück. Um 10 Uhr startete er das Dinghy Richtung Hull-West. Im Finnly-Haus räumte Robert die Musikanlage und seine Instrumente aus und transportierte sie nach Westchapel.

Im Boganson-Cottage aß er etwas aus dem Kühlschrank, nahm die mit Jorge erarbeitete Liste, und, ging in den Store. Mercedes und Robert stellten eine Bestellung der Geräte und Werkzeuge zusammen.

Nach 18 Uhr, es war Dinner-Zeit, betrat Robert das Westchapel-Inn, begrüßte Dora und Frank.

Der Pub war kaum mit Gästen besetzt. Aus den Lautsprechern ertönte leise Hilly Billy Musik.

„Was gibt's Neues?", fragte Dora und setzte sich zu Robert an den Tisch.

„Ich werde demnächst etwas öfter hier in Chapel sein!"

„Wie kommts?"

„Gina möchte, dass ich etwas weniger arbeite! Sie meint, ich würde mich zum Workaholic entwickeln, und so einen will sie nicht!"

„Ehrlich Robert, deine Gina hat vollkommen recht. Wir wundern uns hier die ganze Zeit schon über deine Arbeitswut! Du hast Glück, auf eine solche Frau zu treffen."

„Ja, inzwischen sehe ich das ein, Dora!"

„Was gibt es heute zu essen?"

„Einen Eintopf aus Linsen und Bohnen mit einer Hammelfleischeinlage. Dazu Joghurt mit roten reifen Früchten."

„O. k., Dora, ich bin dabei", sagte Robert begeistert.

Nach dem Dinner genoss Robert ein Pint Luna und eine Zigarre. Einige Gäste aus Chapel hatten sich eingefunden. Tagesthema war die Einrichtung von Yachtliegeplätzen. Die einen sorgten sich darum, dass der Pierraum für die Einheimischen zu knapp werde, die anderen setzten dagegen, dass in Chapel-Harbour sowieso kein Hafenbetrieb sei, und wem denn Pierplatz genommen werde? Die Argumente gingen endlos hin und her ohne konkretes Ergebnis, ebenso, wie solche Gespräche in Pubs ablaufen.

Etwa 21 Uhr kehrte Robert in das Cottage zurück und rief Gina an. Er berichtete ihr, wie der Tag verlaufen war. Für den nächsten Tag, den Mittwoch, verabredeten sie, dass Robert in Chapel einen ruhigen Tag verbringen solle, und abends etwa um 20 Uhr Gina und Lizzy im Amiral treffen sollte.

In der Abenddämmerung ging Robert noch einmal an die Schwimmstelle am Sund, setzte sich auf einen Stein und betrachtete die verblassende Silhouette der Stadt. Ein gutes Gefühl machte sich in ihm breit.

Mittwochmorgen. Conchitas Staubsauger weckte Robert. Gepflegt und im Morgenmantel ging er nach unten in den Wohnraum, von dort auf die Westterrasse. Conchita wartete mit Roberts Lieblingsfrühstück auf kross gebratenen Speck, Rührei, weiße Bohnen warm in Tomatensauce und Röstbrot. Dazu schwarzen Tee, viel Tee!

Conchita setzte sich gut gelaunt zu ihm, trank etwas Tee mit. Über dem Sund schwebte ein Frühdunstteppich, der allmählich von der Sonne weggebrannt wurde. Über dem Dunstteppich erhob sich in der Ferne die grellweiß beleuchtete Abbruchkante des Hull-Karstplateaus, „ein atemberaubendes Bild"! Eine gute halbe Stunde verweilten Conchita und Robert im Gespräch, dann setzte Conchita ihre Hausarbeit fort.

Robert motivierte sich, in Ruhe auf der Terrasse sitzenzubleiben und möglichst an nichts zu denken. Das war nicht leicht!

Er begann langsam und tief in den Bauch zu atmen, die Augen zu schließen und das weiße Tageslicht als nebelähnliche Wand hinter den geschlossenen Augenliedern wahrzunehmen. Allmählich erzeugte diese yogaähnliche Übung ein wohliges Gefühl in seinem Körper. Als er aus seinem Trancezustand erwachte, beschloss er, einen Spaziergang zur Sandbay zu machen. In Sportkleidung verließ Robert das Cottage, ging durch den Ort aufwärts in südlicher Richtung zur Windkante. Oben angekommen, lag die Sandbay im grellen südlichen Sonnenlicht. Der Ozean breitete sich hell, fast farblos aus bis zu dem im Dunst nicht erkennbaren Horizont. Robert umfing eine vollkommene Stille, die er fast als laut empfand, so als spräche die Stille zu ihm.

Von der Windkante bewegte er sich hinab Richtung Strand, der von hier noch etwa dreitausend Meter entfernt war. Es gab keinen geschlossenen Strandsaum, sondern die Grenze zwischen Land und Meer bestand aus einem Gewirr von Wassertümpeln und daraus herausragenden Sandhügeln. Aus der Zeit seiner Kindheit erinnerte er sich daran, dass diese Strandlandschaft jeden Tag ein verändertes Bild zeigte. Niemand außer ihm war in dem Strandabschnitt zu sehen. Er legte seine Kleidung an einem Findling ab, und begab sich langsam in das kristallklare Wasser. Er genoss die Sonnenwärme, das seidenweich sich anfühlende Salzwasser tauchte um die Sandhügel herum, wühlte mit den Händen den sandigen Grund auf, und Sekunden später bildete sich wieder glasklares Wasser.

Als es ihn im Wasser etwas zu frösteln begann, ging er zurück auf den Strand und ließ sich ein wenig von der Sonne erwärmen. Wieder versuchte er an nichts zu denken und es stellte sich das wohlige Körpergefühl ein.

Am frühen Nachmittag kehrte Robert in sein Cottage zurück, duschte und legte sich bei geschlossenen Fensterläden für eine Stunde auf das Bett. Daraus wurden allerdings zwei Stunden Schlaf. Um 15.30 Uhr startete er das Dinghy Richtung Westhull. Er trug Jacke, Hose, kurzärmeliges Hemd, Halstuch und Hut, an den Füßen leichte Halbschuhe aus Flechtleder. Um 19.30 Uhr legte er das Dinghy bei der Westpharmazie fest und schlenderte hinüber zum Amiral.

58.

Im südlichen Bereich der Außengastronomie entdeckte er einen freien Tisch mit vier Plätzen, der nicht reserviert war. Er nahm Platz. Antonio eilte herbei und begrüßte ihn: „Schön, dass du schon da bist, Robert. Die Damen sind noch nicht eingetroffen. Darf ich dir schon einen schönen Aperitif bringen lassen?" Sie lächelten sich zu. Antonio intensiv beschäftigt, entschwand. Ein mit Bitterlemon und frischer Minze verlängerter Pastis wurde ihm serviert. Kurz nach 20 Uhr führte Antonio Gina und Lizzy untergehakt stolz an den Tisch. Sie begrüßten sich, als hätten sie sich längere Zeit nicht gesehen. Antonio nahm ihre Dinner-Wünsche auf und entfernte sich wieder.

Beide Frauen wollten in allen Details von Robert hören, wie seine Tage seit Sonntag verlaufen waren. Fazit: positiv!

„Morgen früh unterzeichne ich im Finnly-Haus den Vertrag zum Verkauf des Wohnrechts!", berichtete Robert.

„Hast du einen Berater an deiner Seite?", fragte Lizzy.

„Nein", erwiderte Robert. „Meinst du, das sei erforderlich?"

„Die Finnlys haben begriffen, dass es jetzt den endgültigen Schnitt gibt. Sie sehen ab jetzt keine Veranlassung, nett mit dir umzugehen, Robert", mahnte Lizzy.

Gina bat darum, nicht an dem Gespräch beteiligt zu sein, denn die DF-Werft beauftragte sie weiterhin im Sanitätsbereich.

„Dann gehe ich mit dir Robert", sagte Lizzy entschlossen!

Sie genossen das Dinner, nahmen Espresso und rauchten eine Freundschaftszigarre.

Robert fragte Gina und Lizzy: „Wie geht die Entwicklung eurer Kinder weiter?"

„Angela wird voraussichtlich in zwei Jahren mit ihrem Pharmaziestudium fertig", berichtete Gina. „Wir haben eine Vereinbarung getroffen, nach der Angela in unsere Pharmazie als pharmazeutische Fachkraft mit Arbeitsvertrag eintritt, für zwei Jahre. Sie lernt das Geschäft von Grund auf kennen. Sie ist dann voraussichtlich

24 Jahre alt und soll die Verantwortung für das Geschäft als Geschäftsführerin übernehmen. Ich trete in den Hintergrund als stellvertretende Geschäftsführerin. Natürlich wissen wir nicht, ob sie einen Mann und welchen Mann sie haben könnte. Da sind einige Unwägbarkeiten im Spiel!"

„Die Mutter als stellvertretende Geschäftsführerin ist meiner Meinung nach auch eine Unwägbarkeit!", warf Lizzy ein. „Ein nachfolgender Geschäftsführer ist ein anderer Mensch in einer anderen Zeit. Er geht mit anderen Ideen und anders handelnd an seine Aufgabe, durchaus auch erfolgreich. Die Historie zeigt, dass solche Übergangsmodelle meist nicht funktionieren."

„Ich gebe dir recht Lizzy", erwiderte Gina. „In unserer Lombardi-Familie haben wir den Entwurf als Leitlinie für unser weiteres Handeln so gemacht. Wir sind uns bewusst, dass den Ereignissen folgend stets Korrekturbereitschaft notwendig ist!"

Lizzy entwickelte ihre Gedanken: „Wir gehen davon aus, dass Kevin und Kathy ihre Studiengänge erfolgreich absolvieren und heiraten. Sie werden als leitende Angestellte in die Firma übernommen für die Zeit von zwei Jahren. Dann planen wir den Schnitt. Die beiden übernehmen verantwortlich die Geschäftsführung und ich ziehe mich vollkommen zurück. Natürlich ist auch das mit Unwägbarkeiten behaftet und wir müssen flexibel bleiben. Wir sind dann beide ca. fünfzig Jahre alt. Gina und müssen überlegen, was wir, ungefähr in unserer Lebensmitte, dann machen!"

„Ja, das ist richtig, Lizzy", überlegte Gina. „Aber das ist im Augenblick auch alles, was wir für die Zukunft überlegen können!"

Robert und Lizzy verabredeten sich für morgen, am Donnerstag, 9 Uhr, in Ginas Wohnung, um dann gemeinsam den Termin im Finnly-Haus wahrzunehmen. Gegen 23 Uhr begleitete Robert die beiden Damen zu Ginas Wohnung. Lizzy verabschiedete sich von Gina und Robert, nahm ihren Wagen und fuhr nach Hause.

Donnerstag, 10 Uhr. Robert und Lizzy betraten das Finnly-Haus und die Empfangsdame führte sie nach oben in den kleinen Besprechungsraum. Der Notar, Susan van Daelen und Bal Johnson erwarteten Robert, der Mrs. Brandström als seine Beraterin vorstellte.

59.

Der Notar eröffnete das Gespräch, mit dem er den Anlass erklärte. Er legte drei schwarze Aktenmappen vor, die den Text des Übergabevertrages enthielten. Robert und Lizzy schauten gemeinsam in Roberts Exemplar. Der Notar las den Text vor und bat um Unterbrechung bei Rückfragen. Lizzy wollte mehrere Textpassagen durch den Notar erklärt haben. Schließlich nickte Lizzy und gab das Vertragsdokument frei. Es wurde von den beiden Parteien unterzeichnet. Nach etwa 30 Minuten war das Prozedere beendet. Robert übergab Bal Johnson die Wohnungsschlüssel und man verabschiedete sich.

Auf dem Rückweg in Ginas Wohnung meinte Lizzy: „Jetzt hast du 260.000 Dollar auf dem Konto, Robert. Was machst du damit, wenn ich fragen darf?"

„Das Geld lege ich in Wertpapieren an, z. B. in Frachtschiff- und Hafenbeteiligungen. Damit habe ich gute Erfahrungen gemacht", erklärte Robert.

„Bist du denn abgesichert für den Fall, dass du kein Einkommen aus Beschäftigung oder Selbstständigkeit hast?", fragte Lizzy.

„Ja, Ich habe aus Anlageerträgen ein Einkommen, das mir einen bescheidenen Lebensstil erlaubt!"

„Was ist für dich ein bescheidener Lebensstil?"

„Das, was wir in den Wochen, die wir uns jetzt kennen, Tag für Tag machen!"

„Gratuliere, Robert, nicht schlecht! Gina und ich müssen von den Gewinnen unserer Firmen leben, die durch unsere Kinder einmal geleitet werden. Ich habe dabei nicht das beste Gefühl!"

„Kann ich nach vollziehen Lizzy", merkte Robert an. „Habt ihr denn keine Altersrücklagen gebildet?"

„Ich ja, aber Gina war durch den Scheidungsprozess von ihrem Mann bisher finanziell nicht in der Lage, das zu stemmen. Außerdem unterhält sie ja auch Grandma Elisa und die Villa. Allerdings teilen wir beide uns den Unterhalt von Grandma.

„Mir bereitet das auch Sorgen, Lizzy. Denkst du, dass wir uns zu dritt darüber einmal unterhalten können?"

„Ja, aber das Thema solltest du auf den Tisch bringen, Robert!"

„O. k., bei nächster Gelegenheit."

11.30 Uhr. Sie erreichten Ginas Wohnung. Lizzy verabschiedete sich – Termine in der Firma! Robert nahm Lizzy in seine Arme, bedankte sich bei ihr und küsste sie zärtlich auf den Mund.

Gina machte den Vorschlag, bei Antonio einen Lunch einzunehmen und anschließend mit Robert wieder ins Bett zu gehen. Robert dachte, dass Gina sehr hungrig nach Zärtlichkeit und Sex ist. Er versuchte sich in ihre Lage zu versetzen. Vor sieben Jahren war sie geschieden worden, aber wahrscheinlich hatte es bereits Jahre zuvor keinen Sex in der Ehe gegeben oder für Gina war es freudloser ehelicher Pflichtsex gewesen. Sie war also viele Jahre nicht mit einem Mann zusammen gewesen und das in ihren besten Jahren. Bisher hatten Gina und Robert Sex gehabt, wenn er bei ihr übernachtete, so auch in der letzten Nacht. Und natürlich würde Robert nie ihren ersten Sex am Naturstrand vergessen. Robert war als Seemann daran gewöhnt, sporadisch Sex zu haben, wenn sich in den Häfen die Gelegenheit ergab. Manchmal hatte er wochenlang keinen Sex, wenn die Terminjagd auf Fracht keine Zeit dafür zuließ. Er hatte also Verständnis für Ginas Hunger nach Zärtlichkeit und Sex.

Gegen 13 Uhr nahmen sie einen Tisch in der klimatisierten Innengastronomie des Amiral. Das Restaurant war dicht mit Gästen besetzt. Sie bestellten einen sättigenden Salat mit gegrilltem Fisch und Softgetränke.

Gina fragte, wie das Gespräch im Finnly-Haus verlaufen war. Robert berichtete detailliert von dem Vertragsgespräch und auch von seinem Gespräch mit Lizzy über Altersvorsorge.

Gina hatte gedanklich folgende Strategie entwickelt: Angela sollte die Pharmazie übernehmen als Geschäftsführerin. Gina wollte dann für Angela die Wohnung im Pharmaziehaus räumen. Sie würde in die Lombardi-Villa ziehen und die letzten Lebensjahre ihrer Mutter begleiten, falls sie zu dem Zeitpunkt noch lebte. Wenn es mit dem aus der Pharmazie verfügbaren

Einkommen schwierig würde, gab es die Option, die Lombardi-Villa zu verkaufen, denn die Villa gehörte ihr alleine. Ihre Brüder waren erblich ausgesteuert. Weitergehende Überlegungen waren nach Ginas Meinung mit zu vielen Unbekannten nicht sinnvoll. Im frühen Nachmittag hatten Robert und Gina sich wieder vereint. Zwischen Zärtlichkeiten und Sex drehten sich ihre Gedanken immer wieder um Zukunftsfragen.

Am Abend verabschiedete Robert sich von Gina und steuerte sein Dinghy nach Westchapel. Mit Einbruch der Nacht machte er das Dinghy am Boganson-Pier fest, betrat das Cottage, aß etwas aus dem Kühlschrank und ging schlafen.

Der Freitag begann etwas kühl mit nördlicher Brise. Robert wachte auf mit der Gewissheit, dass Boganson-Cottage ab jetzt seine Heimat war. Das Frühstück nahm er im Wohnraum ein. Dann begann er die aus Hull-West mitgebrachten Gegenstände im Cottage einzuordnen. Das benötigte einige Stunden Zeit, denn er ordnete nicht nur ein, sondern er ordnete neu. Das kommende Wochenende würde er mit Gina bei deren Familie verbringen. Für Freitag und Samstag musste er sich verpflegen. Heute Abend wollte er bei Dora das Dinner nehmen, samstags mit Conchita frühstücken und abends mit Gina zum Essen ausgehen, vielleicht mittags in Hull auf dem Wochenmarkt eine Kleinigkeit zu sich nehmen.

Um 19 Uhr ging Robert hinüber zum Pub. Robert nahm Platz an einem Tisch, an dem Jorge Martinez mit Bekannten saß. Das Lokal war, wie fast immer freitags, gut mit Gästen gefüllt, die Robert größtenteils nicht kannte. Bei Dora bestellte er das Dinner und ein Pint Luna. Dora flüsterte ihm zu, dass Claudia ihn bitte, sie anzurufen. Umgehend rief er Claudy an.

„Wir sind mit dem Abitur durch", rief sie begeistert! „Jenny und ich geben morgen Abend eine Abi-Party im Chapel-Inn. Wir möchten, dass Ihr, du, Gina und Lizzy, dabei seid, Robert!"

Robert gratulierte, bedankte sich für die Einladung.

„Habt Ihr Lizzy schon angerufen?", fragte er.

„Nein, wir haben sie nicht erreicht, aber Kevin, Kathy und Angy kommen!", sagte Claudy.

„Gut, ich rufe sofort Gina an!"

Gina erreichte er zusammen mit Lizzy im Amiral.

„Wir sind zur Abi-Feier von Claudy und Jenny eingeladen.",
informierte er.

„Wir wissen es schon von Kevin", sagte Gina. „Wir kommen
alle. Holst du uns ab?"

„Ja, ich bin um 18 Uhr an der Pharmazie."

„O. k., wir stehen an der Pier bereit um 18 Uhr", bestätigte
Gina. „Übernachten wir bei dir?"

„Ja, die volle Packung. Wir wissen ja inzwischen, wie es geht",
grinste Robert in das Telefon.

Gina und Lizzy hörte er lachen.

Dora servierte allen am Tisch nacheinander das Dinner. „Aus
Hull kommen alle fünf", raunte er Dora zu.

„Beccy kommt auch", flüsterte Dora.

„Macht Ihr etwas mit Musik?", fragte Robert.

„Ja, Jenny macht etwas. Sie macht allerdings ein Geheim-
nis daraus!"

Robert bemerkte, dass es heute, am Freitag, kein Feiern im
Pub geben würde, wahrscheinlich mit Blick auf morgen, wenn
es die große Abi-Feier gab. Robert verließ das Chapel-Inn kurz
nach 22 Uhr in leichtem Nieselregen.

Am Samstag, geduscht und gepflegt im Morgenrock, betrat er
den Wohnraum, zog Conchita den Stecker des Saugers aus der
Steckdose, nahm die überraschte Conchita in seine Arme, drückte und küsste sie. Das Wetter hatte über Nacht gewechselt von
regnerisch nach trocken, wolkenlos. Die Terrasse und die Ter-
rassenmöbel waren jedoch noch feucht. Robert und Conchita
frühstückten am großen Tisch im Wohnraum. Conchita eröffnete er vorsichtig, dass heute wieder zusätzlich fünf Personen im
Cottage übernachten würden. Conchita nahm es gelassen. Sofort
rief sie ihre Tochter Mercedes im Store an und gab eine Bestellung der Lebensmittel durch, die benötigt würden, um die Gäste
mit einem Frühstück zu verwöhnen. Das Haus sei gereinigt und
in gutem Zustand und die Gäste würden sich daran erinnern,
in welchem Zimmer sie bei dem Sommerfest genächtigt hatten.

Die Wetterprognose für den Samstag kündigte einen trockenen Tag mit leichter Bewölkung und erträglichen Temperaturen an. Conchita und Robert möblierten gemeinsam den Wohnraum und die Westterrasse für den gemütlichen Aufenthalt von sechs bis sieben Personen. Auch die Schlafplätze in den drei oberen Räumen richteten sie ein.

14 Uhr. Sie gönnten sich Conchitas Gebäck und frischen Tee. Robert fragte Conchita, ob sie etwas über die geplante Musik am Abend im Pub wisse. Sie habe gehört, dass Jenny die Rollers noch einmal zusammengebracht habe, dass sie aber keinen Hardrock spielen würden, sondern tanzbare Musik. Josh habe sich bereit erklärt, die Veranstaltung wieder, wie auch beim Sommerfest, zu moderieren. Aus diesen Informationen schloss Robert, dass er wahrscheinlich den Bass spielen würde. Er würde sich freuen, allerdings hatten dann Gina und er nichts voneinander, aber sie hatte ja den ganzen Abend ihre Familie bei sich.

Von der Westterrasse aus beobachtete Robert intensive Geschäftigkeit vor dem Pub. Beleuchtung wurde in die Platanen gehängt, Tische und Stühle herangekarrt und aufgestellt. Eine Bühne und Lautsprecher an der Westseite aufgebaut und an der Ostseite zwei Grillanlagen und eine Buffetlinie.

Um 17 Uhr startete er das Dinghy und fuhr in die Weststadt und legte das Boot bei der Pharmazie an eine Mooring. In Ginas Wohnung warteten Lizzy, Kevin, Kathy und Angy, dass Gina ihre Arbeit in der Pharmazie beendete. Inselmäßig gekleidet und mit kleinem Gepäck starteten sie gegen 18.50 Uhr Richtung Westchapel.

Conchita hatte ein schönes modernes Kleid angelegt. Sie empfing die Gäste auf dem Zugang zum Cottage mit fröhlichem Lächeln. Alle nahmen Conchita in die Arme, küssten sie. Anschließend belegten sie ihre Schlafplätze und versammelten sich auf der Westterrasse. Dort standen Tapas bereit und Softdrinks, die Kevin wieder auf Wunsch zusammenmixte.

20 Uhr. Conchita scheuchte mit freundlicher Geste die Gesellschaft auf und bat sie, die im Pub reservierten Plätze zu besetzen.

Es gab ein lang gedehntes Begrüßungsszenario. Jenny, Claudy und deren Angehörige Rose O'Toole, Betty Coleman, Raffaela Conte und Emilio Conte nahmen die Hull-City-Freunde in die Arme. Robert schaute nach den Rollers. Ossy Carpenter, Kim Harvester, Cliff Hutchinson und ein junger Mann, den Robert nicht kannte, begrüßten ihn enthusiastisch. Der junge Mann wurde ihm als Keyboarder vorgestellt: Ronny McFeller ersetzte Frank Colomba, der inzwischen Hull verlassen hatte. Ronny war mit Kim zusammen. Cliff bat Robert, seine eigene E-Bassgitarre zu spielen, denn die Rollers als Band existierten nicht mehr und es gab keine bandeigenen Instrumente. Sofort ging Robert in das Cottage und holte seine E-Bassgitarre.

60.

An den Grillgeräten arbeiteten Jorge, Big und Phil. Sie garten Lammfleisch, Geflügel und Fisch (Rinder und Schweine gab im Hull-Country nicht) und rösteten Brot. Es gab ein Buffet mit zahlreichen Salaten, gegarten Gemüsen und Früchten, das von Mercedes und den Mitarbeiterinnen des Stores betreut wurde. Schildchen wiesen das Gemüse, die Salate und Früchte als Produkte der O'Toole-Farm aus. Die Getränkeversorgung managte der Pub.

Robert informierte Gina und Anhang darüber, dass er den Bass spielen werde, und bat das zu entschuldigen. Gina lächelte und küsste ihn.

Kurz vor 21 Uhr begannen die Rollers eine leise Intromusik zu spielen. Josh O'Bready nahm das Mikrofon, begrüßte die Abendgesellschaft, würdigte den Anlass und die Bedeutung des Abiturabschlusses und stellte die erfolgreichen Abiturientinnen Claudia Conte und Jennifer O'Toole vor, die mit langanhaltendem Beifall beschenkt wurden. Dann stellte Josh die Mitglieder der Band vor, erklärte das Sponsoring des Stores und der O'Toole-Farm, dankte Dora und Frank Conelly für ihr Engagement. Er gab das Buffet frei.

Die Rollers begannen, die Phase des Essens mit dezenter Musik zu begleiten. Robert hatte den Tisch seiner Lieben im Blick. Sie waren in bester Laune. Etwa ab 22 Uhr spielten die Rollers Tanzmusik. Robert freute sich über Ronny McFeller. Er spielte das Keyboard sehr professionell zum Sound der Tanzmusik. Kim zauberte samtweiche Töne aus ihrem Saxofon und sang die Covertexte abwechselnd mit Cliff. Der Backgroundgesang der anderen Bandmitglieder passte dank des Gesangstrainings zum Musikwettbewerb sehr gut in das Klangbild der Band.

Robert schätzte die Altersstruktur der Partygäste über 40. Die Musik der Rollers passte, es wurde intensiv getanzt. Der Fauenüberschuss spielte, was das Tanzen betraf, keine Rolle, denn die

Frauen tanzten mit Begeisterung zusammen. Robert hatte mit Jenny den Verstärkerlevel von Drums und Bass etwas nach unten geregelt. Die Geräuschkulisse der Band wirkte etwas gedämpfter, was den Bewohnern von Westchapel sicher angenehm war. Beccy Balmore steuerte auf die Band zu, ging zu Ronny Feller und bat ihn, den Basspart mitzuübernehmen. Dann ging sie zu Robert, zog den Stöpsel aus der Bassgitarre und sagte: „Du hast jetzt mal Pause, um mit mir zu tanzen!" Robert stellte die Gitarre ab, folgte Beccy an der Hand haltend und grinsend auf die Tanzfläche. Alleine für diese Aktion ernteten sie Beifall. Die Band hatte nicht unterbrochen. Beccy drehte stolz kunstvolle Runden mit Robert. Gina und Lizzy gingen auch auf die Tanzfläche. Beide Paare, inzwischen alleine auf der Tanzfläche, tanzten, als wären sie in einem Wettbewerb. Lizzy klatschte Beccy ab. Robert und Lizzy tanzten weiter, Gina klatschte Lizzy ab, und so ging das eine Weile weiter. Robert flüsterte Gina ins Ohr, dass er sie zu ihrem Platz begleite und dann Conchita zum Tanz bitten wolle. Auch andere Tanzpaare begannen zu tanzen mit ständigem Partnerwechsel. Bald benötigten alle eine Tanzpause. Mit riesigem Beifall brachte Beccy Robert an den Bass zurück, küsste ihn, ging zu Ronny und küsste auch ihn.

Die Außengastronomie des Chapel-Inn war bereits seit geraumer Zeit von Zaungästen umgeben, die sich an den Getränkeinseln von Frank und Dora versorgten und auch tanzten. Josh ergriff noch einmal das Mikro und hieß die Zaungäste herzlich willkommen, munterte sie auf, die Reste des Buffets zu plündern. Robert beobachtete belustigt, dass Big das „Plündern" des Buffets mit Argusaugen kontrollierte. Wer sich am Buffet nicht benahm, erhielt weder Fleisch noch Fisch.

24 Uhr. Die Musik wurde eingestellt, damit den Gästen noch etwas Zeit zum Ausklingen des Feierns blieb. Robert setzte sich noch eine Stunde zu seinen Freunden an den Tisch. Sie waren in Hochstimmung nach einigen Runden Cocktails mit Drehung.

Beccy rief: „Hi Robert, ich wollte unbedingt wissen, ob du noch ein so guter Tänzer bist!" Sie hob beide Daumen, beide lächelten sich zu.

Robert, Gina und Lizzy gingen Arm in Arm in das Boganson-Cottage, nachdem Beccy sich verabschiedet und die Fähre nach Westcorner genommen hatte.

Sonntag, 10 Uhr. Gina weckte Robert: „Conchita hat schon das Frühstück bereitet!", flüsterte sie.

Lizzy besetzte das Badezimmer, ließ die beiden aber eintreten, damit sie schon duschen konnten.

Etwas nach 10 Uhr trafen sie auf der Terrasse Conchita, die nach den jungen Leuten fragte?

„Ich schaue einmal nach!", sagte Lizzy. Sie kam zurück: „Sie sind nicht da! Unsere und die Insulaner haben wahrscheinlich irgendwo privat die Abi-Feier nachbrennen lassen!", überlegte sie amüsiert. Gina, Lizzy und Robert begannen mit Conchita gemütlich zu frühstücken. Es war schon sehr warm an diesem Sonntag, aber die Terrasse lag im Schatten der Bäume. Ein Blick in Richtung Pub zeigte, dass alles vom Vorabend wieder weggeräumt war. Der Pub lag völlig still in der Morgensonne. Angy rief an und teilte mit, dass sie nicht mit dem Dinghy zurück in die Stadt wollten, sondern abends direkt in den UNI-Campus fahren würden.

„Ich meine, wir sollten um 14 Uhr bei Grandma sein!", sagte Gina. Lizzy und Robert stimmten dem zu.

Conchita fragte Gina: „Wann sehen wir uns wieder?"

Gina überlegte: „Am kommenden Donnerstag könnten wir gemeinsam mit dir überlegen, Conchita, wie wir aus einem alten echten Cottage ein neues echtes Cottage machen!"

Robert lächelte zustimmend. Conchita freute sich.

Um 12.30 starteten Robert, Gina und Lizzy das Dinghy und fuhren nach Westhull zu Grandma Elisa.

Hull-Storys, Beschreibung des Ortes

Hull, eine kleine Industrie- und Hafenstadt mit subtropischem Klima, in einer Insel- und Schärenwelt gelegen. In den Inselgewässern gibt es einen geringen Tidenhub.

Hull hat eine sehr isolierte geografische Lage auf einer der Hauptinseln, es gibt keine Bahnverbindungen, ein einfaches Flugfeld liegt auf einer Hochebene über der Stadt im Norden. Der Hull-Zentralhafen bedient eine Küstenregion, die sich über das gesamte Inselarchipel erstreckt. Die Wirtschaft der Stadt ist getragen durch Industrie im Schiffs- und Yachtbau, durch Frachtreedereien und in geringem Maße durch Fischindustrie.

Hull-Island, eine Nebeninsel, hat eine Ausdehnung von ca. sechzig Kilometern von Ost nach West, bis zu fünfzig Kilometern von Nord nach Süd mit einem kleinen Gebirgszug, der mehrere Male die Richtung auf der Insel wechselt. Der Hauptort Eastchurch im östlichen Inselbereich ist geprägt von Fischfang und Landwirtschaft. Westchapel am Westende der Insel ist eine kleine Ortschaft, die vom Fischfang und in Anfängen vom Bootstourismus lebt. Vineyard, etwa in der Mitte der Insel von Ost und West, ist eine Weinbaudomäne, die durch besonders günstige Klimabedingungen edle, regional bekannte Weine produziert.

Die Gebirgszüge der Insel sind dicht bewaldet mit subtropischen Hölzern.

Hull-Island ist eine Windbarriere für Hull-City von Süden. Zwischen Hull-City und Hull-Island verläuft ein Meereskanal, der „St. Andrew Golf". An der schmalsten Stelle bei Westchapel mit etwa 1,2 Kilometern Breite verkehrt eine Fähre zwischen Hull-Westcorner und Westchapel. Nach Osten hin ist der St. Andrew Golf bis zu 11 Kilometer breit. Er endet an der Seeeinfahrt von Eastbay. Die Hafenanlagen von Hull werden deshalb mit Hochseeschiffen von Osten angesteuert.

Etwas östlich von Eastchurch verläuft die Insel mit einem sehr gebirgigen Teil nach Süden.

Die in der Region Hull vorherrschende Windrichtung ist Südwest.

Im Westen von Hull befindet sich in einer durchschnittlichen Entfernung von sieben Kilometern ein nicht besiedeltes Gebirgsmassiv, die „Westhighlands", das mit dem Festland der Hauptinsel verbunden ist, und sich von Süden nach Norden erstreckt. Es schützt Hull vor Wind und Seegang von Westen. Zwischen den Westhighlands und Hull West gibt es eine lang gestreckte, sandige Meeresbucht, die „Westbay", die das Erholungsgebiet hauptsächlich der Einwohner der westlichen Stadt ist, mit Badestränden und Sportclubs. Entlang der Westbay führt die Westbay-Promenade von Westcorner nach Norden, weit über bebautes Stadtgebiet hinaus.

Die Stadt Hull ist am Fuß der Abbruchkante eines Hochplateaus gelegen und hat eine Ausdehnung zwischen Küste und Abbruchkante wechselweise von 1000 bis zu 3000 Metern und eine Länge entlang der Abbruchkante von etwa 8 Kilometern. Die Stadtfläche ist relativ flach, sie wurde zuerst im Westbereich besiedelt und dehnte sich allmählich entlang der Plateaukante nach Osten aus. Wegen der Ebenheit des Geländes und in Anbetracht des geringen Tidenhubs wurde ein Kanalsystem gebaut, um Güter und Personen auf dem Wasserweg transportieren zu können.

Etwa sechshundert Meter östlich von Westcorner zweigt vom St. Andrew Golf der Central-Channel mit einer Länge von 960 Metern in Richtung Stadtmitte ab. Er läuft direkt auf die Kathedrale St. Andrew, am Hull Central-Place, zu. Dort verbindet er den West Channel mit dem East-Channel. Der West Channel mündet nach achthundert Metern westlich in die Westbay. Der East Channel mündet nach sechs Kilometern in die Eastbay. Er verläuft in etwa parallel zur Hochplateaukante und zum St. Andrew Golf. Auf dem langen Weg des East-Channel zweigen etwa alle vierhundert Meter Verbindungskanäle nach Süden ab als Wasserverbindungen zum St. Andrew Golf und zu den Hafenbecken. In diesem Gebiet der Stadt befinden sich umfangreiche

Hafenanlagen, Werftbetriebe und Reedereizentralen. Die Nordseite des East-Channel ist gewachsenes Stadtgebiet mit gewerblicher und Wohnnutzung. Im Stadtteil Middle East-Channel befindet sich das Universitätsgelände der Stadt Hull.

Das Stadtgebiet innerhalb der Grenzen St. Andrew Golf, Central-Channel, West Channel und Westbay-Promenade ist die Altstadt von Hull. Von dem Central-Channel zweigen etwa alle zweihundert Meter Stichkanäle nach Westen ab, die bis an die rückwärtigen Grundstückgrenzen der Liegenschaften entlang der Westbay-Promenade reichen. Dort sind alle Stichkanäle wiederum mit dem in Nordsüdrichtung verlaufenden Connectionchannel verbunden. Alle Kanäle der Stadt Hull sind beidseitig mit Fahrstraßen und einer dichten Baumbepflanzung zwischen Straße und Kanal versehen. Die Kanalstraßen sind an den Wasserübergängen so weit angehoben, dass unter den Brücken eine Durchfahrthöhe von mindestens drei Metern gewährleistet ist.

Der Straßenfahrzeugverkehr ist in Hull relativ gering. Waren und Personen werden in Booten und Wassertaxen bewegt. Die Durchfahrthöhen im Central-Channel und East-Channel betragen acht Meter, damit ein in Hull speziell entwickelter Küstenfrachtertyp die Kanäle passieren kann.

Die Stichkanäle vom Central-Channel ausgehend sind mit Nummern gekennzeichnet. Gezählt wird vom Central-Place ausgehend nach Süden. Es gibt vier Stichkanäle mit den Nummern C1, C2, C3, C4 (C steht für Channel).

Die Verbindungskanäle am Eastchannel sind ebenfalls nummeriert, hier wieder vom Central-Place ausgehend: E1, E2, E3, E4, E5, E6, E7, E8 (E steht für Richtung Ost). Hinter E8 mündet der East-Channel in die Eastbay. Von dort ausgehend verläuft nordöstlich und südöstlich der Eastbay Boulevard um die Eastbay herum.

Die Topografie nördlich des Central-Place und nördlich des East-Channel ist leicht ansteigend bis zum Fuß der Abbruchkante. Deshalb war die Anlage von Kanälen in diesen Stadtgebieten nicht sinnvoll.

Die Eastbay hat in der Nordsüdachse eine Ausdehnung von ca. sechs Kilometern an der breitesten Stelle. Vom Eastbay Boulevard aus nach Osten gesehen gibt es eine freie Wasserfläche von ca. fünf Kilometern, daran schließt ein Schärengarten an mit einer Ausdehnung von etwa zehn Kilometern östlich und etwa acht Kilometern südlich. Der Schärengarten besteht aus mehreren hundert größeren und kleinen, meist unbewohnten Inseln.

Die über der Stadt liegende Hochebene ist ein Karstgebiet aus Juragestein. In den riesigen Höhlensystemen unter dem Karstgestein befinden sich gewaltige Mengen Wasser, mit denen die Stadt Hull versorgt wird. Die Hochebene mit der Bezeichnung „Hull-Karstplateau" ist ein windreiches Gebiet, wo Windkraftanlagen (aus der Stadt nicht sichtbar) die Stadt mit Energie versorgen. Die Stadt Hull ist perspektivisch eine klimaneutrale Urbanität.

Das Hull-Karstplateau entwässert sich in südlicher Richtung zentral aus einem etwas tiefer gelegenen Karstkessel etwa zwanzig Kilometer von der Abbruchkante entfernt durch eine Erosionsrinne mit der Bezeichnung „Hull-Canyon" in die Eastbay. An diesem Punkt befinden sich die Trinkwasseraufbereitungsanlagen der Stadt Hull und ein Wasserkraftwerk. Durch den Hull-Canyon führt eine Straße hinauf zum Plateau und zum Flugfeld „Hull-Airfield".

Die Abwasserreinigungsanlagen sind auf einer Landzunge südöstlich des Stadtgebietes angeordnet, an der Seeausfahrt der Eastbay. Dort hat der St.-Andrew-Golf seine breiteste Ausdehnung. Gegenüber der Eastbay-Seeausfahrt befindet sich auf Hull-Island die Stadt Eastchurch.

Das Klima ist subtropisch, mit einer großen Zahl von Sonnentagen und einer Regenzeit von November bis Februar. Die Jahrestemperaturbreite reicht von 5 bis 35 C.

Hull-Storys: Die beteiligten Personen

Familie Finnly
Robert Finnly, Hauptfigur, Alter 45
Jonathan Finnly, Großvater von Robert, Schiffswerft am Eastside Boulevard, verstorben
Emy Finnly, Großmutter von Robert, verstorben
Harald Finnly, Vater von Robert, vermisst
Henric Finnly, 75, Onkel von Robert, Vater von Susan van Daelen

Familie van Daelen
Susan van Daelen, 49, Geschäftsführerin der „DF Shipyard, Hull", Tochter von Henric Finnly
Dick van Daelen, 51, Vorstand Technik der „DF Shipyard, Hull", Ehemann von Susan

Familie Boganson
Knuth Boganson, Großvater von Robert, verstorben
Hella Boganson, Großmutter von Robert, verstorben
Liv Boganson, Mutter von Robert, vermisst

Familie Hernandez/Martinez
Conchita Hernandez, 75, Rentnerin und Haushälterin in der Familie Boganson
Mercedes Martinez, 35, Tochter von Conchita
Jorge Martinez, 39, Ehemann von Mercedes
Jaime, 10, Sohn von Mercedes Martinez
Maria, 7, Tochter von Mercedes Martinez

„Bellman-Cargo-Shipping" (BCS) Reederei
Leonhard Bellmann, 72, Direktor der Reederei: „Bellman-Cargo-Shipping" (BCS)
Lisa Brennon, 25, Direktionsassistentin der BCS
Sean Blocker, 56, Arbeitsdirektor der BCS

Liz Looberg, 52, Personalchefin der BCS
George Bennon, 34, Erster Offizier der Beluga 3

Familie Conte
Raffaela Conte, 55, Storebesitzerin in Westchapel und Abgeordnete im County-Parlament
Claudia Conte, 18, Raffaelas Tochter, Highschool
Emilio Conte, 23, Raffaelas Sohn, Nautik-Student in Hull

Familie O'Toole
Rose O'Toole, 42, Farmerin in Eastchurch, Mutter von Jennifer
Betty Coleman, 45, Lebensgefährtin von Rose, Farmerin, Mutter von Jennifer
Jennifer O'Toole, 18, Highschool, spielt Schlagzeug bei den „Hull-City-Rollers"

Restaurant- und Pub-Betreiber
Dora und Frank Conelly, 48 und 52, Besitzer des Pubs „Chapel-Inn" in Westchapel

Rebecca (Beccy) Balmore, 45, Besitzerin des Pubs „Westcorner-Inn"
Angy Fallner, 38, stellvertretende Leiterin des „Westcorner-Inn"

Antonio und Elena Romani, 60 und 58, Besitzer des Hotel-Restaurants „Amiral" am Hull-Central-Place

Rosi Hendrix, 61, Besitzerin des Pubs „Bulwark-Inn", in Eastchurch

Henry und Biggy Chapman, 62 und 50, Besitzer von „Boulevard-Tango", am nördlichen Eastbay Boulevard

John Butcher, 41, Austernfarmer auf Frederic-Island und Marktbeschicker in Hull-City

Die „Hull-City-Rollers" und ihre Förderer

Prof. Ed. Colomba, 58, Professor of Music from University Hull, in Middle East-Channel

Frank Colomba, 25, Keyboarder und Arrangeur der Hull-City-Rollers, Wiss. Mitarbeiter

Cliff Hutchinson, 19, Frontmann der „Hull-City-Rollers", Musikstudent

Kim Harvester, 20, Saxofonistin und Sängerin der „Hull-City-Rollers", Musikstudentin

Ossy Carpenter, 18, Gitarrist der „Hull-City-Rollers", Schüler

Pete Hamilton, 17, Bassist der „Hull-City-Rollers", Schüler

Jennifer O'Toole, 18, Drummerin der „Hull-City-Rollers", Schülerin

Ronny McFeller, 20, Keyboarder, Musikstudent

Die Mitarbeiter des Story-Ville

Bengt Hellman, 61, Direktor des „Story-Ville" am Central-Place

Evangelos Sokrates, 64, Musikdirektor im Story-Ville

Harry Lockhard, 55, erster Bassist im Story-Ville

Bürger in Westchapel

Joshua O'Bready, 67, Reverend und Bürgermeister in Westchapel

Barny O'Brian, 58, Hafenmeister in Westchapel

Donald McKancie, 60, 1. Kapitän der Fähre „Westchapel-Westcorner"

Lena Malinowski, 31, 2. Kapitänin der Fähre „Westchapel-Westcorner"

Big Boulder, 55, Fischer aus Westchapel

Philosoph, Rufname „Phil", richtiger Name unbekannt, Alter etwa 60 bis 65

Mitarbeiter der „Hull-Travel-Shipping"

Bal Johnson, 39, Geschäftsführer der „Hull-Travel-Shipping"

Dr. Kim Huin Minh, 28, Reiseleiterin, freie Mitarbeiterin bei „Hull-Travel-Shipping"

Roger Bentheim, 56, freiberuflicher Kapitän bei „Hull-Travel-Shipping"

Familie Lombardi
Dr. med. Gina Lombardi, 43, Besitzerin der „Westpharmazie", geschieden
Dr. med. Georgio Manzini, 50, Exmann von Gina, geschieden
Angela Lombardi-Manzini, 20, Tochter von Gina und Georgio, Pharmazie-Studentin
Elisa Lombardi, 80, Mutter von Gina.
Jasmin Kuona, 59, Hausdame bei Gina Lombardi und Grandma Elisa

Familie Brandström
Lizzy Brandström, 43, Betreiberin einer Kosmetiksalonkette in Hull-City
Kevin Brandström, 22, Sohn von Lizzy, Pharmazie-Student
Kathy Larner, 22, Verlobte von Kevin, BWL-Studentin

Hull-Storys

Begriffserklärungen

A	
Abbruchkante	Hochplateau mit abruptem, fast senkrecht abfallendem Rand
B	
Boulevard	Stadtstraße mit herausragenden Merkmalen, z. B. schön gestaltet, breit, mit Bäumen, besondere Architektur der Bebauung
Bürgermeister	Mayor
Boganson	Familienname
Beluga	Real existierende Trampschiffklasse
Backbord	Linke Seite eines Schiffes in Fahrtrichtung
Brücke	Kommandostand, Steuerhaus eines Schiffes
briefen	Über etwas informieren, in etwas einweisen
C	
Cargo-Shipping	Frachtschiff-Reederei
Central-Channel	Hauptkanal

Connectionchannel (Con-Channel)	Verbindungskanal
Circle	Kreis
Central-Place	Hauptplatz, Marktplatz, Stadtzentrum
Cottage	Einfaches Landhaus
Cash	Barzahlung
Crew	Mannschaft
County-Council	Kreisparlament
Crowdfunding	Gruppenfinanzierung/ Schwarmfinanzierung
D	
DF-Shipyard	Schiffbauunternehmen der van Daelen & Finnly-Familie
Dinghy	Vielzweckboot
E	
East-Channel	Ostkanal
Eastbay	Ostbucht
Ethnien	Menschen unterschiedlicher Abstammung, Herkunft, Hautfarbe
Escortdame/ Escortlady	Sexarbeiterin in gehobenem Niveau
F	
Frachtmanager	Legt fest, wo, wann, welche Ware auf dem Trampschiff geladen oder abgeladen wird

Frachtrate	Der Auslastungsgrad des Stauraumes eines Schiffes
G	
Grandpa	Großvater
Grandma	Großmutter
Golf	Meeresstraße
H	
Hull	Eierschale, Nussschale, eingehüllt, hier: Eigenname einer Stadt
Hull-County	Vergleichbar mit dem hiesigen Kommunalbegriff „Kreis"
Hull-Country	Umfassende Bezeichnung von Stadt und Kreis
Harbour	Hafen
Hi	Hallo
I	
Island	Insel
K	
Karstplateau	Stark erodierte Hochebene aus Kalkgestein
L	
Laufendes Gut	Alle Seile auf einem Schiff, die ständig bewegt werden
Linie	In der Schifffahrt eine festgelegte Route, z. B. zwischen zwei Häfen

Local Council	Stadtparlament
M	
Marge	Der Umsatz in Dollar je Frachtabschluss
Mooring	Schiffsliegeplatz: Bug oder Heck an der Pier, die Gegenseite an einer festen Boje
Mum	Mutter
P	
Patio	Rundum geschlossener Innenhof
Polizeisergeant	Vorgesetzter Polizeidienstgrad
Pier	Fläche am Schiffsanlegeplatz
Pub	Volkstümliche Gastwirtschaft mit einfachem Speisenangebot
R	
Rathaus	Town-Hall
S	
Shipyard	Schiffswerft
Schärengarten	Ansammlung von Inseln verschiedener Größe, unbewohnt oder bewohnt
St. Andrew Cathedral	Kathedrale des heiligen Andreas (großes Kirchengebäude)

Chapel	Kapelle
Schiffsmesse	Kantine eines Schiffes
Steuerbord	Rechte Seite eines Schiffes in Fahrtrichtung
Schanzkleid	Fast geschlossene Reling eines Schiffes
Store	Warenhaus
Story-Ville	Eigenname eines Varieté-Theaters (wie z. B. Lanxess-Arena in Köln)
T	
Tramp	Schifffahrt ohne festgelegte Route
Tantiemen	Gewinnbeteiligungen
Timebell	Glocke im Pub, die das Ende des Ausschanks zur Polizeistunde einläutet
W	
West Channel	Westkanal
Westbay	Westbucht
Westchapel	Westkapelle

Der Autor

Peter Empt wurde 1954 in Stolberg im Rheinland
geboren. Nach eigener Aussage hat der Autor
„alle Eigenschaften, die ein introvertierter Mensch
besitzt: wenige, aber intensive Freundschaften,
öffentlichkeitsscheu, fantasiebegabt, ein positives
Menschenbild". Hauptberuflich arbeitet er als
Fachdozent und ist Leiter eines Bildungszentrums.
„Hull Storys" ist sein erstes Werk. Peter Empt ist
verheiratet, hat keine Kinder, und lebt in Herzogen-
rath, Deutschland.

novum VERLAG FÜR NEUAUTOREN

Der Verlag

*Wer aufhört
besser zu werden,
hat aufgehört
gut zu sein!*

Basierend auf diesem Motto ist es dem novum Verlag
ein Anliegen neue Manuskripte aufzuspüren, zu ver-
öffentlichen und deren Autoren langfristig zu fördern.
Mittlerweile gilt der 1997 gegründete und mehrfach
prämierte Verlag als Spezialist für Neuautoren in
Deutschland, Österreich und der Schweiz.

**Für jedes neue Manuskript wird innerhalb
weniger Wochen eine kostenfreie, unverbindliche Lektorats-Prüfung erstellt.**

Weitere Informationen zum Verlag und
seinen Büchern finden Sie im Internet unter:

www.novumverlag.com